Melanie Horngacher

Was mir dein Herz erzählt

Roman

FOREVER

Forever by Ullstein
forever.ullstein.de

MIX Papier FSC® C083411

Originalausgabe bei Forever
Forever ist ein Verlag der Ullstein Buchverlage GmbH, Berlin Januar 2020 (1)

Umschlaggestaltung:
zero-media.net, München
Titelabbildung: © FinePic®
Innengestaltung: deblik Berlin
Gesetzt aus der Quadraat Pro powered by pepyrus.com
Druck- und Bindearbeiten: CPI books GmbH, Leck

ISBN 978-3-95818-520-3

Für unsere Brotfee, weil ein Danke manchmal nicht genug ist.
Und für die wahren Freunde, die auch harte Zeiten mit uns aushalten.

Trauer und Wehmut durchdringen mein Herz,

von dichtem Nebel scheint es umhüllt.

Kann nicht entfliehen diesem Schmerz,

der mich mit aller Macht erfüllt.

Erst du, liebste Julisonne, kannst die Schatten durchdringen,

die Schwermut und Sehnsucht in mir bezwingen.

Verzauberst die Tränen in endlose Liebe,

ich wünschte nur, dass es immer so bliebe.

Prolog

Wenn man jung ist, macht man viele Dinge, die man später bereut. Doch vielleicht hat das eher weniger mit dem Alter zu tun. Niemand ist unfehlbar, auch mit wachsender Anzahl der Lebensjahre nicht. Aber aus Fehlern lernt man, manches lässt sich wiedergutmachen, oder man geht zumindest als anderer Mensch aus diesen Erfahrungen hervor. Es gibt eine Eigenschaft aus meiner Jugend, die ich zutiefst bereue, sogar im Nachhinein für alles verantwortlich mache: meine Überheblichkeit. Sie war der Auslöser für so viel Leid in meinem Leben und – was noch viel schlimmer ist – im Leben anderer Menschen. Ich kann es nicht wiedergutmachen. Nie mehr. Aber ja, ich bin ein anderer Mensch geworden. Vielleicht demütiger. Auf jeden Fall voller Schmerz und Selbsthass.

Ich war ein Wichtigtuer, ein junger Großkotz, der der Meinung war, nichts und niemand könnte mir etwas anhaben. Bis ich diese vermaledeiten Gefühle entwickelte, die mich ins Chaos stürzten. Denn, wie heißt es so schön: Hochmut kommt vor dem Fall.

Kapitel 1

Jule

Wieder erklingt das helle Glöckchen über unserer Ladentür, als sie aufgeht und einen neuen Kunden ankündigt, aber ich habe nicht einmal Zeit, von meiner Arbeit aufzusehen. In dem kleinen Blumengeschäft, das ich seit ungefähr drei Jahren mit meiner besten Freundin Tina in einem Vorort von Innsbruck führe, tummeln sich Kunden. Kein Wunder, denn morgen ist Muttertag, und jeder möchte noch auf den letzten Drücker – es ist zehn Minuten vor Ladenschluss – eine kleine Aufmerksamkeit für die liebe Mama oder Oma ergattern. Meine Hände machen sich an einem Strauß mit hellblauen Hortensien und weißen Lisianthus zu schaffen, während ich mich angeregt mit einer etwa zwölfjährigen Kundin unterhalte.

»Jule, hast du einen Moment?«, unterbricht mich eine Stimme, und ich blicke perplex auf. Mein Vater Rainer war – glaube ich – bei der Eröffnung das letzte Mal in unserem Blumenladen.

»Paps«, begrüße ich ihn überrascht, ohne in meiner Tätigkeit innezuhalten. »Hast du eine neue Flamme, die du mit Blumen vom Hocker reißen möchtest?« Vergnügt zwinkere ich ihm zu, doch da fällt mir sein düsterer Gesichtsausdruck auf.

»Ich muss kurz mit dir reden.«

»Ist das so in Ordnung?«, will ich von dem jungen Mädchen wissen und zupfe den Strauß noch etwas zurecht. Sie nickt, obwohl mir auch ihr breites Lächeln Bestätigung genug wäre. »Vielleicht noch eine Manschette drum herum?« Wieder bejaht sie, und ich lege das Arrangement beiseite, um ein farblich harmonierendes Krepppapier zuzuschneiden.

»Falls es um die Balkonblumen geht«, wende ich mich an meinen Vater und werde vom Bimmeln der Ladenglocke unterbrochen, »... ich werde mich am Montag darum kümmern. Versprochen. Du siehst ja, was hier los ist.«

»Darum geht es nicht!« Irgendwie scheint es, als wisse Paps nicht, wohin mit seinen Händen. Erst fährt er sich über seine Glatze und verwuschelt sein noch verbliebenes graues Haar, bevor er die Hände in die Gesäßtaschen steckt, um sie Sekunden später in die Hüften zu stemmen. Dieses Schauspiel wiederholt sich mehrmals innerhalb weniger Augenblicke. »Jule, es ist verdammt wichtig! Wirklich ... kannst du nicht ... nur kurz?«

»Wir schließen gleich, Paps«, erkläre ich ruhig und tippe auf die Tasten der Registrierkasse, »ein bisschen wirst du dich also noch gedulden müssen.«

Seine Miene gefällt mir nicht und löst ein seltsames Unwohlsein in meiner Magengrube aus. Doch Geschäft ist Geschäft, und was immer meinem Vater so an die Nieren geht, muss warten.

Obwohl Tina und ich auf Hochtouren arbeiten, dauert es noch etwa eine halbe Stunde, bis wir alle anwesenden Kunden zufriedengestellt haben. Die Blumenvasen, in denen noch bis vor ein, zwei Stunden die Schnittblumen Kopf an Kopf standen, sind jetzt wie leer gefegt. Tina hat also mit der Blumenbestellung wieder einmal ihren absolut richtigen Riecher bewiesen. Lediglich eine Handvoll gebundener Sträuße und wenige Blumentöpfe mit Zimmerpflanzen und Kräutertöpfchen sind im vorderen Bereich des Verkaufsraumes übrig geblieben.

»Also, Paps, schieß los!«, ermuntere ich ihn, als der letzte Kunde den Laden verlassen hat und Tina und ich mit dem Aufräumen beginnen.

»Deine Tante Emmi liegt im Sterben.«

Die Blatt- und Stielabfälle fallen mir aus den mit unzähligen winzigen Schnitten übersäten Händen. Schweigen erfüllt den Raum. Tina tritt an meine Seite und sieht mich an, wartet auf eine Reaktion. Die Uhr an der Wand tickt plötzlich unendlich laut. Meine Glieder fühlen sich mit einem Mal starr und unbeweglich an.

»Das kann nicht sein«, flüstere ich irgendwann, als ich die Stille nicht mehr ertrage und die Worte sich in meinem Gehirn sammeln. »Sie war doch grade erst da …« Wann war das denn bloß? Welchen Monat haben wir denn? Es kann doch noch nicht so lange her sein? Wieso will mir das nicht einfallen?

Mein Vater räuspert sich. »Das Krankenhaus hat mich benachrichtigt.«

»Aber was hat sie denn? Hatte sie einen Unfall? Sie strotzt doch immer so vor Gesundheit!«

»Einen Hirntumor.« Er streicht sich mit der rechten Hand über den Nacken und weicht meinem Blick aus. »Wir sollen kommen, wenn wir uns noch verabschieden wollen.« Seine Stimme ist so leise, dass ich ihn kaum verstehen kann. Doch als seine Worte bei mir ankommen, erwacht mein kraftloser Körper plötzlich zum Leben.

»Dann sollten wir sofort losfahren. Tina, würdest du …«

»Na klar!«, beantwortet sie meine unausgesprochene Bitte. »Ich hab hier alles im Griff.«

Kurz umarme ich meine Geschäftspartnerin und Freundin. »Es tut mir so leid«, flüstert sie mitfühlend. »Bleibt, so lange es nötig ist, ich komme hier schon zurecht. Und wenn ich irgendwas tun kann, dann melde dich, ja?«

»Danke, Tina! Das ist lieb.«

»Wir treffen uns zu Hause, Paps«, rufe ich im Hinauslaufen und schenke dem Umstand, dass er sich noch immer nicht vom Fleck bewegt hat, keine Beachtung.

In der gemütlichen Mansardenwohnung, die ich gemeinsam mit meinem Vater bewohne, werfe ich wahllos ein paar Klamotten und Waschsachen in meinen kleinen Trolley. Ich versuche, jegliche Gedanken an den Tod auszublenden, doch es will mir nicht gelingen. Ein Tumor?

Unmöglich. Das hätte Tante Emmi uns doch gesagt! Ende März haben wir uns das letzte Mal gesehen. Oder war es Februar? Als ich meine neue marineblaue Strickfleecejacke einpacke, fällt es mir wieder ein. Tante Emmi hat sie mir bei ihrem letzten Besuch geschenkt. Sofort beschleicht mich ein schlechtes Gewissen. In den letzten Jahren haben wir uns viel zu wenig gesehen. Weil ich zu beschäftigt war, zu sehr im Hamsterrad des Alltags gefangen, zu egoistisch. Ich hätte sie öfter anrufen müssen. Einfach mehr für sie da sein.

Aber vielleicht ist alles gar nicht so schlimm, wie es scheint. Wahrscheinlich gibt es irgendeine Operation, die Tante Emmis Leben retten wird. Die Hoffnung stirbt zuletzt. Verdammt, wieder dieses teuflische Wort. Ich will nicht ans Sterben denken. Ich kann sie nicht verlieren. Nicht sie auch noch.

Als ich – den Rollkoffer hinter mir herziehend – ins Wohnzimmer komme, sitzt mein Vater vornübergebeugt auf der Couch, das Gesicht in den Handflächen vergraben.

»Bist du so weit?«, frage ich leise. »Sollen wir dein Auto nehmen oder meins?«

»Ich kann nicht«, murmelt er in seine Hände, und ich glaube mich verhört zu haben.

»Was?«

»Ich werde nicht mitfahren!« Er hebt den Kopf, sieht mich aber nicht an. Kurz wischt er sich noch mal über das Gesicht und lehnt sich zurück.

»Das ist nicht dein Ernst.«

»Ich *kann* das nicht, Juliana!«

»Ach, und du denkst, *ich* kann es?« Meine Stimme ist lauter geworden, mein Blick verständnislos.

»Versteh doch …«

»Nein«, unterbreche ich ihn, »das verstehe ich nicht! Findest du nicht, dass du ihr das schuldig bist? Ihr wenigstens noch einmal Danke zu sagen?«

Mein Vater schließt die Augen und atmet tief aus. Mir ist klar, dass die Situation ihn überfordert, aber mir geht es nicht anders!

»Tante Emmi hat sich nach Mamas Tod um Stefan und mich gekümmert, als wären wir ihre eigenen Kinder. Sie war Tag und Nacht für uns da.« *Sie hat Dinge getan, die eigentlich du für uns hättest tun sollen*, denke ich, doch ich finde es unangebracht, das auszusprechen.

»Das weiß ich, Jule. Und ich bin ihr jeden Tag dankbar dafür.«

»Dann komm.«

Er erhebt sich langsam von der Couch, zieht die Hosenbeine lang und geht ein paar Schritte auf mich zu. Sein Blick ist gequält, und auf seiner Stirn haben sich tiefe Furchen gebildet. Er legt mir seine schwielige rechte Hand auf die Schulter und drückt sie sanft. »Ich werde nicht an diesen Ort zurückkehren, der mir meine Frau und mein Kind genommen hat.«

»Du musst dich von ihr verabschieden, Paps. Sonst wirst du es bereuen!« Meine Worte sind eindringlich, flehend.

»Es tut mir leid«, sagt er leise, »aber nein.« Dann lässt er mich im Wohnzimmer stehen und geht ins Bad.

Mein Atem geht flach, und ich spüre, wie mir die Tränen über die Wangen laufen. Wie kann er das tun? Ich verstehe nicht, wie er mich im Stich lassen kann. Und Tante Emmi. Ich bin so wütend, und mein Herz pocht so stark und schmerzhaft in meiner Brust, dass ich ihm am liebsten nachlaufen und ihn durchschütteln würde. Aber dazu bleibt keine Zeit.

Mein Bruder Stefan und ich waren nur dreizehn Monate auseinander. Als unsere Mama an Brustkrebs starb, war ich zwölf und Stefan dreizehn. Wir haben sie auf ihrem Weg begleitet, ihr beigestanden und uns auf ihren Tod vorbereitet. Und dennoch ... wäre da nicht Mamas Schwester Emilia gewesen, wer weiß, wie wir ihren Verlust verkraftet hätten. Unser Vater, der selbstständiger Fliesenleger war, hat sich bis zum Hals in Arbeit vergraben. Tante Emmi hat sich um uns gekümmert in allen Belangen unseres Lebens. Sie hat uns durch die Zeit der Trauer begleitet und war uns Mutter, Freundin und Vertraute. Ungefähr sechs Jahre später ist mein Bruder bei einem schrecklichen Bergunglück ums Leben gekommen. Wieder war es Emmi, die mich aufgefangen hat. Doch dann hat mein Vater beschlossen, dass er es in St. Philomena nicht mehr aushält, und hat die Firma verkauft, um nach Innsbruck zu gehen. Vermutlich dachte er damals, ich wäre nach diesem zweiten schweren Verlust nicht fähig, eine Entscheidung für mein weiteres Leben zu treffen. Also hat er für mich entschieden, und ich bin mitgegangen, um in Innsbruck die Ausbildung zur Gärtnerin und Floristin fertig zu machen, die ich in der Gärtnerei begonnen hatte, in der auch Tante Emmi arbeitete. Das ist mittlerweile zehn Jahre her.

Auf der etwa einstündigen Fahrt in meine alte Heimat werde ich überwältigt von Erinnerungen und Gefühlen, die unaufgefordert auf mich einstürzen. Was gäbe ich um die Gesellschaft meines Vaters, doch er zieht es vor, den einfachen Weg zu wählen. Ich verstehe, wie schwierig das für ihn sein muss. Aber einfach zu sagen: »Ich *kann* nicht!« Nein.

Wann im Leben werden wir denn schon gefragt, ob wir *können* oder *wollen*? Tante Emmi ist erst Mitte sechzig. Sie hat auch niemand gefragt, ob sie *kann*!

Beinahe verpasse ich die Autobahnausfahrt, doch in letzter Sekunde reiße ich das Lenkrad zur Seite. Auf der Landstraße fühle ich mich plötzlich zu erschöpft, um weiterzufahren. Im Handschuhfach finde ich eine halb volle Plastikflasche mit Wasser. Es schmeckt fad und ziemlich abgestanden, doch ich habe im Moment keinen Nerv, um an einer Tankstelle etwas zu trinken zu kaufen. In einer Anwandlung von Ärger ergreife ich mein Smartphone und rufe meinen Vater an. Zum Glück meldet sich die Mailbox, denn ich weiß nicht, ob ich den Mut hätte, ihm persönlich zu sagen, was mich im Moment bewegt. Obwohl meine Stimme zittert, versuche ich, so ruhig wie möglich zu sprechen: »Ich bin's, Paps. Ich kann dich sehr gut verstehen, aber ... das spielt alles keine Rolle. Tante Emmi braucht uns, ob wir wollen oder nicht. Da müssen wir jetzt durch.« Ich schlucke und überlege, was ich sonst noch sagen soll. »Ähm ... es wird da sicher eine Menge zu regeln geben ...

und … da brauch ich dich. Und du wirst mich jetzt *nicht* im Stich lassen!« Der letzte Satz ist etwas energischer als beabsichtigt, aber ich mache ihn mit einem abschließenden »Hab dich lieb!« wieder gut. Als ich auflege, fühle ich mich etwas erleichtert und stark genug, den Rest des Weges zurückzulegen.

Ich stelle mir vor, wie ich wie gelähmt vor dem Krankenhaus stehe und nicht über die Schwelle gehen kann. Mit diesem Ort verbinde ich keine guten Erinnerungen. Doch als ich dann endlich vor dem Portal ankomme, erscheinen mir diese Gedanken absurd, weil die Panik, zu spät zu kommen, mich antreibt.

Kapitel 2

Marc

Ich kenne Emilia Bruckner, seit ich ein kleiner Junge war. Erst war sie nur die Tante meiner beiden besten Freunde, Stefan und Juliana. Doch nach Stefans Tod war sie weit mehr als das. Sie hat mich gelehrt, dass es immer einen Grund gibt, weiterzumachen, wie schwer ein Schicksalsschlag auch sein mag. Als ich fiel, war sie mein rettendes Sprungtuch, bevor ich auf dem Boden aufzuprallen drohte. Sie hat mich mit beiden Händen im Leben festgehalten, als ich kein Argument mehr gefunden hatte, hierzubleiben. Ich wünschte von Herzen, ich könnte dasselbe jetzt auch für sie tun. Mich von ihr zu verabschieden, ist das Schwierigste, das ich seit sehr langer Zeit tun muss.

Seit etwa zweieinhalb Monaten weiß ich von Emmis Hirntumor. Ich fand sie eines Tages völlig verwirrt und orientierungslos in ihrem Wohnzimmer, wo sie wenige Sekunden vorher zusammengeklappt war. Sie tat diesen Vorfall als Kreislaufschwäche ab und ging erst auf mein mehrmaliges, penetrantes Drängen hin zum Arzt. Dieser überwies sie ins Krankenhaus, und nach einer Magnetresonanztomografie stellte man die furchtbare Diagnose. Als ich sie damals vom Spital abholte und wissen wollte, was los war, machte Emmi nur eine wegwerfende Handbewegung.

»Alles halb so wild«, wiegelte sie ab, doch ihr eigenartig verstörter Blick strafte ihre Worte Lügen. Ich musste eine ganze Weile auf sie einreden, bis sie endlich mit der Wahrheit herausrückte, und dann auch nur mit der halben.

»Da ist so ein Ding in meinem Kopf«, antwortete sie vage und tippte sich mit dem Zeigefinger an die Stirn.

»Was für ein Ding meinst du?«, hakte ich irritiert nach.

»Ein Tumor ... aber ... kein Grund zur Aufregung«, beruhigte sie mich, »die Ärzte überlegen sich gerade, mit welcher Foltermethode sie mir am besten zu Leibe rücken.«

Mehr brachte ich nicht aus ihr heraus. Emmi konnte verdammt stur sein, und wenn sie es mir nicht sagen wollte, dann würde ich mir daran die Zähne ausbeißen.

Etwa zwei Wochen später kam ich bei ihr vorbei, um ihr – wie verabredet – im Garten zu helfen. Erneut saß sie desorientiert und halb weggetreten auf der Schwelle ihrer Terrassentür und wusste nicht, wie sie dorthin gekommen war.

»Nur der Kreislauf«, hatte sie beteuert und wollte in den Garten gehen, als wäre nichts passiert. Dennoch brachte ich Emmi sofort ins Krankenhaus, was das einzig Richtige war, denn dort erlitt sie auf dem Weg zur Anmeldung einen epileptischen Anfall. Ich war selten so erleichtert, in einem Spital zu sein.

Erst später, auf der Station, als sie sich ein wenig von ihrem Zusammenbruch erholt hatte, setzte sie mich schließlich vom tatsächlichen Ausmaß ihrer Erkrankung in Kenntnis. Sie leidet an einem Glioblastom, einem sehr schnell wachsenden, bösartigen Tumor.

Ihre Enthüllung riss mir den Boden unter den Füßen weg.

»Wann beginnen sie mit der Behandlung?«, fragte ich geschockt.

Die Frau, die mir in den letzten Jahren so ans Herz gewachsen war und andere Menschen mit ihrer Lebensfreude ansteckte, saß blass in ihrem Krankenhausbett und starrte die hellgelbe Decke zu ihren Füßen an.

»Emmi, hörst du mir zu?«, drängte ich.

»Es gibt keine Behandlung ...«

»Was meinst du damit? Es gibt doch Chemo- oder Strahlentherapie! Oder eine Operation! Ja ... die können dich bestimmt operieren!«

»Die Heilungschancen sind gleich null. Auch mit allen Therapien, die sie zur Verfügung haben, Marcus.«

»Das kann ich nicht glauben«, sagte ich fassungslos.

»Es ist aber so.«

»Irgendwas *muss* es doch geben. Ich rede mit dem Arzt!«, schlug ich händeringend und hilflos vor.

»Das kannst du dir sparen. Der Tumor ist inoperabel, und alle anderen Therapieformen sind für mich *indiskutabel.*«

Mir fehlten die Worte. Und gleichzeitig schnürte sich ein Band um meine Lungen, das mir das Atmen schwer machte.

»Du sagst das so nüchtern«, warf ich ihr vor.

»Wie soll ich es sonst sagen?«, wandte Emmi ein.

»Du kannst das doch gar nicht so schnell entscheiden ... von jetzt auf gleich. Rede doch erst mit Jule ... oder Rainer ... oder sonst irgendjemandem!« Ich war verzweifelt und verstand nicht, wie sie so resignieren konnte.

»Doch, ich kann es entscheiden. Und das muss ich auch. Denn es ist *mein* Leben. Und ich rede mit ›irgendjemandem‹, und dieser ›irgendjemand‹ bist *du*. Das genügt.«

»Emmi ...«, versuchte ich einen erneuten Anlauf.

»Marc, ich weiß, was diese Behandlungen mit einem machen. Ich habe es bei meiner Schwester gesehen. Der Unterschied ist nur, dass *sie* eine Chance *hatte*. Aber sie ist trotzdem gestorben. Ich sterbe auch ... so oder so. Und bis dahin will ich leben und mir nicht hier im Krankenhaus die Seele aus dem Leib kotzen.«

Ich starrte sie einen Moment entgeistert an und ließ ihre Worte sacken.

»Ich würde es sehr begrüßen, wenn du diese Entscheidung akzeptieren könntest. Denn ich werde sie nicht mehr revidieren.«

In den letzten Wochen war ich so oft für sie da, wie ich konnte. Doch

Emmi war fest entschlossen, ihre letzte Zeit – und auch die Ärzte konnten nicht abschätzen, wie lange ihr noch gewährt wurde – zu Hause zu verbringen und selbst zu erledigen, was in ihrer Macht stand. Mehrere Male habe ich sie beschworen, endlich mit Juliana und Rainer zu sprechen. Doch Emmi hat es aufgeschoben. Wahrscheinlich hat sie selbst nicht damit gerechnet, wie schnell alles vorbei sein würde.

Sehr lange habe ich mit ihrer Entscheidung gehadert, doch langsam beginne ich tatsächlich, sie zu verstehen. Die helle Bettwäsche des Krankenhausbettes verschluckt fast ihren zierlichen Körper. Vor wenigen Stunden konnten wir uns noch unterhalten, im Moment dämmert sie nur vor sich hin. Die Stationsärztin hat Emmi ein starkes Schmerzmittel verabreicht, um es ihr einigermaßen erträglich zu machen. Zum wiederholten Male frage ich mich, warum mir nicht schon früher Symptome an Emmi aufgefallen sind. Sie hatte öfter Kopfschmerzen in letzter Zeit, doch dieses Leiden kennen viele Menschen. Meine Mutter leidet ständig an Migräne, ich fand nichts Außergewöhnliches daran. Jetzt mache ich mir Vorwürfe, nicht besser darauf geachtet zu haben. Doch meine Schuldgefühle begleiten mich ohnehin schon so lange, dass sie mir schon fast zur zweiten Haut geworden sind.

Als Emmi das nächste Mal erwacht, bittet sie mich, Pfarrer Benedikt, unseren jungen Dorfpfarrer, zu holen. Sie würde gerne noch einmal die heilige Kommunion empfangen. Ich weiß, was das bedeutet, und ich habe Angst, Emmi alleine zu lassen. Sie scheint es zu spüren und streckt ihre feingliedrige Hand nach mir aus. »Keine Sorge, Marc«, sagt sie leise, »ich habe noch nicht vor zu gehen!«

Jule

Es gibt so vieles, das ich Tante Emmi noch sagen will, doch als ich endlich an ihrem Bett sitze, ist alles belanglos. Ob die letzten Worte »Ich hab dich lieb« lauten, wie beim Tod meiner Mutter, oder »Vergiss nicht, das Auto vollzutanken«, wie vor dem tragischen Unfalltod meines Bruders – sie ändern nichts. Ich bin sicher, Stefan wusste auch so, dass ich ihn geliebt habe und immer noch tue. Und Emmi weiß es auch. Die surreale Hoffnung, dass sich alles als Missverständnis oder als weniger schlimm als erwartet herausstellt, hat sich leider nicht erfüllt.

Ich sitze an ihrem Bett und halte Tante Emmis schwache Hand, die einst so vor Lebensenergie und Tatendrang strotzte, während mir stille Tränen über die Wangen laufen. Ich will sie fragen, was ich nur ohne sie tun soll. Und wie lange sie schon von diesem todbringenden Tumor weiß. Und was in aller Welt sie sich dabei gedacht hat, nicht mit uns darüber zu reden. Aber jede Antwort würde sie nur noch mehr schwächen, und ich will sie noch nicht gehen lassen. Wenigstens ein kleines bisschen soll sie noch bei mir bleiben.

»Wie schön, dass du hier bist«, sagt sie unvermittelt, als hätte sie jetzt erst registriert, dass ich es bin, die an ihrem Bett sitzt.

Ich muss all meine Selbstbeherrschung aufbringen, um ein kleines Lächeln zustande zu bringen.

»Es tut mir so unendlich leid, mein Julchen«, flüstert sie sanft. Ihre Augen sind müde und fahl, haben jeglichen Glanz verloren.

»Es gibt nichts, was dir leidtun müsste, Tante Emmi. Ich bin dir so dankbar für alles, was du für mich, Stefan und Papa getan hast!«

»Ihr habt mein Leben bunt gemacht, Liebes!«

Als leise die Tür aufgeht, hebe ich den Kopf. Überrascht starre ich den Besucher an, während mein Herz einen Schlag aussetzt.

»Was macht *er* hier?«, platzt es aus mir heraus.

»Ich habe ihn hergebeten!«

Marc scheint es nicht viel anders zu gehen als mir. Mit weit aufgerissenen Augen schaut er mich an, unfähig, ein Wort zu sagen. Dabei musste er doch damit rechnen, mich hier anzutreffen, im Gegensatz zu mir, die vollkommen überrascht ist von seiner Anwesenheit. Auf Tante Emmis stumme Aufforderung nimmt er die Hand, die sie ihm erwartungsvoll entgegenstreckt, und tritt an ihr Bett, ohne jedoch den Blick von mir zu nehmen. Das ist zu viel. Ich erhebe mich und stürme aus dem Zimmer.

In der nächstbesten Besuchertoilette finde ich Zuflucht. Hinter der Tür des Waschraumes drücke ich mein Gesicht an die kühlen Fliesen und lasse meinen lautlosen Tränen ihren Lauf, ungeachtet dessen, dass das vielleicht nicht grade der hygienischste Ort des Krankenhauses ist. Dafür ist er im Augenblick wahrscheinlich der ruhigste. Plötzlich spüre ich, wie die Tür in meinem Rücken aufgeht, und das Bedürfnis, mich in Luft aufzulösen wird übermächtig.

»Jule«, vernehme ich ein Flüstern hinter mir.

»Das ist eine Damentoilette«, antworte ich heiser.

»Egal.« Marc berührt mich vorsichtig an der Schulter, und so in etwa stelle ich mir die Begegnung mit einem Elektroschocker vor. Vehement schüttle ich seine Hand ab. Es scheint, als würde er überlegen, ob er es noch mal versuchen soll. Erleichtert registriere ich jedoch, dass er seine Hand wieder sinken lässt.

»Deine Tante braucht dich jetzt«, sagt er leise. »Lass uns unsere Differenzen beiseiteschieben. Für den Moment. Ihr zuliebe.«

Ich höre, was er sagt. Doch seine Worte prallen an der Mauer ab, die ich seinetwegen um mein Herz gezogen habe. Undamenhaft ziehe ich die Nase hoch.

»Es gibt keine Differenzen«, antworte ich schließlich kalt und gehe an ihm vorbei, ohne ihn anzusehen. »Für mich existierst du gar nicht!«

Marc

Obwohl ich wusste, dass es heute passieren würde, habe ich den Gedanken an ein Wiedersehen mit Juliana weit in den hintersten Winkel meines Bewusstseins geschoben. Ich wollte mich nur auf Emmi konzentrieren und mich nicht mit Dingen befassen, die ich sowieso nicht kontrollieren kann. Doch als ich das Krankenzimmer wieder betrete und Jule dort an Emmis Bett sitzen sehe, hält sich mein Körper ganz und gar nicht an unsere Abmachung. Mein Herz klopft so heftig in meiner Brust, dass Emmi es fast in meinen Fingerspitzen spüren muss, als ich erneut ihre Hand in meine nehme. Eine Hitzewelle ergreift mich, und meine Knie sind weich. Jules schockiertem Gesichtsausdruck nach zu urteilen hat sie nicht gewusst, dass auch ich hier sein werde. Als sie aus dem Zimmer flüchtet, weiß ich einen Moment nicht, wie ich reagieren soll.

»Kümmere dich um sie«, bittet mich Emmi, als würde sie meine Gedanken lesen.

»Das wird sie nicht zulassen«, gebe ich zu bedenken.

»Versuch es. Auch, wenn ich ... weg bin«, fleht Emmi, »versprich mir, dass du versuchst, für sie da zu sein!«

Ganz sanft drücke ich ihre Hand und nicke, allen Gegenargumenten zum Trotz. »Ich verspreche es.«

Julianas Reaktion danach auf der Toilette zerreißt mir das Herz. Aber ich kann sie nachvollziehen. Sie eilt zu ihrer Tante, und ich versuche erneut, Pfarrer Benedikt zu erreichen, der offenbar grade einen Gottesdienst abhält, ein Kind tauft oder in irgendeinem anderen dringenden Termin feststeckt, weil er nicht an sein Handy geht. Ich kann mir eben noch verkneifen, ihm auf die Mailbox zu fluchen, weil ich verdammt noch einmal finde, dass er seinen Hintern herbewegen soll, damit Emmi ihre letzte Kommunion erhält. Ich schreibe ihm eine Kurznachricht und hoffe inständig, dass er sich beeilt – womit auch immer er grade beschäftigt ist.

Als ich das nächste Mal in Emmis Zimmer komme, liegt Jule, mit geschlossenen Augen an ihre Tante geschmiegt, halb auf dem Bett. Sie muss vor Erschöpfung kurz eingenickt sein. Emmi ist wach und streichelt Jules Hand. Sie sieht glücklich aus, dass ihre Nichte doch noch den Weg zu ihr gefunden hat. Ich setze mich auf die andere Seite des Bettes auf einen Besucherstuhl. Ich kann den Blick nicht von Jule abwenden. Alle Bemühungen, sie zu vergessen, waren umsonst. Ich weiß, dass ich nie jemanden so sehr lieben werde wie meine *Juli*. Und ich weiß auch, dass ich grade *das* niemals darf.

»Du hattest recht«, reißt Emmi mich aus meinen Gedanken. »Ich hätte gleich mit Jule und Rainer reden sollen.« Sie seufzt tief, und ich habe keine Ahnung, was ich ihr antworten soll. »Ich dachte, ich hätte mehr Zeit!«

»Ja ...« Ich muss mich räuspern, um überhaupt einen Ton herauszubekommen, »du glaubst gar nicht, wie sehr ich mir wünsche, dass es so wäre.«

»Ich hoffe, sie kann mir das irgendwann verzeihen.«

»Das hat sie bestimmt längst, Emmi. Sie ist hier, und das ist alles, was zählt.«

Das Zimmer ist nur noch schemenhaft erkennbar, als die Dämmerung einsetzt. Es gibt noch etwas, das ich unbedingt loswerden muss, bevor die Stille uns endgültig einhüllt.

»Emmi, ich muss dir etwas sagen ...«, beginne ich, doch ganz langsam steigen Tränen in mir auf und bilden einen dicken Kloß in meiner Kehle, der mich am Weitersprechen hindert. Ich schlucke und wage einen neuen Anlauf. »Ich weiß nicht, wie ich dir danken kann, für alles, was du für mich getan hast ...«

»Nein ... nein ... ich muss *dir* danken! Ohne dich wäre mein Leben in den letzten Jahren sehr einsam gewesen.« Ihre Augen wandern über mein Gesicht, als suchten sie darin etwas, das uns den Abschied leichter machen könnte. »Du bist ein guter Junge, Marc ... fang endlich an, das auch selbst zu glauben. Und alles, was geschieht, liegt in Gottes Hand.«

Ganz leise, kaum hörbar klopft es an die Tür, und Pfarrer Benedikt tritt ein. Mir ist klar, dass es für mich Zeit ist, zu gehen, und doch stehe ich stocksteif da, unfähig, mich zu bewegen. Jules Erwachen ist der Impuls, den ich brauche. Ich will ihr die letzten Minuten mit ihrer Tante geben. Für mich gibt es nichts mehr zu sagen, obwohl ich mir von Herzen wünsche, es wäre anders. Pfarrer Benedikt legt mir tröstlich seine warme Hand auf die Schulter. Jule richtet sich auf und setzt sich wieder neben Emmis Bett auf den Besucherstuhl. Langsam beuge ich mich nach vorne und hauche Emmi einen sanften Kuss auf die Stirn. Er beschreibt alles, was ich nicht mehr sagen kann. Weil Worte so nichtssagend und hohl sind und in diesem Moment nur noch Gefühle zählen. Zuneigung, Dankbarkeit, unendliche Traurigkeit, weil wir sie loslassen müssen. Dann verlasse ich das Zimmer.

Kapitel 3

Jule

Als meine Tante Emilia für immer die Augen schloss, dachte ich, ich müsste in viele Hunderttausend Scherben zerbrechen. Doch heute, einen Tag später, stelle ich fest, ich bin immer noch ganz. Zumindest der Großteil von mir. Ihren letzten Atemzug hat sie friedlich in den frühen Morgenstunden des Muttertags getan, und obwohl sie nie mit eigenen Kindern gesegnet war, ist sie Stefan und mir so lieb gewesen, wie eine Mutter.

Ich weiß nicht, ob meine Nachricht auf der Mailbox meines Vaters ausschlaggebend war, doch das ist auch völlig bedeutungslos. Wichtig ist nur, dass er es gerade noch rechtzeitig ins Krankenhaus geschafft hat, um sich von Tante Emmi zu verabschieden. Er weigert sich immer noch, einen Fuß in unser Heimatdorf St. Philomena zu setzen. Da das Krankenhaus in einem Nachbarort liegt, verbrachten wir die vergangene Nacht in einer Frühstückspension. Die Beerdigung wird eine absolute Ausnahme für meinen Vater sein, und selbst dafür wird er sich sehr überwinden müssen. Jetzt ist es an mir, in Emmis oder besser gesagt *unser* Haus zurückzukehren.

Meine Eltern bauten es, als Stefan und ich Kinder waren. Weil Tante Emmi in einer kleinen Mietwohnung im Dorf wohnte, überließ Paps ihr das Haus, als wir nach Stefans Tod nach Innsbruck gingen. Ich bin seit ungefähr zehn Jahren nicht mehr hier gewesen. Tante Emmi hat uns oft in Innsbruck besucht, aber nicht umgekehrt. Umso härter trifft mich die Welle der Emotionen, als ich mit meinem – zehn Jahre unbenutzten – Schlüssel aufschließe und über die Türschwelle trete. Es riecht nach Kräutern und frischen Blumen, und ich komme nicht weiter als in die Küche, bevor meine Beine unter mir nachgeben und ich in einer Flut aus Tränen zusammensinke.

Auf der Anrichte steht ein gebrauchter Kaffeebecher, über dem Küchenstuhl hängt Emmis gefleckte Kochschürze. Der Kühlschrank ist halb voll mit Lebensmitteln. Auf dem Tisch liegt ein aufgeschlagener Liebesroman. Ich kauere auf dem Boden, die Knie angezogen und den Kopf daraufgelegt, und werde von Weinkrämpfen geschüttelt. Keine Ahnung, wie lange ich hier sitze, bis mich eine warme Hand an der Schulter berührt. Als ich meinen Kopf hebe, blicke ich in die mitfühlenden Augen von Pfarrer Benedikt. Er reicht mir ein Taschentuch und setzt sich mit ausgestreckten Beinen zu mir auf den nicht ganz sauberen Küchenboden. Ich schniefe und streiche mir konfus über die vom Heulen nassen Jeans. Plötzlich wird mir klar, dass mir dieses freundliche Gesicht nicht unbekannt ist, und ich riskiere einen zweiten Blick.

»Jimmy?« Ich blinzle und starre ihn irritiert an.

»Ich dachte, du könntest vielleicht ein wenig Unterstützung gebrauchen«, antwortet er verlegen und zieht einen Mundwinkel nach oben.

»Du bist Pfarrer Benedikt?« Noch immer steht meine Kinnlade offen, und ich verstehe nicht, was hier abgeht. Als ich ihm im Krankenhaus begegnet bin, war ich zu durcheinander, um auf das Aussehen des Geistlichen zu achten.

»Ich habe mich schon gefragt, wann du mich erkennen würdest!« Ein fast schüchternes Lächeln umspielt seine Lippen, während sich in meinem Kopf unschöne Szenen aus unserer Schulzeit abspielen.

»Wie kannst du ein Priester sein?«, platzt es aus mir heraus.

»Nun ja ... ich hab das Priesterseminar besucht«, lautet seine pragmatische Antwort. Jimmy Benedikt war mein Klassenkamerad in der Grundschule. Er war das, was man einen richtigen Satansbraten nennen würde. Aber ich muss zugeben, dass ihm der Priesterkragen steht, wenn ich ihn auch nicht mit den Eigenschaften, die ich mit dem kleinen

Jimmy verbinde, in Einklang bringe. Sein dunkles Haar ist hinten kurz geschoren und oben etwas länger, vereinzelte Strähnen fallen ihm vorwitzig in die Stirn. Seine Wangen sind glatt rasiert, und ich erkenne seine feinen, ebenmäßigen Gesichtszüge, die die Leute früher dazu verleiteten, ihn als kleinen Engel anzusehen und deshalb komplett zu unterschätzen.

Eine ganze Weile sagt niemand ein Wort. Erst fühlt es sich merkwürdig an, ihn in diesem doch sehr persönlichen Moment wiederzusehen. Doch bald steigt ein warmes Gefühl in mir auf, seltsam tröstlich.

»Ausgerechnet du ... Jimmy Benedikt ...« Irgendwie bin ich nicht fähig, in ganzen Sätzen zu sprechen, doch er scheint mich auch so zu verstehen.

»Ja, das ... ist seltsam, ich weiß. Ausgerechnet ich, der dir früher dein Pausenbrot geklaut hat. Und übrigens heiße ich eigentlich Konrad Benedikt.«

»Konrad?«

»Welcher kleine Junge will schon gerne Konrad heißen?«, klärt er mich schulterzuckend auf. »Jimmy ist doch viel cooler. Ich hatte nur Glück, dass unsere Lehrerin das so problemlos übernommen hat.«

»Du hast sie bestimmt mit deinem Welpenblick überzeugt«, mutmaße ich und lasse mich nur allzu gerne von meinen Tränen ablenken. »Oder ... du hast ihr doch keine Gewalt angetan?«

Es sollte eigentlich ein kleiner Scherz sein in dieser so unglaublich absurden Situation. Und doch huscht ein leichter Schatten über Jimmys Augen.

»Mir ist klar, dass ich sehr viel Mist gebaut habe. Und es tut mir leid, dass ich dich bestohlen habe und ... überhaupt so ein Scheusal war.«

»Warum war ausgerechnet *mein* Schulbrot so besonders für dich?«, will ich wissen, als meine Neugierde die Oberhand gewinnt.

Er zuckt ein wenig mit den Schultern, und ich kann sehen, wie er sich die Worte zurechtlegt. »Es war nicht so sehr, *was* du dabeihattest. Vielmehr wusste ich, dass dein Bruder jederzeit mit dir teilen würde. Deshalb war es natürlich nicht weniger falsch, dein Essen zu klauen.«

Ich komme nicht umhin, über seine Erklärung nachzudenken. Noch nie war mir in den Sinn gekommen, dass Jimmy vielleicht einfach nur hungrig war und nicht unbedingt jemandem schaden wollte. Als Schulmädchen habe ich ihn gefürchtet und bin ihm geflissentlich aus dem Weg gegangen. Seine Beweggründe für seine Schandtaten waren mir egal.

»Ich hoffe, du kannst mir verzeihen.«

Irgendwann hatte der Pausenklau damals ganz plötzlich ein Ende gefunden. Ich war unglaublich dankbar dafür, doch als Jimmy die Schule wechseln musste und ich vor ihm sicher war, habe ich auch keine Gedanken mehr an ihn verschwendet. »Das habe schon getan, als du damit aufgehört hast«, antworte ich wahrheitsgetreu.

»Ich wünschte nur, ich wäre selbst draufgekommen, dass ich auf dem falschen Weg bin.«

»Bist du nicht?«

Jimmy blinzelt und schaut mich überrascht an.

»Das weißt du nicht? Ich bin so verdroschen worden, dass ich kaum mehr sitzen konnte!« Er verzieht das Gesicht und atmet hörbar aus. »Das war echt demütigend, aber irgendwie hat es mich wachgerüttelt.«

»Stefan«, kommentiere ich wissend. Mein großer Bruder hat mich stets beschützt. Ich hätte ahnen müssen, dass er es war, der Jimmys Eskapaden einen Riegel vorgeschoben hatte.

»Du weißt es wirklich nicht?«, sinniert er. »Es war nicht Stefan, es war Marc.«

»Marc«, flüstere ich bestürzt.

»Hat er denn gar nicht damit geprahlt, dich vor mir gerettet zu haben?«

Langsam schüttle ich den Kopf. »Er hat nie ein Wort darüber verloren.«

»Marc hat dich behütet wie seinen Augapfel.«

»Ach, Blödsinn«, streite ich das energisch ab.

»Es ist gut, dass es so war. Wie gesagt, es tut mir sehr leid, wie ich mich dir gegenüber verhalten habe.«

Plötzlich entsteht ein angespanntes Schweigen zwischen uns. Jeder geht seinen Gedanken nach, bis Jimmy die Stille durchbricht.

»Jule«, seine Gesichtszüge werden wieder ernst, »wenn es dir unangenehm ist, dass ich hier bin, dann kann ich auch einen Kollegen bitten ...«

»Nein«, rutscht es mir heraus, ohne richtig darüber nachzudenken. Eine Weile ruhen seine sanften Augen auf mir. Er gibt mir Zeit, meine Gedanken zu ordnen.

»Bist du sicher?«, will er schließlich wissen, und ich nicke entschlossen.

»Aber ... hast du nicht tausend wichtigere Dinge zu erledigen? Beichten abnehmen, Leute trauen, beten und so?«

»Das hier ist auch wichtig, Jule. Das nennt man Seelsorge!«

Ohne es zu wollen, laufen mir schon wieder Tränen über die Wangen, und ich lasse mein Gesicht hilflos auf meine angezogenen Knie fallen. Jimmy streicht mir beruhigend mit der Hand über den Rücken, und ich frage mich unweigerlich, ob die Seelsorge bei all seinen Schäfchen so aussieht. Am Boden sitzen und die Tränensturzbäche Hinterbliebener aushalten.

»Deine Tante war ein wunderbarer Mensch«, flüstert er.

»Wieso hat sie uns verschwiegen, wie krank sie war?«

»Sie wollte es euch sagen. Sie hat es wohl in der kurzen Zeit nicht mehr geschafft.« Ich bin überrascht, ausgerechnet von Jimmy Antworten zu erhalten.

»Sie hätte als Erstes mit meinem Vater und mir reden müssen, als sie die Diagnose erhalten hat!«

»Erst musste sie selbst damit klarkommen, Juliana. Dass es so schnell zu Ende gehen würde, damit konnte niemand rechnen.«

»Wie lange wusste sie denn schon davon?«

»Zwei, drei Monate.« Unwillkürlich sacke ich zusammen. Nicht länger? Also wusste sie bei unserem letzten Zusammentreffen selbst noch nichts von ihrer tödlichen Erkrankung. Wie kann es denn sein, dass ich bei unseren Telefonaten nichts gemerkt habe, frage ich mich zum wiederholten Male. Ich war zu eingespannt, zu unaufmerksam. Im Frühling herrscht in unserer Branche Hochbetrieb. Und dennoch ...

»Woher weißt du das so genau?«

»Ich habe sie in der letzten Zeit begleitet.«

Ich schaue ihn von der Seite an und wische mit meinen Pulloverärmeln über meine verquollenen Augen.

»Wieso du?« Er ist der Letzte, dem ich Vorwürfe machen sollte, doch meine verworrenen Gefühle schwappen über.

»Es war Emilias Wunsch.« Seine Worte sind leise und behutsam gewählt.

»Und es war nicht ihr Wunsch, dass *ich* sie begleite?«

»Sie hatte Angst, es dir zu sagen. Sie ... hat sich vor deiner Reaktion gefürchtet und ... was diese Diagnose mit *dir* machen würde. Aber ... bevor du voreilige Schlüsse ziehst, solltest du dir ihre Unterlagen ansehen. Emmi hat vieles aufgeschrieben. Sie hat sogar ihre Beerdigung großteils selbst organisiert, damit du und dein Vater euch nicht mehr so viel kümmern müsst. Vielleicht findest du irgendwelche Anhaltspunkte.«

Fassungslos schüttle ich den Kopf und sehne mich nach Antworten, die Tante Emmi mir nicht mehr geben kann.

»Mein Vater!«, entfährt es mir bitter. »Er macht es sich leicht. Aber ich brauche ihn jetzt hier. Ich wünsche mir einfach jemanden, der ... mir hilft. Jemand, der grade jetzt an meiner Seite ist.« Ich sehe ihn eindringlich an, und erst dann wird mir klar, wie das für ihn klingen muss. »Entschuldige, Jimmy, versteh mich nicht falsch ... ich bin froh, dass du hier bist, ...«

»Nein, Jule, ich versteh dich schon. Ich kann dir als Priester beistehen, aber eben nur bedingt. Und nicht wie jemand, der dir nahesteht.«

Ich bin erleichtert, dass es so einfach ist, mit ihm zu reden. Obwohl ich noch immer nicht ganz begreife, was Pfarrer Konrad Benedikt mit dem Wildfang Jimmy gemacht hat.

»Dein Vater braucht vielleicht ein bisschen mehr Zeit, aber ich bin sicher, er wird dich unterstützen.«

Noch ehe ich etwas darauf erwidern kann, klingelt es an der Tür. Erneut wische ich mir über die Augen, schniefe und kämpfe mich vom Boden hoch. Ich putze meine Nase, gehe zur Haustür und lasse Jimmy in der Küche zurück.

Keine Ahnung, mit wem ich vor Emmis Tür gerechnet habe, doch sicher nicht mit Marcus. Er hat die Hände in den Taschen seiner Jeans vergraben und ist im Begriff, wieder zu gehen, so, als würde er es sich noch einmal anders überlegen. Wäre vielleicht auch besser so.

»Hey«, grüßt er mich und tritt etwas hilflos von einem Bein aufs andere.

»Was willst du hier?«, frage ich müde.

»Also erstens wollte ich dir sagen ... mein herzliches Beileid. Deine Tante ... also ... sie wird uns allen hier sehr fehlen.«

Ich mustere ihn unverhohlen von oben bis unten, bevor ich mir ein »Danke« entringe.

»Und zweitens?« Meine Stimme klingt kühl, aber das dürfte ihn nicht weiter wundern.

»Zweitens wollte ich dir meine Hilfe anbieten.«

»Deine Hilfe?« Meine Augenbrauen schnellen verwundert in die Höhe. Wobei sollte ausgerechnet *er* mir helfen können?

»Ja. Wenn ich irgendwas für dich tun kann – egal was –, dann bin ich für dich da.«

Ich nehme die Traurigkeit in seiner Stimme wahr und spüre, wie schwer es ihm fällt, jetzt hier zu sein. Ich stehe an der Türschwelle und er nur unterhalb der drei Steinstufen vor dem Haus. Doch die Distanz zwischen uns könnte nicht größer sein.

»Das wird nicht nötig sein, Marcus«, entgegne ich frostig, drehe mich um und schließe die Haustüre, ohne ihn eines weiteren Blickes zu würdigen.

Jimmy lehnt in der Küche an der Anrichte, als ich zurückkehre.

»Ich sollte mich mal nach Emmis Unterlagen umsehen«, schlage ich vor und hoffe, dass er noch ein bisschen Zeit für mich erübrigen kann.

»Ich dachte, du wünschst dir jemanden, der dir hilft. Wieso schickst du ihn weg?«, will Jimmy unvermittelt wissen.

»Marc ist der Allerletzte, dessen Hilfe ich annehmen würde.«

»Wieso?«

»Lange Geschichte.«

»Manchmal erfüllt ER unsere Wünsche sofort«, wendet er ein, während sein Blick sich nach oben richtet.

• • •

Tante Emilias Beisetzung verlangt mir viel ab. Jimmy hatte recht, sie hat den Großteil selbst organisiert. Liebevoll und strukturiert hat sie ihr Leben gelebt, und genau so hat sie auch ihren letzten Weg geplant. Umso mehr schmerzt es, dass ein Gespräch mit mir und meinem Vater in diesem Plan offenbar keinen Platz fand.

Ich frage mich, wie oft es noch passieren muss. Wie oft muss ich noch bei einer Beerdigung so nahe am Sarg stehen und Kondolenzwünsche entgegennehmen? Muss es nicht irgendwann leichter werden? Wird man nicht irgendwann abgehärtet? Nein. Ich spüre nichts davon. Tante Emmi hatte unglaublich viele Bekannte in unserem Dorf und über die Grenzen hinaus. Sie war ein herzlicher, gütiger und sehr gradliniger Mensch. In der Größe der Trauergemeinde spürt man, wie beliebt sie war und wie sehr sie fehlen wird. Jede Beileidsbezeugung, jeder Händedruck und jeder mitfühlende Blick sind tröstlich und schmerzhaft zugleich. Mein Vater steht zu meiner Rechten, und dafür bin ich unglaublich dankbar. Auch, wenn er sich in die Vorbereitungen nur wenig eingebracht hat, ist er wenigstens jetzt an meiner Seite. Ich spüre, wie sehr er sich überwinden muss, den vielen Leuten gegenüberzutreten, die er einst so gut gekannt hat. Sie wecken Erinnerungen in ihm, die er tief in sein Inneres verbannt hat. Doch so sind Trauerfeiern nun mal. Mir geht es ähnlich. Viele Begegnungen tun mir gut, darunter die mit Raffaela, meiner besten Jugendfreundin, und ihrem Mann Mathias, den alle nur

Matze nennen. Als ich Marc unter den Sargträgern ausmache, bin ich irritiert.

Was ist es nur, das ihn mit meiner Tante verbunden hat? Als mein Vater in letzter Sekunde im Krankenhaus erschien, um sich von Tante Emmi zu verabschieden, saß Marcus noch immer im Korridor auf den Besucherstühlen. Der Mann gibt mir Rätsel auf, doch jetzt ist nicht der richtige Zeitpunkt, darüber nachzudenken.

Kapitel 4

Jule – damals

Das dämliche Feuerwehrfest in unserem Ort, das jedes Jahr am selben Wochenende stattfindet und das ich normalerweise liebe, weil es *das Highlight* in unserem Veranstaltungskalender darstellt, bedeutet für mich heute eine immense Herausforderung. Meine Freundin Raffaela, die ein Praktikum in einem Hotel, etwa eine Stunde von hier entfernt, absolviert, kommt extra deswegen ein paar Tage nach Hause. Ich habe sie schon seit exakt fünf Wochen nicht mehr gesehen, weil sie am Wochenende immer arbeiten muss, und vermisse sie schrecklich. Und das ist leider auch der Grund, warum ich mich dieses Mal nicht aus der Affäre ziehen kann, obwohl ich es ausnahmsweise möchte.

Mein Bruder Stefan, unser bester Freund Marcus und ich hängen ständig zusammen rum. Hin und wieder auch Ela – so nennen wir Raffaela von klein auf –, aber nicht so oft wie wir drei. Ich habe keine Ahnung, wann es mir zum ersten Mal aufgefallen ist. Fakt ist, dass ich Marc seit einer Weile anders wahrnehme als früher. Ich meine, klar, ich bin achtzehn, und Marcus ist ein gutes Jahr älter. Da ist es bestimmt normal, dass man Jungs plötzlich anders sieht. Aber, hey, er ist mein bester Freund. Ich kann mich doch verdammt noch mal nicht in meinen besten Freund verlieben! Und ausgerechnet Marc ist *der* Womanizer bei uns im Dorf, der alle Frauenherzen höherschlagen lässt. Weil es mir aber erstens an der nötigen Gelenkigkeit fehlt, um mir selbst in den Hintern zu treten, und ich es zweitens kaum mehr im selben Raum mit ihm aushalte, musste ich wohl oder übel anders für Distanz sorgen. Ich habe also vor den Jungs behauptet, Ela an den letzten Wochenenden an ihrem Praktikumsplatz besucht zu haben, um mit ihr nach Feierabend um die Häuser zu ziehen. Als Stefan mich daraufhin ausquetschen wollte, ob ich dort jemanden kennengelernt hätte, habe ich ... es einfach nicht dementiert. Er hat mir die passende Notlüge sozusagen auf dem Silbertablett serviert.

In Wahrheit – und somit weit weniger spektakulär – war ich an den letzten Samstagabenden zu Hause und hab mich unter meiner Decke verkrochen. Ich habe mich so geschickt angestellt, dass es nicht einmal meinem Vater aufgefallen ist.

Doch heute finde ich wirklich keine einzige glaubwürdige Ausrede, um daheimzubleiben. Ela ist hier, und sie liebt dieses Fest genauso wie ich – zumindest vor meiner bescheuerten Schwärmerei für einen Weiberhelden, wie er im Buche steht.

Sommerfeste übten auf mich schon immer eine eigene Faszination aus. Die Vereine, die das jeweilige Fest ausrichten, helfen alle ehrenamtlich mit und tragen so zum Gelingen bei. Auf der Bühne des Hauptzeltes sorgt eine fünfköpfige Band mit ländlicher Musik für gute Laune. Auf der Tanzfläche drängeln sich die Tanzpaare, und die Biertische sind beinahe alle besetzt. Nebenan befindet sich ein kleineres Zelt, das als Bar fungiert. Dort legt ein DJ für das jüngere und jung gebliebene Publikum einen modernen Sound auf. Heute ist es zum Bersten voll, und der laute Bass, der aus den Boxen dröhnt und den Boden unter unseren Füßen vibrieren lässt, trägt erheblich zu meiner Stimmung bei. Wir holen uns Bacardi-Cola von der Bar und bewegen uns im Rhythmus. Zumindest wir Mädels. Ich nehme einen langen Zug von meinem Drink und schließe die Augen, lasse mich vom Beat davontragen. Es ist eng hier drin und heiß, und über das Zeltdach tanzen bunte Lichtblitze. Als ich die Augen wieder öffne, merke ich, wie Marc mich unverhohlen anstarrt. Doch ganz plötzlich wendet er sich ab, als wäre es ihm peinlich, ertappt zu werden. Mit einer fuchtelnden Handbewegung bedeutet Stefan uns, dass es ihm hier zu laut ist und wir mit rauskommen sollen. Grade will ich verneinen, aber Ela zieht mich schon am Arm hinter den anderen her. Stefans scheiß Alphamännchengehabe!

»Wieso bist du so genervt?«, will mein Bruder prompt von mir wissen, als wir an einem der Biertische Platz nehmen.

»Bin ich nicht!«

»Sie wird schon an ihren Lover denken«, feixt Marc, und für diesen Spruch würde ich ihm am liebsten eine reinhauen.

»Lover? Was? Wo? Wer?« Klar, dass Ela sofort darauf anspringt.

»Ja, Ela, ich schätze, du bist die einzig Glückliche, die das Privileg besitzt, den Typen zu kennen! Jule ... jetzt sag doch mal ... wie heißt er denn, der Gute? Wieso ist er nicht hier?«, stichelt Marc. »Dann müsstest du nicht vor Sehnsucht vergehen.«

»Halt die Klappe, Marc«, kontere ich wenig geistreich und fange alarmiert Elas wütenden Blick auf. Jetzt bin ich es, die sie am Arm vom Tisch wegzieht.

Ihre Miene verrät das Donnerwetter, das sich über mir zusammenbraut.

»Ich dachte, ich bin deine Freundin! Und du erzählst mir nicht einmal, dass du einen Lover hast?« Ihre Stimme überschlägt sich beinahe, doch zum Glück stehen wir etwas abseits vom Zeltplatz. »Und was meint Marc mit ... Privileg, ihn zu kennen?«

»Das ist ein ganz, ganz großes Missverständnis«, versuche ich sie zu beschwichtigen.

»Ein Missverständnis, ja?«

»Und wenn du jetzt mal still bist, erkläre ich es dir. Das muss ja nicht das ganze Dorf mitkriegen.«

»Ich höre!« Ela stemmt die Arme in die Hüften, was sie mit ihrer untersetzten Statur ein wenig angsteinflößend aussehen lässt. Aber nur einen Hauch, denn dafür kenne ich sie einfach viel zu gut.

»Ich hatte in den letzten Wochen keinen Bock, mit den Jungs auszugehen, und da habe ich einfach behauptet, ich würde dich an deinem Praktikumsplatz besuchen. Kapiert?«

»Ja klar. Und die haben das nicht gepeilt. Mhmmm!« Ihre Stimme trieft vor Sarkasmus.

Ich verdrehe leicht die Augen, weil ich im Grunde keine große Lust auf Rechtfertigungen habe. Aber bevor Ela sich in ihrer Freundinnenehre gekränkt fühlt, muss ich da wohl durch.

»Du kennst ja die beiden … besonders Stefan. Die geben nicht so leicht auf, wenn sie was wollen. Erst habe ich versucht, ihm zu erklären, dass Mädchen da eben anders gestrickt sind und auch mal alleine sein wollen.«

»Hat er nicht geschnallt«, fängt Ela zu raten an.

»Genau«, zucke ich zustimmend mit den Schultern. »Also habe ich mich jeden Samstag rausgeputzt und bin mit meiner Sporttasche zum Bahnhof gelatscht. Als die Jungs weg waren, bin ich nach Hause und hatte endlich meine Ruhe.«

»Kapier ich nicht.«

»Wieso?«

»Und als Stefan heimkam, lagst du im Bett, oder was?«

»Ja … in einer Stunde bin ich theoretisch mit dem Zug in Kufstein. Da mit dir ausgehen und wieder zurück … was ist da nicht zu kapieren? Die kommen ja eh immer erst im Morgengrauen heim!«

Raffaela atmet mit einem lauten *Pffff* aus und beschießt mich mit missbilligenden Blicken. »Und dann hast du auch noch den Lover erfunden?«

»Nein … Stefan hat mal Mutmaßungen angestellt.«

»Und du hast …«

»Ich hab's halt einfach nicht abgestritten«, verteidige ich mich, »er hat's mir ja quasi in den Mund gelegt.«

»Seit wann lügst du deinen Bruder an?«, appelliert Ela dann doch an mein Gewissen.

Weil sie recht hat, verspreche ich ihr, mit Stefan zu reden, und bin erst einmal froh, mit ihr alles geklärt zu haben. Selbst Ela habe ich den wahren Grund verschwiegen, warum ich die Jungs auf Abstand halte. Aber ihr ist es zuzutrauen, dass sie alles an die große Glocke hängt, bloß weil sie denkt, mir damit einen Gefallen zu tun. Mein kleines Helferlein mit seinem großen Herzen.

Wir umarmen uns kurz, bevor Ela ins Zelt zurückgeht und ich aufs Klo.

Unweit der Sanitäranlagen mache ich Marcs Stimme aus. Von Weitem sehe ich ihn an einem Lattenzaun lehnen. Ein Mädchen mit schulterlangen wasserstoffblonden Locken ist bei ihm, was mir sofort einen heftigen Stich in der Brust versetzt. Ja, genau das ist der Grund, warum ich lieber nicht mehr mit ihm unterwegs sein will. Meine verdammte masochistische Ader bringt mich dazu, im Schutz der Bäume näher an die beiden heranzuschleichen. Ich sollte gehen, verflixt, doch meine Beine gehorchen mir nicht. Der laue Wind trägt Wortfetzen in meine Richtung.

»Es tut mir leid, Vera«, höre ich Marc sagen. Ach, herrje ... Vera Wolf. Sie rennt ihm schon hinterher, seit sie überhaupt laufen kann. Okay, das ist vielleicht übertrieben, aber ich habe schon oft erlebt, dass sie sich regelrecht bei ihm angebiedert hat. Hinter mir erscheinen zwei Männer und pinkeln in die Büsche, während sie sich lautstark unterhalten und sich über irgendjemanden lustig machen. Sie haben mich offenbar nicht bemerkt, deshalb kann ich auch nicht gemeint sein. Leider übertönen sie das Gespräch, das mich weit mehr interessieren würde als dieses alberne Geplänkel zweier Saufbrüder.

Wenn ich es auf die Entfernung richtig deute, zieht Vera einen Schmollmund und stöckelt von dannen. Marc schlägt frustriert mit der flachen Hand auf den Zaunpfosten ein und lässt dann noch einen gezielten Fußtritt folgen, sodass die Zaunlatte mit einem Knacksen auseinanderbricht. Wie ist der denn heute drauf? Dass sie geht, erfüllt mich mit immenser Genugtuung, auch wenn ich nicht weiß, was zwischen den beiden vorgefallen ist.

Das Zelt, in dem wir uns befinden, fasst ungefähr tausend Mann. Was den Vorteil hat, dass man sich wirklich – wenn man es drauf anlegt –

aus dem Weg gehen kann. Leider nicht mehr um halb vier Uhr morgens. Die Musik wurde längst abgedreht, und die Bierbänke werden nach und nach abgebaut. Nur noch wir jungen Leute und die ganz Harten tummeln sich in den Gängen bei Bier und Schnaps. Ich habe so viele bekannte Gesichter aus unserem Dorf und den Nachbargemeinden getroffen. Und es hat echt Spaß gemacht, mich mit dem ein oder anderen zu unterhalten. Aber Marcs blödes Verhalten vorhin konnte selbst mein – für meine Verhältnisse – übermäßiger Alkoholkonsum nicht überdecken. Ich versuche einen Freund meines Bruders abzuschütteln, der mich auf ein weiteres Bier einladen will. Doch ich lehne dankend ab und stehle mich mit der Ausrede, auf die Toilette zu müssen, davon. Ela habe ich schon seit Stunden nicht mehr gesehen, doch ehe ich mir darüber Gedanken machen kann, bemerke ich eine Nachricht von ihr auf meinem Handy.

Konnte mit meiner Nachbarin heimfahren. Hab dich leider nicht mehr finden können. Bis bald!

Ich schicke ihr ein Herzchen-Emoji und stecke mein Handy wieder ein.

Stefan lehnt mit Fußballkollegen an der immer noch geöffneten Pilsbar und hält sich den Bauch vor Lachen. Da er noch keine Anstalten macht, das Feld zu räumen, verabschiede ich mich von ihm und mache mich ebenfalls auf den Heimweg.

Vielleicht ist es leichtsinnig, alleine zu gehen, doch nach dieser turbulenten Nacht genieße ich die Stille. Vom Dorf bis zu uns nach Hause ist es etwa eine halbe Stunde Fußmarsch. Grade richtig, um mir den Alkoholdunst aus dem Hirn zu vertreiben. Ich folge dem Radweg vorbei an Kirche, Schule und Kindergarten, bis ich zu dem kleinen Teich gelange, der etwa die Hälfte der Strecke markiert. Die Morgendämmerung hat inzwischen eingesetzt, und die Vögel rufen schon vereinzelt den neuen Tag aus.

Im diffusen Licht des Tagesanbruchs sehe ich eine Gestalt am Ufer des Weihers sitzen. Sie ist tief in sich zusammengesunken und hält eine halb volle Flasche in der Hand. Ich nähere mich nur langsam, bevor ich den Mann leise anspreche: »Marc! Was machst du denn hier?«

Er hebt leicht seinen Kopf und sieht mich aus glasigen Augen an. »Wonach sieht's denn aus?«, blafft er mich an. Seine Stimme ist ein wenig kratzig, aber seine Sprache ist deutlich, deshalb gehe ich davon aus, dass auch er nicht mehr ganz so dicht ist wie vor wenigen Stunden.

»Lass uns nach Hause gehen!«

»Ja, Jule. Geh nach Hause, und lass mich in Ruhe.«

Ich atme tief durch. Ich weiß nicht, was ich ihm getan habe, denn so wie heute hat er noch nie mit mir geredet.

»Kannst du mir mal sagen, was los ist?«, starte ich einen neuen Anlauf.

»Nichts. Ich will dich nur nicht sehen.«

»Nicht nur besoffen, auch noch charmant ...«, murmle ich ironisch und lasse mich auf dem Boden zu seiner Rechten nieder.

»Hast du mich nicht verstanden?«, motzt er, als ich keine Anstalten mache, ihn allein zu lassen.

»Ja, doch. Leider.«

»Dann verschwinde!« Er nimmt einen großen Schluck aus der Schnapsflasche, gibt einen seltsamen Kehllaut von sich und verschließt sie, ohne mir einen Schluck anzubieten. Ist wahrscheinlich auch besser so.

»Ich will nicht schuld sein, wenn sie morgen eine Alkoholleiche aus dem Tümpel ziehen«, entgegne ich scharf. »Und solange du deinen Arsch nicht von hier wegbewegst, werde ich das auch nicht tun.«

Ein bitteres Lachen entfährt ihm. Ist irgendwas mit Vera vorgefallen? Hat er einen Korb bekommen? Oder was geht sonst in seinem hübschen Oberstübchen ab? Ich verstehe die Welt nicht mehr.

»Jaaa ... Julchen, die immer alles richtig macht.« Er klingt verächtlich, und ich grüble, was ich getan oder gesagt haben könnte, das ihn so verdammt wütend gemacht hat. »Du bist echt zu gut für diese Welt.« Diesmal hört es sich eher gequält an.

»Irgendwas scheine ich ja doch verbockt zu haben, weil du so sauer auf mich bist.«

Er scheint zu überlegen, ob er mit der Sprache rausrücken soll, öffnet den Mund, nur, um ihn gleich darauf wieder zu schließen. Seine Nähe ruft zwiespältige Gefühle in mir hervor. Sein Verhalten ist zum Kotzen, und doch bin ich nah dran, mich zu entschuldigen, bloß damit wir wieder gut miteinander sind. Obwohl ich mir keiner Schuld bewusst bin und obwohl eigentlich er derjenige ist, der die ganze Zeit rumstänkert.

»Du bist mit dem falschen Typen zusammen«, sagt er schließlich leise, als ich schon gar nicht mehr mit einer Antwort rechne. Überrascht sehe ich ihn von der Seite an.

»Du kennst ihn gar nicht!«, gehe ich sofort in die Defensive, obwohl es doch eigentlich gar nichts zu verteidigen gibt.

»Das muss ich auch nicht.« Er hört sich furchtbar müde an und fährt sich mit der freien Hand über das Gesicht. »Für dich wäre jeder der Falsche.«

Was hat er da grade gesagt?

Seine Worte wühlen mich auf. Aber hey, er ist betrunken. Und ich bin selber nicht ganz nüchtern. Also, was soll das Ganze?

»Hör auf, Bullshit zu labern, und lass uns endlich heimgehen«, lenke ich ab, springe auf und halte ihm die Hand hin. Er ergreift sie und lässt sich von mir hochziehen, doch dann lässt er nicht mehr los.

»Das ist kein Bullshit, Juli.« Er fängt meinen Blick ein, und plötzlich werden seine Züge ganz weich. »Ich wäre so gerne für dich der Richtige.«

»Was soll das werden, Marc?« Hektisch entziehe ich ihm meine Hand, doch seine Berührung hat meine Haut bereits völlig in Brand gesetzt.

»Ich weiß, dass ich dir das eigentlich nicht sagen darf ...«

Völlig panisch und durcheinander schüttle ich den Kopf. Jule, sage ich mir erneut, das ist nur der Alkohol.

»In deiner Nähe scheint für mich immer die Sonne. Julisonne! Du bist das ganze Jahr meine Julisonne!«

Ich warte darauf, dass er blöd zu grinsen anfängt, doch sein Blick ist so zärtlich, dass ich mich selber irgendwie aus dieser Situation retten muss.

»Du bist so ein Arsch!« Ich mache mich auf seinen Lachanfall gefasst, aber nichts dergleichen geschieht. Bevor ich gehen kann, hält er mich am Arm zurück, sanft und warm.

»Ich weiß«, gibt er zu. »Und ich weiß auch, dass ich nicht gut genug bin für dich.«

»Hast du dir von Vera eine Abfuhr geholt?«

»Ich hab ihr einen Korb gegeben, und wenn du schon lauschen musst, dann wenigstens bis zum Ende«, tadelt er mich gutmütig.

»Ich glaub dir kein Wort.«

»Ich weiß, ich laber oft Müll, aber zu dir, Juli, bin ich immer ehrlich gewesen. Außer ... was meine Gefühle betrifft.«

»Und wieso bitte solltest du Vera abblitzen lassen?«

»Weil ich in *dich* verliebt bin!«

Marc steht mit dem Rücken zum Weiher, und als er einen Moment unachtsam ist, will ich ihn mit einem gezielten Schubser auf den Brustkorb in das Gewässer befördern. Leider habe ich nicht damit gerechnet, dass er mit seinem Alkoholpegel noch so eine verdammt gute Reaktion hat. Er schnappt mich an den Armen und zieht mich mit sich, sodass wir mit einem lauten Platscher im kühlen Nass landen. Er lacht, und ich quietsche. Ich rudere mit den Armen, bis ich den sumpfigen Boden unter den Füßen spüre und das Wasser, das jeden Zentimeter meiner Sneakers durchdringt. Doch selbst jetzt denkt er nicht daran, mich freizugeben. Er ist mir ganz nah, und mein Herz klopft lautstark gegen meine Rippenbögen. Als seine feuchten und unglaublich weichen Lippen meine berühren, löst er damit in mir Unmengen von Stromimpulsen von den Zehen bis zu den Haarwurzeln aus. Doch auch meine Ratio läuft auf Hochtouren und zieht postwendend folgenden Schluss: Strom – Wasser – gefährlich. Ich lege meine flache Hand auf den Brustbereich seines nassen T-Shirts, unter dem ich ebenfalls seinen festen Herzschlag spüren kann, und bringe etwas Distanz zwischen uns.

»Marc ... wir sind doch Freunde.«

Er nickt. »Ja, Jule, das sind wir. Das ist auch der Grund, warum ich so lange nichts gesagt habe. Ich dachte, es könnte für Stefan und mich ... schwierig sein.«

»So lange? Was heißt denn das? Wie lange denn?« Ich bin komplett von den Socken.

Verlegen zuckt er mit den Schultern. »´ne ganze Weile eben.«

Ich beiße mir auf meine kribbelnden Lippen und stolpere rückwärts aus dem Teich, was vermutlich alles andere als graziös aussieht. Aber ich bin völlig überfordert. Der Mann, den ich schon ... ähh ... wie lange anhimmle?? Also genau jener Mann hat mir grade eine Granaten-Liebeserklärung vor den Latz geknallt, und ich will am liebsten nur wegrennen.

»Du kannst jetzt nicht gehen!«, ruft er mir zu.

»Und wie ich das kann!«

»Du wirst deinen Arsch nicht von hier wegbewegen, solange ich das nicht tue«, triumphiert er. »Das waren deine Worte!«

Ich verdrehe die Augen und wische mein feuchtes Haar aus dem Gesicht, während ich ihm zusehe, wie er behäbig aus dem Wasser steigt.

»Ich hab gedacht, ich könnte mich ablenken ... mit anderen Frauen«, erklärt er ungefragt.

»Ich will es gar nicht wissen!« Ich verschränke die Arme vor der Brust, damit er nicht auf die Idee kommt, meinen Wet-T-Shirt-Look auch noch irgendwie auszunutzen. So ganz hat er mich mit seinem Gefühlsausbruch, der ja allzu schnell vom Negativen ins Positive umgeschlagen ist, noch nicht überzeugt. Obwohl positiv ja auch immer relativ ist.

»Du solltest es aber wissen.« Mit einer flinken Handbewegung streicht er sich das nasse Haar zurück, und ich muss demonstrativ wegsehen, weil er dabei so wahnsinnig sexy aussieht. Ob er sich wohl bewusst ist, was er da tut? Fast muss ich schmunzeln über dieses Klischee.

Klar weiß er es. Er ist Marcus Scheiber. Er weiß, welche Wirkung er auf Frauen hat. Aber wo zum Teufel ist meine Immunität dagegen abgeblieben, auf die ich mir früher immer so viel eingebildet habe?

»Aber irgendwann habe ich gecheckt, dass mich das nur noch unglücklicher macht«, fährt er fort.

»Lass uns gehen, bevor mir mein letztes Bier hochkommt«, entgegne ich.

»Du hast das nicht gerafft, oder?«

»Marc!« Ich will nicht, dass er weiterspricht. Er redet sich hier um Kopf und Kragen, und ich bin mittlerweile sicher, dass alles nur Verarsche ist.

»Ich habe seit Monaten keine andere Frau mehr angefasst!«

Eine Weile gehen wir schweigend nebeneinanderher, während die Welt um uns herum zum Leben erwacht. Wir sind uns so nah, dass ich die Wärme spüre, die von ihm ausgeht, und doch berühren wir uns nicht. Unsere Schritte werden vom Schmatzen unserer durchweichten Schuhe begleitet, und ich könnte mir – trotz diesem Chaos in meinem Inneren – im Moment keinen Ort vorstellen, an dem ich lieber wäre. Und keinen Menschen, mit dem ich lieber hier am Waldrand entlangspazieren würde. Und was, wenn er das ernst meint? Wenn seine Wut wirklich diesem vermeintlich anderen Typen gegolten hat, weil er eifersüchtig war?

»Ich hab dich angelogen«, folge ich einem Impuls und durchbreche unser Schweigen. Ich wage es nicht, ihn anzusehen. »Das heißt ... eigentlich auch Stefan.« Er sagt nichts, und ich spreche schnell weiter, bevor er mich durch irgendeine Reaktion verunsichern kann. »Ich war die letzten Wochenenden nicht bei Ela.«

»Sondern?«

»Zu Hause.«

Er bleibt stehen und blinzelt mich an. »Und dein Typ?«

»Es gibt keinen Typen.«

Marc versucht meine Worte zu verdauen, und ich kann jede Menge Emotionen aus seinem Gesicht ablesen. Verdammt, wie gut ich ihn kenne. Erst ist da Bestürzung, dann Wut, gefolgt von einer wichtigen Erkenntnis, woraufhin sich ein Leuchten in seine Augen stiehlt, das ich noch nie an ihm gesehen habe. Kenne ich ihn doch nicht so gut?

»Kapier ich nicht ... Stefan sagte doch ...«, er mustert mich forschend. »Du hast dir das alles bloß ausgedacht?«

Etwas beschämt nicke ich.

»Wieso der ganze Aufwand?«, fragt er dann doch ein wenig irritiert.

»Ich bin dir aus dem Weg gegangen.«

Er zieht seine Augenbrauen fragend bis zum Haaransatz hoch.

»Ich wollte dich einfach nicht mehr mit anderen Frauen sehen.«

Ungestüm greift er nach meiner Hand und zieht mich zu sich, überrumpelt mich mit einem Kuss, der so ungeahnt gefühlvoll ist, dass ich mich völlig darin verliere. »Deshalb konnte dir auch gar nicht auffallen, dass ich keine andere mehr angesehen habe«, flüstert er an meinen Lippen.

»Das ist bestimmt nur so eine hormonbedingte Gefühlsverwirrung ...«, gebe ich zweifelnd zu bedenken und zwinge mich, auf Abstand zu gehen. »Morgen ist es wieder vorbei.«

Sachte schüttelt er den Kopf. »Das habe ich auch gedacht. Aber dieser Morgen ist noch nie dabei gewesen!«

Hinter uns hören wir auf einmal laute unregelmäßige Schritte und ein uns wohlbekanntes fröhliches Lachen, und ich bringe grade noch rechtzeitig genug Distanz zwischen uns, dass es nicht auffällig wirkt.

»Na ... was steigt denn hier für ′ne Party?«, will Stefan mit einem etwas lallenden, aber ulkigen Akzent wissen. »Ohne mich?« Er drängt sich zwischen Marc und mich und schlingt jeweils einen Arm um unsere Schultern. »Iiieehhh ... ihr seid ja klatschnass! Wo zum Teufel wart ihr?«

»Marc ist übel geworden«, beeile ich mich zu sagen, »am Weiher!«

»Quatsch ... Jule musste kotzen und ist dabei ins Wasser gefallen.« Er ignoriert meinen drohenden Blick über Stefans Rücken hinweg und zwinkert mir vergnügt zu.

»Und du hast sie rausgeholt?«, steigt Stefan prompt darauf ein, und Marcs Grinsen wird noch breiter. »Du bist mein Held!«

»Es war genau umgekehrt«, protestiere ich.

»Ach was«, winkt Stefan so heftig ab, dass ich meinen Kopf einziehen muss, um nicht eine versehentliche Ohrfeige einzufangen. »Is ja sch ... sch ... scheißlegal ... äh egal! Hauptsache, meine beiden liebsten Menschen auf der Welt sind nicht abgesoffen!«

Die Ordnung ist wiederhergestellt. Wir drei. Marc und ich, und Stefan steht zwischen uns. Was Marcs – für mich doch sehr überraschende – Gefühle betrifft, so werde ich wahrscheinlich erst nach und nach herausfinden, was wirklich dran ist. Dieses Prickeln jedoch, das seine Lippen auf meinen hinterlassen haben, das bleibt.

Es dauert ein paar Wochen, bis Marc mich vollends von seinen ehrlichen Gefühlen mir gegenüber überzeugen kann. Und das auch nur, weil meine Hormone in seiner Gegenwart völlig verrücktspielen. Wir müssen uns beide mächtig zusammenreißen, damit Stefan nichts mitkriegt. Denn darüber sind Marc und ich uns einig: Die Freundschaft zwischen Stefan und ihm darf unter keinen Umständen unter dem, was wir haben – und selbst noch nicht richtig benennen können –, leiden. Was in mir und zwischen Marc und mir in die Brüche geht, sollte es nicht funktionieren, darüber möchte ich lieber nicht nachdenken.

Kapitel 5

Marc – damals

»Was ist mit dir los, Kumpel? Siehst du nicht, was ich sehe?« Stefan rempelt mich von der Seite an, ohne den Blick von den elendslangen Beinen einer Blondine zu nehmen, die aufreizend an uns vorbeistöckelt. Während wir zu dritt durch die große Empfangshalle des Kinos schlendern und die Filmplakate studieren, auf der Suche nach einer actionreichen und unterhaltsamen Abendunterhaltung, habe ich allerdings ein ganz anderes Problem als Blondies lasziven Hüftschwung. Nämlich, dass ich meine Hände – die ich zu meinem eigenen Schutz tief in den Taschen meiner Jeans vergraben habe – bei mir behalten kann. Dass Jule und ich unser junges Glück nicht herausposaunen dürfen, ist schon schlimm genug, wenn auch notwendig. Doch dass ich mich trotzdem alibihalber so geben muss, wie ich *vor* meiner Liebeserklärung an die Schwester meines besten Freundes war, ist fast nicht auszuhalten. Etliche Male war ich schon kurz davor, Stefan alles zu beichten. Doch entweder Jule hat mich überzeugt, noch zu warten, oder es ist irgendwas anderes dazwischengekommen.

»Alter. Du bist seltsam geworden in letzter Zeit«, kommentiert er jetzt meine Antwort, die nur aus einem genervten Knurren besteht.

»Vielleicht ... bin ich nur ein wenig reifer geworden«, werfe ich schließlich nach einem missbilligenden Seitenblick seinerseits ein.

»Weißt du, was mit ihm los ist?«, wendet Stefan sich an Jule, die etwas länger an einem Filmplakat hängen geblieben ist und nun zu uns aufschließt. Was würde ich jetzt drum geben, mit ihr in eine Liebesschnulze zu gehen! Allein, versteht sich.

»Ich? Sehe ich so aus, als wüsste ich, was in euren testosteronverseuchten Gehirnen los ist?« Damit entlockt sie mir ein Lachen, während mein testosteronverseuchtes Gehirn krampfhaft nach einer Lösung unseres Dilemmas sucht.

»Wie wäre es heute mal mit einer Komödie?«, frage ich, nicht ohne Hintergedanken.

»Ja, klaaar!« Prompt verdreht Stefan die Augen, und Jule gibt sich absichtlich gelangweilt. Obwohl ich weiß, wie sehr ihr diese Heimlichtuerei zu schaffen macht, habe ich hin und wieder auch das Gefühl, als genieße sie diese Spielchen. Ich vermeide es, sie anzusehen, und doch ergreift eine Hitze von meinem Körper Besitz, die nichts mit der Innentemperatur dieser Räumlichkeit zu tun hat.

»Ich will *Flatliners* sehen, keine Ahnung, was *ihr* macht.« Das war klar, er ist sich so sicher, dass Jule hinter ihm herdackelt, als er sich am Schalter anstellt.

»Lass uns einen anderen Film ansehen«, raune ich ihr hinter Stefans Rücken und mit angemessenem Sicherheitsabstand zu.

»Welchen denn?«, wispert sie.

»Mir egal!« Es gefällt mir, wie sie fragend ihre linke Augenbraue hochzieht, und meine Lippen kräuseln sich. Sie hat wirklich überhaupt keine Ahnung, welche Wirkung sie auf mich ausübt. Und das ist es wahrscheinlich auch, was sie so anziehend macht. Sie ist so natürlich und bescheiden, und ich kenne sie gut genug, um zu wissen, dass sie mir kein Theater vorspielt.

»Ich *weiß*, dass du *Flatliners* sehen willst, und es wäre verflucht auffällig, wenn wir beide in einem anderen Kinosaal untertauchen würden.« Unwillkürlich ziehen sich meine Mundwinkel frustriert nach unten, doch dann dreht Stefan sich zu uns um, und ich setze erneut mein Pokerface auf.

»Was ist denn jetzt?«

Als sich ein paar ganz ungeduldige Kinobesucher zwischen uns und

Stefan drängen, hält er drei Finger in die Höhe und wartet auf unsere Bestätigung.

Jule zeigt ihm ihrerseits ihren erhobenen Daumen, und wir schieben uns aus der Anstehschlange, die mittlerweile beträchtlich gewachsen ist. Die Menschentraube gibt mir endlich Gelegenheit, Jule am Arm zu berühren, was eine weitere Hitzewelle durch meinen Körper schickt. Weil Stefan erst ungefähr in der Mitte der Reihe steht, ziehe ich Jule entschlossen an der Hand um die nächste Ecke, drücke sie stürmisch an die Wand und verschließe ihre Lippen, die grade noch protestieren wollten, mit einem Kuss.

»Wooahh ... wie leichtsinnig«, tadelt sie mich halbherzig und etwas atemlos, nimmt mein Gesicht in die Hände und zieht mich noch einmal zu sich. Ihre Lippen sind so sanft und weich, und ich nehme ihren unglaublich süßen Duft tief in mir auf.

»Oder mutig ...«, flüstere ich, während meine Hände ganz von selbst den Weg unter ihr Shirt finden.

»Wir sollten Popcorn holen gehen, bevor es auffällt«, raunt sie an meinen Lippen, ohne die nötigen Konsequenzen zu ziehen.

Ich muss mich gewaltsam von ihr losreißen, weil ich weiß, sonst bin ich verloren.

Als Stefan mit den Kinokarten um die Kurve kommt, stehen Jule und ich mit Popcorn und Cola ausgerüstet vor ihm, als könnten wir beide kein Wässerchen trüben.

• • •

Stefan und ich sind schon Freunde, seit wir mit ungefähr einem Jahr unsere ersten wackeligen Schritte wagten. Stefan ein bisschen früher, denn obwohl er ein paar Monate jünger ist als ich, war er mir in den meisten Dingen immer ums Quäntchen voraus. Weil wir nicht weit voneinander entfernt wohnen und man sich in einem Dorf wie unserem ohnehin gut kennt und ständig über den Weg läuft, haben sich unsere Mütter angefreundet und oft was zusammen unternommen. Dann ist irgendwann Juliana auf die Welt gekommen. Für mich änderte sich dadurch nichts Wesentliches, außer dass sie von da an eben auch mit uns spielte. Bis zum Kindergarten kannte Jule wahrscheinlich nicht einmal den Unterschied zwischen Mädchen und Jungen.

Stefan und ich sind also zeitlebens miteinander durch dick und dünn gegangen. Eine Sache gibt es jedoch, die ich nicht ganz so euphorisch betreibe wie er: Fußball. Stefan spielt schon von klein auf im Fußballclub, doch mich konnte er zu seinem Bedauern nie dazu überreden. Lieber treibe ich mich in den Bergen herum, auf Wanderungen und Klettertouren. Soweit möglich, sehe ich mir seine Fußballspiele an, und er begleitet mich dafür hin und wieder auf schwindelnde Höhen. Das heißt, wenn wir nicht grade in Schwierigkeiten stecken. Bisher konnten wir unsere Köpfe zwar noch immer rechtzeitig aus der Schlinge ziehen, aber das war manchmal ganz schön knapp.

Wir sind beide keine Heiligen. Das gebe ich offen und ehrlich zu. Aber wir achten darauf, dass durch unsere Aktionen niemand verletzt wird. Meistens ist Alkohol im Spiel. Hin und wieder ein bisschen Gras. Nie haben wir bis jetzt zu härteren Sachen gegriffen. Als vor etwa zwei Jahren ein alter Heuschober in Flammen aufging, hat man uns fast erwischt. Es war ein Versehen, ein Missgeschick mit dem Zündholz, als wir uns einen weiteren Joint anzünden wollten. Stefan hat anfangs nicht einmal Anstalten gemacht abzuhauen. Völlig fasziniert stand er da und starrte auf die Feuersbrunst vor uns. Vielleicht war er schon zu benebelt, oder aber er *wollte*, dass man uns erwischte. Meinen Fragen diesbezüglich ist er seither immer ausgewichen, und irgendwann habe ich es dabei belassen, obwohl ich die Reaktion nicht unbedingt verstand. Schon der kleinste Funken ließ derart Panik in mir hochkommen, dass ich sofort die Flucht ergriffen hätte, wäre Stefan nicht wie angewurzelt stehen geblieben. Erst durch mein wildes Drängen ist er damals aus seiner Starre erwacht und mit mir weggelaufen. Zu unserem Glück war Sommer, die Ernte frisch eingebracht. Alles deutete damals auf Selbstentzündung hin, und der Schaden wurde von der Versicherung des Landwirts übernommen.

Ich vermute, Stefans Beweggründe dieser Feldzüge drehen sich um seinen Vater. Sein Verhältnis zu ihm ist nicht unbedingt einfach. Rainer besteht darauf, dass Stefan in seine Fußstapfen tritt und die Fliesenlegerfirma, die er selbst aufgebaut hat, übernimmt. Das deckt sich allerdings überhaupt nicht mit Stefans Wünschen. Von klein auf träumt er davon, Kunst zu studieren. Möglicherweise zielen unsere dämlichen Aktionen einzig und allein darauf ab, von seinem Vater endlich *gesehen* zu werden. Ich könnte es ihm nicht verdenken. Was mich angeht, ist in dieser Hinsicht schon Hopfen und Malz verloren. Meine Eltern arbeiten beide viel; mein Vater ist Schichtarbeiter in einem Unternehmen, das Holzwerkstoffe herstellt. Meine Mutter arbeitet in einem Reisebüro und ist dadurch auch ziemlich viel auf Achse. In ihrem Lebensplan ist nie ein Kind vorgesehen gewesen, und wahrscheinlich sind sie beide froh, dass sie mich aus dem Gröbsten raushaben. Bis jetzt habe ich noch nie so Mist gebaut, dass es irgendwelche Konsequenzen für mich gehabt hätte. Ich weiß, dass sie sich lieben, und ich gehe mal stark davon aus, dass sie auch *mich* lieben, aber als meine *wirkliche* Familie betrachte ich schon lange Stefan und Jule. Das heißt aber nicht, dass mir meine Eltern egal sind. Letzten Winter musste ich einmal bei einem Weihnachtsmarkt – bei dem viel Glühwein geflossen ist – beobachten, wie Paul Weber, ein überheblicher Kotzbrocken aus unserem Dorf, meine Mutter angemacht hat. Er musste es bitter bezahlen, weil Stefan und ich ihm in der darauffolgenden Nacht mit unseren Cross-Maschinen die von ihm frisch präparierte Langlaufloipe verwüsteten. Ich hätte viel darum gegeben, sein Gesicht zu sehen, als er den Schaden entdeckte. Darauf zu verzichten war leider der Preis, den wir bezahlen mussten, um ungeschoren davonzukommen. Ich weiß bis heute nicht, ob Jule über diese – zugegeben etwas gesetzeswidrigen – Aktivitäten im Bilde ist, aber ich werde diesbezüglich ganz bestimmt meine Zunge hüten.

Das Bundesheer sollte Stefan und mir endlich die Flausen austreiben. Wir sind in unterschiedlichen Kasernen stationiert, und, obwohl wir uns anfangs noch über die verschiedenen Dienstzeiten beschwert haben, so bin ich jetzt doch ganz froh darüber. Allein diesem Umstand verdanke ich es, dass ich Jule auch hin und wieder alleine sehen kann, ohne dass ihr Bruder Wind davon bekommt. Trotzdem ist natürlich äußerste Vorsicht geboten, dass uns niemand erwischt und es brühwarm Stefan steckt.

Juliana hat sich geirrt. Von meiner Seite ist es absolut keine hormonelle Gefühlsverwirrung. Ich bereue jede Zärtlichkeit und jeden Kuss, den ich jemals mit einer anderen ausgetauscht habe. Weil es Verschwendung war. Weil all diese Berührungen nur für diese eine Frau bestimmt waren. Ich war ein Narr, das nicht früher zu merken.

Schon komisch: Obwohl ich weiß, dass Jule mich mag, wie ich bin, löst sie in mir das Bedürfnis aus, besser sein zu wollen. Sie ist der einzige Mensch, für den ich mich ändern will.

Und dennoch kann ich nicht abschätzen, was unsere gegenseitige Zuneigung für Stefan bedeuten wird. Höchstwahrscheinlich wird er mir den Arsch aufreißen.

•••

Wie so oft kann ich nicht schlafen, weil mein Mädchen mir im Kopf rumgeistert. Sie *mein Mädchen* zu nennen, fühlt sich noch so neu, so fremd an. Bisher habe ich mich noch nie viel mit Gefühlen aufgehalten. Vor Jule war ich für alles und jede offen, hier ein bisschen knutschen, dort ein wenig fummeln. Doch ich war nie offiziell mit einem Mädchen zusammen, bezeichnete keine als *meine Freundin,* und ich sagte auch nie die magischen drei Worte. Klar machten sie sich hin und wieder Hoffnungen. Natürlich waren sie manchmal sogar in mich verliebt. Aber sie wussten stets, worauf sie sich einließen. Vera Wolf ist diejenige, die mir am hartnäckigsten auf den Fersen ist, doch irgendwann wird auch sie hoffentlich die Lage peilen und von mir ablassen. Das Blöde ist nur, dass es Jule immer wieder aufs Neue verletzt, wenn sie sieht, wie Vera sich an meinen Hals hängt und versucht, mir ihre Zunge in den Rachen zu stecken. Auch wenn ich sie von mir weise – wie immer in letzter Zeit –, scheint sie nicht lockerzulassen. Und ich bin versucht, Vera zu sagen, was Sache ist, aber ich will nicht, dass alles auffliegt und Stefan Jule und mir auf die Schliche kommt.

Ein lautes Poltern reißt mich aus dem Halbschlaf, in den ich schließlich trotz Grübeln gedriftet sein muss, und ich springe in die Senkrechte, bevor ich überhaupt raffe, wo ich bin. Das Geräusch kommt aus dem Garten, und ich reibe mir mit beiden Händen über mein zerknautschtes Gesicht, um ordentlich wach zu werden, und trete auf den Balkon. Stefan, der offensichtlich gerade versucht hat, die Gartenmöbel zu stapeln, um sich die Fassade hochzukämpfen, liegt mit geschlossenen Augen im Gras auf dem Rücken, die Holzstühle um ihn herum verteilt. Mein Herz setzt einen Schlag aus, weil er sich nicht bewegt.

»Fuck ... Stefan, du Idiot. Bist du okay?«, schreie ich und beuge mich über die Balkonbrüstung.

Ein Grinsen erscheint auf seinem Gesicht, und er streckt mir beide Daumen entgegen, was mich erleichtert aufatmen lässt.

»Kommsse runter, oder soll'ch noch maaal?«, lallt er, und ich verdrehe die Augen.

»Komme schon«, antworte ich und mache mich auf den Weg nach unten. Meine Eltern sind wieder mal nicht zu Hause, was mir in diesem Fall auch lieber ist. Ungeachtet der Tatsache, dass wir mitten unter der Woche haben und ich morgen um sieben in meiner Kaserne Dienstbeginn habe, helfe ich Stefan auf die Beine und lasse ihn vor mir ins obere Stockwerk taumeln. Ist nicht das erste Mal, dass er auf meiner Couch pennt.

»Gab's was zu feiern?«, will ich wissen, während ich das Liegesofa ausziehe und Decke und Kissen aus dem Schrank hole.

»'s gibt immer 'n Grund«, antwortet er lapidar.

»Musst du nicht morgen früh zum Appell?«

Er reagiert nicht auf meine Frage, und ich mustere ihn mit erhobenen Brauen. Ist irgendwie nicht typisch, dass er sich einfach so volllaufen lässt. Zumindest nicht ohne mich.

»Nee«, kommt schließlich eine lang gezogene Antwort, bevor er sich rücklings auf das Sofa fallen lässt. »Scheiß auf das Bundesheer, scheiß auf den Morgenappell, scheiß auf meinen Vater!«

Aha. Daher weht der Wind.

»Hast du Bier da?«

Ich seufze tief und überlege, dann verschwinde ich kurz in der Küche und drücke ihm statt des gewünschten Biers eine Flasche Mineralwasser in die Hand. Nicht dass ich jetzt den Moralapostel spielen will, aber, wie gesagt, habe ich ständig Jule im Hinterkopf. Und sie wäre alles andere als begeistert, wenn ich ihrem besoffenen Bruder auch noch das Krönchen aufsetzen würde, indem ich ihn noch mehr abfülle. Stefan protestiert nicht einmal und leert die halbe Wasserflasche in einem Zug.

»Wo bist du überhaupt gewesen?«, frage ich und lasse mich ihm gegenüber auf mein Bett sinken.

»Tschrude ... ich war bei Tschrude ...«

»Trude?«, rate ich, und er nickt. Trude ist die Barkeeperin einer Kneipe im Nachbardorf. Sie ist zwar schätzungsweise schon Mitte vierzig, aber mit ihr kann man Pferde stehlen.

»Seid ihr schon wieder zusammengekracht, du und dein Alter?«

»Fliesen ... er und seine verfluchten Fliesen ...« Stefan lässt seine Hand zur Seite fallen, und ich kann in letzter Sekunde nach der Flasche greifen, bevor sich der restliche Inhalt über die Couch ergießt. Er beginnt leise zu schnarchen, und ich zücke mein Handy, um Jule eine Kurznachricht zu schicken, dass Stefan bei mir ist und sie sich keine Sorgen machen muss. Dann rolle ich mich in meinem Bett zusammen und schließe die Augen.

»Die ham so'n Scheiß gelabert heute!« Erneut schrecke ich auf, weil ich wieder im Begriff war, einzuschlafen. »Du und Juule ...« Ich zucke zusammen und halte die Luft an. Ist er jetzt mitten unterm Satz weggepennt? Fast wünsche ich es mir.

»Das ist doch Bullshit, hab ich gesagt. Du bis mein bester Kumpel ... der allerallerbeste ... und Juule is meine allerallerbeste Schwester ... du weißt, dass sie tabu is ...«

Fieberhaft suche ich nach einer Antwort. Ich komme mir schäbig vor, einfach so dazuliegen und zu schweigen. Ich bin verliebt in Jule ... dazu muss ich doch stehen.

»Sie ist voll tabu ... wie diese süße Lehrerin damals ... weißt du des noch? Juule is sogar noch tabuer ... gibt's das überhaupt?«

Ich verharre immer noch völlig bewegungslos, während mein Herz laut pocht und meine Gedanken Achterbahn fahren.

»Okay ... ich sag dir jetzt mal was! Solltest du jemals auf die glorreiche Idee kommen, Juule anzubraten, ist der Stiel deiner Bratpfanne schneller ab, als du den Herd anmachen kannst! Nur, damit wir uns richtig verstehen, Kumpel!«

»Stefan, hör jetzt endlich auf zu labern, sonst bin ich echt im Arsch morgen«, ringe ich mir endlich das Erstbeste ab, was mir einfällt.

»Whoaa, brauchst deinen Schönheitsschlaf, du Vorwärtseinparker!«

»Du sagst es, und jetzt halt die Klappe!«

Ich weiß, er ist betrunken, und wenn ich Glück habe, kann er sich morgen nicht mehr an dieses unglaublich aufbauende Gespräch erinnern. Und ich weiß auch, wenn es um Juliana geht, versteht Stefan keinen Spaß. Aber was mir außerdem jeden Tag aufs Neue klar wird, ist, dass ich Jule unter keinen Umständen aufgeben will.

Kapitel 6

Marc – damals

Am Freitagvormittag überkommen mich aus heiterem Himmel unsagbare Kopfschmerzen. Das kenne ich eigentlich nicht von mir, und um ehrlich zu sein, bin ich ziemlich wehleidig, deshalb melde ich mich beim diensthabenden Offizier krank. Zum Glück schickt er mich gleich nach Hause, denn ich habe keine Lust, mit meinem Brummschädel auch noch den Militärarzt aufzusuchen. Daheim werfe ich mir aus dem Medikamentenschränkchen meiner Eltern eine Schmerztablette ein und haue mich aufs Ohr. Irgendwann, es muss früher Nachmittag sein, werde ich von meinem eigenen Magenknurren wach. Das Rumoren in meinem Kopf ist inzwischen deutlich weniger geworden, trotzdem sind ruckartige Bewegungen immer noch kontraproduktiv. Bevor ich mich dazu aufraffen kann, aufzustehen und in der Küche nach etwas Essbarem zu suchen, vernehme ich auf dem Flur das tiefe Lachen meines Vaters und das etwas hellere einer ... Frau. Ist überraschend meine Mutter früher nach Hause gekommen? Ich habe sie lange nicht mehr miteinander lachen hören, und es fühlt sich fast fremd in meinen Ohren an. Vorsichtig richte ich mich auf, schlüpfe in ein frisches Shirt und meine Jogginghosen, die auf dem Wäscheberg neben meinem Bett ganz oben liegen, und folge den Geräuschen auf dem Gang. Ich freue mich, sie endlich wieder einmal gemeinsam hier zu haben, und öffne leise meine Zimmertür. Doch das Bild, das sich mir offenbart, lässt mich zurücktaumeln. Die leicht bekleidete Frau, um die mein Vater grade seine Arme schlingt und deren heiseres Kichern an mein Ohr dringt, ist nicht meine Mutter. Sie wendet mir ihr Gesicht zu, doch ihre Augen sind geschlossen, weshalb sie mich auch nicht wahrzunehmen scheint. Ihr blondes Haar ist kurz und strubblig, und sie sieht kaum älter aus als ich. Mir wird speiübel, und mein ohnehin schon strapazierter Schädel scheint dem Druck nicht mehr standhalten zu können. Was passiert denn da grade? Ich schwanke, und mein Sichtfeld verschwimmt, während mein ... ich will es gar nicht mehr denken ... während *er* und diese andere glucksend über die Treppe nach unten verschwinden. Meine Hände ballen sich automatisch zu Fäusten. Das kann ich nicht zulassen! Auch wenn meine Mutter selten für mich da ist und ich ihr bestimmt keinen Orden für außergewöhnliche Verdienste verleihen würde, aber dass mein Vater sie betrügt, das hat sie nicht verdient. Wie auch immer er vorhat, mit der Situation umzugehen, er soll ruhig wissen, dass ich es weiß.

Als ich wenige Minuten später ins Erdgeschoss komme, fällt die Haustür grade ins Schloss. Er steht in der Küche und dreht sich zu mir um, als er mich bemerkt, die Augen erschrocken aufgerissen. Ja klar, er hat ja nicht mit mir gerechnet, denn er wusste vermutlich nicht, dass ich zu Hause bin. Ich bin so durcheinander, will ihm alles Mögliche an den Kopf werfen, dass ich ihn für ein Stück Dreck halte und ihm die Pest an den Hals wünsche, und noch eine ganze Litanei weiterer wüster Beschimpfungen. Doch meine Lippen sind wie zugemeißelt. Aus meinem Blick sprechen Abscheu, Wut und unfassbare Enttäuschung, doch all die Worte, die in meinem Inneren wüten, bleiben ungesagt. Er tritt einen Schritt zurück, mustert mich einen Moment still, senkt dann die Augen und verlässt ohne Erklärung die Küche.

Der Hunger ist mir gründlich vergangen, und statt etwas zu essen, genehmige ich mir noch zwei weitere Schmerztabletten, die ich mit mehreren großen Zügen Schnaps hinunterspüle. Ich überlege, noch mehr Tabletten nachzuschießen, doch dann muss ich an Jule denken, und für einen kurzen Moment erleichtert das den Schmerz ein wenig. Würde es helfen, sie anzurufen? Oder Stefan? Ich verwerfe den Gedanken sofort wieder, denn zum einen will ich keinem der beiden zumuten, in dieses Haus zu kommen, in dem in wenigen Stunden meine Mutter auftauchen und ihr Angetrauter wahrscheinlich wieder auf heile Welt machen wird, und zum anderen bin ich beim besten Willen nicht fähig, irgendwohin zu gehen, geschweige denn fahrtauglich. Mit Jules Lächeln vor meinem inneren Auge stelle ich die Schnapsflasche wieder an ihren angestammten Platz und nehme stattdessen ein großes Glas Wasser mit auf mein Zimmer.

Der folgende Schlaf ist traumlos und wirklich erholsam, was meinen physischen Zustand betrifft. Von meinem seelischen Befinden will ich lieber gar nicht reden. Ich erwache erst, als meine Mutter besorgt meine Stirn befühlt. »Schatz«, fragt sie sanft, »geht's dir nicht gut?« Verwirrt blinzle ich, hab keinen Schimmer, was los ist. Doch leider lichtet sich dieser Schleier binnen weniger Sekunden. Ihr Blick gleitet suchend über mein Gesicht, während sie auf eine Antwort wartet. Ich bringe ein gezwungenes Nicken zustande. »Geht schon«, krächze ich. »Mein Kopf dröhnt etwas.«

»Denkst du, du fühlst dich gut genug, um mit uns zu essen?«

Ich will verneinen, mich überhaupt mein ganzes restliches Leben hier in diesem Bett verkriechen und einzig und allein Jule Zugang gewähren. Doch damit lasse ich meinen Vater nicht davonkommen. Ich muss wissen, wie er sich aus diesem Schlamassel rettet, will sehen, wie er sich windet. Er muss leiden. So viel steht fest.

»Ich komme gleich«, antworte ich, »gib mir ein paar Minuten.«

Als ich in die Küche komme, sitzen meine Eltern bereits fröhlich plaudernd am Tisch. Ich kann nicht sagen, worüber sie sich unterhalten, mein Hirn ist nicht imstande, diesem Gespräch zu folgen. Zu sehr ist es damit beschäftigt, Worte zu formulieren, mit denen ich ihn auflaufen lassen könnte. Dieses Mal werde ich den Mund aufbekommen, das schwöre ich.

»Geht's halbwegs?«, fragt meine Mutter, erhebt sich und stellt eine große Schüssel Penne all´arrabbiata in die Mitte des sonst fertig gedeckten Tisches. Ich kann kaum Italienisch, aber ich habe mal irgendwo aufgeschnappt, dass arrabbiata so viel wie zornig oder wütend heißt. Wie passend!

»Geht so«, murmle ich und setze mich, ohne meinen Vater eines Blickes zu würdigen. Mir scheint, auch er ist nicht besonders scharf auf Augenkontakt.

»Wolfgang, schenkst du uns schon mal Wein ein?«, bittet Mutter. »Oder willst du was anderes Marcus?«

Kann das wirklich ihr Ernst sein? Wein? Echt jetzt?

»Gibt's was zu feiern?«, höhne ich. »Da bin ich dabei.«

Meine Mutter füllt unsere Teller bis zum Rand mit Pasta, und ich frage mich, wie um alles in der Welt ich einen Bissen hinunterbekommen soll.

»Den Salat, Marika«, erinnert mein Vater und denkt überhaupt nicht daran, seinen Arsch selbst hochzubekommen und die Schüssel von der Anrichte zu holen. Aber meine Mutter ist mit flinken Schritten wieder am Tisch und rückt ihren Stuhl zurecht, bevor sie sich erneut setzt.

»Ich habe Neuigkeiten«, platzt sie gut gelaunt heraus und erhebt das halb volle Rotweinglas.

»Ach was! Du auch?«, kommentiere ich sarkastisch und verpasse ihr einen Dämpfer. Ich weiß, das hat sie nicht verdient, aber mir geht dieses scheinheilige Getue so dermaßen auf den Sack.

»Ähm ... ja«, beginnt sie unsicher, und als ihr Blick auf meine feindselige Miene trifft, rutscht auch ihr das Lächeln aus dem Gesicht.

»Na dann, schieß los ... ziehst du aus?« Jetzt erhebe ich auch mein Glas.

»Marcus!« Die Augen meines Vaters sind flehend auf mich gerichtet.

»Wieso sollte ich?«, will meine Mutter irritiert wissen.

»Frag ihn!« Demonstrativ nehme ich einen großen Schluck Rotwein. Ich gebe mich so cool wie möglich, versuche, mir nicht anmerken zu lassen, wie sehr ich dieses verdammte Gesöff hinunterwürgen muss. Ich weiß, dass ich ihn in die Ecke dränge. Aber ich will sehen, ob er genug Mumm in den Knochen hat, alles zu beichten.

»Er hat nur schlechte Laune«, erwidert er Mamas fragenden Blick aus zusammengebissenen Zähnen. Seine Feigheit steigert meine Wut ins Unermessliche. Jetzt gibt es kein Halten mehr.

»Ja, seltsam«, schmettere ich den beiden entgegen, »warum wohl? Ach ja ... vielleicht weil mein Erzeuger in eurem Schlafzimmer eine andere vögelt!«

Sekunden verstreichen. Dann ein lautes Klirren, als Mutter das Glas aus der Hand gleitet. Der Stuhl erzeugt ein lautes Schaben auf dem Fußboden, als ich aufspringe. Der Blick meiner Mutter ist fassungslos und leer. Kurz starre ich auf die Scherben, die halb auf dem Tisch, halb auf dem Boden verteilt sind, auf den Rotwein, der von der Tischkante tropft.

Es ist meine Familie, die da in Scherben liegt. Die vor unseren Augen zerfließt. Doch ich bin es nicht, der sie zerbrochen hat. Und deshalb gehe ich. Die Neuigkeiten meiner Mutter werden wohl ihr Geheimnis bleiben.

•••

Anfang der Woche bin ich heilfroh, wieder in der Kaserne zu sein. Jule und Stefan mussten am Wochenende ihrem Vater Rainer dabei helfen, eine kleine Grillfeier für ein paar wichtige Kunden auszurichten. Obwohl es kein großes Brimborium werden sollte, stellte es für Jule doch einen ziemlichen Aufwand dar, weil sie für den Nachmittag Kuchen backte und alle Salate und Grillsaucen selbst zubereitete. Stefan, den die ganze Sache herzlich wenig interessierte, wurde ebenfalls zu den Vorbereitungen verdonnert. Er musste Getränke besorgen und einkühlen, Stühle und Tische aufbauen, sich um eine angenehme Beschattung kümmern und so weiter. Außerdem wurde er dazu genötigt, der Veranstaltung mit seiner Anwesenheit seinen Stempel aufzudrücken. Es werden laut Rainer schließlich auch irgendwann mal *seine* Kunden sein.

Es hätte also keine Gelegenheit gegeben, einen meiner Freunde zu Gesicht zu bekommen, deshalb verzog ich mich auf die Berghütte meines Onkels in dem Versuch, meine Gedanken zu ordnen. Was mein Vater meiner Mutter antut, will mir einfach nicht in den Schädel, doch selbst der Gewaltmarsch, den ich am Sonntag bewältigte, lichtete den Nebel in meinem Kopf kein bisschen.

Heute herrscht wenigstens wieder Alltag, und ich muss keine Angst haben, einem der beiden über den Weg zu laufen. Ich habe keine Ahnung, was nach meiner Enthüllung zu Hause los war. Der Reaktion meiner Mutter nach zu urteilen, hatte sie keinen blassen Schimmer, dass mein Vater sie betrügt. Als ich nach meiner Bergtour zurückkehrte, war es schon fast zweiundzwanzig Uhr. Vaters Auto stand in der Garage, das von Mutter auf dem Parkplatz vor dem Haus. Was nicht heißen muss, dass beide daheim waren.

Während meines Dienstes versuche ich den Kopf auszuschalten und mich auf meine Aufgabe zu konzentrieren. Gelingt mir zwar nur mäßig, aber irgendwie bringe ich den Tag schon rum. Als ich am frühen Abend nach Hause komme, finde ich alles verlassen auf. Unschlüssig stehe ich in der Küche herum und frage mich zum tausendsten Mal, was auf mich zukommen wird. Werden sie sich trennen? Oder weiter auf heile Welt machen? War ihre Ehe überhaupt irgendwann in Ordnung, oder war es nur ein Nebeneinanderher-leben? Wenn ich nicht wäre, hätten sie sich dann schon längst getrennt? Haben sie sich je geliebt? Könnte es mir nicht im Grunde völlig egal sein, wie meine Eltern ihr Leben leben, weil sie es ohnehin schon lange ohne mich tun?

Wenig später finde ich mich auf dem Steg des Weihers wieder, die Füße ins Wasser baumelnd und in die Ferne starrend.

»Mann, bin ich froh, dass du hier bist«, begrüßt mich Stefan lautstark und lässt sich neben mich auf die Holzbretter plumpsen. »Das ganze Wochenende war so ätzend, ich hätte echt deinen Beistand gebraucht.« Kumpelhaft rempelt er mich von der Seite an, scheint nicht zu merken, dass ich gedanklich ganz weit weg bin. Ich registriere nicht einmal richtig, was er sagt, mir fällt nur auf, dass er – zu meinem Leidwesen – allein ist. Was gäbe ich jetzt um Jules Gesellschaft.

»Dieses ewige Blabla«, jammert Stefan, »von wegen *wie stolz er erst auf mich sein wird, wenn ich diese behämmerte Fliesenscheiße übernehme …«*, und äfft Rainers Tonfall nach.

»Ja, schon gut«, knurre ich entnervt und verdrehe die Augen, »ich kann's nicht mehr hören …«

»Mann, du weißt gar nicht, wie das ist, wenn dir ständig jemand deinen Lebensweg vorschreibt!«

»Ich will's auch gar nicht wissen.«

»Was hat *dich* denn gestreift?« Endlich scheint ihm meine miese Stimmung aufzufallen, und ich kann nur hoffen, dass er endlich seine Klappe hält. Fast angewidert rückt er von mir ab und steht umständlich auf, als wäre er ein alter Mann. Dann schnaubt er verärgert und stößt mir provozierend gegen die Schulter. »He! Ich hab dich was gefragt?«

»Das kotzt mich einfach tierisch an«, werde ich auf einmal laut. Ich bin so geladen, kurz vorm Explodieren.

»Das merke ich, aber ich habe keinen Schimmer, was mit dir abgeht!«

»Das ist keine verdammte One-Man-Show!« Mit einem Satz bin auch ich auf den Beinen, denn es fühlt sich wesentlich besser an, ihn auf Augenhöhe anzubrüllen. »Du bist nicht der Einzige, der Probleme hat, also hör endlich auf mit dem Rumgeheule!«

»Hab ich dir irgendwas getan?«, will er konsterniert wissen. Kein Wunder, dass ihn dieser Ausbruch verwirrt. Wir haben nie Streit. Wir sind nicht immer einer Meinung, aber ich kann mich nicht erinnern, einmal so verbal auf ihn losgegangen zu sein.

»Krieg mal in deinen Schädel, dass sich nicht alles in diesem verfluchten Universum nur um dich dreht!«, herrsche ich ihn an.

Mit heruntergeklappter Kinnlade starrt er mich an und – was ich wirklich noch nie erlebt habe – ringt nach Worten. Ehe ich noch eine Beleidigung draufsetzen kann, packt er mich am T-Shirt und drängt mich mehrere Schritte nach hinten, sodass ich plötzlich, als der Steg endet, abrupt im Teich lande.

»Fuck!«, wüte ich, als ich keuchend auftauche. »Bist du komplett irre, du Arschloch?!«

»Jetzt krieg dich halt wieder ein, ich dachte, die Abkühlung würde dir guttun«, versucht Stefan mich zu beschwichtigen.

»Was weißt du schon, du elender Trottel!«

»Sag doch einfach mal, was los ist.«

»Merkst du überhaupt noch was? Du flennst schon monatelang wegen dem gleichen Scheiß rum, anstatt endlich deinem Alten mal klipp und klar die Meinung zu geigen!« Ich weiß im Moment nicht, wohin mit meiner Wut, und ich bin es leid, all meine Gefühle ständig zu unterdrücken, nur, um andere nicht zu verletzen. Mir ist klar, dass es nicht fair ist, meinen besten Freund als Prellbock zu benutzen.

»Das sagst du so einfach ...« Aufgebracht wirft er die Arme in die Luft.

»Boah ... Lass es halt bleiben, aber dann leb mit den Konsequenzen!« Ich stehe im Teich und schlage mit meinen Händen im Wasser um mich. Am liebsten würde ich ihm eine verpassen, nur um mal ordentlich Dampf abzulassen.

»Das sagst ausgerechnet du? Ich wusste gar nicht, dass das Wort in deinem Wortschatz überhaupt vorkommt«, kontert er.

»Ach, verpiss dich doch!«

»Mehr fällt dir nicht mehr ein? Primitives Gelaber?«

»Das ist scheinbar die einzige Sprache, die du verstehst!«

Mit hängenden Schultern steht er am Steg und sieht mich an, mit einer Mischung aus Verwirrung und Wut. »Ich denke, ich sollte wirklich verschwinden«, sagt er endlich, krampfhaft um Ruhe bemüht, »was auch immer im Moment dein Problem ist, in dem Zustand will ich dir lieber nicht mehr über den Weg laufen.«

Ich schlucke hart und sehe ihm nach. Wie soll er denn wissen, was mein Problem ist, wenn ich meine Klappe nicht aufkriege. Scheiße. Doch eher würde ich mir die Zunge abbeißen, als ihm jetzt nachzurennen, um alles zu klären.

• • •

Am darauffolgenden Tag sind Jule und ich verabredet. Wir haben beide zufällig den Nachmittag frei, während Stefan in seiner Kaserne Dienst schiebt. In einer Kurznachricht hat er vorsichtig nachgefragt, ob wir uns nach seinem Dienstschluss zum Klettern treffen sollen. Aber ich habe ihm erklärt, dass ich keine Zeit hätte, weil ich am Auto meines Vaters noch etwas reparieren müsste. So weit bin ich also schon gekommen, dass ich meinen besten Freund belüge. Ich müsste ihm hoch anrechnen, dass er nach meiner Abreibung gestern den ersten Schritt macht. Stattdessen fertige ich ihn mit Ausreden ab, weil ich zu feige bin, mich zu entschuldigen. Und weil ich nicht bereit bin, über meine tatsächlichen Probleme zu reden. Ich werde auch zu Jule nichts sagen und hoffe, sie merkt mir nichts an. Erst einmal muss ich dieses Desaster selbst realisieren.

Und dann ist da noch die Sache mit Jule, die sich langsam, aber sicher wie eine unüberwindbare Mauer zwischen mir und meinem besten Freund aufbaut. In weniger als zwei Wochen rüsten Stefan und ich ab, und dann ... soll ich ihm dann die Wahrheit sagen, was Jule und mich betrifft? Es sieht nicht danach aus, als könnte er sich gegen seinen Vater durchsetzen und doch studieren. Und wenn er seine eigenen Träume nicht wahr machen kann, wird er ja wohl kaum für meine Verständnis haben. Schon gar nicht, wenn seine Schwester die Hauptrolle darin spielt.

Wenn Stefan und sein Vater sich in irgendeiner Weise gleichen, dann, dass sie denselben Sturkopf haben. Für einen Moment schließe ich fest die Augen und schüttle den Kopf, um dieses sinnlose Kopfzerbrechen zu beenden. Irgendwie wird sich schon alles regeln. Bisher hat sich immer noch alles zum Besten gewendet; warum sollte es diesmal anders sein? Ich bin ein Winner-Typ, spreche ich mir selbst Mut zu. Doch dieses Mal scheint meine Selbstmotivation eher weniger zu fruchten.

Jetzt treffe ich mich erst einmal mit Jule, und darauf will ich meine gesamte Aufmerksamkeit richten. Langsam spüre ich, wie die Vorfreude auf sie meinen ganzen Körper kribbeln lässt. Ich versuche das ganze Paket meiner Sorgen in den hintersten Winkel meines Gehirns zu schieben. Das will mir aber erst gelingen, als ich Jule ganz hinten in dem alten Holzschuppen – unserem geheimen Treffpunkt – entdecke. Sie trägt Shorts und ein helles Trägertop, und die Sonne, die sich ihren Weg durch die Ritzen der verstaubten Bretterwand bahnt, malt dünne Längsstreifen auf ihren bildhübschen Körper. Sie sitzt auf einem Stapel Strohballen und hat den Kopf zurückgelehnt, die Augen verträumt geschlossen, so als würde sie sich grade sehr wohlfühlen. Ich nehme ihren Anblick in mir auf und präge ihn mir ein, bevor ich mir den kürzesten Weg zwischen den landwirtschaftlichen Geräten hindurch suche, die in dem Schuppen abgestellt sind. Als ich Jule zur Begrüßung einen zarten Kuss auf die Lippen hauche, öffnet sie die Augen und strahlt mich an.

»Hallo, mein Mädchen«, begrüße ich sie lächelnd.

»Hey, da bist du ja!« Sie beißt sich verlegen auf ihre Unterlippe und ahnt wahrscheinlich gar nicht, wie sehr ich auf diesen Gesichtsausdruck stehe. Mein Herz klopft wie wild, als sie zur Seite rückt und mich an sich zieht. Allein diese Nähe stellt mehr mit mir an, als jede einzelne Nacht mit anderen Frauen es je konnte.

»Alles okay?«, will sie nach einem weiteren zärtlichen Kuss wissen.

»Warum fragst du?«

»Weil du da so eine furchtbar tiefe Furche hast«, antwortet sie und fährt mit dem Zeigefinger über meine Stirn, die sich tatsächlich über der Nasenwurzel etwas in Falten legt. »Das gefällt mir nicht!«

»Ach nein?« Ich beginne mit meinen Fingern ebenfalls ihr Gesicht nachzuzeichnen, über die Nase, unter dem linken Auge entlang hinunter zu ihrem Kinn, um anschließend auf ihren vollen weichen Lippen zu landen. »Dann solltest du was dagegen unternehmen.« Meine Stimme ist nur noch ein raues Flüstern, und ich kann die Augen nicht von ihr abwenden. Wie konnte ich es je ohne ihre Berührungen und ohne ihre Küsse aushalten? Warum hatte ich nicht früher den Mut, ihr meine Gefühle zu gestehen? Und in dem Moment treffe ich eine Entscheidung. Ich werde Stefan die Wahrheit sagen. Ich kann gar nicht anders. Ich muss ihm sagen, dass ich bis über beide Ohren in seine Schwester verliebt bin. Er wird es irgendwie verkraften. Und wenn nicht? Dann werde ich mit den Konsequenzen leben, so wie ich ihm das gestern in meiner Wut unter die Nase gerieben habe.

»Warte mal«, raunt Jule plötzlich an meinen Lippen und unterbricht meine Gedanken. »Hörst du das?«

»Mm-mm«, verneine ich träge und denke gar nicht dran, diesen Wahnsinnskuss abzubrechen, bis Jule ihre Hände zwischen uns bringt und mich sanft, aber bestimmt am Brustkorb von sich schiebt.

»Hör doch mal ... was ist das?« Ich lausche gespannt, aber nein, bis auf meinen eigenen Herzschlag und das Blut, das mir in den Ohren rauscht, höre ich nichts. Ist ja auch egal jetzt.

Aber Jule lässt sich nicht beirren. »Ein Heli!«

Jetzt drängt es sich in mein Bewusstsein. Das gleichmäßige Rattern der Rotorblätter eines Hubschraubers. Viel zu laut. Viel zu nah. Jule nimmt mich an der Hand und steuert durch den Hindernisparcours der Maschinen auf das hölzerne Schuppentor zu. Beide kneifen wir die Augen zu, als wir nach draußen ins gleißende Sonnenlicht treten. Es dauert einen Moment, bis wir uns an die Helligkeit gewöhnt haben. Wir schirmen die Augen mit den Händen von der Sonne ab und machen den Hubschrauber sofort über uns aus.

»Scheiße«, murmelt Jule, »die suchen jemanden.«

Ihr Tonfall ist alarmiert, doch dann drückt sie leicht meine Hand, und ihr besorgter Ausdruck weicht einem liebevollen. »Zum Glück bist du bei mir. Und zum Glück hat Stefan heute Dienst.«

Ich erwidere den Druck ihrer Hand und spüre, wie sich aus unerfindlichen Gründen ein riesiger Kloß in meinem Hals bildet. Mein Gehirn rattert wie wild. Stefan *hat* doch Dienst? Plötzlich bin ich mir nicht mehr sicher, und in mir steigt Panik auf. Vor etwa einer Stunde hat mein Handy mehrere Male hintereinander vibriert, und ich habe es ignoriert, weil Stefan hin und wieder eine ziemliche Nervensäge sein kann, wenn er sich etwas in den Kopf setzt. Er wird doch nicht alleine in die Berge gegangen sein?! Blödsinn, beruhige ich mich, er hat definitiv Dienst in der Kaserne. Ich weiß es jetzt wieder ganz genau, weil er ja erst gegen

Abend zum Klettern aufbrechen wollte. Unmerklich atme ich auf. Trotzdem habe ich nicht den Mut, meine Nachrichten zu checken.

»Vielleicht sollten wir nach Hause gehen«, sage ich, ziehe Jule noch einmal kurz an mich und küsse sie sanft auf die Stirn.

Kapitel 7

Marc – damals

Es ist heiß, der Himmel strahlend blau, und die Sonne brennt erbarmungslos auf uns nieder, lacht uns aus. Die Berge um uns herum mit ihren schroffen und zerklüfteten Felsen verhöhnen uns, die wir mit hängenden Köpfen und tränenüberströmten Gesichtern vor einem rechteckigen Erdloch stehen und darauf warten, dass man ihn hinunterlässt. Den Sarg, in den man ihn gebettet hat. Den Sohn, den Bruder, den Neffen, den Nachbarn, den Fußballkollegen, den Bergkameraden. Den besten Freund, den man sich vorstellen kann. Wir sind alle Sterbende. Mit jeder Sekunde sind wir dem Tod ein bisschen näher. Und doch klammern wir uns mit jeder Faser an das Leben. Eine falsche Entscheidung. Ein Fehltritt. Und schon könnte es unser letzter Atemzug sein. Panisch versuche ich, Sauerstoff in meine Lungen zu pumpen, als ich bemerke, dass ich unbewusst die Luft angehalten habe. Warum er? Warum kann nicht *ich* an Stefans Stelle in dieser Holzkiste liegen? Warum war er nicht in der Kaserne? Warum habe ich nur seine Kurznachrichten ignoriert? Seinen Anruf? Seine Nachricht auf der Mailbox? Warum habe ich ihn nur belogen? Warum? Warum? Warum? Die Antwort ist ganz leicht: Ich war zu überheblich. Dachte, mir gehöre die ganz Welt. Dieser Streit, er war so sinnlos. Ich habe die Wut auf ihm abgeladen, die nicht für ihn bestimmt war, ihn grundlos fertiggemacht und im Stich gelassen. Und deswegen bin ich schuld an seinem Tod.

Am Abend nach der Beerdigung bin ich mit Jule bei ihr zu Hause verabredet. Ich sehne mich nach ihr, und doch habe ich schreckliche Angst vor diesem Treffen. Was wird sie sagen? Wie wird sie sich verhalten? Mir ist klar, dass ich ihr die Wahrheit erzählen muss. Dass ich Stefan im Stich gelassen und angelogen habe. Vielleicht wird sie mich hassen bis an mein Lebensende. Wahrscheinlich werde ich das sogar selber. Doch mit diesem Geheimnis könnte ich nicht leben, ihr nie wieder in die Augen sehen. Noch nie war der Gang zu ihrem Haus so schwer. Meine durchtrainierten Muskeln drohen jeden Moment ihren Dienst zu versagen. In meinem Hals schwillt ein Kloß an, der sich anfühlt, als wäre er so groß wie ein Tennisball. Meine Handflächen sind schweißnass, als ich meine Hand zum Klingelknopf heben will. Kurz überlege ich, durch den Garten zu gehen, wie ich es immer gemacht habe. Aber heute erscheint mir das plötzlich nicht mehr richtig. Die Entscheidung wird mir abgenommen, als die Haustüre von innen aufgeht, ehe ich klingeln kann. Rainer schiebt sich ins Freie und zieht die Tür hinter sich zu. Ich bin froh, dass ich ihm bereits am Grab mein Beileid ausgedrückt habe, so bleibt mir das jetzt wenigstens erspart.

»Was willst du hier?«, blafft er mich an. Er sieht mitgenommen aus, mit tiefen Tränensäcken unter den Augen, und ich vermute, dass er auch schon einiges an Alkohol intus hat. Ich kann es ihm nicht verdenken, doch diesen schroffen Tonfall habe ich nicht erwartet.

»Ich bin mit Juliana verabredet«, antworte ich und wische mir die Handflächen an meiner dunklen Hose ab. Ich trage immer noch Hemd und Hose von der Beerdigung, lediglich Anzugjacke und Krawatte habe ich daheim abgelegt.

»Das glaubst du wohl selber nicht«, zischt er und blockiert die Haustür mit seiner breiten Statur. Darauf weiß ich keine Antwort. Mir war nicht bewusst, dass er etwas gegen mich hat. Im Gegenteil, ich hatte immer das Gefühl, Stefans Vater würde mich mögen. »Ich verbiete dir, sie zu sehen«, stellt er unmissverständlich klar. Und doch versuche ich der Bedeutung der Worte auf den Grund zu gehen, als hätte ich mich verhört. Hat Stefan ihm von unserem Streit erzählt?

»Du warst nie der richtige Umgang für meine Kinder ... überhaupt ist alles deine Schuld.« Rainers Stimme ist nicht besonders laut, doch messerscharf. Und auch, wenn ich mir ja schon selber solche Gedanken gemacht habe, trifft es mich schmerzhaft in der Brust, das von ihm zu hören.

»Es tut mir so leid, was passiert ist«, stammle ich leise.

»Das sollte es auch.« Für einen Moment scheint es, als würde er irgendwohin gehen, doch er wendet nur kurz sein Gesicht ab und starrt in die Ferne.

»Du hast ihn ständig in die Berge gezerrt, obwohl er lieber Fußball gespielt hat«, fährt Rainer fort. Um uns herum sind nur das Zirpen der Grillen und sein schwerer Atem zu hören. Ein ungutes Gefühl breitet sich in mir aus, das ich nicht wirklich beschreiben kann; eine Art Furcht vor dem, was er mir noch sagen wird. Ich möchte ihn zur Seite schieben und durch die Tür zu Jule gehen, doch etwas an Rainer lässt mich bewegungslos und stumm an Ort und Stelle ausharren.

»Ohne dich wäre er noch am Leben!« Es ist, als würde er mir ein Messer in den Bauch rammen. Ich schlucke hart. Meine Augen brennen. Rainer hat recht. Ohne *mich* wäre Stefan noch am Leben.

Seine Worte sind klar und deutlich. Hatte ich vorhin noch Angst, er würde die Fassung verlieren, werde ich nun eines Besseren belehrt. »Du wirst ... sie also ... nicht mehr sehen«, bringt er so langsam hervor, als würde er sich mit einem Schwerhörigen unterhalten. »Hast du das verstanden?«

Ich starre ihn an, unfähig, zu antworten. Kann er das wirklich ernst meinen? Oder spricht nur die Trauer aus ihm?

»Kann ich nur noch einmal mit ihr reden?« Jules Zimmer geht zum Garten hinaus. Und wenn sie von dem Gespräch hier unten etwas bemerkt hätte, wäre sie längst herausgekommen, da bin ich sicher. Ich muss ihr erklären, warum wir uns nicht mehr sehen können! Sie muss wissen, was ich für sie empfinde!

»Nein. Du wirst auch nicht mehr mit ihr reden.«

Mein Magen krampft sich zusammen, mein Herz sackt ins Bodenlose.

»Glaubst du, ich weiß nicht, was ihr getrieben habt? Der abgebrannte Heuschober? Die Langlaufloipen? Und, und, und! Ich habe genug gegen dich in der Hand, solltest du meiner Tochter noch einmal zu nahe kommen.« Seine Augen durchbohren mich fast. Oh ja. Er meint das verdammt ernst, was er sagt. »Und ich werde nicht zögern, dich anzuzeigen, darauf kannst du Gift nehmen.«

Und was, wenn ich wirklich ein schlechter Umgang für Jule bin? Wenn sie wirklich besser dran ist ohne mich? Weil ich ihren Bruder auf dem Gewissen habe?

Ich weiß später nicht mehr, wie ich es geschafft habe, mich von dem Haus zu entfernen, in dem meine Juli, mein Mädchen, auf mich gewartet hat. Fakt ist, ich habe es getan.

Kapitel 8

Jule

Geistesabwesend stehe ich im hinteren Teil unseres Ladens und versuche mich an einem Rosenarrangement für eine Hochzeit. Vor meinem inneren Auge lasse ich die letzten Tage Revue passieren und drifte immer mehr in die Vergangenheit ab. Ein schlechtes Gewissen nagt an mir, weil ich nicht mehr für Tante Emmi da war. Ich bin eifersüchtig auf Marc, weil *er* es offensichtlich war, und gleichzeitig bin ich dankbar, dass sie wenigstens ihn hatte. Wieder drängt sich mir die Frage auf, warum er mich damals im Stich gelassen hat.

In den Tagen nach Stefans Beisetzung, in denen mein Herz ohnehin schon so schwer war, jede Stunde schwärzer als die vorherige, hielt mich nur der Gedanke an Marc aufrecht. Er war der einzige Trost, den ich hatte. Und dann tauchte er nicht auf, viel mehr noch, er schien sich über Nacht in Luft aufgelöst zu haben. Er reagierte nicht auf meine Anrufe und Nachrichten, war im Dorf unauffindbar, selbst seine Eltern wussten nicht, wo er war. Ich suchte ihn an allen Plätzen, die für ihn von Bedeutung waren; im alten Holzschuppen, am See, in der Berghütte seines Onkels, in der Marc, Stefan und ich oft zu dritt Zeit verbracht hatten. Er war verschwunden.

Mein Vater sprach kaum ein Wort und schloss sich in seinem Büro ein. Tante Emmi kam täglich vorbei, brachte uns etwas zu essen und sah nach dem Rechten. Auch sie ließ mein Vater nicht an sich heran.

Ein paar Tage später ließ er plötzlich eine Bombe platzen, bei der mir die Luft wegblieb. Er wollte nach Innsbruck ziehen. Die Firma war bereits verkauft, eine Mietwohnung für uns beide gefunden, in die wir sofort einziehen konnten. Meine Lehre als Floristin, die ich in der Gärtnerei, in der auch Tante Emmi angestellt war, begonnen hatte, sollte ich in einem großen Blumenladen in der Innsbrucker Altstadt fortführen, und auch Paps hatte schon einen Job als Fliesenleger in Aussicht. Ich wusste nicht, wie mir geschah. Er entschied einfach über meinen Kopf hinweg, ohne nur ein Wörtchen mit mir zu reden.

»Ich kann hier nicht weg, Paps«, widersprach ich erschüttert, doch mein Protest stieß auf taube Ohren.

»Uns hält hier nichts mehr, Jule. Wir haben hier alles verloren, und ich für meinen Teil kann nicht früh genug von hier wegkommen.« Ich stand stocksteif da und starrte ihn an, wie er hastig die Unterlagen auf seinem Schreibtisch zusammenpackte, wahrscheinlich um sie gleich seinem Nachfolger zu überreichen. Wie hatte er bloß seine Firma verkaufen können? Sie war sein ganzer Stolz gewesen.

»Was ist mit dem Haus?«, brachte ich mühsam hervor.

»Emmi wird sich darum kümmern, so lange, bis wir einen Käufer finden.«

Ich schlug meine Hand vor den Mund, als mir ein lauter, verzweifelter Schluchzer entfuhr. »Das kannst du nicht machen, Paps!«

»Glaub mir, es wird das Beste sein.«

»Lass mich hierbleiben. Bei Tante Emmi. Ich will die Lehre in der Gärtnerei zu Ende machen.«

»Nein, Jule. Du wirst mitkommen!« Mehrere Aktenordner unter den Arm geklemmt, stürmte Vater aus dem Büro und ließ mich zurück; vor vollendete Tatsachen gestellt.

»Du musst jetzt stark sein, Julchen«, hörte ich unerwartet Tante Emmis sanfte Stimme hinter mir. Ich hatte sie nicht kommen hören und zuckte leicht zusammen. »Er hat jetzt nur noch dich, mein Liebes.«

»Ich wollte dich nicht erschrecken«, beteuert Tina, als ich auch jetzt erschauere, weil sie hinter mir auftaucht, und mir vor Schreck eine Rosendorne in den Finger ramme.

»Alles …«, beginne ich, doch meine Stimme versagt ihren Dienst, und ich muss mich räuspern, »alles gut.«

Aus meinem Finger quillt ein wenig Blut, und ich stecke ihn automatisch in den Mund und sauge daran. Ich weiche Tinas Blick aus, weil selbst mir klar ist, dass dieses Rosenbouquet nicht unbedingt meine Höchstleistung ist.

»Willst du dir nicht ein paar Tage freinehmen?«, fragt sie vorsichtig.

»Um was zu tun?«

»Um …«, sie zuckt ein wenig mit den Schultern, »alles zu regeln.«

»Ich kann das Haus auch von hier aus verkaufen.«

»Du bist dir doch nicht mal sicher, ob du es überhaupt verkaufen willst!«, wendet Tina ein.

»Sicher … bin ich mir sicher.«

»Seit wann? Und wieso?« Mit ihren Fragen drängt sie mich in die Ecke. Und das weiß sie auch.

»Es ist besser so.«

»Sagt dein Vater?«, stichelt sie weiter.

»Sag ich.«

»Jule.«

Ich spüre, wie mir die Tränen in die Augen steigen, und blinzle heftig in dem Versuch, sie zurückzudrängen. Tina nimmt mir die Gartenschere aus der Hand und legt sie zu den verschieden langen Rosen, die vor uns auf dem Tisch aufgereiht sind. Sie ergreift meine Hand und zieht mich zu dem niedrigen Hocker, der am Fenster des Hinterzimmers unseres Ladens steht. Es ist grade Mittagspause, und wir öffnen erst wieder in einer halben Stunde. Wir haben also Zeit für eine Unterhaltung, die offenbar in Tinas Augen grade fällig ist.

»Gib dir doch erst mal ein bisschen Zeit, das alles zu verdauen, Jule!« Sie zieht einen zweiten Hocker heran und setzt sich mir gegenüber. Jetzt bricht der Damm, und ich kann die Tränen nicht mehr zurückhalten. »Du hast doch gesagt, dass noch einige Dinge von euch im

Haus sind. Vielleicht klären sich deine Fragen, wenn du das mal alles zusammenpackst. Und dann überlegst du dir ganz in Ruhe, ob du dein Zuhause nicht doch behalten willst.«

»Ich dachte, die Arbeit würde mir guttun«, schluchze ich.

»Das tut sie bestimmt auch, aber nicht, wenn du den Kopf noch so voller anderer Dinge hast.«

»Ich will dich aber nicht hängen lassen«, wende ich ein.

»Du lässt mich nicht hängen, Jule. Meine Cousine Gitti wird sich bestimmt freuen, mir ein wenig auszuhelfen, sollte Not an der Frau sein, und ihre Mutter wird gerne inzwischen auf die Kids aufpassen.«

Also packe ich erneut, diesmal meinen größeren Koffer, weil ich davon ausgehe, dass dieses »das alles verdauen« – wie Tina es nennt – eine Weile in Anspruch nehmen wird. Ich will mit meinem Vater reden, über die Tatsache, dass ich mich von ihm im Stich gelassen fühle, darüber, dass es eigentlich seine Pflicht wäre, sich um das Haus zu kümmern. Er ist nicht in der Wohnung. Wie so oft. Ich versuche ihn anzurufen, doch er geht nicht ran. Schließlich tippe ich eine Textnachricht, obwohl es mir gehörig gegen den Strich geht, mit meinem Vater auf diese Art zu kommunizieren.

Wir müssen reden, Paps.

Nach etwa einer halben Stunde bekomme ich endlich eine Antwort:

Ich arbeite länger. Worum geht's?

Um das Haus.

Funkstille. Als ich schon abfahrbereit bin und zur Tür hinaus will, piepst mein Handy endlich erneut.

Mach damit, was du willst.

• • •

In der obersten Schublade von Tante Emmis penibel aufgeräumtem Schreibtisch finde ich einen mit ordentlicher Handschrift beschriebenen Notizblock. Auf der ersten Seite hat sie aufgelistet, was sie noch alles erledigen will – ich korrigiere mich – wollte.

1. Mit Juliana und Rainer reden
2. ~~Den Garten neu bepflanzen~~
3. Das Haus gründlich putzen
4. ~~Meine Klamotten verschenken~~
5. ~~Meine Finanzen regeln~~
6. Raffaela und ihr Baby besuchen
7. Auf unseren Hausberg wandern
8. Das Grabkreuz bei Pichler & Scheiber bestellen
9. ~~Auf die Gartenmesse nach Wels fahren~~

Wir stehen also ganz oben auf ihrer Liste. Sie *wollte* wirklich mit uns reden. Jimmy hatte recht. Ich weiß nicht, wie lange ich hier an Emmis Schreibtisch sitze und auf diese To-do-Liste starre, die noch so unvollendet vor mir liegt. Emmi hat wahrscheinlich Prioritäten gesetzt; die Dinge erledigt, wann und wie es ihr möglich war. Aber die Zeit, diese verdammte Zeit war zu kurz, viel zu schnell vorbei.

Ich mache mich daran, eine der Aufgaben zu erfüllen, die Tante Emmi nicht mehr geschafft hat. *Das Haus gründlich putzen.*

Ich beginne in meinem ehemaligen Zimmer im oberen Stockwerk. Und es ist härter, als ich es mir vorgestellt habe. Zu sehr quälen mich die Fragen. Zu weh tun all die Erinnerungen, die diese vertrauten vier Wände in mir hervorrufen.

Als Paps und ich damals völlig überstürzt hier ausgezogen sind, hatte ich keine Zeit, mein Zimmer auszuräumen oder mich innerlich davon zu verabschieden. Ich hatte nicht damit gerechnet, dass es ein Abschied für so lange – oder gar für immer – sein würde. Er hatte es mir prophezeit, und ich hatte ihn nicht ernst genommen. Und Tante Emmi offensichtlich auch nicht, denn sie hat alles so gelassen, wie es war. Außer dem Bett, das mit frischer, duftender Blümchenbettwäsche bezogen ist, als wäre ich nie weg gewesen. Die Gardinen vor dem Fenster sind blütenweiß, als wären sie grade erst gewaschen worden. Das Regal mit meinen alten Büchern, den Porzellanfiguren, die ich als Kind so gerne hatte, und den wenigen Pokalen von Schülerschirennen ist nahezu staubfrei. Sie hat mein Zimmer gehegt und gepflegt, als würde sie warten, bis ich wiederkomme. Ich öffne den Schrank, aus dem ich damals nur das Nötigste an Kleidung mitgenommen hatte, nur, was in die Koffer passte. Kurz flackert Entschlossenheit in mir auf, und ich nehme einen Arm voller Sommerkleider von der Kleiderstange und lege sie behutsam aufs Bett, einen Stapel Pullover, T-Shirts und so weiter, bis der Schrank leer ist. Aber selbst nach einer halben Stunde, in der ich nur still dasitze und das trostlos leere Möbelstück anstarre, bringe ich es nicht fertig, meine Klamotten in die mitgebrachten Altkleidersäcke zu stopfen.

Als ich die Flut an Emotionen nicht mehr aushalte, beschließe ich, die Haussäuberungsaktion zu verschieben und stattdessen der Kunstschmiede wegen des Grabkreuzes einen Besuch abzustatten. Die Kleider liegen immer noch in meinem Zimmer auf dem Bett verteilt, und ich habe keine Ahnung, wie ich die Kraft aufbringen soll, Emmis Liste abzuarbeiten, wenn mir schon allein das zu viel ist.

Die Kunstschmiede Pichler & Scheiber befindet sich etwas außerhalb des Dorfes, und ich halte mit meinem Auto auf dem Kundenparkplatz und betrachte das zweistöckige Gebäude, dessen Außentreppe mit einem modernen Edelstahl-Handlauf versehen ist. Die messingbeschlagene Doppelglastüre lädt in die Geschäftsräume ein, darüber befindet sich ein großes Firmenschild. Während ich überlege, welches Grabkreuz sich Tante Emmi vorgestellt haben könnte, kommt mir das neue Treppengeländer in unserem Haus in den Sinn. Und der wunderschöne Rosenbogen in Emmis Garten. War bestimmt alles nicht ganz billig, mutmaße ich. Und mir war überhaupt nicht bewusst, dass Emmi auf solche Dinge stand.

Ich fasse mir ein Herz und trete durch die automatische Schiebetür in den Eingangsbereich. Zu meiner Linken führt eine Treppe in das Untergeschoss, die ebenfalls mit einem selbst gefertigten Edelstahl-Handlauf ausgestattet ist. Sehr elegant, muss ich zugeben, als ich sacht mit meiner Hand über das kühle Metall streiche. Als ich mich auf die rechte Seite zum Empfangstresen wende, sinkt mir plötzlich das Herz in die Hose. Marc steht vor mir.

»Was machst du hier?«, frage ich verblüfft anstatt einer Begrüßung.

»Hallo«, erwidert er, offenbar weniger überrascht, »ich arbeite hier.«

»Du bist Mechaniker«, widerspreche ich trotzig.

Er nickt leicht und mustert mich. »Das auch, ja.«

Ein Schwall Luft entweicht mir. Ich bin der Situation absolut nicht gewachsen und brauche ein paar Sekunden, die mir wie eine Ewigkeit vorkommen, um mich etwas zu fangen. Mein Fluchtreflex macht sich bemerkbar, doch offenbar ist dieser Befehl noch nicht in meinen Beinen angekommen, aus denen jegliches Gefühl gewichen ist. Mein Kopf ist leer gefegt, meine Lippen sind zu einer schmalen Linie zusammengepresst. Bloß meine verdammten Augen bringen es nicht fertig, den Blick von ihm abzuwenden.

»Gibt es irgendwo in der Nähe noch eine andere Kunstschmiede?«, höre ich mich schließlich sagen, immer noch, ohne den Blickkontakt abzubrechen. Jetzt fällt erst bei mir der Groschen ... deshalb *Pichler & Scheiber*! Marc Scheiber ist damit gemeint. Aber ... ist er Teilhaber dieser Firma? Stopp!! Vehement verbiete ich mir, diesen Gedanken weiterzuverfolgen. Weil es mir gleichgültig ist ... sein *sollte*.

Inzwischen macht Marc Notizen auf einen Klebezettel, den er mir anschließend entgegenstreckt. Er trägt eine blaue verwaschene Arbeitshose und ein moosgrünes T-Shirt. Die Adern auf seinen Armen treten stark hervor, und ich muss mich zwingen, wegzusehen. Ich fühle mich blockiert, bin scheinbar unfähig, die Hand nach diesem verfluchten Zettel auszustrecken. Konnte er das nicht auf ein noch winzigeres Teil kritzeln? Was, wenn ich ihn aus Versehen berühre? Marc ist ziemlich geduldig, wartet, bis ich endlich das Papier entgegennehme, auch ohne eine Zange oder Handschuhe zu verwenden. Ich verzichte darauf, die Notiz zu lesen, ich gehe davon aus, dass irgendein anderer Firmenname draufsteht, und verlasse mit einem verhaltenen »Danke« fluchtartig das Gebäude. Es ist mir egal, was er denkt oder fühlt. Es kommt mir auch nicht in den Sinn, ihn noch einmal anzusehen. Ich kann es nicht erwarten, aus seinem Sichtfeld zu verschwinden, schwinge mich hinters Steuer und mache mich vom Acker, dass der Kies unter meinen Reifen nur so staubt. Erst etwa zwei Kilometer später fahre ich rechts ran und versuche, meine Atmung zu kontrollieren, die irgendwie aus dem Ruder gelaufen ist. Dann schiele ich auf den Notizzettel in meiner zitternden Hand, auf dem tatsächlich der Name eines anderen Kunstschmieds steht. Mein Magen krampft sich zusammen, und so etwas wie Enttäuschung flackert in mir auf.

»Was hast du denn erwartet?«, frage ich mich laut und reihe mich kopfschüttelnd wieder in den Verkehr ein.

Auf dem Weg in Richtung Kitzbühel kommen mir auf einmal Bedenken. Emmi wollte das Grabkreuz von dieser Firma, sie hat es ausdrücklich aufgeschrieben. Wer bin ich, dass ich mich ihrer Bitte widersetze? Schließlich – nach einem frustrierten Aufschrei – wende ich mein Auto und fahre den Weg zurück, den ich gekommen bin. Ich kenne mich. Ich würde mir nie verzeihen, Tante Emmi diesen Wunsch zu verwehren.

Ich parke erneut auf dem Kundenparkplatz und trete so selbstbewusst wie möglich und mit festem Schritt durch das Eingangsportal. Diesmal bin ich gefasst und habe mir meine Worte genau zurechtgelegt.

»Gibt es vielleicht noch einen anderen Mitarbeiter?«, frage ich Marc, der beim Klang der Ladenglocke aus dem hinteren Teil des Gebäudes kommt und nun doch ein wenig erstaunt aussieht. »Ich meine, der Name *Pichler* muss doch schließlich auch zu jemandem gehören, oder?«

»Ja«, bestätigt er knapp und nickt, »ich bin gleich wieder da.« Er geht, und ohne zu wissen, warum, ist mir zum Heulen zumute. Vor ein paar Tagen war er doch noch bei mir, um mir seine Hilfe anzubieten.

Und jetzt scheint ihm nicht einmal in den Sinn zu kommen, irgendwas zu sagen. Ich weiß zwar nicht, was ich von ihm hören will, aber das zwischen uns kann man doch nicht einfach so stehen lassen! Er muss doch was zu sagen haben! Irgendwas!

Andrerseits war ich es, die ihn weggeschickt hat. Also noch mal ... was habe ich denn erwartet?

Ein Kollege – das muss dann wohl der Pichler sein – erscheint in der Tür, durch die Marc verschwunden ist. Er trägt ebenfalls eine blaue Latzhose, die schon etwas mitgenommen aussieht, und wischt sich mit einem Stofftaschentuch über die verschwitzte Stirn.

»Hallo. Ich bin Bernd«, stellt er sich vor und reicht mir die Hand. Sein fast schwarzes, abstehendes Haar beginnt an den Schläfen leicht zu ergrauen, und ich schätze ihn auf etwa Mitte dreißig.

»Juliana Ebner.«

»Was kann ich für dich tun? Gibt's Probleme mit Marc? Also ... falls du mit seiner Arbeit nicht zufrieden bist ...«

»Nein, das ist es nicht«, entgegne ich beschämt, weil ich offenbar Umstände mache. »Es ist nur ... privat«, winke ich ab.

»Ebner ...«, grübelt er. »Oh, dann war Emilia Bruckner deine Tante? Mein herzliches Beileid.« Er schüttelt mir erneut die Hand, als ich nicke. Ebner – Bruckner ... wo ist da die Schlussfolgerung, frage ich mich. Oh ja, schießt es mir durch den Kopf, ich bin ja wieder in St. Philomena, wo jeder jeden kennt und offenbar auch die Familienverhältnisse samt Nachnamen.

»Dann bist du bestimmt wegen des Grabkreuzes hier.«

Ich bin etwas verwirrt, dass er schon so genau Bescheid weiß, aber wahrscheinlich kommen die meisten Leute aus dem Dorf zu ihm, wenn ein Angehöriger gestorben ist. Grabsteine scheinen hier weniger gefragt zu sein.

»Ja. Vielleicht könntest du mich ja beraten ... ich ... habe überhaupt keine Vorstellung ...«

»Moment, ich habe da schon was hier.« Er geht zu einem großen Regal, das mit aufgeklebten Buchstaben in alphabetischer Reihenfolge versehen ist, zieht nach kurzer Suche eine Zeichenmappe hervor und legt ein paar Skizzen auf den Empfangstresen. »Das sind Marcs Entwürfe. Wenn du mich fragst, hat er sich wirklich mächtig ins Zeug gelegt für deine Tante.«

Marcs Entwürfe. Ich blinzle, bin unfähig, eines der Bilder anzusehen, geschweige denn, meine durcheinandergeratenen Gedanken zu ordnen. Wieso macht Marc denn Entwürfe? Das würde ja bedeuten, dass er *wusste*, dass Tante Emmi sterben würde.

»Wann hat er die denn gemacht?«, kommt mir mühsam über die Lippen.

Bernd, der anscheinend meinen Gesichtsausdruck nicht deuten kann, sucht nach Worten. »Äh ... na ja ... bevor sie ins Krankenhaus musste ... da ... haben sie sich mal zusammengesetzt ... glaube ich. Willst du nicht doch lieber mit Marc selber reden?«

Mir wird plötzlich schwindlig, und der Ladentisch und die Zeichnungen, die darauf liegen, kommen bedrohlich näher. Ich versuche mich daran festzuklammern, doch meine Beine geben nach. Grade noch rechtzeitig schiebt mir jemand einen Stuhl unter die Kniekehlen, und ich lasse mich erschöpft darauf nieder. Als ich nach ein paar Minuten die Augen wieder öffne, erscheint ein Glas Wasser in meinem Blickfeld, und ich nehme es dankbar an.

»Mir ist nur ein bisschen schwindlig«, flüstere ich und trinke ein paar Schlucke.

»Geht's wieder?« Erst jetzt bemerke ich Marc, der neben mir in der Hocke am Boden sitzt und das Glas entgegennimmt. Seine saphirblauen Augen fixieren mich besorgt, und ich nicke schwach. »Soll ich dich nach Hause bringen?«, fragt er sanft.

Ich schüttle vorsichtig den Kopf. Ich glaube nicht, dass mir *das* helfen würde, mich neben Marc in ein Auto zu setzen.

»Nein, aber ich denke, wir sollten ein anderes Mal über das Grab reden.«

»Das hat Zeit, Jule. Du musst nichts überstürzen.« Wo kommt dieses plötzliche Fingerspitzengefühl her? Erst so distanziert, und jetzt?

Ich bitte Bernd, das Bad benutzen zu dürfen, und spritze mir kaltes Wasser ins Gesicht, bis sich mein Kreislauf wieder stabil genug anfühlt, um heimfahren zu können. In mein leeres Zuhause mit den leeren Schränken, bloß vollgestopft mit Gefühlen und Erinnerungen, genau wie mein Herz, das überquillt vor Trauer, Unverständnis und Verzweiflung. Ich fühle mich dem nicht gewachsen, und doch weiß ich nicht, an wen ich mich wenden soll.

Doch als ich in die Einfahrt einbiege, wird mir sofort ein wenig leichter, als ich Jimmy vor dem Haus auf der Bank sitzen sehe.

Wenig später habe ich Pfarrer Benedikt auf der Terrasse bei einem Kaffee mein Herz ausgeschüttet.

»Wieso wusste Marc, dass Emmi sterben wird? Und wieso war ausgerechnet *er* bei den Sargträgern dabei? Machen das nicht eigentlich enge Freunde oder Verwandte des Verstorbenen?«

»Du solltest wirklich mit ihm reden, Jule«, sagt er nicht zum ersten Mal.

»Ich kann nicht«, wehre ich ab.

»Vielleicht hilft es dir.«

Ich seufze laut und lehne mich in meinem Gartenstuhl zurück.

»Warum bist du Priester geworden?«, frage ich nach einer Weile des Schweigens unvermittelt.

»Ich hab mir schon gedacht, dass du das früher oder später fragen wirst.« Er überlegt, dann streckt er mir seinen Kaffeebecher entgegen und erhebt sich. »Und früher oder später werde ich dir die Geschichte auch erzählen. Vielleicht.«

»Magst du noch einen Kaffee?«, biete ich ihm an, in der Hoffnung, er möge es sich anders überlegen.

»Danke, aber ein andermal. Ich habe noch einen Termin.«

Ich stehe ebenfalls auf, um ihn zum Auto zu begleiten.

»Jule«, sagt er und legt mir kurz die Hände auf die Schultern, »ich kann dir nur noch einmal raten, mit Marcus zu reden. In Ruhe. Vernünftig. Sonst wird sich das Knäuel in deinem Kopf nicht so schnell lösen, glaub mir.«

»Danke fürs Zuhören«, erwidere ich, warte, bis er eingestiegen ist, und winke ihm zum Abschied.

Während ich noch überlege, ob ich den Mut finde, ins Haus zu gehen, in die Einsamkeit, vor der mir so graut, höre ich hinter mir den Kies knirschen. Ich drehe mich um und erkenne Raffaela, die mit dem Kinderwagen direkt auf mich zusteuert. Sie sieht erst etwas bedrückt aus, doch dann erscheint ein zaghaftes Lächeln auf ihren Lippen.

»Hallo, Jule«, begrüßt sie mich, als sie stehen bleibt, und schließt mich sofort in ihre Arme. »Es tut mir so schrecklich leid für dich, dass deine Tante gestorben ist«, flüstert sie in meine Schulter, und sofort beginnt es mich bei ihren Worten zu schütteln, woraufhin auch Ela hemmungslos zu schluchzen anfängt.

Eine ganze Weile stehen wir da, Arm in Arm, und weinen, drücken und trösten uns gegenseitig.

»Es ist schön, dass du da bist«, gestehe ich, als wir uns voneinander lösen, weil ihr Baby im Kinderwagen ein leises Glucksen von sich gibt. Damit hat es sofort unser beider Aufmerksamkeit.

»Hey, ich habe dir noch gar nicht zu deinem kleinen Sonnenschein gratuliert.« Ich wische mir hastig die Tränen fort und widme mich Elas Sohn. »Josef heißt er, oder? Wie alt ist er denn?«

»Johannes«, berichtigt sie mich. »Er ist vier Monate alt. Es tut mir leid, dass ich nach Emmis Beerdigung nicht mehr zum Leichenschmaus kommen konnte, aber ich musste zum Kleinen heim.«

»Das ist doch kein Problem. Es war ... schön, dass du bei der Beisetzung warst!«

»Sie wird uns sehr fehlen.« Ich weiß, dass viele Leute solche Dinge sagen und dass es meist nur gut gemeinte Floskeln sind. Doch bei Raffaela habe ich das Gefühl, dass sie wirklich ernst meint, was sie sagt. Dass es von Herzen kommt. Obwohl wir die letzten Jahre fast keinen Kontakt mehr hatten, tut es gut, meine frühere beste Freundin jetzt bei mir zu haben, und mir wird schmerzhaft bewusst, wie sehr ich sie vermisst habe.

»Willst du nicht reinkommen und einen Kaffee trinken?«, lade ich sie ein.

»Ich muss leider ...« Elas Sohnemann hat zum wiederholten Mal seinen Schnuller ausgespuckt, und sie bückt sich und steckt ihn erneut in seinen Mund. »Siehst du, wie er schmatzt? Er hat Hunger, ich muss nach Hause. Aber willst du uns nicht ein Stück begleiten?«, schlägt sie vor, weil sie sich offenbar auch noch nicht von mir verabschieden will.

Freudig stimme ich zu, schließe rasch die Haustür ab, und wenig später spazieren Ela und ich mit dem Kinderwagen den schmalen, asphaltierten Fußweg entlang, der sich in meiner Jugend Meter für Meter in mein Gehirn gebrannt hat. Wir tratschen über dieses und jenes, und ich staune über jedes neu gebaute Wohnhaus oder Firmengebäude, jede kleinste Veränderung, die mir ins Auge sticht. Als wir am Haus von Marcs Eltern vorbeikommen, verstumme ich, und das scheint auch Ela nicht zu entgehen.

»Und ...«, fragt sie, »wie war euer erstes Zusammentreffen?«

»Hm ...«, überlege ich, »besch ... scheiden?« Ich lasse es wie eine Frage klingen, weil ich nicht wirklich weiß, wie ich die Begegnungen – es waren ja schon mehrere, was ich aber für mich behalte – mit Marc beschreiben soll.

»Na ja, das wird bestimmt immer besser, je öfter ihr euch seht.«

»Ich habe nicht vor, ihn öfter zu sehen.«

»Aber ... das wird sich wohl nicht vermeiden lassen. Du wirst dich ja bestimmt um das Haus kümmern müssen, oder?«

»Ich werde das Haus verkaufen.«

Elas Augenbrauen wandern nach oben bis knapp unter ihren Haaransatz, als sie weit die Augen aufreißt. »Ernsthaft?«

»Ich kann es ja schlecht leer stehen lassen«, wende ich ein.

»Ich dachte, du würdest wieder einziehen.«

»Mein Leben ist in Innsbruck. Was soll ich hier?«

»Ja«, Elas Ausdruck ist enttäuscht, und ihre Stimme nimmt einen fast schon beleidigten Unterton an, »stimmt, was sollst du hier.«

»Mann, Ela, so war das doch nicht gemeint!«, lenke ich ein. »Ich habe dort meinen Blumenladen, und der läuft super. Hier erinnert mich alles daran, was damals passiert ist.«

»Okay. Also hast du überhaupt keine positiven Erinnerungen an dein früheres Leben.« Es soll wahrscheinlich nur eine Feststellung sein, doch klingt es für mich wie eine Anklage.

»Doch, schon«, rechtfertige ich mich, »klar habe ich die. Aber ...«, ich seufze laut und schüttle nachdenklich den Kopf, »immer wenn ich Marc sehe, dann kommt alles wieder hoch. Was er damals abgezogen hat ...«

»Kannst du ihm das nicht irgendwann verzeihen?«

»Darum geht's doch gar nicht. Er will noch nicht einmal, dass ich ihm verzeihe. Sonst hätte er genug Gelegenheit gehabt, sich zu erklären. Er hat mich im Stich gelassen damals. Unsere Freundschaft und alles, was wir hatten, einfach weggeworfen!«

»Ach, und du würdest eine Entschuldigung annehmen?«

Verzweifelt zucke ich mit den Schultern.

»Was erwartest du denn dann von ihm, Jule?«

»Na, dass er irgendwas sagt. *Irgendwas.* Dass ich zumindest *sehe*, dass es ihm leidtut. Aber es ist ihm egal. *Ich* bin ihm egal, und das war ich wahrscheinlich schon immer.«

»Er hat es auch nicht leicht gehabt damals«, beginnt Ela Marc zu verteidigen.

»Moment mal, nimmst du ihn jetzt auch noch in Schutz?«

In dem Augenblick beginnt Johannes fürchterlich zu weinen, und Ela hält den Kinderwagen an, um den Kleinen herauszuheben und auf ihrem Arm zu schaukeln.

»Weißt du was, Jule, warum kommst du nicht einfach heute Abend zum Essen vorbei? Wir grillen, Matzes Eltern werden da sein, so ganz zwanglos und gemütlich.«

»Ach … nein«, wiegle ich ab, »ich würde euch bestimmt nur die Laune verderben.«

»Nein, komm schon«, lässt Ela nicht locker, »das würde dich ein bisschen ablenken.«

»Ich glaube nicht, dass das so eine gute Idee ist.«

»Was hast du denn sonst schon groß vor? Ich mache auch deine Lieblingsbowle!« Ela hat ein gewinnendes Lächeln aufgesetzt, klimpert ein bisschen mit den Wimpern, und ich gebe mir selbst einen imaginären Arschtritt.

»Wer kann da schon Nein sagen?«, antworte ich schließlich augenrollend und lache. »Kann ich was mitbringen?«

»Nein. Sagen wir um acht?« Ich nicke, und ehe ich mitbekomme, dass wir an Elas Haus angekommen sind, verschwindet sie schon mit Baby und Kinderwagen hinter den mannshohen Thujen in ihrem Garten. Ich bin nicht ganz sicher, ob es gut ist, worauf ich mich da einlasse. Aber dann erinnere ich mich an den Punkt auf Tante Emmis Liste: *Raffaela und ihr Baby besuchen.* Und da ich auf dieser Liste noch nicht sonderlich weit gekommen bin, kann es ja nicht schaden, einen weiteren Punkt abzuhaken.

Kapitel 9

Jule

Im Lebensmittelladen kaufe ich eine große Schachtel Pralinen als Mitbringsel. Wir haben Anfang Juni, und es ist heute zum ersten Mal in diesem Jahr auch abends noch angenehm warm. Darum schlüpfe ich in die bunten Espadrilles, die Tante Emmi mir hinterlassen hat, und binde mir eine leichte Strickjacke um die Hüften, die mein legeres Outfit, bestehend aus Jeans und hellblauer Sommerbluse, abrundet.

Ich gehe zu Fuß zu Raffaelas und Matzes Haus, wähle diesmal jedoch einen anderen Weg, um nicht an Marcs Elternhaus vorbeizumüssen. Matzes Eltern Egon und Iris sind nicht von hier, und ich kenne sie auch nicht, deshalb hoffe ich, dass dieser ganze Beileidskram und die Fragen nach meinem Vater ausbleiben. Ich werde nicht enttäuscht. Alle begrüßen mich freundlich, und ich werde sofort in die fröhliche Runde aufgenommen. Ela hat den Tisch auf der Terrasse mit ihrem geblümten Geschirr und bunten Sommerservietten gedeckt, und ich bedaure sofort, nicht an Blumen gedacht zu haben, die sich bestimmt sehr hübsch auf dem dunklen Holz machen würden. Auch mit den wunderbaren Salaten hat sie sich selbst übertroffen, und Matze ist ein wahrer Meister am Grill. Wir reden über alle möglichen Dinge, über Matzes Arbeit als Steuerberater, über Elas Elternzeit und über Johannes. Über die Arbeit von Iris, über die Rente von Egon und über Johannes. Wir reden über meinen Blumenladen – wobei ich wirklich dankbar bin, dass sie alle nicht zu neugierig auf mein Leben sind – und über Johannes. Wir reden über Matzes und Elas Pläne für den Sommer und über Johannes. Matze grillt, wir essen, das Baby quengelt und wird abwechselnd von seinen Großeltern und seiner Mama in den Armen gewiegt. Ich schenke mir großzügig von der ausgezeichneten Bowle nach – mit extra vielen Früchten –, obwohl ich weiß, dass ich Alkohol ganz schlecht vertrage.

Matze und Ela machen sich Komplimente zum Essen und küssen sich wie zwei frisch Verliebte. Elas Schwiegereltern geben Anekdoten von Johannes zum Besten und kommen aus dem Schwärmen über ihren unglaublich süßen, herzallerliebsten Enkel nicht mehr heraus. Alles ungemein harmonisch.

Irgendwann steigert sich das Quengeln des Kleinen zu einem hartnäckigen Weinen, und Ela geht mit ihm ins Haus, um ihn zu wickeln.

»Wahrscheinlich Bauchschmerzen«, erklärt Matze bedauernd und macht sich ein alkoholfreies Bier auf.

In meine eigenen Gedanken versunken, fische ich mit dem Löffel die Erdbeeren aus der Bowle, als mich plötzlich Iris so erwartungsvoll ansieht, als hätte ich eine wichtige Frage verpasst.

»Äh, bitte?«

»Ob du auch mal Kinder möchtest? Ich finde ja, Kinder machen das Leben erst richtig lebenswert. Natürlich braucht man auch den richtigen Partner, nicht wahr, mein Liebling?« Ich weiß nicht genau, ob sie jetzt ihren Mann oder eher Matze meint. Ich für meinen Teil kaue auf einem Erdbeerkern herum, als könnte mir das eine Antwort herbeizaubern. Die ich allerdings gar nicht benötige, weil Iris munter weiterplappert, während sie unentwegt mit drei Fingern ihre rotblonden Locken zurückstreicht: »Es ist wirklich schreeecklich, wie manche Frauen ihre Karriere der Familie vorziehen. Ich bin ja so erleiiichtert, dass unser Raffaelchen da anders geprägt ist. Und ich sage absichtlich geprägt, denn das kommt iiimmer auf die Erziehung an.«

Okaayyy ... dieses Gespräch wird mir jetzt ein bisschen zu familienlastig; nun ja ... vielleicht der ganze Abend. Ich danke Matze für das Essen und entschuldige mich, um nach Ela und dem Baby zu sehen. Beim Aufstehen spüre ich bereits, dass mir die Bowle zu Kopf steigt, und ich schwanke ein wenig. Ich finde die beiden im himmelblau gestrichenen und mit Wölkchen und Blümchen bemalten Kinderzimmer, wo Ela mit Johannes im Schaukelstuhl sitzt und langsam hin- und herwiegt, während sie ihm das Fläschchen gibt. *Das* ist nun wirklich außerordentlich klischeebehaftet. Ela sieht auf, als ich die Tür aufschubse und im Türrahmen stehen bleibe.

»Komm ruhig rein«, lädt sie mich ein, »wir sind gleich fertig.«

Ich zaudere ein wenig. Nicht, dass ich Ela dieses Familiending nicht gönnen würde, aber dass es mir guttut oder mich auf andere Gedanken bringt, könnte ich nun wirklich nicht behaupten.

»Eigentlich wollte ich mich verabschieden«, antworte ich leise, um das Baby nicht zu erschrecken. »Und für das tolle Essen bedanken.«

»Nichts zu danken, aber bleib doch noch«, ermuntert sie mich, während sie Klein-Johannes an ihre Schulter hebt und ihm sanft den Rücken klopft, bis er ein Bäuerchen macht. »Es war doch grade so gemütlich.« Sie legt ihn in seine Wiege und zieht ihm seine bunte Elefantenspieluhr auf, aus der »La-le-lu« erklingt, bevor sie zärtlich über sein Köpfchen streicht, das Babyfon aktiviert und leise die Tür hinter sich zuzieht.

»Wir haben ein paar Familienspiele, die ganz lustig sind«, fügt sie hinzu und sieht mich mit ihrem Hundeblick an.

»Ja, Ela, *du* hast deine Familie da unten sitzen«, entgegne ich leicht genervt, als ich an das tolle Gespräch von vorhin denke.

»Aber du gehörst doch auch dazu!«

»Nein, ich gehöre nicht dazu. Und ehrlich gesagt ist mir dieses Heile-Welt-Getue ein bisschen zu viel.«

»Ich weiß, dass Iris und Egon hin und wieder etwas dick auftragen, aber im Grunde sind sie zwei ganz Liebe!«

»Es geht gar nicht um Matzes Eltern, Ela. Es geht darum, dass hier alles so toll ist und harmonisch und ihr alle so glücklich seid, während für mich wieder einmal alles scheiße läuft!« Je mehr Ela mich überzeugen will, umso verärgerter werde ich.

»Ich weiß ja, dass bei dir gerade ...«

»Gerade?«, fahre ich sie an. »Es war schon *immer* so, Ela. Und ich habe es einfach satt, am Rand zu sitzen und zuzuschauen.«

»Denkst du, bei uns läuft immer alles perfekt? Glaubst du wirklich, uns ist das alles in den Schoß gefallen?«

»Ja, genau das denke ich! Ihr tragt es so offensichtlich zur Schau, wie erfüllt und wundervoll euer Leben ist! Und das kotzt mich an!«

Elas Blick ist verletzt, doch ich bin inzwischen viel zu aufgebracht, um mich zu schämen.

»Gott, du hast wirklich keine Ahnung!« Auch Elas Stimme ist mittlerweile ein wütendes Zischen geworden, doch immer noch leise genug, dass ihre Familie im Untergeschoss und Johannes in seinem Kinderzimmer nichts von unserem Streit mitbekommen. »Aber woher solltest du denn auch? Woher solltest du wissen, wie oft ich ganz nahe am Abgrund stand? Du hast es ja vorgezogen, den Kontakt zu deinen Freunden abzubrechen!«

»Du weißt genau, dass mein Vater darauf bestanden hat, nach Innsbruck zu gehen«, verteidige ich mich.

»Ja, das weiß ich. Aber wir hatten damals schon alle ein Handy. Und spätestens nach einem halben Jahr habe selbst ich gerafft, dass du nicht unbedingt scharf darauf warst, unsere Freundschaft aufrechtzuerhalten.«

»Ich wollte diesen Mist hier einfach hinter mir lassen! Ist das so schwer zu begreifen?«

»Nein, Jule! Gar nicht. Ich hab's begriffen. Aber offensichtlich war ich so blöd, zu glauben, dass wir noch mal neu anfangen könnten. Weil ich dachte, du würdest eine Freundin brauchen und das könnte *ich* sein!«

»Wie großherzig, dass du dich meiner angenommen hast!«, spucke ich giftig aus.

»Vergiss es einfach, Jule. Wahrscheinlich denkst du, du wärst etwas Besseres als wir hier in deiner verhassten Heimat. Trotzdem will ich dir eines sagen: Du wirfst Marc vor, dass er dich im Stich gelassen hat? Du hast doch genau dasselbe gemacht. Und nicht nur mit mir. Und jetzt kommst du her und machst mir mein Glück madig, für das ich wirklich unglaublich hart gekämpft habe.« Ich starre sie an und versuche, ihre Worte in meinem Kopf zu ordnen, was dank meines überhöhten Alkoholkonsums nicht grade einfach ist. Ela laufen inzwischen Tränen der Wut über die Wangen, trotzdem scheint sie ihre Schimpftirade nicht beenden zu wollen. »Es ist in den letzten Jahren wirklich viel passiert, Jule. Aber nicht nur in deinem Leben. Im Gegensatz zu dir haben wir vielleicht nur aufgehört, im Selbstmitleid zu baden.« Sie schluchzt auf und sucht in ihren Jeans nach einem Taschentuch. Als sie keines findet, zieht sie lautstark die Nase hoch und wischt sich mit dem Handrücken die Tränen von den Wangen. »Und jetzt solltest du wirklich gehen. Ich werde es den anderen schon irgendwie verklickern!«

Damit lässt sie mich oberhalb der Treppe stehen und rennt nach unten. Ich wüsste ohnehin nicht, was ich ihr auf ihre Vorwürfe antworten soll. Als ich höre, wie sie unten die Badezimmertür hinter sich zuzieht, mache ich mich ebenfalls so leise wie möglich auf den Weg ins Parterre, schlüpfe in meine Espadrilles, die ich vorhin ausgezogen habe, und verdrücke mich durch die Haustüre, damit mich die anderen nicht bemerken.

Ein paar Häuser weiter muss ich mich an einen Gartenzaun klammern, weil der Boden unter mir zu schwanken beginnt. Vielleicht war das letzte Glas Bowle doch zu viel. Oder die letzten zwei. Kurz schließe ich die Augen und nehme ein paar tiefe Atemzüge. Am Wegrand steht eine Bank, auf der ich mich niederlasse. Ich frage mich, wann ich zuletzt zu viel getrunken habe und wann ich zuletzt so richtig ausgelassen und lustig war. Und wann ich angefangen habe auf andere Menschen eifersüchtig zu sein. Mir fallen keine Antworten ein. Und dann schäme ich mich doch.

Ich weiß nicht, wie lange ich dort auf der Bank sitze, dem Zirpen der Grillen lausche und meinen wirren Gedanken nachhänge. Heute wird das wohl nichts mehr mit den Antworten. Ich schlüpfe aus den Schuhen, nehme sie in die Hand und tapse den kühlen Asphaltweg entlang.

»Verdammte Scheiße!«, entfährt es mir, als ich unvorbereitet auf einen größeren, spitzen Stein trete und dabei fast das Gleichgewicht verliere.

»Hast du dir wehgetan?«, erklingt es hinter einer Hecke hervor, und ich erschrecke, als ich Marcs tiefe Stimme erkenne.

»Du? Was machst du denn hier?« Es dauert einen Moment, bis ihn meine Augen in der Dunkelheit erfassen. Er steht hinter einem mit üppigen Blüten übersäten Strauch, die Hände tief in den Jeanstaschen vergraben, und mustert mich neugierig.

»Ich wohne hier«, antwortet er lakonisch.

»Ach ... bei Mami ums Eck. Wie praktisch«, spotte ich.

»Und?«, will er wissen, doch ich verstehe die Frage nicht.

»Was und?«

»Hast du dir wehgetan?«

»Ein bisschen meinen Stolz ramponiert, weil ich meine Beine noch immer nicht ausreichend unter Kontrolle habe ... ansonsten ... nein!« Erleichtert stelle ich fest, dass meine Zunge wenigstens wieder tadellos funktioniert und sich mein Kopf nicht mehr ganz so benebelt anfühlt. Die Pause auf der Bank scheint mir gutgetan zu haben. Ich erwarte einen blöden Spruch seinerseits, zum Beispiel, dass manche Dinge sich wohl nie ändern, stattdessen fragt er: »Willst du ein Bier?«

»Du hättest nicht meinetwegen von der Grillparty wegbleiben müssen«, bleibe ich ihm wieder die Antwort schuldig. Ich habe schon begriffen, dass Ela und Marc offenbar immer noch befreundet sind, so wie sie ihn immer verteidigt. Also gehe ich davon aus, dass auch er auf der Gästeliste stand.

»Bin ich nicht.«

»Du warst nicht eingeladen?«, frage ich überrascht.

»Ich ... stehe nicht auf solche Sachen«, erklärt er knapp. »Und das weiß Ela. Deshalb fragt sie gar nicht erst.«

»Seit wann das denn?«

»Seit ... meine besten Freunde nicht mehr dabei sind.«

Damit nimmt er mir komplett den Wind aus den Segeln, und ich schweige fürs Erste. Ein wenig unschlüssig stehe ich immer noch am

Gehweg. Schließlich streife ich mir umständlich meine Sommerschuhe über, während ich nach einer Erwiderung suche. Es wäre wirklich leichter für mich, wenn Marc sich einfach wieder umdrehen und gehen würde. Doch wenn ich ehrlich mit mir selbst bin, würde mich das wahrscheinlich aufs Neue wütend machen.

»Wann hast du dieses Haus gebaut?«, frage ich mit einer seitlichen Kopfbewegung.

»Vorletztes Jahr. Willst du jetzt ein Bier?«

»Wieso sollte ich?«

»Weil du dann einen Grund hättest, dich in meinen Garten zu setzen, und nicht die ganze Nachbarschaft mit deinem Gebrüll aufwecken müsstest.«

»Ups ... ist es schon so spät? Ich habe mich schon gewundert, warum es so dunkel ist.«

»Dein Sarkasmus war auch schon mal besser«, kommentiert er, doch etwas zupft kaum merklich an seinem Mundwinkel.

»Außerdem brülle ich gar nicht.«

»Stimmt, du hast von Natur aus ein lautes Organ«, lenkt er ein, dann dreht er sich um und lässt mich tatsächlich stehen.

»Und jetzt gehst du einfach?«

»Noch ein Bier holen«, gibt er über seine Schulter zurück. »Da drüben ist das Gartentor ... ansonsten gute Nacht!«

Ein Schwall Luft entweicht mir, und ich trete von einem Bein auf das andere und überlege fieberhaft, ob ich gehen oder bleiben soll.

»Scheiß drauf«, murmele ich und schiebe mich an besagter Stelle durch das hübsche schmiedeeiserne Gartentor. Hat er bestimmt selbst gemacht, vermute ich und streiche sanft mit den Fingern über die geschmiedeten Blüten, die als Verzierung angebracht sind. An den Angeln quietscht es ein wenig, doch das macht meines Erachtens erst den gewissen Reiz eines Gartentors aus. Langsam, die Hände in meine Gesäßtaschen geschoben, schlendere ich auf die Terrasse zu, auf der die alte Hollywoodschaukel von Marcs Eltern einen wunderschönen Platz gefunden hat. Gott, wie habe ich dieses Retroteil immer geliebt.

Mir bleibt nicht viel Zeit, in Erinnerungen zu schwelgen, weil Marc wieder erscheint. Ich glaube einen überraschten Ausdruck auf seinem Gesicht zu erkennen. Wahrscheinlich hat er nicht damit gerechnet, dass ich tatsächlich bleiben würde. Ich übrigens genauso wenig und hadere noch, ob es die richtige Entscheidung war.

Er nimmt ein Feuerzeug von dem hölzernen Klapptisch, der neben der Terrassentür steht, öffnet die beiden Bierflaschen, reicht mir eine davon und setzt sich auf den dazugehörigen Klappstuhl. Ich nicke ihm zum Dank zu und vermeide zu langen Blickkontakt. Dann nippe ich an meinem Bier, während er einen so tiefen Zug nimmt, dass seine Flasche zweifellos schon halb leer ist. Bestimmt nimmt er seine Eroberungen noch immer nicht mit nach Hause, überlege ich und inspiziere unsere Umgebung. Das würde erklären, warum nur ein Klappstuhl vorhanden ist.

»Du kannst dich ruhig setzen«, murmelt er, als er bemerkt, wie ich immer noch unschlüssig dastehe. Ich nehme auf der Hollywoodschaukel Platz, ohne sie jedoch anzuschubsen, wie ich es früher immer gemacht habe. Aus Verlegenheit trinke ich noch einen Schluck Bier. Vielleicht auch, um dieses flaue Gefühl in meinem Magen zu vertreiben, das Marcs Gegenwart auslöst. Oder könnte ich das auch dem Alkohol zuschreiben?

»Du warst also bei Ela«, stellt er fest, und ich nicke.

»Ja. Sie hat mich zum Grillen eingeladen.«

»Du siehst aber nicht grade begeistert aus. War das Essen nicht okay, oder bist du unter die Vegetarier gegangen?« Ich weiß seine Bemühungen um ein Gespräch zu schätzen, aber ich bin nicht hier, um Smalltalk zu halten.

»Wir hatten Streit«, erkläre ich kurz angebunden.

»Oh«, kommentiert er.

»Marc«, komme ich endlich zu der Frage, die mich am meisten beschäftigt, »was hattest du mit meiner Tante Emmi zu schaffen?«

Marc stößt einen Schwall Luft aus, und es scheint, als hätte er mit dieser Frage bereits gerechnet. »Ich habe sie schon immer gerne gemocht. Wir waren oft bei ihr als Kinder, erinnerst du dich?«

»Natürlich erinnere ich mich. Aber das war früher.«

Er schweigt, nimmt einen Zug. Bis auf das Gluckern in seiner Kehle und das Zirpen der Grillen, das mir im Moment gehörig auf die Nerven geht, ist es ruhig.

»Du wusstest, dass sie stirbt, oder?«

»Ja«, bestätigt er. Er streitet es also nicht einmal ab.

»Wieso?«, frage ich etwas ungehalten. »Warum hat sie es mir verschwiegen, und dir hat sie sich anvertraut?«

»Sie wollte es dir sagen.«

»Hat sie aber nicht. Wieso ausgerechnet dir?« Ich lege meine Ellbogen auf den Oberschenkeln ab und lehne mich weit nach vorne, fixiere ihn jetzt mit meinem Blick.

»Ich habe sie einmal in ihrem Wohnzimmer gefunden, nachdem sie ohnmächtig geworden war. Sie war völlig durch den Wind. Ich hab darauf bestanden, dass sie zum Arzt geht.« Marcs Erklärung ist ruhig und sachlich, er hält alle Emotionen unter Verschluss.

»Warum warst du in ihrem Wohnzimmer?« Meine Fragen gleichen einem Verhör, doch das ist mir egal. Ich muss einfach alles wissen, sonst werde ich noch verrückt.

»Ich habe sie besucht.«

Krampfhaft versuche ich einen Sinn in Marcs Antworten zu finden, sie irgendwie zu ordnen. Ich stehe auf und fange an, auf der Terrasse hin und her zu gehen. »Moment mal«, hake ich nach und bleibe vor ihm stehen, »du hast sie besucht? Warum? Ich meine, okay, als Kinder waren wir oft bei ihr, weil sie so was wie meine Ersatzmama war. Aber das ist ewig her!«

»Wir ... hatten einen guten Draht zueinander.« Auch wenn er mich nicht direkt ansieht, spüre ich, dass da noch etwas anderes ist, irgendwas, das er mir nicht sagen will.

»Das glaube ich dir nicht.« Ich wende mich von ihm ab und lehne mich an die Holzsäule der Terrasse, während sich mein Blick in der Dunkelheit verliert.

»Wir waren Freunde. Genügt das nicht, um hin und wieder füreinander da zu sein?«

»Freunde!«, ich schnaube spöttisch, erstens, weil dieses Wort einen bitteren Nachgeschmack hat, noch dazu von ihm, den ich einmal für meinen Freund gehalten habe, und zweitens, weil Tante Emmi und Marc eine schon sehr seltsame Freundeskonstellation abgegeben hätten. »Wer's glaubt.«

Erneut nehme ich einen Schluck aus der Flasche. »Du hättest mir sagen müssen, dass sie sterben wird«, werfe ich ihm vor und drehe mich wieder zu ihm um.

»Ich musste Emmi versprechen, es nicht zu tun.«

»Und seit wann kümmern *dich* Versprechen?« Jetzt steht auch er auf. Habe ich ihn provoziert? Er schiebt den Holzperlenvorhang der Terrassentür zur Seite und geht rein. Soll ich ihm folgen? Ich habe noch immer nicht die Antworten, die ich brauche. Aber soll ich jetzt klein beigeben? Mit einem Mal spüre ich, wie es mich empfindlich an den Armen fröstelt, obwohl ich schon vorhin meine dünne Jacke angezogen habe.

»Willst du auch was zum Überziehen?«, höre ich Marcs Stimme von drinnen, und da lasse ich alle Bedenken links liegen und folge ihm ins Haus. Es sieht gemütlich aus, mit wenigen schlichten Möbeln eingerichtet, doch genug, um sich wohlzufühlen. Dabei will ich mich doch gar nicht wohlfühlen! Marc zieht den Reißverschluss seiner dunklen Fleecejacke zu und hält mir eine zweite hin. Erst will ich verneinen, doch dann siegt die Vernunft gegen den Dickkopf, und ich nehme sie dankbar entgegen. Ich muss meine ganze Selbstbeherrschung aufbringen, um nicht meine Nase in den weichen Stoff zu stecken und diesen wunderbar holzigen Duft einzuatmen, der mich an Veilchen, Thymian und ganz viel Marc erinnert.

»Du glaubst mir nicht, dass wir Freunde waren«, stellt er fest, und mir entgeht nicht, dass er einen Hauch gereizter klingt als vorhin.

»Na ja ... Tante Emmi war eine ältere Dame, und du bist ... ein junger Mann, der genug damit zu tun hat, jedem andern Rockzipfel hinterherzujagen.« Da wird mir plötzlich selbst bewusst, was ich soeben von mir gegeben habe. »Nein ...«, erschrocken schlage ich mir die Hand vor den Mund, »sag nicht ... oh mein Gott ... ihr hattet was miteinander!« Ich starre ihn mit kugelrunden Augen an, als würde ein Geist vor mir stehen.

»Was? Nein!«, dementiert er. »Nein, Himmel, doch nicht so, wie du denkst!«

»Jetzt wird mir alles klar!« Ich lasse mich entkräftet auf der Sofalehne nieder. »Deshalb wart ihr auch im Krankenhaus so vertraut miteinander.«

»Jule, jetzt hör doch mal auf mit diesem Blödsinn.«

»Blödsinn? Na, dann erklär's mir!«, schreie ich ihn verzweifelt an und springe auf. »*Erklär ... es ... mir!*«

»Emmi hat mich ... gerettet!«, erwidert er schließlich.

»Gerettet?« Ich verstehe nur Bahnhof. Marc lässt sich nun ebenfalls auf die abgegriffene und durchgesessene Couch fallen. Er schließt die Augen und senkt den Kopf, fährt sich mit beiden Händen durch seine kurzen dunkelblonden Haare, so als wolle er sie alle auf einmal ausreißen.

»Ja, Emmi hat mich gerettet«, beginnt er leise. »Sie war für mich da, als ich ... nicht mehr wollte ... keine Kraft mehr hatte.«

»Wie meinst du das?«

»So wie ich es sage, Jule. Nachdem ihr weg wart, habe ich einfach ... keinen Sinn mehr für mich gesehen. Sie hat mir gezeigt, dass Aufgeben keine Option ist.«

»Wieso hat *sie* dann aufgegeben?« Die Worte purzeln aus mir heraus, bevor ich sie aufhalten kann.

»Deine Tante Emmi hatte keine Chance, Jule.« Jetzt sieht er mich direkt an, und ich spüre, wie sehr ihm dieses Gespräch zusetzt. Vorbei der Moment, an dem er seine Gefühle vor mir verbergen konnte.

»Ihr Tumor war bösartig und ist viel zu schnell gewachsen, und selbst, wenn sie ihn früher erkannt hätten, hätte es keine realistische Chance auf Heilung gegeben.«

»Wunder geschehen doch immer wieder!«, widerspreche ich und versuche die Tränen hinunterzuschlucken, die in mir aufsteigen. »Also hat sie doch aufgegeben!«

»Sie hat nicht aufgegeben. Sie hat losgelassen«, stellt er richtig. »Das ist ein großer Unterschied.«

Meine Augen brennen, und ich breche den Blickkontakt ab. Es ist so schwer zu ertragen. Anscheinend ist es nicht genug, sie zu verlieren. Emmis Tod war der Auslöser für so viel Schmerz, der lange in meinem Herzen vergraben war und jetzt langsam, Stück für Stück an die Oberfläche drängt. Ich weiß nicht, ob ich bereit bin, mich ihm zu stellen.

»Und du?«, frage ich schließlich und suche erneut seinen Blick. »Hast du mich damals aufgegeben oder losgelassen?«

Seine blauen Augen sind unglaublich traurig, und ich fühle den Orkan, der dahinter wütet. Er blinzelt ein paar Mal und atmet schwer. Doch er antwortet nicht. Mit ruckartigen Bewegungen ziehe ich seine Jacke aus, stehe auf und flüchte, denn ich bin es leid, auf etwas zu warten, das mich am Ende noch mehr verletzt.

Kapitel 10

Marc – damals

Ich überlege ernsthaft, mich für einen Auslandseinsatz verpflichten zu lassen. Vielleicht ist die Chance, irgendwo dort draußen draufzugehen, gar nicht so gering, und mein Leben würde dadurch einen Sinn bekommen. Die letzten anderthalb Wochen als Soldat verbringe ich in der Kaserne. Auch nachts, obwohl ich eigentlich daheim schlafen dürfte. Es erscheint mir als willkommene Fluchtmöglichkeit. Vor wem oder was ich flüchte, ist mir selbst nicht so ganz klar. Denn aus meiner Haut kann ich nun mal leider nicht heraus. Ich fühle mich wie ferngesteuert und bin für meine Kollegen so gut wie nicht ansprechbar. Sie wissen, warum, und lassen mich in Ruhe. Mit Mühe befolge ich die Anweisungen meiner Vorgesetzten. Auch sie sind über den Tod meines besten Freundes im Bilde, weil er ja auch ein Soldat war. Einige von ihnen haben Stefan sogar die letzte Ehre erwiesen, obwohl es sich um einen Freizeitunfall handelte. Warum sich an jenem Nachmittag sein Dienstplan geändert hatte, ist mir immer noch ein Rätsel, aber es ist jetzt auch nicht mehr wichtig.

Die Tage vergehen, und das Ende meines Präsenzdienstes nähert sich in großen Schritten, doch letztendlich bin ich zu feige, mich für einen Auslandseinsatz zu melden. Nachdem ich meine ganzen Sachen in der Kaserne abgegeben habe und die anderen Soldaten das Abrüsten feiern, fahre ich das erste Mal seit der Beerdigung wieder nach Hause.

Ich ignoriere Jules Nachrichten und Anrufe – fest entschlossen, mich an das Verbot ihres Vaters zu halten, und in der Hoffnung, dass sie ohne mich glücklich wird – und lege mir ein neues Handy zu. Ich bringe es jedoch nicht übers Herz, das alte wegzuwerfen. Um mir Stefans Nachrichten anzusehen und die Mailbox abzuhören, fehlt mir der Mut. Es würde wahrscheinlich nur die Tatsache untermauern, dass ich schuld an seinem Tod bin. Wären wir bloß nicht im Streit auseinandergegangen. Hätte ich ihn doch nur auf die Bergtour begleitet. Warum war ich nur so verdammt verbohrt? Ich werde das Gefühl nicht los, dass dieser Unfall am Ende gar kein Unfall war. Was, wenn ihm einfach alles zu viel geworden ist? Stefan hatte schon lange Probleme mit seinem Vater, der ihn in eine Rolle drängen wollte, mit der Stefan sich einfach nicht identifizieren konnte. Er wollte kein Fliesenleger werden, und für Rainer gab es keine andere Option. Und dann ließ ich ihn auch noch hängen, mehr noch, ich verhielt mich wie das letzte Arschloch. Alles wäre anders gekommen, wenn ich ihm nur besser zugehört und mich selbst nicht so wichtig genommen hätte. Das werde ich mir nie verzeihen.

Als ich zu Hause durch die Tür trete, taucht wie aus dem Nichts meine Mutter auf und schließt mich unerwartet in die Arme. Ich drücke sie vorsichtig weg, ein Reflex, um zu vermeiden, dass sie durch diesen Gefühlsausbruch meinen Schutzwall einreißt. Sie lässt sofort von mir ab, und in mir steigt absurderweise Enttäuschung auf, weil sie nicht hartnäckiger ist.

»Wie schön, dass du da bist«, sagt sie und klingt dabei wirklich aufrichtig. Trotzdem bin ich nicht ihrer Meinung. Doch leider gibt es auch keinen anderen Ort auf der Welt, wo ich sein will. Wo mein Vater ist, interessiert mich nicht, ebenso wenig, ob und wie sie ihre Ehekrise meistern oder ob sie vielleicht sogar schon die Scheidungspapiere eingereicht haben.

»Komm, ich nehme dir das ab.« Sie ergreift meine Tasche mit den wenigen Dingen, die ich in der Kaserne brauchte, stellt sie neben die Badezimmertür und zieht mich mit sich in die Küche. Eigentlich will ich meine Ruhe, aber Mama zuliebe lasse ich mir ihre ungewohnte Zuneigungsbekundung gefallen.

»Bist du froh, dass es vorbei ist?«, fragt sie, und ich sehe sie verständnislos an. »Äh … dein Präsenzdienst, meine ich.« Ich blinzle und suche nach passenden Worten, aber mir fällt nichts ein. Ich spüre ihre Nervosität und wie schwer es ihr fällt, mit der Situation umzugehen. »Magst du einen Kaffee? Ich mache uns erst einmal Kaffee.« Mutter steht auf, stellt die Kaffeemaschine an und beginnt in der Küche herumzuwuseln. Auf der Suche nach etwas Essbarem kramt sie in Schubladen und Schränken herum, füllt zwischendurch die Kaffeebohnen nach, stellt Geschirr auf den Tisch. Ich kann mich nicht erinnern, wann wir zwei zuletzt zusammen Kaffee getrunken haben. Nebenbei plappert sie über dieses und jenes; es scheint mir, als hätte sie das dringende Bedürfnis, die Stille in unserer Küche auszufüllen, mit der sie nicht umzugehen weiß.

»Konntest du dich noch von Juliana verabschieden?«, fragt sie, während im Hintergrund die Kaffeemaschine surrt, und ich werde hellhörig.

»Verabschieden?« Es ist das erste Wort, das ich seit meiner Ankunft von mir gebe.

»Na ja, sie sind ja letzte Woche ziemlich schnell aufgebrochen«, ergänzt sie und stellt eine Tasse Kaffee vor mich hin.

»Aufgebrochen?«, hake ich irritiert nach.

»Nach Innsbruck.« Sie macht eine nachdenkliche Pause. »Du weißt es gar nicht? Rainer und Juliana sind nach Innsbruck gezogen.«

Ich kann plötzlich nicht mehr richtig atmen. »Das kann nicht sein«, krächze ich, weil mir die Stimme versagt. Ich springe mit einer Heftigkeit vom Tisch auf, dass sich die schwarze Flüssigkeit in einem Schwall über die helle Tischdecke ergießt, bevor ich fluchtartig das Haus verlasse. Ich muss zu ihr. Ich muss zum Haus der Ebners und mit Jule reden. Sie wenigstens noch einmal sehen. Es kann nicht wahr sein, was meine Mutter da erzählt.

Meine Hände sind schweißnass, als ich vor der Haustür stehe. Wieder einmal. Tonnenschwer wiegt die Schuld noch immer in meinem Bauch, und ich weiß, Rainer wird es nicht gutheißen, mich hier zu erwischen. Aber Jule nicht mehr treffen zu dürfen, ist eine Sache, sie nicht einmal mehr aus der Entfernung zu sehen, eine völlig andere. Ich klingle und bin versucht, sofort kehrtzumachen, weil ich Angst habe, Mutter könnte doch recht haben. Hat sie leider auch, muss ich erkennen, als Emilia Bruckner, Jules Tante, aufmacht.

»Marc«, begrüßt sie mich, und sofort erhellt sich ihr trauriger Blick, wenn auch nur minimal. »Es tut gut, dich zu sehen. Willst du reinkommen?«

»Es stimmt also? Sie sind ... weggezogen?«

Emmi nickt langsam, und ich kann sehen, wie ihre Augen mit einem Mal in Tränen schwimmen. Behutsam streckt sie die Hand nach mir aus, doch ich drehe mich um und gehe. Es ist besser so, sage ich mir. Am Ende hätte ich es doch nicht ausgehalten und Jule die ganze Wahrheit erzählt. Eine Wahrheit, die sie nicht verkraften würde.

Ich besorge mir Alkohol in Mengen, die Stefan und ich nicht mal zu zweit vertragen hätten. Ein Teil davon reicht mir schon, dass ich mutig genug bin, mit meiner Cross-Maschine auf unseren Hausberg zu fahren. Ich stelle mir vor, wie ich über eine große Hügelkuppe springe. Es wird sich anfühlen wie Fliegen, und wenn ich dann am Boden lande, wird der Aufprall das Ende meines Schmerzes sein. Doch leider geht die Sache schief, und nichts von der ersehnten Erlösung tritt ein. Alles ist wie vorher, nur dass der Schmerz jetzt auch noch körperlich und meine Maschine Schrott ist. Obwohl ich mit ein paar Prellungen und Blutergüssen davonkomme, sind die folgenden Tage der blanke Horror. Eigentlich hätte ich schon längst wieder in dem Autohaus anfangen müssen, in dem ich meine Lehre als KFZ-Techniker absolvierte. Mein Chef, der zwar nach dem Bundesheer verpflichtet ist, mich wieder einzustellen, ist wenig amüsiert, dass ich einfach nicht zur Arbeit erscheine, und macht mir am Telefon klar, dass ich mir etwas anderes suchen soll. Scheiß drauf. Es könnte mir nicht gleichgültiger sein.

Ich habe keine Vorstellung, wie mein Leben weitergehen soll. Es ist so sinnlos geworden. Und alles nur, weil ich so überheblich war, so unglaublich egoistisch. So schnell kann sich alles ändern. So schnell wird man von einem Gewinner zu einem Verlierer.

Meine Eltern versuchen zu mir durchzudringen, aber ich blocke ab. Sie wollen mich zu einer Psychologin schicken, doch ich gehe nicht hin. Wenn ich nicht zu Hause bin, lungere ich in dem Geräteschuppen herum, in dem ich zuletzt mit Jule zusammen war. Der Gedanke an sie zerreißt mich. In einem Anflug von Selbstgeißelung – oder wie man es auch immer nennen mag – schicke ich ihr von meinem alten Handy aus eine letzte Nachricht.

> Liebste Juli, ich wünsche dir alles Glück der Welt auf deinem neuen Weg. Ich hoffe, du kannst mir irgendwann verzeihen. M.

Ich drücke sofort auf Senden, ohne lange darüber nachzudenken. Dann schalte ich das Handy mit den unzähligen verpassten Anrufen, Sprach- und Kurznachrichten, die alle ungeöffnet bleiben, aus und verstaue es in der hintersten Ecke des obersten Regales in meinem Kleiderschrank. Ein Blick in den Spiegel verrät mir, dass ich wie ein Zombie aussehe, und genauso fühle ich mich auch. Seelenlos.

Diesmal weiß ich, dass alles klappen wird, als ich Stefans Motocross aus Rainers – oder wahrscheinlich mittlerweile Emmis – Garage entwende. Es ist schon dämmrig, und keines der Fenster ist erleuchtet, deshalb gehe ich davon aus, dass sie nicht zu Hause ist. Der Anblick des verlassenen und dunklen Hauses tut weh, darum bringe ich es lieber schnell hinter mich. Weil in unserem Dorf niemand daran denkt, eine Garage abzuschließen, ist es ein Leichtes, an die Maschine zu kommen. Es scheint sich nicht einmal jemand an dem lauten Geräusch des Motors zu stören, und selbst, wenn sich im Nachhinein jemand beschwert … mich wird das morgen nicht mehr jucken.

Als ich – entgegen meiner Hoffnung – das nächste Mal erwache, bin ich durch lästige Kabel an piepsende Monitore angeschlossen. In einem

Arm steckt ein Infusionsschlauch, der zweite fühlt sich starr und unbeweglich an, weil er – wie ich später herausfinde – in einem Gips steckt. Erwachen ist vielleicht sogar zu viel gesagt, denn ich fühle mich völlig gerädert, als wäre ich in eine riesengroße Wattekugel gepackt, mit der man mich vorher mit zweihundert Stundenkilometern im Kreis herumgewirbelt hat. Mit halb geöffneten Augen drehe ich den Kopf vorsichtig zur Seite. Der Anblick meiner Eltern, die beide an meinem Bett sitzen und absolut fertig aussehen, dämpft das Gefühl des Bedauerns ein wenig, das ich grade noch empfunden habe. Bedauern über den Umstand, dass ich noch existiere. Meine Mutter umklammert meine Hand und blickt auf, als sie meine Bewegung wahrnimmt. Ihre Augen weiten sich, und ihre Atmung verändert sich merklich, sodass auch mein Vater auf mich aufmerksam wird.

»Marcus«, wispert Mama und blinzelt die Tränen der Erleichterung weg, die in ihr aufsteigen, »Gott, bin ich froh, dass du endlich wach bist!«

Ich habe keine Vorstellung, wie lange ich weg war.

»Wie fühlst du dich?«, will mein Vater wissen.

Auch aus meinem Augenwinkel stiehlt sich eine Träne, die erste, seit ... ich weiß nicht wann. Ich kann nicht antworten; bin völlig überfordert.

»Lass dir Zeit, Schatz. Du musst nichts sagen. Die Hauptsache ist, dass du wieder bei uns bist.« Die Worte meiner Mutter sind leise, und in ihrer Stimme schwingt ein seltsames Vibrieren mit, das sie mühsam zu kontrollieren versucht. Sie will stark sein. Alles im Griff haben. Wie immer. Doch das muss sie nicht. Es ist hart, immer stark sein zu müssen. Anstrengend. Und manchmal unmöglich.

Mein Vater hastet nach draußen und holt den Arzt, der sofort herbeieilt. Die darauffolgenden Gespräche über Diagnosen, Therapiemöglichkeiten und Risiken bekomme ich kaum mit. Ich bin einfach zu müde, um zuzuhören. Lediglich Worte wie Schädelhirntrauma, Rippen- und Armfraktur bleiben hängen. Dass meine Mutter meinem Vater später, als der Arzt wieder gegangen ist, schluchzend um den Hals fällt, entgeht mir jedoch nicht. Es macht mir bewusst, wie sehr sie sich um mich sorgen und was ich ihnen mit dieser Aktion angetan habe. Und plötzlich bin ich erfüllt von einer Wärme und Dankbarkeit, die ich schon sehr lange nicht mehr gespürt habe.

Nach ein paar Tagen fühle ich mich wesentlich wacher, was ich für mich nicht unbedingt als Vorteil verbuche. Der ständige Halbschlaf hat wenigstens keine lästigen Gedanken aufkommen lassen. Die Besuche meiner Eltern sind weniger und kürzer geworden, gemeinsam kommen sie gar nicht mehr. Aber das nehme ich ihnen nicht übel. Für Gespräche bin ich immer noch zu erschöpft, und ich weiß auch nicht, worüber ich mich unterhalten sollte. Am liebsten ist mir, wenn sie mich alle in Ruhe lassen.

Was mich unglaublich überrascht, ist, dass seit zwei, drei Tagen Emmi immer mal wieder an meinem Bett sitzt. Anfangs dachte ich noch, sie würde mir Vorwürfe wegen Stefans Motorrad machen, das wahrscheinlich Schrott ist. Ich kann mich nicht einmal mehr genau an meinen Sturz erinnern, aber meinem eigenen Befinden nach zu urteilen, wird es der Maschine nicht viel besser gehen. Doch Emmi verliert kein einziges Wort darüber. Sie sitzt da mit ihrem Strickzeug und respektiert sogar mein Schweigen. Das leise, aber konstante Klimpern der Stricknadeln wirkt irgendwie beruhigend auf mich. Heimelig, ganz anders als das nervige Piepen der Überwachungsmaschinen, von denen mich die Ärzte zum Glück gestern befreit haben, als ich von der Intensiv- auf die Normalstation verlegt wurde.

»Was willst du eigentlich hier?«, krächze ich heiser und unfreundlicher, als ich eigentlich sein will.

»Sehen, wie es dir geht«, antwortet sie pragmatisch.

»Und? Genug gesehen?«

»Bin mir noch nicht ganz sicher. Soll ich gehen?«, fragt sie zurück.

»Ja.« Noch ehe ich wieder zurückrudern kann, steht Emmi auf, stellt den Besucherstuhl zurück an den Tisch und legt das Strickzeug in ihr kleines mitgebrachtes Körbchen. Ich überlege, ob ich zu unhöflich war, aber sie verabschiedet sich mit einem Lächeln, als wäre nichts passiert, wünscht mir eine gute Besserung und geht. Wieder bin ich alleine mit meiner Traurigkeit, meinem Selbsthass und meiner Gefühlswelt, die schwärzer nicht sein könnte.

Als ich am nächsten Nachmittag nach einem längeren Mittagsschlaf erwache, sitzt Emmi wieder auf demselben Stuhl in derselben Pose hier und klimpert mit ihren Stricknadeln. Wieder bitte ich sie zu gehen, weil ich das Gefühl habe, keinen Menschen ertragen zu können. Auch heute kommt sie meinem Wunsch nach. Und am darauffolgenden Tag wieder dasselbe Spiel. Irgendwann bin ich es leid, sie wegzuschicken.

Nachdem die Ärzte die Schmerzmittel reduzieren, ist jede Bewegung eine Folter. Doch das ist gut so. Ich empfinde es als gerechte Strafe dafür, meinen Freund auf dem Gewissen zu haben. Darum bitte ich auch die Krankenschwester, die Sedativa ganz wegzulassen. Ich will die Schmerzen spüren, auch wenn sie höllisch sind. Doch irgendwann lassen sie mich im Stich, werden kontinuierlich weniger. An ihre Stelle rückt wieder diese schreckliche, alles verzehrende Leere in meinem Inneren. Da kommt mir der Gedanke, den Spieß einfach umzudrehen. Ich täusche die Schmerzen nur vor, um wieder Schmerzmittel verabreicht zu bekommen. Sie machen mich lethargisch und schläfrig und helfen mir tatsächlich ein bisschen, meinem inneren Kummer zu entkommen.

»Wo ist Mama?«, frage ich meinen Vater, der mir Sportmagazine ans Bett legt und sich nach einer zweiten Sitzgelegenheit umsieht, weil Emmi den anderen Stuhl besetzt. Sie steht auf, um ihm Platz zu machen, was mich sofort ein wenig ärgert. Immerhin war sie als Erste da, und außerdem kommt sie auch viel regelmäßiger zu Besuch. Sie hat also meines Erachtens mehr Anspruch auf diesen Stuhl. Es ist sowieso lächerlich, dass dieses Einbett-Krankenzimmer über nur einen einzigen Stuhl verfügt.

»Unterwegs«, beantwortet mein Vater die Frage nach meiner Mutter.

»Oh, klar! Überflüssige Frage«, blaffe ich ihn an, »wo ist sie diesmal? Paris, Mailand oder *Thailand*?« Ich betone das letzte Wort mit so viel Sarkasmus, wie ich aufbringen kann, weil ich weiß, dass Thailand nicht unbedingt Mamas Lieblingsland ist. Die Sorge um mich scheint sie offenbar nicht aufzuhalten, froh und munter durch die Lande zu reisen. Gott, wie ich ihren Job hasse! Wenigstens jetzt hätte ich erwartet, dass sie mal zu Hause bleibt. Zumindest bis ich wieder halbwegs fit bin. Aber mir ist klar, dass ich nicht in der Position bin, Ansprüche zu stellen.

»Rom ... nur ein paar Tage.« Seine Antwort klingt entschuldigend und trotzdem irgendwie leicht angesäuert. »Dann ist sie wieder für dich da.«

»Ich weiß nicht, wo das Wörtchen *wieder* seine Berechtigung findet?«, stelle ich gereizt fest.

»Du hast dich selber in diese Situation hineinmanövriert«, geht mein Vater in die Defensive. »Deine Mutter und ich tun, was wir können!« Wieso verteidigt er sie? Wo er doch eben erst mit einer anderen rumgemacht hat?

»Scheint nicht grade viel zu sein«, gebe ich matt zurück.

»Das muss ich mir nicht anhören.«

Aus den Augenwinkeln nehme ich eine knappe Kopfbewegung von Emmi wahr, woraufhin mein Vater mit ihr nach draußen geht. Leider vergessen sie die Tür zu schließen, und ich kann jedes Wort mit anhören.

»Hab ein bisschen Geduld mit ihm, Wolfgang. Er braucht Zeit«, höre ich Emmi auf meinen Vater einreden.

»Und das weißt du, weil du mit Kindererziehung so viel Erfahrung hast?«, herrscht mein Vater sie an. Autsch! Das hat bestimmt gesessen. Mit Mühe kämpfe ich gegen den Impuls an, aufzustehen und für Emmi in die Bresche zu springen. Denn obwohl sie keine eigenen Kinder hat, ist ihre Intuition in Bezug auf mich um Längen besser als die meines Vaters. Ich rechne ihr hoch an, dass sie sich so für mich ins Zeug legt.

»Das ist nur ein Gefühl«, antwortet Emmi, immer noch ruhig.

»Papperlapapp ... ein Gefühl. Er ist undankbar, das ist alles!«

»Vor allen Dingen, denke ich, ist er einsam.«

Mein Vater schnaubt, lässt sich Emmis Worte aber offenbar durch den Kopf gehen. »Ich bin auch oft einsam«, sagt er schließlich leiser, »das ist noch lange kein Grund ...«

»Na, was für ein Zufall«, unterbricht Emmi ihn, »dann könntet ihr doch ein bisschen Zeit gemeinsam verbringen.«

Als ich nach ein paar Tagen aus dem Krankenhaus entlassen werde, läuft zu Hause wieder alles seinen gewohnten Gang. Mein Vater gibt sich zwar Mühe, fragt mich hin und wieder, wie es mir geht, ist aber auch nicht öfter da als vor meinem »Unfall«. Es fällt mir schwer, auf seine Fragen einzugehen, weil mir klar ist, dass er das Gefühl hat, seine Zeit mit mir zu verschwenden. Ich bin nicht sicher, ob er sich noch mit dieser anderen trifft, habe aber auch nicht das Verlangen, ihn darauf anzusprechen.

Sobald ich mich fit genug fühle, flüchte ich mich wieder in den verlassenen Geräteschuppen. Eines Tages, als ich hinten auf den Stroh- und Heuballen herumliege und beobachte, wie die Sonne die feinen Staubpartikel der Heublumen durch die Luft tanzen lässt, höre ich, wie die hölzerne Schiebetür von außen geöffnet wird und sich jemand umsieht. Aus Angst, es könnte der Besitzer des Schuppens sein, drücke ich mich noch fester unbeweglich an den Strohballen und halte die Luft an.

»Ich dachte mir schon, dass du hier bist!«, ruft Emmi erfreut aus, und während ich meine Augen öffne, rumpelt mir gleichzeitig ein Stein vom Herzen, dass sie es ist, die mich hier erwischt hat. Sie hebt die halb volle Flasche Wodka auf, die neben mir auf dem Boden steht, dreht sie nachdenklich in den Händen und stellt sie wortlos wieder hin.

»Ich möchte meinen Garten umgestalten. Würdest du mir helfen?« Etwas irritiert über ihre Frage setze ich mich auf und fahre mir mit den Händen über das Gesicht und durch die kurzen, abstehenden Haare.

»Wieso sollte ich?«, entgegne ich.

»Erstens wirst du irgendwann wieder etwas Geld brauchen. Und zweitens wäre es eine sinnvolle Aufgabe.«

»Sinnvoll?« Ich suche in ihrem Gesicht nach einer Regung, etwas, das mir ihre Beweggründe verrät. Was will sie damit bezwecken? »Das Leben ist frei von Sinn, Emmi.«

»Außer wir *geben* ihm einen«, kontert sie. »Komm schon! Ich habe eingekauft. Das mit dem Garten kannst du dir ja noch überlegen, aber vielleicht hilfst du mir erst einmal, meine Einkäufe nach Hause zu tragen.«

»Wieso sollte ich?«, wiederhole ich.

»Ich koche dir dein Lieblingsessen!«

»Du kennst mein Lieblingsessen gar nicht.«

»Gebackene Champignons!« Ich muss ein ziemlich überraschtes Gesicht machen, weil Emmis linke Augenbraue triumphierend nach oben schnellt und sich ihr Mund zu einem schiefen Lächeln verzieht. Dieser Ausdruck erinnert mich an Jule.

»Essen wird überbewertet«, gebe ich müde von mir.

»Dann hilf mir bitte wenigstens mit den Einkäufen«, bleibt sie hartnäckig.

»Ich kann da nicht hingehen, Emmi. In dieses Haus.« Das Haus, in dem Jule und Stefan aufgewachsen sind, ruft so viele Erinnerungen in mir hervor, dass ich einfach nicht den Mut habe, es zu betreten. Das muss sie doch wohl verstehen.

»Dann stell die Taschen vor die Haustüre.« Jetzt erst fällt mein Blick auf die beiden vollgepackten Stofftaschen, die neben einem ebenso randvollen Einkaufskorb am Boden stehen.

»Wieso kaufst du überhaupt so viel ein?«, frage ich. »Kein einzelner Mensch braucht so viel Zeug.«

»Ich ... kaufe gerne auf Vorrat.«

»Wieso? Wir haben Sommer. Denkst du, uns wird ein Schneesturm von der Außenwelt abschneiden?«

»Damit ich nicht so oft hinmuss.«

Aus ihren Antworten werde ich nicht recht schlau. Ich habe immer gedacht, ältere Frauen stünden auf Einkaufengehen, damit sie auf dem Laufenden bleiben, was im Dorf so passiert. Unser kleiner Laden ist für Klatsch und Tratsch prädestiniert.

»Die Leute fragen mich dann immer, wie es mir geht, und ich weiß nie, was ich darauf antworten soll. Deshalb vermeide ich es, einkaufen zu gehen.« Ihre aufrichtige Erklärung verblüfft mich, und mir schwant, dass auch Emmi mit der Situation zu kämpfen hat.

»Hilfst du mir jetzt?«, will sie noch einmal wissen, doch ich schüttle den Kopf. Sie hustet kurz, als hätte sie plötzlich einen Frosch im Hals.

»Es tut mir leid, Emmi. Aber ich kann nicht.«

Emmi stemmt ihre Einkaufstaschen und den Korb hoch und macht sich auf den Heimweg. Sie versucht nicht mehr, mich zu überreden, sie macht mir auch keine Vorwürfe bezüglich des Alkohols. Sie lässt mich einfach sein, und das schätze ich an ihr. Trotzdem bekomme ich nach wenigen Minuten ein schlechtes Gewissen und beschließe, ihr nachzugehen.

Ich komme nicht sehr weit, bevor ich sie vornübergebeugt am Wegrand kauern sehe. Panisch laufe ich zu ihr. Sie röchelt mühsam nach Luft, um sie herum liegen Lebensmittel am Boden verstreut.

»Oh Gott, Emmi!«, schreie ich, knie mich zu ihr nieder und öffne den Kragen ihrer kurzärmeligen Bluse etwas weiter.

»Was ist passiert, Emmi? Ist dir schwindlig geworden?« Emmi schüttelt den Kopf. »Atme, Emmi, versuche, ruhig zu atmen!«

Fieberhaft suche ich mein Handy. Was es auch immer ist, sie braucht einen Arzt.

»Asthma ...«, bringt sie mühevoll über die Lippen, » ... ich ... habe Asthma!«

»Wo ist dein Spray?« Sofort suche ich all ihre Taschen einschließlich ihrer Handtasche ab, die ich angsterfüllt auf dem Asphalt entleere.

»Zu Hause ... Küchen ... tisch ...«

»Okay ... versuch zu atmen, Emmi ... ich bin sofort wieder bei dir.«

Während ich laufe, so schnell ich kann, kontaktiere ich Doktor Brenner, der die Praxis etwa zehn Minuten von hier entfernt hat. Ich verschwende keinen Gedanken daran, ob ich imstande bin, in das Haus der Ebners zu gehen. Einzig die Sorge um Emmi treibt mich an. Die Haustür ist abgeschlossen, doch die Tür, die von der Garage ins Haus führt, ist offen. Auch das Spray finde ich sofort. Wenige Minuten vor dem Doktor treffe ich bei ihr ein. Ihre Lippen fangen bereits an, blau anzulaufen.

»Du hast mir ja einen Schrecken eingejagt«, tadele ich sie sanft, als der Arzt gegangen ist und ich neben ihr in ihrem Wohnzimmer sitze. »Wenn ich gewusst hätte, dass du *so unbedingt* für mich kochen willst, wäre ich freiwillig mitgegangen.« Meine Stimme zittert so stark, dass selbst dieser blöde Spruch nicht hilft, meinen Schock zu überspielen.

»Was machst du hier?«, fragt sie und will sich vom Sofa aufrichten.

»Bleib liegen«, halte ich sie auf. »Ich bleibe bei dir, bis du dich besser fühlst.«

»Das musst du nicht«, wiegelt sie ab.

»Schon klar.«

Emmi sieht total fertig aus, ihr Gesicht aschfahl und ihre Augen glasig. Ich mache mir wirklich Sorgen um sie.

»Wahrscheinlich steht es mir nicht zu, dich das zu fragen ... ich meine, ausgerechnet ich ... aber hast du das mit Absicht gemacht?« Ich kann meine Frage einfach nicht zurückhalten.

Ein Ruck geht durch ihren Körper, doch sie bleibt liegen.

»Denkst du, ich könnte absichtlich aufhören zu atmen?«, fragt sie gespielt entrüstet. »Schön wär's, wenn das so leicht ginge!«

»Ich meine, ob du absichtlich das Spray vergessen hast«, versuche ich es erneut.

Ich bekomme keine Antwort, aber mit einem Mal beginne ich zu realisieren, dass ich nicht der Einzige bin, der trauert. Ich bin nicht der Einzige, der jemanden verloren hat und jetzt allein ist. Wie muss es Emmi ergehen, schießt es mir durch den Kopf, in einem Haus, in dem die Menschen fehlen, die es vor Kurzem noch mit Leben, Liebe und Lachen erfüllten.

Kapitel 11

Jule

Ich erwache auf Emmis Couch im Wohnzimmer. Es ist erst kurz nach halb sieben, und ich habe nicht wirklich viel geschlafen. Mein Rücken schmerzt, und von meinem Kopf will ich gar nicht erst anfangen. Die Couch war wohl nicht die allerbeste Option, aber mein Zimmer ist noch immer von Klamotten übersät, und in Emmis Schlafzimmer – das früher meinen Eltern gehörte – würde ich wahrscheinlich erst recht keine Ruhe finden. Stefans Zimmer ist der einzige Raum im Haus, den ich seit meiner Rückkehr noch nicht betreten habe. Wie ich Tante Emmi kenne, hat sie es ebenfalls so gelassen, wie es war, und ich habe Angst, was das mit mir macht.

Ich schleppe mich mit schweren Gliedern in die Küche und brühe mir erst einmal einen starken Kaffee. Der Raum wird von Sonnenstrahlen durchflutet, und ich muss die Augen zusammenkneifen, um die Helligkeit zu ertragen. Träge schlurfe ich mit dem Kaffeebecher in der Hand in den Flur und wühle in meinem Rucksack nach der Sonnenbrille, dann setze ich mich raus in den Garten.

»Guten Morgen!«, erklingt Jimmys Stimme über den Gartenzaun und reißt mich aus meinen trüben Gedanken. Er ist mit dem Fahrrad unterwegs, was ein recht ungewöhnliches Bild abgibt.

Ich hebe die Hand und winke ihm in der Erwartung, er möge sich zu mir gesellen, aber er macht keine Anstalten.

Langsam, um meinen Kopf keinen unnötigen Strapazen auszusetzen, schlendere ich zu ihm und halte mich am schmiedeeisernen Zaun fest, um dem leichten Schwindel gegenzusteuern, der mich erfasst. Ich weiß, dass ich weniger Alkohol vertrage, als ich gestern getrunken habe, aber muss es mir deshalb so dreckig gehen? Reicht nicht schon der Ärger, den ich mir deshalb aufgehalst habe? Denn trotz allem ist mir jedes Wort, dass ich mit Ela und Marc im Streit gewechselt habe, in zu lebhafter Weise in Erinnerung geblieben.

»Ojee«, kommentiert Jimmy, oder besser Pfarrer Benedikt, weil er seinen schwarzen Priesterklamotten nach zu urteilen in geistlicher Mission unterwegs ist, »fühlst du dich nicht wohl?«

»Kann man so sagen«, antworte ich, versuche aber trotzdem ein Lächeln.

»Krank oder verkatert?« Er hebt meine Sonnenbrille ein wenig an und unterzieht meine Augen einer genauen Prüfung, bevor ich ihm auf die Finger klopfe. »Oh ... verkatert«, stellt er fest. »Magst du mir erzählen, was los war?«

»Ich dachte, du bist auf dem Sprung?«

»Nun ja, wenn ein Schäfchen meine Hilfe braucht ...«

»Wann hast du eigentlich beschlossen, die Anzahl deiner Räder zu halbieren?«, lenke ich mit Blick auf das Fahrrad gekonnt ab.

»Als mein Auto beschlossen hat zu streiken.«

»An deiner Kondition solltest du aber noch arbeiten«, ziehe ich ihn auf.

»Ich schaue immer noch frischer aus als du«, kontert er und grinst.

»Kannst du mir sagen, was mit Raffaela los ist?«, wechsle ich abrupt das Thema.

»Was soll los sein?«

»Keine Ahnung ...«, ich zucke mit den Schultern, »wir hatten Streit. Sie hat da ein paar Andeutungen gemacht über die letzten Jahre.« Jimmy senkt den Blick. Wenn jemand was weiß, zumindest von den Leuten, die ich fragen kann, dann er. »Also ... was war denn so los, als ich in Innsbruck war?«

»Kann ich dir nicht sagen«, antwortet er bestimmt, und sein Mund nimmt einen ernsten, fast harten Zug an.

»Jetzt komm! Wieso krieg ich denn nie ordentliche Antworten?«

»Weil du die falschen Leute fragst. Statt über deine Freunde zu reden, solltest du lieber *mit* ihnen reden. Wirkt manchmal wahre Wunder!«

»Das habe ich versucht, aber ... du könntest doch ... ist doch für die gute Sache«, bettle ich.

»Warum fragst du immer ausgerechnet mich?«

»Du bist ... der Mann des Vertrauens in dieser Gemeinde.«

»Und das werde ich bestimmt nicht missbrauchen. Auch nicht deinetwegen«, stellt er leicht angesäuert klar.

»Schon gut«, lenke ich ein, »ich hab's kapiert!«

»Jule, der einfachste Weg muss nicht immer der richtige sein. Ich weiß genau, dass es sehr mühsam sein kann, Probleme anzugehen und eine Lösung zu finden. Aber ob es die Anstrengung wert ist, das entscheidest nur du!«

Zum Abschied schenkt Jimmy mir ein verständnisvolles Lächeln, dann lässt er mich am Zaun zurück.

Ich fasse einen Entschluss. Und zwar, dass es die Anstrengung sehr wohl wert ist. Erstens meine Freundschaft mit Ela wiederherzustellen. Zweitens das Haus auf Vordermann zu bringen. Drittens eine Lösung dafür zu finden, wie ich das mit dem Verkauf am besten abwickle. Denn dass ich von meinem Vater keine Unterstützung zu erwarten habe, haben mir die vergangenen Tage gezeigt. Vielleicht ist viertens also, mich mit ihm auseinanderzusetzen. Und fünftens die Sache mit Marc – da bin ich mir noch nicht sicher, wie ich damit umgehen soll.

Nach einem zweiten starken Kaffee und einer Schale Müsli mit Milch schwinge ich mich unter die Dusche, um den letzten Rest des Brummschädels zu vertreiben. Anschließend fahre ich mit dem Auto in den Nachbarort, um ein Geschenk für Johannes zu besorgen. In einem kleinen, aber feinen Geschäft, das so ziemlich alles führt von Schreibwaren über Spielsachen bis hin zu Klamotten aller Art, werde ich fündig. Ich suche einen hellblauen Babysweater mit der Aufschrift »Friends forever« und eine dunkelblau-weiß gestreifte Jogginghose aus. Daheim angekommen, pflücke ich für Ela einen wunderschönen frühsommerlichen Wiesenblumenstrauß. Ich hoffe so sehr, dass sie meine Entschuldigung annehmen wird.

Mit dem Strauß und dem in buntes Papier verpackten Geschenk stehe ich wenig später vor Raffaelas Haustür. Es ist Matze, der öffnet, mich von oben bis unten mustert und dann mit einem wissenden Lächeln zur Seite tritt, um mich einzulassen.

»Hallo. Ich hoffe, ich störe nicht.« Etwas unsicher bleibe ich stehen und sehe ihm zu, wie er die Haustür schließt.

»Sie ist ... ein bisschen fertig. Wegen gestern. Geh nur rein, sie ist im Wohnzimmer.«

Ich zögere, lasse Matze lieber den Vortritt.

»Schatz, hier ist Besuch für dich.« Seine Stimme ist liebevoll, und er tritt zu seiner Frau – die mich mit dunklen Ringen unter den Augen und einem kühlen Ausdruck ansieht –, um ihr Johannes abzunehmen.

»Ich gehe mit ihm ein bisschen spazieren, dann könnt ihr in Ruhe reden«, schlägt Matze leise vor und küsst Ela zärtlich auf die Wange.

Als die beiden das Wohnzimmer verlassen, stehe ich ein bisschen unschlüssig herum, ehe ich mir einen gedanklichen Tritt in den Hintern verpasse.

»Ela, ich wollte mich bei dir entschuldigen«, beginne ich, während sie beharrlich schweigt, was es mir nicht unbedingt leichter macht. »Du hattest recht ... ich meine ... als du sagtest ... dass ich keine Ahnung habe. Es tut mir leid, dass ich den Kontakt zu dir abgebrochen habe ... und was ich gesagt habe. Natürlich gönne ich dir von Herzen, dass du so glücklich bist!«

In Elas Augen sammeln sich Tränen, als sie mich in ihre Arme zieht. Und auch meine Augen bleiben nicht trocken.

Wir drücken uns eine Weile, woraufhin sie mir einen Platz auf der

Couch anbietet und ich ihr endlich das Geschenk und die Blumen überreiche. Wie erhofft, freut sie sich sehr darüber. Sie stellt die Blumen in eine Vase, räumt ein paar Kuscheltiere und Rasseln zur Seite und setzt sich zu mir.

»Es tut mir leid, was du durchmachst, Jule. Ich dachte, die Ablenkung würde dir guttun. Der Schuss ist wohl gründlich nach hinten losgegangen.«

»Nein, nein. Du hast es wirklich gut gemeint. Es war mir einfach alles zu viel. Aber willst du mir vielleicht erzählen, was in den letzten Jahren so los war bei dir?«

Ela holt zwei Gläser und Apfelsaft in einer großen Karaffe, und während sie einschenkt, erzählt sie mir, wie sie Matze in einem Restaurant buchstäblich vor die Füße gefallen war, wie sie sich kennen- und lieben lernten und nach drei Jahren beschlossen, dieses Haus zu bauen. Gleich nach ihrem Einzug feierten sie eine wahre Traumhochzeit.

»Nach unserer Hochzeit versuchten wir schwanger zu werden. Wir hatten das alles perfekt geplant. Erst das Eigenheim, dann heiraten und dann ein Kind als Krönung. Aber irgendwie funktioniert das Leben nicht nach Plan. Es dauerte zwei Jahre, bis ich endlich schwanger wurde, und es ging mir so furchtbar schlecht die ersten Monate.«

Raffaela war die erste Zeit andauernd im Krankenhaus, weil sie kein Essen mehr bei sich behalten konnte und permanent an Gewicht verlor. Und dann erlitt sie eine Fehlgeburt.

»Es war schrecklich. Ich habe diese Übelkeit nur ertragen, weil ich mich so sehr auf das Baby gefreut habe, und dann das! Nachdem ich mich halbwegs erholt hatte, versuchten wir erneut unser Glück. Und diesmal klappte es schon ziemlich bald.«

Ela beschreibt, wie groß ihre Angst war, auch dieses Baby wieder zu verlieren, und tatsächlich erlitt sie in der zehnten Schwangerschaftswoche erneut eine Fehlgeburt. Während ihrer Schilderungen klammert sie einen hellbraunen Teddy von Johannes an ihre Brust. Tränen schimmern in ihren Augen. Nach einem weiteren Versuch und einer dritten Fehlgeburt gaben Raffaela und Matze die Hoffnung auf ein gemeinsames Baby schon fast auf. Durch den Anstoß einer Bekannten holten sie sich Rat aus der Naturheilkunde. Schließlich stellte man bei Raffaela eine Gelbkörperschwäche fest.

»Endlich wussten wir, wo das Problem lag, und mit einem sehr erfahrenen Heilpraktiker konnten wir dann Gott sei Dank die Ursache beheben und meinem Körper ein bisschen auf die Sprünge helfen. Und jetzt haben wir endlich unseren kleinen Sonnenschein, und das macht uns soo glücklich.«

Ich schäme mich zutiefst für die harten Worte, die ich gestern zu Ela gesagt habe. Ich habe vorschnell mein Urteil gefällt und völlig zu Unrecht.

Während Elas Erzählung hat sich ihr Gesichtsausdruck mehrere Male gewandelt, von tieftraurig über verzweifelt bis hin zu einem seligen Lächeln jetzt am Schluss. Mir fehlen die Worte. Ich bewundere ihre Stärke, denn ich weiß nicht, ob ich nicht den Mut verloren und die Flinte ins Korn geworfen hätte. Zum Glück hat sie es nicht getan.

»Oh, Ela«, flüstere ich und nehme sie erneut ganz fest in den Arm. »Was du alles durchmachen musstest.«

»Nicht ich. Wir«, stellt sie klar und löst sich von mir. »Ohne Matze hätte ich das alles nicht durchgestanden. Er ist mein Fels in der Brandung.«

»Ich war dir eine schlechte Freundin.«

»Du warst gar keine Freundin, Jule«, stellt sie fest. In ihren Worten klingt kein Vorwurf mit, keine Bitterkeit, nur die reine Wahrheit.

»Du hast recht«, erwidere ich in dem Versuch, den harten Tatsachen ins Auge zu schauen.

»Aber das war ich ja auch nicht«, ergänzt Ela, und ich blinzle, um meine aufsteigenden Tränen zurückzudrängen.

»Denkst du, wir könnten noch einmal neu anfangen?«, frage ich vorsichtig. Irgendwie habe ich Angst vor ihrer Antwort und erst jetzt begriffen, dass ich sie, meine beste Freundin, damals tatsächlich im Stich gelassen habe. Nicht nur ich habe gelitten. Auch für alle anderen musste das Leben weitergehen. Und das tat es nicht immer nur glücklich.

»Das hoffe ich doch!«, antwortet sie und knufft mich lächelnd in die Seite.

Während auch ich Ela von meinen vergangenen zehn Jahren in Innsbruck berichte, kommt Matze mit dem Baby heim. Ela gibt dem Kleinen sein Fläschchen, und plötzlich fühle ich mich sehr wohl und geborgen im Kreise dieser liebevollen Familie. Wie konnte ich nur so hart sein, ihr dieses Glück nicht zu gönnen?

Ich erzähle Ela, wie sehr ich sie, Tante Emmi, Marc und alle unsere anderen Freunde vermisst hatte und wie schwer es mir fiel, mich in meiner neuen Heimat einzuleben. Der positive Effekt unseres Umzugs war allerdings, dass mein Vater sich mehr Zeit für mich nahm. Wir gingen ins Theater und ins Kino, um uns von unserer Trauer abzulenken, und verbrachten viele Abende gemeinsam vor dem Fernseher. Er war es auch, der mich überzeugte, von nun an nur nach vorne zu schauen und die Vergangenheit zurückzulassen.

»Nach jedem unserer Telefonate, in dem du mir von all den Neuigkeiten im Dorf berichtet hast, war ich so unglaublich traurig, dass ...«

»... es besser war, gar nicht mehr anzurufen«, beendet Ela meinen Satz, und ich nicke schuldbewusst. »Das kann ich verstehen. Aber ich finde es so schön, dass du wieder da bist, und ich lasse dich ungern wieder gehen.«

Mein Mund krümmt sich nach oben, und diesmal ist das Lächeln auch echt, nicht wie gestern, als ich nur aus Höflichkeit lächelte.

»Ich habe dich sehr vermisst, Ela«, gestehe ich beim Abschied noch einmal.

»Ich dich auch, Jule«, erwidert sie.

Auf meinem heutigen Heimweg fühle ich mich um einige Kilo leichter. Jimmy hatte recht. Der Weg zur Versöhnung mit Ela war mühsam und schmerzvoll. Und doch war er jede Träne wert.

Kapitel 12

Marc

Nach dem Gespräch mit Jule bin ich noch aufgewühlter als vorher. Ich habe sie nicht aufgegeben. Nie. Doch wie könnte ich ihr das sagen, wo doch so viel an dieser Tatsache hängt. Im Grunde die ganze Wahrheit. Über mich, meine Gefühle, meine Schuld und nicht zuletzt über ihren Vater, der mich wegschickte und damit zwang, die Wahrheit im Verborgenen zu lassen.

Mit meiner großen Zeichenmappe setze ich mich ins Wohnzimmer und beginne an verschiedenen Entwürfen zu zeichnen, um mich abzulenken. Aber es funktioniert nicht. Dieser verzweifelte Ausdruck in Jules Augen lässt mich nicht mehr los. Kann ich sie wirklich so im Ungewissen lassen? Ich kann nur erahnen, wie sehr sie das verletzen muss. Nach der dritten, in meinen Augen missglückten, Zeichnung pfeffere ich den Bleistift in die Ecke und wische die Blätter vom Tisch.

Im Grunde weiß ich, dass ich in Ablenkungsmanövern nicht gut bin. Es hat nicht funktioniert, als ich mich mit anderen Frauen von den Gefühlen für Jule ablenken wollte. Und auch nicht die vielen Male, als ich meine Trauer durch Alkohol betäuben wollte. Selbst meine Verletzungen nach den Motorradunfällen haben meinen inneren Schmerz kein bisschen zerstreut.

Es klingelt an der Tür. Es ist kurz nach Mittag, und für einen Moment hoffe ich, es möge Jule sein, obwohl ich keinen Schimmer habe, was ich ihr sagen will. Sofort macht sich Enttäuschung in mir breit, als

Vera vor mir steht. Sie sieht frisch und strahlend aus und begrüßt mich mit einem fröhlichen Lächeln, bevor sie mich links und rechts auf die Wangen küsst und mit hohen Schuhen an mir vorbei durch die Haustür stöckelt.

»Hallöchen, mein Lieber! Na, du ... siehst ein wenig zerknautscht aus.«

»Vera ... hallo«, erwidere ich müde.

»Was sagst du?« Sie fährt sich demonstrativ mit der Hand durch ihr kinnlanges blondes Haar, und ich weiß nicht, worauf sie hinauswill. »Ich habe mir die Haare schneiden lassen«, hilft sie mir auf die Sprünge. »Gefällt's dir?«

»Schick.« Sie scheint mit meiner knappen Antwort zufrieden zu sein, wie mir ihr selbstgefälliges Lächeln verrät.

»Wir sollten heute ausgehen«, schlägt sie vor und zieht mich an der Hand durch mein eigenes Haus. »Wir haben schon viel zu lange nichts mehr miteinander unternommen.«

»Ich kann heute nicht«, entgegne ich wie aus der Pistole geschossen und suche krampfhaft nach einer plausiblen Ausrede.

Vera dreht sich zu mir um, schnappt mich an der Vorderseite meines Hemdes und zieht mich ruckartig zu sich, noch ehe ich mich dagegen wehren kann. »Das ist aber jammerschade«, flüstert sie, meinen Lippen ganz nahe. »Unsere letzte Nacht ist schon viel zu lange her.« Sie drückt ihre Hüften fest an mich und fährt mit ihren langen Fingernägeln durch mein Haar. Ich versuche darauf einzugehen, lasse zu, dass sie meine Lippen mit ihrer Zunge nachfährt, und gebe ihr Einlass. Doch es fühlt sich so verdammt falsch an, sie zu küssen. Vorsichtig löse ich mich von ihr und bringe Abstand zwischen uns.

»Es tut mir leid, Vera. Ich muss noch wohin ... ähm ... arbeitstechnisch.«

»Wir holen das nach, okay?«, bettelt sie enttäuscht.

»Mal sehen«, antworte ich, ohne mich festzulegen. Sie weiß, wie ich bin. Und sie ist geduldig, das muss ich ihr lassen.

»Ich verlasse mich darauf. Das schuldest du mir«, bleibt sie hartnäckig und verschwindet mit einer Kusshand durch die Terrassentür, so schnell, wie sie gekommen ist.

Als sie weg ist, packe ich meinen Rucksack. Ich habe ihr gesagt, ich müsse wohin, also *muss* ich auch wohin. Um mein schlechtes Gewissen zu beruhigen, werde ich auf meiner Hütte übernachten. Und damit es arbeitstechnisch ist, nehme ich meinen Zeichenkram mit.

Vera hat schon eine ganze Menge einstecken müssen, was mich betrifft, geht es mir durch den Kopf, während ich kurz darauf den schmalen Waldweg einschlage, der nach und nach in felsigeres Gelände übergeht. Es sind ungefähr zwei Stunden Aufstieg zu der Hütte, die ich einst meinem Onkel abgekauft habe, als er sie schnellstmöglich loswerden wollte. Viele Erinnerungen sind an diesen Ort geknüpft, und anfangs wollte es mir lange nicht gelingen, überhaupt herzukommen. Aber irgendwann überwand ich mich, und mit jeder Wanderung fiel es mir leichter. Es ist ein Ort, an dem ich zur Ruhe komme und an dem ich denen näher bin, die ich vermisse.

Vera würde nicht verstehen, warum ich hierherkomme. Und ich würde sie auch nicht mitnehmen wollen. Wir sind so was wie Freunde, obwohl ich ständig im Hinterkopf habe, dass sie sich mehr von mir erwartet. Etwa vor einem Jahr hat sie angefangen, ein neuerliches Interesse zu entwickeln, mich zu treffen. Auf öffentlichen Veranstaltungen – von denen ich mich so gut es geht fernhalte, aber manchmal lassen sie sich nicht vermeiden – suchte sie oft meine Nähe, bis sie irgendwann den Vorschlag machte, gemeinsam ins Kino zu gehen. Überrascht stellte ich fest, dass es relativ unkompliziert ist, mich mit ihr zu unterhalten. Sie erzählt viel von sich, und es genügt, dass ich ihr zuhöre. Sie stellt keine lästigen Fragen, die ich ihr ohnehin nicht beantworten würde. Vera nimmt mich, wie ich bin. Ein paarmal gingen wir essen, und letzten Winter waren wir zwei- oder dreimal miteinander Ski fahren.

Kurz vor Emmis Tod fand sie mich, bei einem ihrer Spontanbesuche, völlig verzweifelt mit einer Flasche Schnaps in meinem Wohnzimmer vor. Ich saß wie ein Häufchen Elend am Fuße meines Sofas auf dem Teppich.

»Hey, was ist denn passiert?«, fragte sie besorgt, ließ sich neben mir nieder und nahm mir die Flasche aus der Hand.

»Kennst du das Gefühl, wenn dir alles entgleitet?«, wollte ich von ihr wissen. »Wenn du völlig hilflos bist und zusehen musst, wie sich alles auflöst?«

»Sag mir, was passiert ist, Marc.«

»Wir sterben, Vera. Wir sterben jeden Moment. Wir können nichts tun außer ausharren und warten. Wir Menschen glauben immer, wir wären mächtig und hätten alles im Griff. Aber das ist Blödsinn. Wir sind so klein!« Ich hielt Daumen und Zeigefinger etwa einen Millimeter voneinander entfernt vor ihr Gesicht. Ich war nicht so betrunken, dass ich nicht mehr wusste, was ich redete. Ich war nur verzweifelt.

»Marc, bitte hör auf damit«, flehte sie mich an. Vielleicht wollte sie gar nicht wissen, was mich quälte, vielleicht war sie aber auch nur überfordert. Es spielte keine Rolle.

»Wir sind nichts. Wir denken nur, wir hätten die Kontrolle. Aber mit einem Fingerschnippen kann alles vorbei sein.«

Sie nahm mein Gesicht in ihre Hände und drehte es so, dass ich sie anschauen musste. »Komm«, sagte sie leise, »lass einfach los, okay?« Ich wollte den Blick abwenden, aber sie ließ nicht locker. Dennoch war ihr Griff nicht grob, sondern nur stark, als wollte sie mir Halt geben.

»Ich bringe dich dahin, wo du für eine Weile vergessen kannst!« In ihrer Stimme hörte ich so etwas wie Entschlossenheit, und einen Wimpernschlag später legte Vera ihre Lippen auf meine. Ich wehrte mich nicht. Ich hatte keine Kraft mehr, gegen etwas oder jemanden anzukämpfen, nicht gegen den Tod und schon gar nicht gegen das Leben. Und Vera fühlte sich mehr als lebendig an. Es war so unglaublich verlockend, die Kontrolle abzugeben. Ich klammerte mich an sie, für diese eine Nacht, ohne an Gefühle oder Konsequenzen zu denken. Ich war betäubt, und Vera half mir tatsächlich für einen kurzen Moment zu vergessen.

Kapitel 13

Jule

Mit neuem Elan schreite ich daheim zur Tat und knöpfe mir mein Zimmer vor. Diesmal geht es mir leichter von der Hand. Meine alten Klamotten werde ich der Kleidersammlung spenden. Es sind Altlasten, die ich zwar mit vielen Erinnerungen verbinde, die ich jedoch hinter mir lassen will. Auch wenn es wehtut, muss ich mich dieser Aufgabe stellen. Viele Kleidungsstücke verknüpfe ich mit bestimmten Erlebnissen, schönen und traurigen. Ich lasse sie in Gedanken Revue passieren, lache und heule, doch ich nehme mir die Zeit, um zu verarbeiten. Die Bücher und Porzellanfiguren wickle ich in Zeitungspapier und packe sie in Kartons. Sie werden auf dem Speicher einen Platz finden, bis ich weiß, was ich mit ihnen anfangen werde. Bis überhaupt endgültig geklärt ist, was mit dem Haus passiert.

Zur Belohnung gönne ich mir einen Kaffee, mit dem ich mich an den Schreibtisch in Emmis Zimmer setze. Gedankenverloren streiche ich über die feine Maserung des Eichenholzes. Er ist ein Erbstück und hat früher meiner Großmutter und später meiner Mama gehört. Wie hat sie dieses alte Teil geliebt. Behutsam stelle ich meinen Kaffeebecher auf ein Taschentuch, um ja keine Flecken zu hinterlassen, und ziehe die oberste Schublade bis zum Anschlag heraus.

…

Marc sitzt auf seiner Terrasse und kritzelt auf einem Blatt Papier herum. Er scheint tief in seine Tätigkeit versunken zu sein, aber irgendwie friedlich, neben sich eine Tasse Kaffee. Kurz überlege ich, ob ich wieder kehrtmachen soll, als ich ihn aus der Ferne über den Gartenzaun betrachte, um seine Idylle nicht zu zerstören. Dann erscheint mir mein Anliegen doch zu wichtig, und ich öffne vorsichtig das Gartentor, das sofort zu quietschen anfängt. Marc ist so in seine Arbeit vertieft, dass er mich dennoch nicht kommen hört.

»Ich hoffe, ich störe nicht«, sage ich etwas verlegen zur Begrüßung, und er blickt überrascht auf.

»Jule!«

»Hallo. Ich dachte ... du hast bestimmt Mittagspause, daher ... ich will dich gar nicht lange aufhalten ...«, stammle ich.

»Du hältst mich nicht auf«, erwidert er und lächelt mich warm an, wohl um mich zu ermutigen, weiterzusprechen. »Kaffee?« Fragend hält er seine Tasse hoch, doch ich schüttle dankend den Kopf.

»Was kann ich für dich tun?«, will er wissen, und jetzt fällt sein Blick auf das Kuvert in meiner Hand, das mit den Worten ›*Für Stefans Motorrad*‹ beschriftet ist und eindeutig Marcs Handschrift trägt, die ich unter Hunderten herausfiltern könnte.

»Ich hab das in Emmis Schreibtischschublade gefunden. Kannst du mir das erklären?«, frage ich und halte ihm den dicken Umschlag entgegen.

»Ich denke«, zögernd reibt er sich mit der Hand über den Nacken, »das erklärt sich von selbst.«

»Hast du das Motorrad gekauft?«

Er sieht plötzlich kleinlaut aus, scheint nach Worten zu ringen. »So ... könnte man es auch bezeichnen.«

»Wo ist es? Kann ich es mir ansehen?«

»Es ist nicht hier.«

»Wo ist es denn?«

»Hör zu, Jule ... ich weiß, dass ich nicht das Recht dazu hatte, aber ...«

»Wie meinst du das?« Wahrscheinlich denkt er, er hätte meinen Vater fragen müssen, ob er das Motorrad meines Bruders kaufen dürfe. Ich glaube nicht, dass Paps etwas dagegen gehabt hätte.

»Die Maschine ist auf dem Schrottplatz«, antwortet er mir ohne Umschweife. »Das heißt ... mittlerweile wahrscheinlich nicht mehr. Das ist ziemlich lange her.«

»Wieso?«

»Ich ... ich habe sie genommen. Damals. Ohne das Wissen deiner Tante. Und zu Schrott gefahren«, erklärt er sachlich und ohne mit der Wimper zu zucken. »Es tut mir sehr leid. Im Nachhinein ist mir klar geworden, dass ich das nicht hätte tun dürfen. Deshalb habe ich Emmi gebeten, euch das Geld zu geben. Mir ist bewusst, dass das den ideellen Verlust nicht ersetzt, aber ich dachte ...«

»Es sind fünftausend Euro, Marc!«

»Es ist zu wenig, oder? Ich kann dir mehr geben, du musst nur sagen, wie viel«, beteuert er.

»Nein. Ich will das Geld nicht«, antworte ich und halte ihm das Bündel hin.

»Jule, bitte. Gib es wenigstens Rainer. Es war falsch, was ich getan habe, aber anders kann ich es nicht wiedergutmachen. Ich weiß nicht, warum Emmi euch das Geld nicht übermittelt hat.«

»Und ich weiß, dass Stefan sein geliebtes Motorrad niemand anderem als dir anvertraut hätte.«

»Bestimmt nicht auf diese Art«, erwidert er leise und gequält.

»Hast du dich verletzt bei dem Unfall?«, frage ich, doch er wendet sich ab und beginnt hastig, seine Unterlagen auf dem Tisch zu ordnen. »Marc!«, hake ich nach, woraufhin er sich wieder zu mir umdreht, jedoch meinem Blick ausweicht.

»Das ist nicht wichtig.«

»Also ja?«

»Nimm das Geld, okay? Dann ... würde ich mich ... weniger schuldig fühlen.«

»Ich werde das Geld Jimmy geben, wenn du einverstanden bist. Er hat bestimmt eine gute Verwendung dafür. Es gibt in St. Philomena sicher einen Sozialfonds ... oder so.«

Marc nickt, die Augen immer noch auf meine Füße und den hölzernen Terrassenboden gerichtet.

»Ich gehe dann mal wieder«, verabschiede ich mich.

»Yep. Mach's gut.«

Als ich schon fast am Gartentor angelangt bin, drehe ich mich noch mal zu ihm um. »Ach, und ... Marc?« Unsere Blicke treffen sich einen kurzen Augenblick, und seine durchdringende Traurigkeit versetzt mir einen Stich in der Brust. »Es ist schon wichtig.«

Weil ich weiß, dass Marc mir keine Antwort geben wird, beschließe ich, Ela zu fragen. Ich knie mit Gartenhandschuhen und einer Gartenkralle bewaffnet vor dem Haus im Blumenbeet, um es vom Unkraut zu befreien, das Handy zwischen Ohr und Schulter eingeklemmt. Natürlich erkundige ich mich zuerst, wie es Ela und ihren Männern geht, bevor ich zum Punkt komme.

»Ela, was ich dich fragen wollte ... der Unfall, den Marc mit der Motocross-Maschine hatte ... hat er sich da verletzt?«

»Ja, hat er.« Ich höre an ihrem etwas keuchenden Atem, dass sie mit dem Kinderwagen unterwegs ist.

»Und ... schwer?«

»Kommt drauf an ... bei welchem meinst du?«

»Wie, bei welchem?«

»Es gab zwei Unfälle.« Mir bleibt kurz die Luft weg, und ich halte in meiner Tätigkeit inne, nehme das Handy in die eine Hand und wische mir mit der anderen über die verschwitzte Stirn. »Zwei?«, flüstere ich.

»Beim Ersten musste seine eigene Maschine dran glauben. Damals war er nur leicht verletzt, soweit ich mich erinnere. Beim zweiten Mal – und frag mich nicht, woher er so schnell ein anderes Motorrad hatte – hat er wirklich Riesenglück gehabt.«

»So schlimm?« Eine seltsame Beklemmung nimmt mich in Beschlag, und ich bereue, bei Marc nicht hartnäckiger nachgefragt zu haben. Er muss denken, dass es mir nur um Stefans Motorrad geht. Dabei ist das doch völlig nebensächlich.

»Ja, es war wirklich schlimm. Anfangs wusste niemand, ob er es überhaupt überleben wird.«

Das ist genug, um mir plötzlich die Tränen in die Augen schießen zu lassen. Er wäre fast gestorben. Marc wäre beinahe ums Leben gekommen. Auch wenn ich lange keinen Kontakt zu ihm hatte und noch immer wahnsinnig wütend auf ihn bin, ist dieser Gedanke kaum zu ertragen.

• • •

Nach dem Gespräch mit Ela finde ich keine Ruhe mehr. Es nimmt mich mehr mit, als ich erwartet hätte, mehr, als es nach all den Jahren noch sollte.

Am frühen Abend sitze ich in Marcs Hollywoodschaukel und warte darauf, dass er von der Arbeit nach Hause kommt. Früher hatte er immer die Angewohnheit, durch den Garten ins Haus zu gehen. Immer wieder drehe ich mich unruhig um und linse durchs Fenster, um ihn nicht zu verpassen, sollte er diese Gepflogenheit abgelegt haben. Doch plötzlich vernehme ich das leise Quietschen der Gartentorangeln und das metallene Klimpern eines Schlüsselbundes. Marc nähert sich in rasantem Tempo dem Haus, und ich stoppe so hastig das Schaukeln und springe auf, dass er vor Schreck beinahe rückwärts auf den Rasen taumelt.

»Jule!«, ruft er aus. »Du schon wieder?«

»Es war nicht nur ein Mal!«, klage ich ihn ohne Vorwarnung an.

»Wovon sprichst du?«, fragt er, wendet aber sofort sein Gesicht ab. Er weiß genau, worum es geht, da bin ich sicher.

»Ela sagt, du hattest zwei Unfälle.« Ohne Aufforderung folge ich ihm ins Haus.

»Sagt sie das?«, brummt er und lässt seinen verdreckten Rucksack im Vorbeigehen neben dem Sofa auf den Boden fallen.

»Wolltest du sterben?« Ich beschleunige meinen Schritt, um ihn einzuholen. Dann baue ich mich vor ihm zu meiner vollen Größe auf, was ihn allerdings wenig beeindruckt, weil ich trotzdem einen halben Kopf kleiner bin als er.

»Ich hab's etwas eilig, weil ich noch wohin muss.« Genervt sieht er über mich hinweg und will mich mit der Hand zur Seite schieben. Doch ich bleibe stehen.

»Hattest du vor zu sterben?«, will ich erneut wissen, bevor meine Stimme bricht.

»Wieso interessiert dich das überhaupt?«, fragt er mit einer Bitterkeit in der Stimme, die mir fremd ist.

»Wir waren zusammen! Erinnerst du dich?« Er legt beide Hände auf meine Schultern und verschafft sich nun energisch Durchgang, ohne auf meine Worte einzugehen. »Genau genommen hast du nicht einmal mit mir Schluss gemacht!«, füge ich mit Nachdruck hinzu und renne ihm erneut hinterher.

»Geht's dir wirklich darum?« Mit einem Ruck wirbelt er herum, und ich schließe kurz die Augen auf der Suche nach den vielen Worten, die ich mir vorher zurechtgelegt hatte. Aber in meinem Kopf herrscht ein heilloses Durcheinander. Als ich die Augen wieder öffne, beginnt er vor mir sein Shirt über den Kopf zu ziehen, was mich erst recht verwirrt.

»Nein. Ja. Nein«, stottere ich und starre eine Spur zu lange auf seine wohldefinierten Bauchmuskeln. »Keine Ahnung.«

»Ich muss unter die Dusche, Jule.«

Ich registriere, dass ich ihm schon wieder im Weg stehe, weil die Badezimmertür in meinem Rücken ist. Diesmal trete ich freiwillig zur Seite, und er verschwindet im Bad, lässt die Tür aber eine Handbreit offen.

»Wir müssen endlich reden, Marc.«

»Wieso müssen wir das?«

Ich lehne vor der Badezimmertür an der Wand und lausche, wie er drinnen das Wasser aufdreht. Vielleicht sollte ich gehen und ihn in Ruhe lassen. Aber ich weiß genau, wenn ich das tue, werde ich möglicherweise nie mehr den Mut haben, ihm zu sagen, was mich so aufwühlt. Also, jetzt oder nie!

»Ich weiß, dass wir uns sehr verändert haben«, beginne ich zaghaft. »Beide. Und dass wir viele Fehler gemacht haben. Und ich weiß auch, dass nichts mehr je so sein wird wie früher. Aber vielleicht können wir die Dinge ein bisschen ... graderücken.« Ich höre das Wasser in der Dusche prasseln, und ich höre Marcs Schweigen. Meine Hände zittern, und all die ungesagten Worte und ungeweinten Tränen wollen sich einen Weg durch meine Kehle nach oben suchen. Ich klammere mich an den Türgriff und versuche zu entscheiden, ob ich einfach hineingehen soll, aber meine Beine bewegen sich keinen Zentimeter.

»Wenn wir nur ehrlich miteinander reden könnten«, flüstere ich und lasse meinen Kopf an den Türrahmen fallen.

Kapitel 14

Marc

Ich möchte die Tür vor ihr verschließen und sie aussperren, so wie ich es all die Jahre mit den Gedanken an sie gemacht habe. Ich stelle das heiße Wasser in der Dusche an, bis der Dampf einen feuchten Schleier auf den Spiegel hinter der Tür legt. Mein Spiegelbild schaue ich mir ohnehin schon lange nicht mehr an. Ich möchte in die Dusche steigen und die Tür der Duschkabine hinter mir zuziehen, eine Grenze zwischen mir und der Vergangenheit, und mich an dem heißen Wasser verbrühen, dessen Hitze mich an die brütenden Sonnenstrahlen von jenen schwarzen Sommertagen erinnert. Ich möchte meinen Kopf gegen die Fliesen schlagen, bis sie zerbrechen oder der Schmerz meine Gedanken lahmlegt. Doch nichts von alldem bin ich fähig zu tun. Ich kann mich nicht einmal ausziehen, weil mein Körper allzu offensichtlich nach der Frau hinter der Tür ruft. Mein stoßweiser Atem, der dem einer Panikattacke gleicht, lässt mich erschauern. Wahrscheinlich ist sie inzwischen gegangen, deshalb stelle ich das Wasser aus und starre meine trüben Umrisse im Spiegel an, die Hände auf das Waschbecken gestützt. Plötzlich erklingt ihre Stimme wieder hinter der Tür: »Ich habe mich so oft gefragt, was ich falsch gemacht habe. Ich komme einfach nicht drauf.«

Ohne überhaupt darüber nachzudenken, bin ich an der Badezimmertür und reiße sie auf, was sie kurz zusammenzucken lässt. »Jule«, krächze ich, »das darfst du nicht denken. Nichts von dem, was damals geschehen ist, war deine Schuld.«

»Aber ich verstehe es nicht, Marc.« Ihre Stimme klingt verzweifelt. »Irgendetwas muss doch zwischen uns passiert sein. Hat Stefans Tod das kaputt gemacht, was zwischen uns war?«

In ihren Augen steigen Tränen auf, und mein Herz zieht sich bei diesem Anblick schmerzhaft zusammen. Ich hebe meine Hand, um ihr über die Wange zu streichen.

»Hallo-o!«, ertönt unerwartet Veras Stimme durch das Wohnzimmer, und ich lasse meine Hand wieder sinken. Ich blinzle, versuche unseren intensiven Blickkontakt zu lösen, was mir nicht gelingen mag. Jule ist es, die ihre Augen abwendet und etwas Abstand zwischen uns bringt, bevor Vera, die wie selbstverständlich die Terrassentür benutzt haben muss, ungebeten in den Flur wirbelt.

»Hey, wen haben wir denn da«, begrüßt sie uns gut gelaunt und küsst erst Jule und dann mich schwungvoll auf beide Wangen.

»Juliana! Wie schön, dich zu sehen. Wir hatten bisher ja gar keine Gelegenheit, ein paar Worte zu wechseln.«

»Ja …«, bestätigt Jule sichtlich überfordert, »war viel los in letzter Zeit.«

»Und du?«, heftet Veras Blick sich auf mich und scannt meinen immer noch nackten Oberkörper. »Klamottenengpass?« Obwohl sie versucht es zu überspielen, spüre ich die Wachsamkeit und das Misstrauen in ihrem Blick.

Das Handy rettet mich aus dieser prekären Situation, und ich war wirklich noch nie so froh, es klingeln zu hören. Mit einem kurzen Griff ins Bad schnappe ich mir mein dreckiges T-Shirt, ziehe es ungeachtet des durchdringenden Schweißgeruchs wieder über und schiebe mich an Jule und Vera vorbei ins Wohnzimmer. Mein Handy schmettert mir den Refrain von Nickelbacks *How you remind me* entgegen, als ich es endlich aus den Tiefen meines Rucksacks ausgrabe. Das ist schon ewig mein Klingelton, doch erst jetzt wird mir klar, was diese Worte bedeuten: *Wie du mich erinnerst.* Und in dem Moment wird mir auch die Ironie bewusst. Denn das ist es, wovor ich mich in Jules Gegenwart am meisten fürchte, dass sie mich an früher erinnert. Ich sehe nicht einmal aufs Display, bevor ich hastig abnehme. Obwohl mir herzlich egal ist, wer grade mein Retter ist, freue ich mich, Jimmys Stimme zu hören. Im Hintergrund vernehme ich, dass sich auch die Frauen unterhalten, wenn auch etwas stockend. Nun ja, die besten Freunde waren Jule und Vera noch nie.

Jimmy erzählt mir, dass sein Auto nicht mehr anspringt, und fragt mich, ob ich vielleicht in den nächsten Tagen einmal Zeit hätte, es mir anzuschauen.

»Natürlich!«, antworte ich übertrieben euphorisch und extra laut. »Ich bin praktisch schon unterwegs.«

»Nein, nein«, wehrt der Pfarrer ab, »das muss gar nicht heute sein. Ich will dich nicht stressen, wenn du also etwas anderes ...«

»Nein, es bleibt dabei«, unterbreche ich ihn, »wie wir es vereinbart haben!«

»Wir haben nichts vereinbart«, wendet Jimmy ein, doch ehe er weitersprechen kann, drücke ich schon auf Auflegen.

»Ich muss euch enttäuschen. Bin schon wieder am Sprung.«

»Aber ...«, will Vera protestieren, während Jule mich nur schweigend ansieht. Ihr Blick geht mir durch und durch, und ich weiß, es ist nicht fair, die Sache zwischen uns erneut so im Raum stehen zu lassen. Aber im Moment habe ich keine andere Wahl, schon allein wegen Vera.

»Wir waren doch nicht verabredet, oder?«, wende ich mich nun an Vera. Sie schüttelt den Kopf, doch mir entgeht nicht, wie sie genervt die Augen verdreht.

»Aber wo willst du denn jetzt noch hin?«, will Vera wissen, bevor ich die Frauen mit einem aufgesetzten Lächeln zur Haustür dirigiere, im Vorbeigehen meinen Helm und die schwarze Lederjacke vom Garderobenhaken nehme und beide ins Freie schiebe.

»Wichtiger Termin!«

Mit einem *Rums* lasse ich die Haustür ins Schloss fallen und schließe ab.

Als ich mich wenige Sekunden später auf meine Enduro schwinge und mit einem knappen Winken auf die Asphaltstraße biege, schauen mir die beiden Frauen nur fassungslos hinterher.

Weil ich mich nicht sofort Jimmys Verhör, das unserem doch etwas seltsamen Telefonat folgen wird, stellen will, ist Emmis Grab mein erster Zufluchtsort. Hier wird Vera bestimmt nicht auftauchen, und ich hoffe inständig, dass Jule nicht auch auf die Idee kommt, hier zu erscheinen. Ich weiß nicht, was ich ihr sagen soll. Ich habe wirklich gedacht, ich könnte in all den Jahren über sie hinwegkommen. Aber mein Herz spielt immer noch verrückt in ihrer Gegenwart, sogar noch schlimmer als früher. Das Letzte, was ich will, ist, ihr erneut wehzutun. Doch wie kann ich das verhindern, wo sie ständig meine Nähe sucht und mit mir reden will? Aber womöglich will Jule ja wirklich nur alles ein bisschen graderücken, wie sie es vorhin genannt hat. Vielleicht empfindet sie ja gar nichts mehr für mich, und wir könnten Freunde werden.

Emmi, verdammt, wenn ich dich bloß um Rat fragen könnte!

»Wie lange willst du hier eigentlich sitzen?«, reißt Jimmy mich aus meinen trostlosen Gedanken.

»Bis ich Antworten habe.«

»Du meinst Antworten, die dir gefallen«, stellt er fest und setzt sich zu mir auf die warmen Pflastersteine, ohne Rücksicht auf sein schwarzes Priestergewand zu nehmen.

»Hm, dann ... werde ich wahrscheinlich ewig hier zubringen müssen«, brumme ich.

»Ich dachte, Emmi hätte dir diesen elenden Pessimismus ausgetrieben.«

»Sie hat's versucht. Aber sie ist zu früh gegangen, um ihre Mission mit dauerhaftem Erfolg zu krönen.«

»Komm schon, sag mir, was los ist.«

»Und du meinst, deine Antworten sind zufriedenstellend?«

»Auf einen Versuch kommt's an«, versucht er mich zu überzeugen. Reden, reden, immer wollen alle reden. Wie ich das hasse! Als hätte das schon jemals was geändert. »Vor wem bist du geflüchtet? Jule?«

»Ja. Nein. Nicht nur«, antworte ich vage.

»Oha. Nicht nur?« Stur, wie ich bin, schweige ich. »Mensch, lass dir nicht alles aus der Nase ziehen.«

»Sie können die Beichte nicht erzwingen, Hochwürden!«, nehme ich ihn aufs Korn, allerdings ohne die Spur von Heiterkeit in der Stimme.

»Das stimmt allerdings«, lenkt er ein, steht umständlich auf und wischt sich über den Hosenboden. »Aber wenn du dir mein Auto tatsächlich heute ansehen würdest, hättest du die Damen wenigstens nicht angelogen.«

Woher Jimmy wissen will, dass es Damen sind, ist mir schleierhaft, trotzdem liege ich wenig später auf dem Montagerollbrett unter seinem Auto und inspiziere die Benzinleitungen. Sollte ich einen Knick oder Riss entdecken, wäre das ein Grund, warum der Wagen nicht mehr anspringt. Als ich höre, wie sich hochhackige Schuhe nähern, halte ich inne. Ich bin heilfroh, dass ich im hinteren Teil der Garage liege und somit von draußen unentdeckt bleibe.

»Pfarrer Benedikt«, ertönt eine aufgeregte, schon fast schrille Stimme. Du meine Güte, es ist Vera. Ich atme so flach wie möglich, um nur ja keine Aufmerksamkeit auf mich zu ziehen. Hoffentlich zahlt Jimmy mir meine schroffe Art von vorhin nicht heim. Aber dann hätte ich das letzte Mal nach seinem Auto gesehen, das dürfte ihm bewusst sein.

»Guten Abend, Vera«, begrüßt er sie freundlich. »Was führt dich zu ...«

»Ach, ich weiß ja überhaupt nicht, wie ich dich nennen soll, das ist ja so ungewohnt«, fällt sie ihm ins Wort.

»Ganz wie du möchtest. Du kannst mich Konrad nennen oder Jimmy, Pfarrer Benedikt ist auch in Ordnung. Oder Hochwürden!« Das war eindeutig ein Seitenhieb, auf mich bezogen.

»Vielleicht habe ich nicht das Recht, dich um Rat zu fragen, weil ich doch nie in die Kirche gehe, aber ich habe einfach keinen Schimmer, an wen ich mich wenden soll.«

»Jeder Mensch hat das Recht, um Rat oder Hilfe zu bitten. Das hat nichts mit der religiösen Überzeugung zu tun«, erwidert Jimmy ruhig.

»Aber wollen wir nicht lieber an einen anderen Ort gehen, um zu reden? Vielleicht in unser schönes Gotteshaus?«

»Nein, bitte, da bekomme ich Beklemmungen, entschuldige. Das Beichtgeheimnis gilt doch überall, oder?«

»Ja, natürlich, aber ...«

»Nein, ich erzähle es dir lieber sofort, sonst verlässt mich am Ende noch der Mut.« Jimmy hat nicht die leiseste Chance, sie davon abzubringen, ihm hier vor seiner Garage das Herz auszuschütten, und ich ringe mit mir, wie ich am besten aus diesem Schlamassel wieder herauskomme. Aber es ist zu spät.

»Es geht um Marc.«

»Die Garage ist wirklich nicht der richtige Ort, um so etwas ...«, versucht Jimmy es erneut, aber Vera sprudelt schon drauflos.

»Ich weiß ja, dass er schwierig ist, das war er schon immer. Aber im letzten Jahr hat er sich endlich ein wenig geöffnet, verstehst du?«

Ich presse meine Augen zu, lasse ganz langsam die Luft durch die Nase entweichen und flehe innerlich, dass es nicht noch schlimmer wird.

»Wir sind uns nähergekommen ... wir haben sogar miteinander geschlafen, aber ... das sollte ich dir vielleicht gar nicht erzählen. Fakt ist, dass sich etwas verändert hat zwischen uns. Und seit Emilia Bruckners Tod macht er wieder komplett dicht. Er geht mir aus dem Weg und blockt ab. Ich komme einfach nicht mehr an ihn heran. Aber ... diese eine Nacht ...«

Ihre Stimmen entfernen sich ein wenig, bis ich schließlich nicht mehr jedes Wort verstehen kann. Ich bin verdammt erleichtert darüber, doch schäbig komme ich mir trotzdem vor. Ich wusste, dass Vera sich mehr erhofft, doch es aus ihrem Mund zu hören, führt es mir noch klarer vor Augen. Ich muss das mit ihr klären, bevor die ganze Sache eskaliert.

Es dauert noch etwa eine Viertelstunde, die ich reglos unter dem Auto verbringe, bis ein aufgelöster und wütender Pfarrer in die Garage stürmt und vorsichtshalber das Tor von innen verschließt.

Ungeduldig tippt er mit der Fußspitze auf den Betonboden, die Hände in die Hüften gestemmt, und wartet, bis ich kleinlaut unter dem Wagen hervorkomme.

»Siehst du, was du angestellt hast?«, wirft er mir vor, und ich richte mich auf, bewege meine steif gewordenen Glieder und atme tief durch.

»Danke, dass du mich nicht hast auffliegen lassen«, sage ich leise.

»Ja, das wäre ja ein noch viel größeres Desaster geworden!«

»Was kann ich denn dafür, dass sie hier aufkreuzt?«

»Na, sie ist ja erst *deinetwegen* hergekommen!« Aufgebracht stößt er den Zeigefinger in die Luft, und ich frage mich, ob Veras Ärger auf den sonst so ruhigen und besonnenen Priester abgefärbt hat. »Und wenn du mir gleich erzählt hättest, was ich jetzt von ihr erfahren habe, dann wären wir vielleicht nicht in diese äußerst unangenehme Situation geraten. Nicht auszudenken, wenn das irgendjemand erfährt.«

»Jetzt mach mal halblang«, verteidige ich mich, jetzt ebenfalls sauer, »was ich dir erzähle, entscheide ja wohl immer noch ich.«

»Wenn ich mich nicht irre, triffst du nicht immer die besten Entscheidungen.«

»Jetzt reicht's!« Wütend drücke ich ihm die Taschenlampe in die Hand und stürme in Richtung Garagentor.

»Warte«, hält Jimmy mich am Arm zurück. »Es tut mir leid. Das hätte ich nicht sagen dürfen.«

Ich werfe ihm einen grimmigen Blick zu, aber sage kein Wort.

»Es ist nur ... einfach blöd gelaufen. Vera hat mich überhaupt nicht zu Wort kommen lassen und mich förmlich zugeschüttet.«

»Ja, ich hab's ja unfreiwillig mitbekommen«, lenke ich ein. »Und glaub mir, könnte ich mich in Luft auflösen, ich hätt's bestimmt getan.«

Jimmy beginnt nervös in der Garage auf und ab zu tigern, wohl um seine Worte abzuwägen und nach einer Lösung zu suchen.

»Bring endlich in Ordnung, was du da im Begriff bist zu vermurksen«, beschwört er mich. »Es ist ja schon genug, wenn ihr beide im Gefühlschaos versinkt, ihr müsst nicht auch noch Vera ...«

»Ihr beide? Wen meinst du?« Sprachen wir nicht von Vera und mir?

»Ich … ähh … Beichtgeheimnis … schon vergessen?«

»Mann, Jimmy, entweder du rückst endlich mit der Sprache raus, oder du sparst dir deine klugen Belehrungen!«

»Ich dachte, du würdest meine Hilfe wollen. Du bist schließlich hergekommen …«

»Ich bin zu Emmis Grab gekommen, nicht zu dir!«

»Ach, komm schon … du hast es doch drauf angelegt, dass ich dich auf Emmis Grab auflese, damit du nicht über deinen Schatten springen und mich um Rat bitten musst!«

»Aufgelesen? Wie überheblich bist du denn? Dein Auto ist kaputt! Deshalb bist *du* auf mich zugekommen!«

»Ja, siehst du? Das ist eine Fügung des Herrn!«

Aufs Neue wütend, funkle ich ihn an. »Eine Fügung? Ich bitte dich!«

»Mal im Ernst, Marc. Hast du Vera denn nicht gehört? Du verletzt sie. Ich wünschte wirklich, du würdest aufhören, mit Frauen ins …«

Ich räuspere mich lautstark, um ihn irgendwie zu bremsen, weil seine Stimme wieder lauter wird, und es muss ja nicht gleich das ganze Dorf mitkriegen, worum es bei unserer Auseinandersetzung geht.

»… mit Frauen ins Bett zu gehen«, fügt er jetzt mit gedämpfter Stimme hinzu, »für die du nichts empfindest!«

»Und ich wünschte, du würdest ein Schweigegelübde ablegen!«, zische ich und rausche aus der Garage.

• • •

Schweißgebadet erwache ich kurz nach Mitternacht aus einem unruhigen Schlaf. Es war Jule, von der ich erneut geträumt habe, was sich in meinen Boxershorts überdeutlich bemerkbar macht. Hat denn das nie ein Ende? Denn auch, wenn ich mir eingeredet habe, sie aus meinem Leben verdrängt zu haben, so sind diese Träume nicht erst neuerdings Bestandteil meines Lebens. Nach einer kalten Dusche und einem Actionfilm, der zur Ablenkung dienen soll, versuche ich erneut ein wenig zu schlafen. Doch meine Gedanken fahren Achterbahn. Ich weiß, dass

Jimmy recht hat und ich die Dinge zwischen Vera und mir regeln muss. Aber was, wenn grade Vera diejenige ist, die mir guttut? Sie hat, was mich angeht, jahrelange Geduld bewiesen. Noch nie musste ich vor ihr Rechenschaft ablegen, weder was meine Launen betrifft noch die Freundschaft zu Emmi. Sie nimmt mich, wie ich bin, und hat mich mit viel Feingefühl auch schon aus dem einen oder anderen Loch herausgezogen. Vielleicht ist sie die Frau, die an meiner Seite sein sollte. Und Jule? Haben wir nicht schon bewiesen, dass wir einander mehr schaden, als wir uns guttun?

Ich weiß es nicht. Verflucht! Ich weiß es nicht.

Kapitel 15

Jule

Nichts von dem, was damals geschehen ist, war deine Schuld. Das waren Marcs Worte. Und doch werde ich das Gefühl nicht los, dass die Mauer zwischen uns unüberwindbar ist. Wie oft habe ich in den vergangenen Jahren die Tage vor und nach Stefans Tod Revue passieren lassen, bin die letzten Gespräche und Begegnungen mit Marc im Kopf durchgegangen. Doch da ist nichts. Nichts, was auf ein derartiges Ende einer Freundschaft oder unserer Beziehung hindeuten könnte. Und als er mich so angesehen hat, bevor Vera unverhofft hereingeschneit ist, da war so viel Liebe in seinem Blick. Und doch so viel Schmerz und Hoffnungslosigkeit und Trauer.

Ich packe meine Tasche, gieße alle Blumen im und ums Haus und schließe die Fenster. Für ein paar Tage will ich heim nach Innsbruck fahren, sehen, ob im Blumenladen alles gut läuft, und endlich mit meinem Vater reden. Aber fahre ich wirklich *heim*? Fühlt sich Emmis Haus nicht schon längst wieder viel mehr als Zuhause für mich an? In letzter Zeit ertappe ich mich hin und wieder, wie ich mit dem Gedanken spiele, das Haus zu behalten. Und wieder hier zu wohnen, so wie früher.

An Jimmy, der sich immer mal wieder per Kurznachricht nach meinem Befinden erkundigt, tippe ich eine WhatsApp-Nachricht, dass ich ein paar Tage nach Innsbruck fahre, aber bald wieder da bin.

Dann rufe ich Ela an, um sie zu bitten, während meiner Abwesenheit die Blumen zu gießen. Sie flucht derart ins Telefon, dass ich auf dem Weg zum Auto innehalte.

»Alles okay bei euch?«, will ich irritiert wissen, weil mir nicht klar war, welchen Wortschatz an Schimpfwörtern Ela besitzt.

»Ja ... die Sache ist die ... ich wollte dich auch grade anrufen. Heute Abend ist die feierliche Einweihung der neuen Turnhalle, und ich habe mich schon so gefreut und immer vergessen, dich zu fragen und ... verflixt ... du *musst* einfach mitkommen, Jule!«

»Nein, ganz sicher nicht! Und ... bevor du was sagst ... nein, es wird mich bestimmt *nicht* auf andere Gedanken bringen! Außerdem sitze ich schon fast im Auto!«

»Betonung auf *fast*.«

»Ela ...«

»Weiß dein Vater, dass du kommst?«, fragt sie.

»Noch nicht.«

»Weiß deine Freundin Tina, dass du kommst?«

»Nein«, antworte ich, wohl wissend, dass ich kein einziges Argument finden werde, ausgerechnet heute nach Innsbruck zu fahren. »Aber ...«

»Eben. Du kannst also auch morgen fahren. Und, Jule ... ich wünsche mir, dass du mitkommst. Matze kommt auch mit, und wir haben so selten einen Babysitter, und solche Feste sind immer so lustig, und du wirst unsere alten Freunde wiedersehen, und ...«

»Wo du es grade erwähnst«, bremse ich sie etwas, »bestimmt wird Marc auch da sein, oder?«

»Das glaube ich gar nicht. Solchen Veranstaltungen geht er grundsätzlich aus dem Weg. Ich habe ihn zumindest nie dazu überreden können ... also ... bevor Johannes auf der Welt war und Matze und ich noch öfter abends unterwegs waren.«

Ich schinde mir eine kurze Nachdenkfrist heraus, doch im Grunde weiß ich, dass Ela schon gewonnen hat. Außerdem wartet in Innsbruck tatsächlich niemand auf mich, und wenn es Ela so viel bedeutet, will ich ihr die Freude machen.

Marc

Noch bevor ich mich auf den Weg zur Arbeit mache, rufe ich Vera an. Bei meiner hitzigen Diskussion mit Jimmy gestern Abend habe ich das Wesentliche völlig außer Acht gelassen; nämlich wie sein Gespräch mit Vera verlaufen ist. Jedoch bezweifle ich, dass ich irgendetwas aus ihm herausbekommen hätte. Beichtgeheimnis hin oder her, ich weiß, dass man sich auf ihn zu hundert Prozent verlassen kann, auch, wenn er seine Soutane ablegt. Gerade das ist es doch, das ihn als Freund so wertvoll macht. Und dass er mir hin und wieder eine Kopfwäsche verpasst, so wie gestern.

Ich bin ein bisschen nervös, was mein Gespräch mit Vera betrifft, und das ewig andauernde Freizeichen macht diesen Zustand nicht unbedingt besser. Als ich schon aufgeben will, ertönt ihre ungewohnt genervte Stimme: »Was willst *du* denn?«

Kein Wunder, dass sie mies drauf ist, das habe ich wohl verdient.

»Guten Morgen«, beginne ich zaghaft, »störe ich dich?«

Schweigen.

»Vera?«

»Keine Ahnung!«

»Das mit gestern tut mir leid«, sage ich aufrichtig.

Schweigen.

»Bist du noch dran?«, frage ich verunsichert.

»Mehr werde ich als Erklärung wohl nicht kriegen, oder?«, fragt sie zurück.

Ich schlucke. Mein Kopf ist wie leer gefegt.

»Hör zu, Vera. Was hältst du davon, wenn wir heute Abend mal reden ... ähm ... über alles?!«

»Du meinst so ein tolles Gespräch zwischen Tür und Angel, wie wir das sonst immer machen?«, höhnt sie. »Darf ich mir wenigstens Tür und Angel aussuchen?«

»Nein, ich meinte richtig reden. Oder irgendwas machen, worauf du

Lust hast. Such es dir aus, mir ist alles recht.« Hauptsache, wir sind endlich ehrlich miteinander, füge ich in Gedanken noch hinzu.

»Ganz sicher?«, will sie nach einer längeren Pause wissen.

»Ja, versprochen«, erwidere ich.

»Okay, dann gehen wir beide heute zur Einweihung der neuen Turnhalle«, beschließt sie. Meine Schultern sacken ein wenig zusammen bei dem Gedanken, dort am Ende wieder Jule über den Weg zu laufen. Aber was soll's, ich habe schon zu oft meine Versprechen gebrochen. Da muss ich jetzt durch.

Schon früher habe ich größere Veranstaltungen gehasst, weil wir nie als Familie dort erschienen sind. Entweder musste mein Vater Schicht arbeiten, oder meine Mutter war beruflich auf Reisen. Ich ging also immer nur mit einem Elternteil hin und konnte mir schon ziemlich früh alle möglichen Gerüchte anhören von wegen Trennung, Seitensprung und so fort. Was – wie sich ja leider herausstellte – kein Gerücht geblieben ist, zumindest der Seitensprung. Ich durfte zusehen, wie die Leute die Köpfe zusammensteckten und tuschelten, mein Vater sich einen hinter die Binde kippte oder meine Mutter mit anderen Männern tanzte. Stefan war der Einzige, der wusste, wie es mir an solchen Abenden ging, und der es verstand, mich mit allen Mitteln abzulenken. Bald schon begannen wir also, uns von Mädels und Alkohol bespaßen zu lassen, wenn auch damals noch auf eine harmlose Art und Weise.

Ich hole Vera so gegen sieben mit dem Auto bei ihrer Wohnung ab. Sie trägt wie immer hochhackige Schuhe und ein schulterfreies, kurzes Sommerkleid, das ihre langen Beine betont. Auch ihre Kurven sind gekonnt in Szene gesetzt. Ihre Aufmachung lässt mich schmunzeln, denn Vera wäre in der Stadt eindeutig besser aufgehoben. Bei dem Fest wird es Bierbänke geben und grobe Holzböden, bei denen flache Schuhe die erste Wahl sein sollten. Mit knallroten Lippen lächelt sie mir entgegen und fährt sich mit der Hand aufreizend durch ihr blondes Haar. Sie ist attraktiv, das kann ich nicht bestreiten, und in dem Moment beschließe ich, ihr eine Chance zu geben. Ich steige aus und begrüße sie mit einem Kuss auf die Wange.

»Gut siehst du aus«, sage ich lächelnd und gehe ihr voraus, um ihr die Beifahrertür aufzuhalten. Sie scheint überrascht, wahrscheinlich weil sie solch höfliche Gesten einfach nicht gewohnt ist von mir. Tja, da sind wir schon zwei.

»Ich hab mit dem Gedanken gespielt, zu Fuß zu gehen«, scherze ich und schiele grinsend auf ihre Füße hinunter.

»Sonst noch Wünsche?«, kontert sie, tänzelt auf mich zu und steigt ein.

»Willst du keine Jacke mitnehmen?«, frage ich, als ich neben ihr sitze.

»Ich bin überzeugt, du wirst mich wärmen, falls mir kalt wird«, raunt sie mir ins Ohr.

Auf der Fahrt zum Fest unterhalten wir uns über alles Mögliche. Ich bemühe mich, etwas lockerer zu werden und meine wortkarge Art für heute abzulegen. Was habe ich schon zu verlieren? An unserem Ziel angelangt, suche ich mir auf der extra abgemähten und als Parkplatz abgesteckten Wiese ein Plätzchen. Vera hakt sich bei mir unter, und wir schlendern gemütlich zu dem neuen Gebäude neben der Schule, aus dem wir schon aus der Ferne den Bass der Band dröhnen hören. Das heißt, schlendern kann man es vielleicht nicht grade nennen, weil Vera mit ihren unpraktischen Schuhen bei jedem Schritt im Boden einsinkt und beide Absätze mit einem Taschentuch von der Erde befreien muss, als wir endlich am Asphalt angelangen. Trotzdem jammert sie nicht, ein Charakterzug, den ich sehr an ihr mag. Die Stimmung ist recht ausgelassen zwischen uns, und ich versuche, meine Augen nicht ständig über die Leute schweifen zu lassen, wie im Verfolgungswahn, aus Angst, Jule über den Weg zu laufen. In der Turnhalle herrscht bereits ein Menschengewusel und Stimmengewirr, das jedem Bienenstock Konkurrenz machen könnte. Rasch finden wir ein paar bekannte Gesichter, zwischen denen wir auch für uns beide noch Platz ausmachen. Ich lasse Vera, die sich mit einer ihrer Freundinnen unterhält, am Tisch zurück, um etwas zu trinken zu besorgen. Prompt laufe ich Jimmy über den Weg.

»Du hier? Das ist ja ein Ding!«, meint er überrascht.

»Ich bin mit Vera hier«, antworte ich. »Du hattest übrigens recht, es wird Zeit, dass ich die Dinge zwischen uns kläre.«

Er nickt nachdenklich. »Woher der Sinneswandel?«

»Dein Rüffel hat mir zu denken gegeben«, gestehe ich.

»Und du glaubst, das ist das richtige Ambiente, um eure Dinge zu klären?«

»Sie hat sich gewünscht, hierherzukommen, und ... na ja ... das wollte ich ihr nicht abschlagen.« Innerlich verdrehe ich die Augen, weil ich ihm schon wieder recht geben muss. Aber er hat leicht reden, er hat dieses Frauenproblem ja nicht. Vielleicht sollte ich auch in Erwägung ziehen, Priester zu werden.

»Na dann, viel Spaß euch beiden, oder sollte ich besser sagen: gutes Gespräch ... oder gutes Gelingen ...«, rätselt er und kratzt sich grübelnd das Kinn.

»Schon gut«, antworte ich lachend, »dir auch schönen Abend.«

»Zum Glück ist Jule heute nicht da«, murmelt er schon im Weggehen, und ich halte ihn am Arm zurück.

»Was hast du grade gesagt?«

»Oh ... nichts!«

»Bist du sicher, dass sie nicht da ist?«

»Wer?«, spielt er den Ahnungslosen.

»Na, Jule!«

»Sie ist nach Innsbruck gefahren«, gibt er offensichtlich ungern preis, »soweit ich weiß.«

Ich atme auf. Sie ist nicht da. Das ist gut, rede ich mir ein. Das ist toll. Ich werde mit Vera einen entspannten Abend verbringen können, ohne mich ständig umzusehen, ohne dieses permanent hibbelige Gefühl, das ich immer verspüre, wenn Jule in der Nähe ist. Mit neuer Entschlossenheit kehre ich kurz darauf mit Wein und Bier an unseren Tisch zurück.

Die Band mit dem Namen *The yellow heroes* – vermutlich kommt der Name von den knallgelben Anzügen samt Strohhüten, die sie tragen – rockt die Bude. Sie spielen alles querbeet, über Rock, Pop, Soul bis hin zu ruhigen Balladen und altbekannten Oldies.

Vera und ich amüsieren uns köstlich mit ihren Freunden, und ich spiele immer öfter mit dem Gedanken, wie es wäre, wenn wir beide ein Paar wären. Könnte ich mich mit ihrer Clique anfreunden? Hätten wir gemeinsame Interessen? Wie würde es sich anfühlen, der Mann an ihrer Seite zu sein?

Irgendwann versucht Vera, mich zum Tanzen zu überreden.

»Aaach ... bitte nicht«, ziere ich mich.

»Komm schon«, bettelt sie, »du hast doch früher so gerne getanzt!«

Ja, das stimmt, aber das war *früher*. Mit Jule. Wir waren ein eingespieltes Team. Sie wusste immer, welchen Schritt ich als Nächstes machen würde, auch wenn es überhaupt nicht dem Grundschritt entsprach. Als wären wir eine Einheit und würden dasselbe denken, im Tanz sogar empfinden.

»Bitte, bitte, bitte!«, lässt Vera nicht locker. Ich gebe mir einen Ruck, schließlich will ich ihr ja eine Chance geben.

»Okayyy ... aber nur ein Tanz«, lasse ich mich breitschlagen.

Wir tanzen einen Discofox, und nach anfänglichen Schwierigkeiten, einen gemeinsamen Rhythmus zu finden, stimmen wir uns langsam aufeinander ein. Es fängt sogar an, mir Spaß zu machen, und wir gehen in die anschließende Rock-Ballade nahtlos über, indem unsere Schritte wie von selbst langsamer werden und Vera ihren Kopf an meine Schulter schmiegt. Ich fühle mich wohl auf diesem Fest, auf dem ich nie sein wollte, mit dieser Frau, die ich immer ignoriert habe. Selbst die vielen Leute um uns herum machen mir nichts aus, bis ...

... bis mein Blick plötzlich an etwas Vertrautem hängen bleibt und meine Beine die Drehung automatisch beenden. Jule. Vor uns steht Jule und fixiert uns mit ihren dunkelbraunen Rehaugen. Etwas Seltsames liegt darin, vielleicht Traurigkeit, vielleicht Wehmut, ich kann es nicht deuten. Ich bin wie betäubt. Was mache ich mir hier eigentlich vor? Die

Frau, die ich hier in den Armen halte, gehört nicht hierher. Nicht zu mir. Jimmy hat sich also getäuscht, als er sagte, Jule sei nicht hier.

In Jules Gesicht regt sich nichts, bis sie sich mit einem Mal abwendet und auf den Ausgang zusteuert. Ihre Haltung drückt keine Wut aus, und ihre Schritte sind nicht hastig oder überstürzt. Im Hinausgehen weicht sie ein paar Leuten aus, die im Weg stehen, und winkt anderen freundlich zu, dann verschwindet sie durch den breiten Ausgang in die dunkle Nacht hinaus.

Zum Glück ist das Lied zu Ende, und Vera bemerkt meine plötzliche Starre nicht. Mit größter Selbstbeherrschung widerstehe ich dem Impuls, Jule nachzugehen. Stattdessen schnappe ich mir Veras Hand und ziehe sie nach draußen.

»Was … hey … wollen wir nicht weitertanzen? Es war grade so schön!«

»Wir sollten … komm mit, okay?«

»Warte«, stoppt sie mich und bückt sich, um ihre Schuhe auszuziehen, damit sie mit meinem Tempo mithalten kann.

Wir gehen hinter das Gebäude, wo es etwas ruhiger, dafür aber auch dunkler ist.

»Hey, warum hast du es denn so eilig?«, haucht sie, und ich höre das erwartungsvolle Lächeln in ihrer Stimme. Verdammt, sie rechnet sich jetzt ganz etwas anderes aus. Die Pärchen, die an der Außenwand des Turnsaals lehnen und knutschen oder fummeln, bestärken sie wahrscheinlich auch noch in ihrer Erwartung. Aber wir sind nicht mehr 17.

Ich bleibe etwas abseits unter einer Baumgruppe stehen, und Vera schlingt mir ungestüm die Arme um den Hals und verschließt meine Lippen mit ihren. Behutsam, aber entschlossen schiebe ich sie von mir und suche im schwachen Schein der Straßenlaterne ihren Blick.

»Vera, bitte nicht. Wir müssen reden!«

»Das ist doch jetzt überhaupt nicht wichtig! Ich hab dir doch schon verziehen.«

»Darum geht's nicht«, erkläre ich leise und löse ihre Arme aus meinem Nacken. »Das mit uns beiden funktioniert nicht!«

Sie starrt mich an, ihr Lächeln fällt ihr mit einem Mal aus dem Gesicht. »Was?«

»Es tut mir leid, ich habe wirklich gedacht ...«

»Dass du mit mir heute noch mal 'ne heiße Nummer schieben kannst?«, fragt sie fassungslos.

»Nein ... so ist es nicht.«

»Wie ist es dann? Du hast mich hingehalten.«

»Ich will dich nicht verletzen.«

»Das Gespräch hatten wir doch schon mal«, erinnert sie sich. »Hab ich ein Déjà-vu? Ist das für dich ein Spiel?« Mit jedem Wort wird sie wütender.

»Nein, das ist kein Spiel. Ich mag dich, Vera. Wirklich. Aber ich bin ...«, verzweifelt suche ich nach den richtigen Worten. »Ich bin mit dem Herzen einfach nicht richtig dabei!«

»Mit dem Herzen?«, schnaubt sie. »Wo bist du denn dann mit deinem Herzen?« Grob sticht sie mit ihrem Zeigefinger in meine Brust, auf die Stelle, unter der mein Herz laut hämmert. »Und wieso fällt dir das jetzt erst ein?«

»Vera!« Mit einem gezielten Handgriff fange ich ihre Hand ab und nehme sie sanft in meine. Sie hat Tränen in den Augen, und das trifft mich mehr, als ich sagen kann. »Es war so ein schöner Abend, und da ist mir klar geworden, dass es nicht fair ist, dich als Trostpflaster zu missbrauchen. Es tut mir leid, bitte glaub mir.«

»Wer ist es?«, fragt sie mit bebender Stimme. »Es ist Jule, oder?« Ich antworte nicht, und sie beginnt heftig zu nicken. »Natürlich, sie war es schon immer. Du bist endlich wieder normal gewesen in letzter Zeit ... aber seit *sie* wieder da ist, geht der ganze Scheiß wieder von vorn los. Merkst du eigentlich, wie schlecht das für dich ist? Wie sehr du unter ihrer Gegenwart leidest?« Mit einem Ruck entreißt Vera mir ihre Hand. »Wie kannst du in sie verliebt sein? Das ist komplett irre.«

»Schon möglich«, gebe ich leise zu.

»Sie wird dich hassen, Marc. Und das weißt du!« Sie verzieht ihr Gesicht zu einer hässlichen Maske. »Du hast ihren Bruder auf dem Gewissen, und dafür wird sie dich hassen!«

Nachdem sie mir mit voller Wucht die Tatsachen vor die Füße geknallt hat, lässt sie mich stehen, und mir wird in aller Deutlichkeit das Ausmaß meines verkorksten Lebens bewusst.

Weil ich zu viel getrunken habe, lasse ich das Auto stehen. So viel habe ich zumindest aus der Vergangenheit gelernt. Es ist noch nicht einmal Mitternacht, und die Party ist noch in vollem Gange. Ich bitte Jimmy, der mir über den Weg läuft, für Vera gegebenenfalls ein Taxi zu besorgen, und halte ihm einen Zwanziger hin. Er beschenkt mich bloß mit einem mitleidigen Blick, fragt aber zum Glück nicht nach. Womöglich hätte ich ihm diesmal sogar freiwillig mein Herz ausgeschüttet, ich weiß es nicht. Vera ist die Einzige, der ich in einem Moment der Schwäche – und von denen gab es einige – von meinen Schuldgefühlen erzählt habe. Nicht die ganze Geschichte, nur einen kleinen Teil. Mag sein, dass das ein Fehler war. Mag sein, dass sie das jetzt aus verletzter Eitelkeit gegen mich verwendet. Aber das ist einerlei. Ich muss sowieso reinen Tisch machen. Das weiß ich jetzt. Um jemals glücklich zu werden, muss ich alle Karten auf den Tisch legen. Emmi hat mir diese wichtige Lektion erteilt, und ich habe schon lange damit angefangen. Dass sie nicht mehr da ist und mich bestärkt, heißt nicht, dass ich schon durch bin. Im Gegenteil: Die schwierigsten, schmerzhaftesten Karten halte ich noch in der Hand.

Als ich nach dem Motorradunfall wieder halbwegs auf dem Dampfer war, verbrachte ich sehr viel Zeit bei Emmi. Das führte zwangsläufig dazu, dass ich begann, vieles zu reflektieren, was in meinem Leben passierte. Ich machte mir große Vorwürfe, nicht nur in Bezug auf Stefans Tod. Die Schandtaten, die wir beide auf dem Kerbholz hatten, zogen ein schlechtes Gewissen nach sich, und es fühlte sich so an, als würde ich Stefans schlechtes Gewissen gleich mittragen müssen. Ich sprach es einmal an, als ich mit Emmi zusammen in ihrem Garten werkelte.

»Manchmal passieren Dinge, die wir nicht wiedergutmachen können«, meinte sie auf mein Geständnis hin. »Aber manches ließe sich sehr wohl wieder hinbiegen … wenn wir den Mut dazu hätten!« Emmi sprach immer in der Wir-Form, was mich verwunderte und zugleich stärkte. Sie gab mir damit das Gefühl, nicht alleine zu sein; dass wir alle Menschen waren und Fehler machten. Wahrscheinlich konnte ich deshalb mit ihr besser reden als mit irgendjemandem sonst. Das mit dem Mut war allerdings so eine Sache. Ich war ein Feigling sondergleichen, vollgestopft mit Unsicherheit und Schuldgefühlen, dessen Fassade durch die großen Verluste der letzten Zeit komplett abgebröckelt war. Wie kam man denn in dieser Situation zu einer Eigenschaft wie Mut?

Im Nachhinein weiß ich auch nicht mehr, wie Emmi das angestellt hat. Fakt ist jedoch, dass ich eines Tages zu dem Bauern hinging, dessen Heuschober Stefan und ich abgefackelt hatten, und ihn um Verzeihung bat. Anfangs wollte er mich vom Hof jagen, aber dann schien er sich die Sache noch einmal zu überlegen. Ich bot ihm an, als Entschädigung einen Sommer lang auf dem Bauernhof mitzuarbeiten. Da ich ja sowieso keinen Job mehr hatte, erschien mir das allemal besser als herumzulungern. Die körperliche Arbeit tat mir gut, und am Ende des Sommers waren der Bauer und ich fast traurig, dass das gemeinsame Arbeiten vorbei war. Obwohl das jetzt Jahre her ist, ruft er immer noch hin und wieder an, wenn auf dem Hof Not am Mann ist oder er mit seiner Familie auf Urlaub fährt, und bittet mich, ihm auszuhelfen.

Auch bei Paul Weber, dem Stefan und ich damals mit unseren Motorrädern die Langlaufloipe ruinierten, entschuldigte ich mich. Mit ihm ging es mir ähnlich wie mit dem Landwirt. Seine Wut brachte mir sogar ein ordentliches Veilchen ein. Doch seit damals wechseln wir uns jeden Winter damit ab, die Loipe zu präparieren.

Ich habe meinen Platz in unserem Dorf gefunden. Ich behandle die Menschen respektvoll, und umgekehrt ist es genauso. Meine Jugendsünden sind so gut wie vergessen, außer die, die seit Jules Rückkehr mit aller Macht an die Oberfläche drängen, schmerzhaft wie eh und je.

Ich hoffe, dass auch Vera mir irgendwann verzeihen wird und sich ihre Wunde rasch und ohne Komplikationen verschließt.

Kapitel 16

Jule

Der frische Abendwind auf meinem Heimweg tut mir gut. Obwohl ich mich erst so gesträubt habe, auf das Fest zu gehen, war es ein fröhlicher Abend. Ela und Matze genießen ihn wahrscheinlich noch immer, weil sie – wie Ela mir erklärte – erst am Morgen heimgehen werden, um ihren Babysitter auszunutzen. Wenn sie sich da mal nicht täuschen, schmunzle ich. Sie waren beide schon sehr beschwipst, als ich mich verabschiedete, und meine Freundin hat schon mehrere Male auf ihre Uhr geschielt.

Weil die Nacht so schön mondhell ist, setze ich mich ans Ufer des Weihers und lausche den nächtlichen Geräuschen. Ich ziehe meine Jacke etwas enger um mich und schlinge die Arme um die angewinkelten Beine. Es war gut, dass Ela mich überredet hat, mitzukommen. Auch wenn es wehtat, Marc mit Vera zu sehen, war es nötig. Ich muss realistisch sein. Ich war zehn Jahre weg, und jeder hat in der Zwischenzeit weitergelebt. Auch Marc. War sie damals schon der Grund, warum er mich hat fallen lassen? Nein, das glaube ich nicht. Irgendwas hat an dem Bild, das sich mir vorhin auf der Tanzfläche bot, gefehlt. Lockerheit? Vertrautheit?

»Du solltest um diese Uhrzeit nicht alleine unterwegs sein«, lässt mich sein tiefes Timbre plötzlich zusammenzucken. Habe ich ihn herbeigezaubert?

»Ja ... schon möglich, aber meinen Bodyguard habe ich gestern gefeuert«, witzle ich.

»Was hat er angestellt?«, will Marc amüsiert wissen.

»Kompetenzen überschritten!«

»Oh. Okay! Dann suchst du also wieder jemanden für die Stelle.«

Automatisch muss ich lächeln, verkneife mir aber jeglichen Kommentar.

»Darf ich?«, fragt er und deutet auf den Platz neben mir.

»Sicher.« Es überrascht mich, dass er hier ist und nicht bei Vera, aber ich spreche es lieber nicht an.

»Jule ...«, ergreift er nach einer Weile das Wort.

»Nein, bitte«, unterbreche ich ihn, »sag nichts. Es ist eine so schöne Nacht. Ich habe mich so gefreut, unsere alten Freunde wiederzutreffen, und ich habe gesehen, dass du dich auch amüsiert hast. Also, verdirb jetzt nicht alles.«

»Ich dachte, du wolltest, dass wir reden ...«

»Ja ... aber jetzt ... hier ... das fühlt sich grade so gut an.«

»Dann störe ich dich wohl besser nicht«, sagt er und erhebt sich. Ich meine, Bedauern in seiner Stimme zu hören.

»Nein, ich will damit sagen, *alles* fühlt sich gut an, auch, dass du da sitzt.« Er lächelt etwas zaghaft und setzt sich wieder.

»Neben Stefan warst du immer der Mensch, der mir am ... vertrautesten war.« Ich wundere mich über mich selbst. Wo kommt das auf einmal her? Wie komme ich dazu, ihm das zu sagen? Vielleicht ist die Dunkelheit für meine Kühnheit verantwortlich, der Umstand, dass ich sein Gesicht nicht sehe. Seine Anwesenheit löst ein Prickeln in mir aus, und das Atmen ist mühsamer als vorher. Und doch tut es so unwahrscheinlich gut, dass er hier ist.

»Ich weiß.«

Es steht so vieles zwischen uns, doch in diesem Augenblick spüre ich nichts davon, keine der vielen unsichtbaren Barrieren. Liebend gerne wüsste ich, was Marc grade denkt, während meine Gedanken ihre eigene Richtung einschlagen.

»Erinnerst du dich, wie du mich damals aus dem Weiher gezogen hast?«, frage ich in die Stille hinein. »Ich muss ungefähr sieben oder acht gewesen sein.«

»Du bist samt deinen Turnschuhen einfach reingerannt.«

»Weil du und Stefan drin wart. Das war ganz schön blöd von mir.«

»Wir hatten aber keine Schuhe an«, wendet er ein.

»Ich schätze ... ich wollte einfach cool sein«, überlege ich und schüttle den Kopf über meine damalige Dummheit.

»Das warst du! Du hättest uns nichts beweisen müssen.«

»Ach, Quatsch!«

»Nein, wirklich, Jule. Du warst das coolste Mädchen, das ich kannte.«

»Das war so peinlich. Ich war keine schlechte Schwimmerin, aber ich hab mich mit den Schuhen irgendwie in den Wasserpflanzen verheddert und die Kontrolle verloren. Wenn du nicht gewesen wärst ...«

»Hätte Stefan dich rausgezogen«, ergänzt er. Eine Weile herrscht Schweigen zwischen uns, doch dann ergreift er wieder das Wort: »Als du vor meinen Augen untergegangen bist ...«, er schluckt, »ich hab in meinem ganzen Leben nie solche Angst um jemanden gehabt.«

Ich weiß nicht, was ich sagen soll. Mein Herz zieht sich bei diesem Geständnis zusammen, und ich würde so gerne die Distanz zwischen uns überwinden. Aber jetzt gibt es Vera in seinem Leben. Und warum auch immer er nicht bei ihr ist, ich habe sie zusammen gesehen, und das lässt sich nicht leugnen.

»Ich schätze, ich sollte nach Hause gehen«, murmle ich.

»Dann werd ich auch mal wieder«, sagt er gleichzeitig, und wir lachen beide, wenn auch unbeholfen.

»Soll ich dich begleiten?«, fragt er, und ich schüttle den Kopf.

»Nein, danke, ich werde dann wohl doch noch ein bisschen hierbleiben«, lehne ich ab. Ich sehne mich danach, mit ihm zu gehen, doch gleichzeitig habe ich Angst vor zu viel Nähe. Soll ich doch endlich ansprechen, was mich so belastet? Soll ich ihn mit den mir so wichtigen Fragen konfrontieren? Oder wird das dann wieder im Streit enden?

Nein, bestätige ich noch mal für mich, was ich vorhin zu Marc gesagt habe. Nicht heute. Es hat sich wirklich gut angefühlt, und vielleicht wird sich auch unser nächstes Treffen gut anfühlen. Vielleicht müssen wir uns erst friedlich einander annähern, bevor wir anfangen, an den Wunden herumzukratzen.

Marc

Der Abschluss des Abends war gut und doch auch wieder nicht. In Jules Gegenwart muss ich mich so zusammenreißen, dass es körperlich wehtut. Es fällt mir schwer, meine Hände bei mir zu lassen, so gerne würde ich sie berühren. Über Puls und Atmung habe ich fast keine Kontrolle mehr, und dann ist da noch dieser eiserne Wille, sie das ums Verrecken nicht merken zu lassen. Ach, und halbwegs vernünftige Dinge zu sagen, die sie nicht verletzen und noch weiter von mir entfernen, wäre auch noch angebracht. Nicht zu viel und nicht zu wenig. Nichts, das die mühsam erkämpfte Balance zum Kippen bringen könnte. Wie lange halte ich das durch?

Am nächsten Morgen stehe ich schon früh bei Matze und Raffaela auf der Matte. Zu früh, wie mir scheint, weil Ela noch im Bademantel und komplett verschlafen und zerzaust öffnet und Matze überhaupt nicht auf der Bildfläche erscheint.

»Ups, ich kann auch später noch mal wiederkommen«, biete ich Ela an, als sie sich die offensichtlich schmerzende Stirn reibt.

»Schon gut, jetzt bin ich auch schon wach«, murmelt sie gähnend und schlurft mir voraus in die Küche. »Ich muss mir sowieso eine Schmerztablette einschmeißen.« Nachdem sie das erledigt hat, stellt sie die Kaffeemaschine an und bedeutet mir, mich zu setzen.

»Mach dir keine Umstände, Ela. Es ist auch gar nicht so wichtig«, wehre ich verlegen ab. Mann, ich Idiot habe echt nicht dran gedacht, dass Ela und Matze gestern auch auf dem Fest waren.

»Papperlapapp ... du bist ja nicht extra wegen etwas Unwichtigem so früh angetanzt, oder? Also zier dich nicht so, und spuck's aus«, erwidert sie resolut. »Johannes wird bestimmt auch bald wach, da kommt's jetzt nicht auf die paar Minuten an!«

Ich folge ihrer Einladung, mich zu setzen, und Ela stellt mir einen Becher Kaffee vor die Nase.

»Ich wollte fragen, ob du Matze eventuell ein paar Tage entbehren kannst.«

»Entbehren?«, fragt sie und gähnt herzhaft. »Wozu denn?«

»Er will doch schon so lang einen Motorradtrip machen nach Italien. Da beackert er mich ja schon jahrelang. Und ich dachte ... er hat doch noch frei, oder?«

»Und wieso fragst du ihn da nicht selber?«, will Ela wissen.

»Das würde ich ja, aber er pennt ja noch! Außerdem ... vielleicht willst du ihn lieber hierhaben, um dir mit Klein-Johnny zu helfen.« Ich weiß, dass es ihr nichts ausmacht, dass ich Johannes hin und wieder liebevoll so nenne.

»Und wieso so plötzlich? Er nervt ja wirklich schon seit geraumer Zeit, aber du warst nie sonderlich begeistert von der Idee.«

Ela wirft mir einen dieser seltsamen Blicke zu, die besagen, dass ich ihr nichts vormachen kann. Ha, aber ich kenne sie inzwischen auch so gut wie sie mich.

»Du kannst die Augenbraue wieder runterlassen«, sage ich deshalb und verschränke meine Arme vor der Brust. »Ich habe mir einfach gedacht, dass es Matze guttun würde, mal ein paar Tage zu chillen. Nur wir Jungs. Ohne Hintergedanken. Und du kommst mit Johnny doch auch ganz gut zurecht ... würde ich sagen.«

Ela verengt die Augen zu Schlitzen, was mich etwas nervös macht und dazu bringt weiterzureden. »Und sonst würden dir bestimmt deine Schwiegereltern unter die Arme greifen. Oder Jule ...«

»Also doch«, triumphiert sie und fuchtelt mit ihrem Zeigefinger in der Luft herum, »ich *wusste*, dass noch was anderes dahintersteckt!«

»Was soll denn bitte dahinterstecken? Ich werde doch wohl mit meinem besten Freund ...«

»Du flüchtest«, unterbricht sie mich.

»Quatsch!«, widerspreche ich vehement.

»Ihr müsst endlich versuchen, das – was auch immer es ist – aus der Welt zu schaffen.«

»Ich halte es in ihrer Nähe nicht aus, Ela«, gebe ich schließlich offen zu, auch zu meiner eigenen Überraschung. »Aber bitte, sag Matze nichts, okay? Er soll nicht denken, dass er mich irgendwie aufmuntern oder ablenken muss.«

»Ja, du hast recht, das könnte anstrengend werden«, stimmt Ela mir zu.

»Also, ist es in Ordnung für dich, wenn wir abhauen?«

»Absolut. Aber versprich mir zwei Dinge«, fordert Ela mich auf, und ich nicke, »Matze freut sich bestimmt wie ein Irrer auf euren Trip. Gib ihm bitte nicht das Gefühl, dass er nur Mittel zum Zweck ist.«

»Schon klar, das ... ist er ja auch gar nicht. Es ist nur ... ein Tapetenwechsel wird uns beiden guttun. Und das Zweite?«, frage ich, obwohl ich ahne, dass ich es gar nicht wissen will.

»Sprich dich endlich mit Jule aus.« In dem Moment höre ich Johannes im Nebenzimmer brabbeln.

Ich verzichte auf eine Antwort, stehe vom Küchentisch auf, stelle den leeren Kaffeebecher in die Spüle und drücke freundschaftlich Elas Schulter. »Kannst du Matze heute im Laufe des Tages mal zu mir rüberschicken?«

»Klar«, bestätigt Ela nickend.

Kapitel 17

Jule

Die Fahrt nach Innsbruck erschöpft mich, obwohl es auf der Straße zügig vorangeht und ich schneller bin als sonst. Das bisschen Schlaf, das ich nach dieser kurzen Nacht ergattert habe, war nicht besonders erholsam. Marc taucht in letzter Zeit wieder öfter in meinen Träumen auf und hin und wieder auch Stefan. Es sind keine Albträume, sondern nur unzusammenhängende Bilder, die mir dennoch auch tagsüber im Kopf herumschwirren.

Heute Morgen habe ich mit meinem Vater und mit Tina telefoniert, um meine Ankunft anzukündigen. Paps schien erfreut und versprach, nicht zu spät von der Arbeit heimzukommen und für uns zu kochen.

Mein erster Weg führt mich jedoch in unseren Blumenladen. Ich umarme Tina herzlich, schwinge mich sofort in meine Arbeitsklamotten und binde die grüne Schürze um. Ich habe den Umgang mit den Kunden vermisst und noch mehr das kreative, schöpferische Arbeiten mit den Blumen. Tina erzählt mir, was so los war in der letzten Zeit, und instruiert mich in einen Großauftrag, der übermorgen ansteht. Eine Hochzeit, bei der sich die Braut romantische, in Pastellfarben gehaltene Gestecke und einen Brautstrauß aus Schleierkraut wünscht. Tinas Cousine Gitti scheint absolut in ihrem Element zu sein, wie sie dort mitten im Geschäft steht und eine ältere Kundin berät. Als nach einer Weile die Ladentür zufällt und Gitti zu mir nach hinten kommt, begrüße ich auch sie mit einer Umarmung.

»Ich bin dir so dankbar, Gitti, dass du für mich in die Bresche gesprungen bist. Was würden wir nur ohne dich tun?!«

»Heißt das, ihr wollt mich loswerden?«, fragt sie bedauernd. »Ich hab das wirklich unglaublich gern gemacht. Könnt ihr mich nicht noch ein bisschen brauchen?«

Tina und ich sehen uns an und beginnen gleichzeitig zu lächeln. »Ich finde, Arbeit hätten wir genug. Und Gitti ist mittlerweile so gut eingearbeitet, dass sie den Laden sogar allein schmeißen könnte«, beteuert Tina.

»Jetzt übertreib mal nicht«, winkt Gitti ab und zieht die Bänder ihrer Schürze auf. »Es hat total Spaß gemacht, und – Hand aufs Herz – so einen Laden habe ich mir immer gewünscht! Wenn ich euch also wieder einmal helfen kann ... nur Bescheid sagen.«

»Ich denke, die Chancen stehen nicht schlecht«, raunt Tina ihrer Cousine zu, bevor diese durch die Hintertür nach draußen schlüpft.

Wenig später flitze ich, immer zwei Stufen auf einmal nehmend, durch das Treppenhaus nach oben. Ich öffne die Tür mit meinem Wohnungsschlüssel, und die Geräusche aus der Küche, in der mein Vater bereits emsig werkelt, heißen mich willkommen.

Unsere gemütliche Mansardenwohnung wird von dem verlockenden Duft von Paps' Spezial-Gemüse-Lasagne durchflutet. Eines meiner Lieblingsgerichte.

Wir begrüßen uns mit einem Küsschen auf die Wange, bevor ich mir ein großes Glas mit Leitungswasser fülle, um meinen Durst zu stillen.

Unsere Unterhaltung verläuft eher verkrampft, was ich damit begründe, dass die letzte Zeit nicht unbedingt einfach für uns beide war. Ich spüre, wie er um die wichtigen Dinge herumeiert und versucht, möglichst neutrale Themen zu finden, wie das anstehende Fest des Schützenvereins, dem er angehört, den schrecklichen Wohnungsbrand in Hall vor zwei Tagen oder die Firmenfeier am vergangenen Wochenende. Während wir reden, wirkt er nervös und flitzt von einer Ecke der

Küche zur anderen, als wisse er nicht, welchen Handgriff er als Nächstes machen soll.

»Wir sollten über das Haus reden«, beginne ich trotz der merkwürdigen Stimmung. Mittlerweile bin ich so weit, dass ich überlege, es zu behalten. Vielleicht würde es mir guttun, in meine alte Heimat zurückzukehren. Wenn ich ehrlich bin, sehne ich mich sogar danach.

»Ich weiß, Schatz, und das werden wir auch. Später.«

Ich widme mich dem Abwasch, was ihn aber offenbar völlig aus dem Konzept bringt.

»Lass nur, Jule. Ich mache das schon.«

»Dann sag mir, wie ich dir sonst helfen kann. Du siehst irgendwie ein bisschen ... gehetzt aus«, stelle ich fest.

»Ach was«, winkt er ab, »das täuscht. Du könntest uns Wein einschenken. Kommt ja nicht mehr allzu oft vor, dass wir zusammen essen.«

»Bekommen wir Besuch?«, frage ich, als ich eine Flasche Weißwein öffne und mir das dritte Gedeck am Esstisch auffällt.

»Hm?« Paps mischt mit dem Plastikbesteck den Salat durch und scheint völlig in dieser Aufgabe gefangen zu sein.

»Haben wir einen Gast?«, stelle ich die Frage erneut. »Du hast für drei gedeckt.«

»Ja«, antwortet er schließlich nach einem langen Zögern und sieht mich direkt an. »Sie heißt Pia.«

Er wartet auf meine Reaktion, und meine Mundwinkel ziehen sich langsam nach oben, bis er mein Lächeln erwidert. Daher rühren also seine gedankliche Abwesenheit und die Nervosität.

»Vielleicht hätte ich dich vorwarnen sollen, dass sie kommt«, sagt er und wirkt plötzlich verunsichert. »Aber ich wusste ja nicht, dass du ausgerechnet heute ...«

»Alles gut, Paps«, beruhige ich ihn, »ich freue mich für dich!«

Da klingelt es auch schon an der Wohnungstür, und mein Vater wischt sich hastig die nassen Hände am Geschirrtuch ab und verschwindet im Flur.

Auf den ersten Blick scheint sie kaum älter als ich zu sein. Sie hat goldbraunes Haar, das ihr in sanften Wellen über die Schultern fällt. Ihre Haut ist olivfarben, und sie trägt eine schwarze Kunststoffbrille, die ihr einen intellektuellen Touch verleiht. Mein Vater küsst sie zur Begrüßung verlegen auf beide Wangen. Er strahlt über das ganze Gesicht, als er uns miteinander bekannt macht.

Es stellt sich heraus, dass Pia ein sehr unterhaltsamer Gast ist. Sie hat eine Vorliebe für Kunst und Kultur, und anscheinend hat sie in dieser Hinsicht auch das Interesse meines Vaters geweckt. Was mich sehr wundert, aber auch ein bisschen schmunzeln lässt. Was man nicht alles tut, um jemandem zu gefallen. Wir unterhalten uns über den Blumenladen und über die Firma, in der Paps arbeitet.

»Wie ist übrigens dein Geschäftsessen heute verlaufen?«, fragt er Pia schließlich, während ich die leeren Teller einsammle und zum Abwasch stelle.

»Wunderbar, es ist alles unter Dach und Fach.«

»Darauf sollten wir anstoßen«, schlägt Paps vor und schenkt uns Wein nach.

»In welcher Branche arbeitest du?«, frage ich, weil dieses Thema bisher noch nicht zur Sprache kam.

»Ich bin Immobilienmaklerin«, antwortet Pia, und ich stutze. »Ich habe übrigens schon Besichtigungstermine für euer Haus festgelegt.«

»Auf gute Geschäfte«, erhebt mein Vater sein Glas.

»Du hast *was* gemacht?« Auf halber Höhe lasse ich mein Weinglas wieder sinken und sehe fassungslos von Pia zu meinem Vater.

»Rainer hat mir den Auftrag erteilt«, erklärt sie. »Es ist ein sehr interessantes Objekt, und ich bin sicher ...«

»Ein interessantes *Objekt?*« Meine Stimme gefriert, und die heitere und lockere Atmosphäre kippt fast gleichzeitig mit dieser einen Bemerkung.

»Jule«, tadelt mich mein Vater, »es war doch klar, dass wir es verkaufen.«

»Du hast gesagt, ich soll damit machen, was ich will!«, brause ich auf.

»Das ... war nur die erste Reaktion. Im Grunde wollte ich es schon lange loswerden, aber deine Tante ...«

»Das ist mein Zuhause«, ignoriere ich seine Feststellung, »und kein interessantes Objekt.«

»Das ist nichts Persönliches, Juliana. Im Fachjargon ...«, wendet Pia ein.

»Würdest du uns bitte alleine lassen?«, bitte ich sie mit all der Höflichkeit, die ich aufbringen kann.

»Nein, sie kann bleiben«, widerspricht mein Vater harsch.

»Ich ...« Pias Blick pendelt zwischen Paps und mir hin und her, und sie scheint zu überlegen, wie sie reagieren soll. »Entschuldigt mich«, murmelt sie, schnappt ihre Handtasche und geht auf den Balkon, wo sie sich sofort mit fahrigen Bewegungen eine Zigarette ansteckt.

»Wie kannst du mich einfach vor vollendete Tatsachen stellen?«, nagle ich meinen Vater fest.

»Du vergisst, dass es *mein* Haus ist«, weist er mich frostig zurecht.

»Und wenn schon. Ich bin dort aufgewachsen.«

»Jule, es ist das Beste, wenn wir es verkaufen. Warum machst du jetzt so einen Aufstand? Weil *Pia* die Sache abwickelt? Bist du eifersüchtig?«

»Nein! Das hat doch nichts mit Pia zu tun!«, beteuere ich.

»Sondern?«

»Du hättest mit mir reden können! Wochenlang höre ich keinen Ton von dir, und jetzt überrumpelst du mich einfach.« Ich bin so wütend, dass meine Stimme sich beinahe überschlägt. »Was ist, wenn ich das Haus behalten will?«

»Wieso solltest du das wollen?«

»Ich will ... zumindest darüber nachdenken dürfen!«

»Dieser Ort hat uns nur Unglück gebracht. Wir haben in St. Philomena alles verloren, deine Mutter und dein Bruder sind dort gestorben!

Hast du das vergessen?« Ich höre den Vorwurf und die Verbitterung in seiner Stimme.

»Nein, natürlich habe ich das nicht vergessen«, erwidere ich leise, »wie könnte ich auch!« *Das ist der Grund, warum du mich überhaupt von dort fortgezerrt hast*, will ich sagen, schlucke die Worte aber mühevoll hinunter. »Ja, sie sind dort gestorben, aber sie sind auch beide dort geboren! Und – ob du es glaubst oder nicht – ich habe eine wundervolle Kindheit dort verbracht!«

»Trotzdem«, ruft er wütend aus und knallt die flache Hand auf den Tisch, »das ist mein letztes Wort. Das Haus wird verkauft, und basta!«

An meinem Gesichtsausdruck erkennt er meine Bestürzung, sammelt sich und senkt die Stimme. »Jule ... verdirb uns mit dieser Diskussion jetzt nicht den Abend, okay?«

»Keine Sorge«, schnaube ich, »das hast du schon erledigt.«

Aufgewühlt verlasse ich die Wohnung mit meiner Umhängetasche und der Jeansjacke, die von meiner Ankunft vor weniger als einer Stunde fast noch warm ist. Ich wühle in der Tasche nach meinem Handy und folge meinem ersten Impuls, ohne darüber nachzudenken. Erst einen Wimpernschlag, bevor ich bei Marcs Nummer auf Wählen drücke, wird mir klar, dass es unmöglich ist, ihn anzurufen. Es würde mir nicht helfen, mit ihm zu reden. Vielleicht ist er sogar froh, wenn ich das Haus verkaufe und wieder weg bin. Wenig später sitze ich bei Tina auf dem Sofa, während in der Mikrowelle Popcorn aufpoppen und sie durch die Fernsehkanäle zappt, um das Gerät kurz darauf ganz auszumachen.

»Du solltest noch mal mit deinem Vater reden«, rät sie mir, nachdem ich ihr von meinem Dilemma erzählt habe.

»Mein Vater ist ein Sturkopf«, wende ich ein, »er wird nicht nachgeben.«

»Hat deine Tante denn gar kein Testament gemacht? Sie hat bestimmt gewollt, dass du das Haus behältst.«

»Sie hat nur darin gewohnt, Tina. Meine Eltern haben es gebaut, und mein Vater hat Tante Emmi darin wohnen lassen, weil sie vorher nur eine Mietwohnung hatte. Als Gegenleistung hat sie sich um Haus und Garten gekümmert. Es würde also auch ihr Letzter Wille nichts dran ändern.«

Sie steht auf und befüllt zwei Schüsseln mit dem wunderbar duftenden Snack aus der Mikrowelle. Mit einem Mal erscheint ein seltsames Lächeln auf Tinas Lippen, während sie mich – Popcorn mampfend – von der Seite betrachtet.

»Was ist?«

»Dann bist du dir jetzt also *sicher*, dass du das Haus behalten willst!« Kurz verinnerliche ich Tinas Worte, dann beginne ich langsam, aber entschlossen zu nicken.

»Ja«, bestätige ich, »ich vermisse meine alte Heimat. Ich will wieder dort leben. Das heißt aber nicht, dass du mich im Laden loswirst«, stelle ich sofort klar.

»Puuh, Gott sei Dank!«, ruft sie erleichtert aus und wischt sich über die Stirn, um ihre Worte zu unterstreichen. »Du wirst sehen, Jule, wir werden schon eine Lösung finden.«

Kapitel 18

Marc

Ich sitze alleine in Rosolina Mare im Sand, starre die Sonne an, deren gelborange Halbkugel die Welt in ein romantisches Licht taucht, und frage mich, was ich eigentlich hier will. Habe ich wirklich gedacht, es würde leichter, wenn ich Jule aus dem Weg gehe? Habe ich geglaubt, meine Probleme würden sich in Luft auflösen? Lange genug habe ich vergessen und verdrängt, lange genug war ich blind und taub. Es ist, als hätte Juliana mein Herz neu zum Leben erweckt, als hätte ich all diese Gefühlsregungen vorher offline gestellt, und sie hat unbewusst die Verbindung wiederhergestellt. Und jetzt holt mich alles ein, mit voller Wucht. Besonders nachts suchen mich die alten Geister heim, wenn ich im Traum Stefan vor mir sehe, mit hängenden Schultern und traurigem Blick, wie er auf dem Steg des Weihers steht und mir zuruft: »Leb mit den Konsequenzen!«

»Was ist mit dir, Mann?« Matzes Blick bohrt sich in mein Profil, als er mich von der Seite anrempelt und sich in den feuchten Sand plumpsen lässt.

»Wieso?«

»Siehst du nicht, wie schön es hier ist? Du bist gar nicht richtig da!«

»Wieso?«, wiederhole ich verständnislos, ohne den Blick von dem fabelhaften Schauspiel vor meinen Augen loszureißen. »Ich bin doch hier!«

»Ja ... na ja ... irgendwie ... aber irgendwie auch nicht! Obwohl du wirklich mitgenommen aussiehst!« Matze lässt die Pointe wirken und bricht Sekunden später in schallendes Gelächter aus. »Hast du's gecheckt?«, gluckst er. »Mitgenommen!«

»Haahaahaa ... ein echter Schenkelklopfer, was?«, ringe ich mir müde ab.

Unvermittelt hört er auf zu lachen, und mich packt das schlechte Gewissen, weil ich ihn so angepampt habe.

»Um welche Meerjungfrau geht's denn grade in deinem Oberstübchen?«, will Matze wissen und lässt den Blick wie ich meinen in die Ferne schweifen. Also hat Ela nicht mit ihm gesprochen, schlussfolgere ich, wofür ich ihr mehr als dankbar bin. »Hey, Kumpel, was ist los?«, bohrt er nach, als ich nicht antworte. »Und sag jetzt nicht, dass alles in Ordnung ist!«

Ich schweige.

»Sag mal, redest du jetzt nicht mehr mit mir?«

»Dass alles in Ordnung ist, darf ich ja nicht sagen, also sage ich lieber gar nichts.«

»Bei deiner miesen Laune hätten wir auch zu Hause bleiben können«, braust er plötzlich auf, springt auf die Beine und stapft vor mir im Sand auf und ab.

»Ach ja? Wer liegt mir denn schon jahrelang in den Ohren, dass wir diese Tour machen?«

»Das mag sein, aber dieses Mal war es *dein* Vorschlag!«

Ich könnte einfach aufstehen und gehen. Aber im Grunde hat er recht. Seit Jahren bettelt er mich an, mit ihm diese Motorradtour zu machen. Ich habe ihm einen Korb nach dem anderen gegeben. Bis jetzt. Nach den letzten Wochen war mir ganz plötzlich danach, mich zu Hause unsichtbar zu machen, und da kam mir Matzes Idee grade recht. Er hat sich ein Loch in den Bauch gefreut, als ich ihm vor ein paar Tagen den Plan offenbarte und ihm im gleichen Zug die Reiseroute vorlegte. Und jetzt sollte eigentlich nicht er es sein, der meinen ganzen Unmut abbekommt. Außerdem habe ich Ela gegenüber ein Versprechen abgegeben.

Wenn er nur nicht so fürchterlich nerven würde.

»Tut mir leid«, brumme ich versöhnlich, »ich bin wahrscheinlich wirklich etwas abwesend.«

»Komm schon ... du musst deinen Mist nicht immer mit dir allein rumtragen«, fordert er mich zum Reden auf, »wozu sind Freunde da?«

»Ich weiß.« Ich stöhne gequält auf. Eine Quasselstrippe wie Matze hat leicht lachen. Ich hingegen hatte immer schon meine Probleme damit, meine Sorgen vor anderen auszubreiten. Stefan kommt mir in den Sinn, an dem ich damals meinen Frust ausgelassen habe, anstatt mich ihm anzuvertrauen. Und Vera, der ich in einem schwachen Moment mein Herz ausschüttete, obwohl sie nicht unbedingt die zuverlässigste Person ist. Ganz im Gegensatz zu Matze, der sich schon oft als wahrer Freund erwiesen hat.

Dennoch wäre mir im Moment tatsächlich lieber, Ela hätte dieses leidige Thema doch mit ihrem Göttergatten besprochen.

»Geht's um Vera?«

Ich schüttle den Kopf und überlege, wie ich am besten anfangen soll.

»Aber um eine Frau?«, bohrt er, bevor ich überhaupt ansetzen kann. Mann, ist der Typ ungeduldig.

»Yep.«

»Und es ist nicht Vera ...«, grübelt er. »Du redest aber nicht von Juliana, oder?«

Ich nicke leicht, fast unmerklich. Beim Klang ihres Namens stellen sich mir alle Härchen auf, was allerdings auch von dem auffrischenden Wind herrühren könnte.

»Die Juliana, deren Bruder damals ...«

Jäh springe ich auf die Füße. Das ist doch heftiger, als ich dachte.

»So, Thema beendet. Du weißt, was du wissen wolltest.« Ich schüttle meine Jacke aus und schlage die Richtung zum Hotel ein.

Mühsam erhebt sich auch Matze und läuft mir mit einiger Verspätung nach. Ich denke gar nicht daran, auf ihn zu warten.

»Wart ihr beide nicht mal ...«, Matze fuchtelt mit dem Finger in der Luft herum, während er mir nachläuft. »Du und sie?« Anerkennend pfeift er durch die Zähne.

»Lange her«, entgegne ich knapp.

»Macht es dir zu schaffen, dass sie wieder in St. Philomena ist?«

»Nein, macht das auf dich den Eindruck?« Meine Stimme trieft vor Sarkasmus.

»Weiß sie denn, dass du sie immer noch liebst?«

Das aus seinem Mund zu hören, ist, als würde mir jemand Tausende winzig kleine Nadelstiche ins Herz verpassen. Ich pack diesen Schmerz nicht. Er macht mich fertig, und ich bin es leid, das schon wieder aushalten zu müssen. Es war also durchaus vernünftiger, auf jeden Fall gesünder, die Sache unter Verschluss zu halten. Andrerseits hilft es vermutlich auch nicht, meine Gefühle für Jule zu verleugnen.

»Hey, Mann, jetzt bleib doch mal stehen«, will Matze mich am Weitergehen hindern. »Wo ist denn das Problem?«

»Das Problem ist, dass ich sie damals nach Stefans Tod im Stich gelassen habe! Wir waren Freunde, und dann ... waren wir es plötzlich nicht mehr. Meinetwegen. Weil ich ein Feigling war! Sie ist nach Innsbruck gezogen, und das war's!« So viel muss im Moment genügen. Die ganze Wahrheit vor ihm auszubreiten, das könnte ich nicht verkraften. Und ob er dann noch mit mir befreundet sein wollen würde, das sei dahingestellt.

»Aber ... lässt sich das nicht irgendwie regeln? Du könntest ihr alles erklären«, schlägt er vor, »du hattest bestimmt deine Gründe damals.«

»Verdammt, das kann ich eben nicht!« Dieses Thema wühlt mich dermaßen auf, dass ich ausrasten könnte. Wegrennen. Auf irgendwas einschlagen.

»Das verstehe ich nicht.«

»Musst du auch nicht, und jetzt hör endlich auf, über Dinge zu labern, von denen du keine Ahnung hast!« Mittlerweile bin ich wirklich wütend, und ich gebe mir auch keine Mühe, das zu verbergen. Sieht er nicht, wie er mich mit seiner verfluchten Neugierde quält?

Eine Weile stapfen wir nebeneinanderher durch den Sand, während Matze sich wahrscheinlich die nächste dämliche Frage ausdenkt.

»Jetzt wird mir alles klar«, ruft er plötzlich aus und bleibt stehen. »Du bist gar nicht meinetwegen mitgekommen! Du wolltest vor Juliana weglaufen!«

Einen Moment halte ich inne, bevor ich in die Defensive gehe. »Sag mal, geht's noch? Jahrelang jammerst du mich voll: ›*Mensch, komm doch mal mit, ich will so gerne mit dir ans Meer …*‹!« Ich treffe seinen Tonfall nicht ganz, als ich ihn auf eine fiese Art und Weise nachäffe. »Jetzt bin ich hier, und du willst nichts als alten Mist aufwühlen!«

»Bloß weil ich versuche, für dich da zu sein? Damit du dich besser fühlst?«

»Wie rührend. Aber weißt du, du musst nicht für mich den Seelenklempner spielen. Kümmer dich einfach um deinen eigenen Scheiß«, stelle ich gereizt klar.

»Kein Grund, gleich beleidigend zu werden«, kontert er eingeschnappt.

»Oh, habe ich dich gekränkt, Prinzessin?«

»Du kannst mich mal!« Mit einem gezielten Stoß seiner Handflächen auf meinen Brustkorb schubst er mich nach hinten. Damit habe ich nicht gerechnet. Ich taumle rückwärts und fange mich grade noch, ohne der Länge nach hinzuklatschen. Jetzt reicht's mir endgültig.

»Na, komm schon«, fordere ich ihn heraus und winke ihn mit meinen Händen zu mir, »hau mir eine rein! Fühl dich frei! Oder fehlt dir etwa der Mumm? Du Weichei!« Jetzt hat er mich so weit, dass mir wirklich der Sinn nach einer ordentlichen Prügelei steht. Mein Testosteronlevel nimmt überhand, macht mich aggressiv. Mir ist einerlei, dass das mein bester Freund ist, auf den ich einschlagen möchte.

»Ach«, winkt Matze gespielt lässig ab, »das bist *du* mir doch nicht wert!«

Whoa. Ich schnappe nach Luft. Dieser Satz hat gesessen, mehr als jeder Schlag ins Gesicht es hätte tun können.

Er dreht sich um und geht davon. »Mach lieber wieder die Fliege«, fügt er verärgert hinzu, »das scheint ja eine deiner Spezialitäten zu sein.«

Tatsächlich denke ich darüber nach, Matzes Rat zu beherzigen und abzuhauen. In ein anderes Hotel, eine andere Küstenstadt oder überhaupt ein anderes Land. Er wird den Weg heim schon wiederfinden, dieser Klugscheißer. Doch da kommt mir Ela in den Sinn und dieses bescheuerte Versprechen, das ich schon wieder einmal nicht in der Lage war zu halten, und in mir kocht erneut der Zorn hoch. Wo soll ich jetzt hin? Es ist schon fast zehn Uhr, doch an Schlaf ist sowieso nicht zu denken. Als Erstes versuche ich meinen Frust mittels einer eiskalten Dusche in den Gully zu spülen. Gelingt mir nicht wirklich. Anschließend mache ich mich auf den Weg in die Hotelbar und bereite mich innerlich darauf vor, Matze über den Weg zu laufen. In der Bar spielt eine Live-Band, und die Gäste amüsieren sich und tanzen Discofox zu italienischen Schlagern. Nach zwei Bier und der erfolgreich abgewehrten Anmache einer brünetten Mittzwanzigerin ist mein Ärger langsam abgeflaut, und ich beginne mich zu langweilen. Ein Blick auf die Uhr zeigt mir, dass unser Streit bereits knapp zwei Stunden zurückliegt. Noch immer keine Spur von Matze. Ich gehe die Stufen in das Untergeschoss hinunter und suche in den Fitnessräumen nach ihm. Dann fahre ich mit dem Lift in das dritte Stockwerk hinauf, wo unser Zimmer liegt, und sehe nach, ob er inzwischen schlafen gegangen ist. Nichts. Ich versuche ihn am Handy zu erreichen, doch es meldet sich nur die Mailbox. Langsam macht sich Sorge in mir breit und ein verdammt schlechtes Gewissen. Wie konnte ich schon wieder so dumm sein und eine derartige Auseinandersetzung provozieren. Wo ich doch bereits ein Menschenleben auf dem Gewissen habe, bloß weil ich mich nicht zusammenreißen konnte. Im Laufschritt lege ich den Weg zum Strand zurück, den wir vorhin gekommen sind. Ich sehe mich nach allen Seiten um und bereue, keine Taschenlampe dabeizuhaben. Der Mond, dessen schmale Sichel die Nacht nur spärlich erhellt, hilft mir auch nicht weiter.

»Wo zum Teufel bist du?«, murmle ich und scanne akribisch meine

Umgebung. Auf einmal mache ich am Strand Musik aus und Stimmen. Meine Schritte folgen automatisch den Geräuschen. Hier scheinen ein paar Einheimische eine Party zu feiern, vermute ich und will schon wieder kehrtmachen, als ich eine mir bekannte Stimme heraushöre.

»No, no!«, höre ich eine Frau rufen.

»Lass sie los!«, scheint Matze irgendwo dazwischenzugehen. »Hörst du nicht? Sie hat Nein gesagt!«

»Scomparire«, schreit ein Italiener. »Verschwinde!«

Bevor ich den Tumult hinter einem Felsen entdecke, höre ich bereits den ersten Fausthieb und hoffe inständig, dass es nicht Matze ist, der ihn abgekriegt hat.

»Du Mistkerl ...«

»Lascialo andare ... lass ihn los!« Die junge Frau will Matze von einem Mann mit Vollbart wegziehen. Noch bevor dieser ausholen und Matze einen Schlag verpassen kann, zerre ich ihn nach hinten. Flugs dreht Matzes Kontrahent sich um, und mein Kiefer macht Bekanntschaft mit seiner Faust. Ein anderer Italiener mischt sich auf einmal ins Geschehen, schubst die Frau zur Seite und krallt sich Matze. Ehe ich mich's versehe, sind wir in eine handfeste Prügelei verwickelt, aber anders, als ich es vor Stunden noch vermutet hätte.

Plötzlich ertönt ein gellender Schrei aus der Dunkelheit: »Polizia!«

Wir lassen beide von unseren Gegnern ab und fangen an zu rennen, stolpern den dunklen Strand entlang, so lange, bis wir völlig außer Atem auf dem Sand zusammenbrechen.

»Bist du okay?«, frage ich endlich, als ich wieder genug Luft habe, um zu sprechen. Wir liegen Schulter an Schulter, Matze auf dem Bauch mit dem Gesicht zur Seite gedreht, doch es ist zu dunkel, um seine Züge zu erkennen. Unerwartet spüre ich, wie es ihn zu schütteln anfängt und er Laute von sich gibt, die einem herzzerreißenden Schluchzen ähneln. Erschrocken richte ich mich auf.

»Matze? Alles klar bei dir? Haben sie dich verletzt?« Ich packe ihn am Oberarm und drehe ihn vorsichtig auf den Rücken. Er hat offenbar immer noch Mühe zu atmen, während er statt einer Antwort abgehackte

Grunzlaute von sich gibt. Da wird mir bewusst, dass er lacht. Vielmehr kann er sich kaum halten vor Lachen. »Ich ... ich ...«, gluckst er, »war ... schon lange ... nicht mehr ... so okay!«

Mit einem Mal fällt der Schrecken von mir ab, und ich stimme in sein Gelächter mit ein. Wir wälzen uns im Sand wie zwei Verrückte, bis der Lachflash nach einer gefühlten Ewigkeit wieder abflaut.

»Die Prinzessin hat ihm echt die Fresse poliert!«, meint Matze nach einer Weile gönnerhaft, und ich höre die Schadenfreude aus seinen Worten.

»Du überraschst mich immer wieder«, entgegne ich, während ich behutsam meinen Kiefer betaste und langsam die schmerzende Faust auf und zu mache, um zu sehen, ob noch alles dran ist.

»Und ich mich erst!« Er grinst, und ich bin heilfroh, dass die Sache so glimpflich ausgegangen ist.

»Das Weichei nehme ich zurück«, erkläre ich reumütig, »und alles andere auch.«

»Das will ich hoffen!«

Als ich den Reißverschluss meiner Jacke zuziehen will, registriere ich, dass mein Ärmel halb abgerissen ist.

»Was ist eigentlich genau passiert?«, will ich wissen, als wir nebeneinander zum Hotel zurück trotten. »Wieso hat der Typ dich angegriffen?«

»Na ja ... wir haben uns nur unterhalten, Luzia ... also diese Frau und ich. Und dann wollte er seine Besitzansprüche klarmachen. Hat sie von mir weggezogen und wollte sie küssen.«

»Ihr habt euch wirklich nur unterhalten?«

»Ja, natürlich, was denkst du denn?«, entrüstet er sich sofort. Ich wollte ihn nur aufziehen, schließlich weiß ich, dass er erstens nicht einer dieser Machos ist, die jedes weibliche Wesen angraben, und dass es zweitens nur eine einzige Frau für ihn gibt: Raffaela.

»Jedenfalls hat sie Nein gesagt. Und er hat nicht dran gedacht, von ihr abzulassen. Also habe ich nachgeholfen.«

Ich lächle über den Stolz, der in seinen Worten mitschwingt.

»Sah nicht so aus, als ob sie darüber sehr erfreut gewesen wäre, deine Luzia.«

»Ja«, schnaubt er, »verstehe einer die Frauen.«

»Mal im Ernst, Matze«, schlage ich ernstere Töne an, »es tut mir leid, dass ich so ausgetickt bin. Ich hätte dich nicht alleine lassen dürfen.«

»Och ... halb so wild, ich bin ja schon groß!«

Zurück im Hotelzimmer, versorgen wir als Erstes Matzes Auge, das bereits leicht zugeschwollen ist und sich bläulich verfärbt, und meinen Unterkiefer, der ebenfalls etwas schmerzt.

»Das gibt ein schönes Veilchen«, sagt er und grinst, während er sich eines der Kühlpads ans Auge hält, die ich an der Rezeption besorgt habe.

»Klingt, als würdest du dir was darauf einbilden«, entgegne ich lachend.

»Oh ja, das tue ich. Ich habe diese Frau mit meinem Leben verteidigt. Du wirst das doch Ela gegenüber bestätigen, oder?«

»Klar. Wenn' s weiter nichts ist.«

Und dann, ohne zu wissen warum, als hätte die Nacht nicht schon lange genug gedauert, erzähle ich Matze, was mich all die Jahre umtreibt, was mich fertigmacht und mich an meine persönlichen Grenzen bringt. Es sind nicht die waghalsigen Jumps mit der Motocross-Maschine, nicht die gefährlichen, teilweise ungesicherten Klettertouren. Nein, es sind meine Schuldgefühle. Es ist das Gefühl, dass ich lieber selbst tot wäre, als zu wissen, dass ich allein die Schuld an Stefans Tod trage. Wir sitzen auf dem Balkon unseres Hotelzimmers, der aufs Meer hinausgeht, und teilen uns die einzige Flasche Bier aus der Minibar.

»Es war ein Unfall, Marc! Und das weißt du!« Es war irgendwie klar, dass Matze auf meinen Seelenstriptease so etwas sagen wird. Wie soll er sonst reagieren?

Ich starre an ihm vorbei, unsicher, ob ich ihm wirklich *alles* anvertrauen kann. Oder ob er sich dann am Ende von mir abwendet. Mir sagt, dass das unverzeihlich war und er so etwas nie von mir erwartet hätte.

»Wir hatten Streit«, sind die Worte schneller über meinen Lippen, als ich sie aufhalten kann. Das letzte Detail, das neben meiner heimlichen Liebesgeschichte mit Jule noch aussteht. Doch Matze scheint nicht recht zu wissen, was er damit anfangen soll.

»Ja ... und? Jeder hat mal Streit. Ich kann mich auch nicht erinnern, dass wir beide jemals so aneinandergeraten wären wie heute.«

»Das ist was völlig anderes«, versuche ich zu erklären. »Stefan und ich, wir ... wir waren wie Pech und Schwefel. Aber an diesem Tag, da ... war ich so wütend. Meine Eltern ... also ... sie haben ... ach, egal ...« Plötzlich überkommen mich Skrupel, das ganze Desaster meiner Eltern vor Matze auszurollen. Außerdem will ich mich nicht rausreden.

»Ich habe meinen ganzen Zorn auf ihm abgeladen, ihn total zusammengefaltet, völlig grundlos. Stefan konnte nichts für meine Sorgen, und ich habe kein Wort darüber verloren. Ich hätte über *alles* mit ihm reden können, stattdessen habe ich total überzogen reagiert!«

Matzes Blick richtet sich aufs Meer hinaus, und ich kann förmlich sehen, wie es in seinem Gehirn arbeitet.

»Schon klar«, meint er schließlich, »du machst dir Vorwürfe, weil du dich vor dem Unfall nicht mehr mit ihm aussprechen konntest.«

»Du verstehst nicht«, werde ich plötzlich lauter und springe auf, um ihm endlich verständlich zu machen, worauf ich hinauswill. »Stefan ist *meinetwegen* tot!«

Entgeistert starrt er mich an, blinzelt ein paar Mal, als würden meine Worte eine Weile brauchen, bis sie zu ihm durchsickern.

»Er hat sich ...«, meine Stimme bricht. Ich habe das noch nie irgendjemandem erzählt, und auch jetzt bringe ich nicht zustande, es auszusprechen.

»Nein, halt, stopp!«, will er mich zum Schweigen bringen. Im Grunde bringe ich sowieso keinen Ton mehr heraus, weil meine Kehle anschwillt und ich mit meiner Fassung ringe. »Niemand nimmt sich das

Leben wegen einer einzigen Auseinandersetzung, so ungerechtfertigt sie auch gewesen sein mag. Hörst du?«

Matzes Worte sind eindringlich, doch ich weiche seinem Blick aus. Zu sehr schäme ich mich für das, was damals passiert ist. Denn obwohl er es beschönigt oder mich vom Gegenteil überzeugen will, weiß ich es doch besser.

»Marc, hörst du mir zu? Manchmal gehen einfach die Pferde mit einem durch, da bist du keine Ausnahme. Und hin und wieder sagt man Dinge, die man nicht so meint! Deswegen bringt man sich nicht gleich um!«

»Und wenn doch?«, presse ich verzweifelt hervor. Ich kann Stefan vor mir sehen, seinen enttäuschten Gesichtsausdruck, als wäre etwas in ihm zerbrochen. Wie er sich abwendet und mit hängenden Schultern davongeht. »Vielleicht war es nicht der Grund, sondern nur der Auslöser?«

Matze schüttelt langsam den Kopf. Immer und immer wieder. »Was sagt Jule eigentlich dazu? Glaubt sie diesen Schwachsinn etwa auch?«

Vage zucke ich mit den Schultern.

»Du hast gar nicht mit ihr darüber geredet«, mutmaßt er und trifft damit ins Schwarze. Ich drücke mir die Handballen auf die Augen und lege den Kopf in den Nacken.

»Du hast mit niemandem darüber geredet?« Fast unmerklich schüttle ich nun den Kopf.

»Verdammt, Marc. Du trägst das schon so lange alleine mit dir herum?« Fassungslos stößt er einen Schwall Luft aus. »Mann, du gehst noch kaputt an deinem Schweigen. Du hast Freunde! Ela und ich, wir sind immer für dich da.« Er packt mich an der Schulter und schüttelt mich, so lange, bis ich ihn ansehe. Ich muss schlucken, und Matze ahnt gar nicht, wie viel es mir bedeutet, dass er tatsächlich immer noch hier ist. Trotz unserer blöden Auseinandersetzung.

»Also noch mal ... ich glaube nicht, dass Stefan sich absichtlich diese Felsen hinuntergestürzt hat. Du irrst dich, wenn du das denkst! Nach allem, was Ela mir über ihn erzählt hat, liebte er das Leben. Und er würde ganz bestimmt nicht wollen, dass du an seinem Unfall zugrunde gehst.«

»Du hast ihn doch gar nicht gekannt«, wende ich ein. Wie will Matze denn wissen, was Stefan denken würde? »Und da hast du übrigens echt was verpasst!«

»Das kann ich mir vorstellen«, sinniert er. »Aber ich kenne *dich*!« Freundschaftlich klopft er mir auf die Schulter. »Und darüber bin ich froh, und deshalb will ich dich auch gerne als ganzen Menschen kennenlernen. Denn im Moment, fürchte ich, wandelst du nur als eine Hälfte durch die Gegend.«

Matzes Worte geben mir zu denken. Und es hat verdammt gutgetan, sich einmal alles von der Seele zu reden. Auch wenn es an den Tatsachen nichts zu rütteln gibt.

»Also, verabschiede dich von den Schuldgefühlen, mein Freund, und fang ein neues Leben an.«

Ich wünschte, das wäre so einfach.

Kapitel 19

Jule

Auf dem Friedhof ist es ganz still. Nur die Margeriten auf Emmis Grab, die in einem großen Herzen aus Grün ihre Köpfe zum Himmel recken, lassen sich von der leichten Brise streicheln. Neben Emmis – noch nicht vollendeter – Ruhestätte ist das Grab von Mama und Stefan. Die Erde ist übersät mit den goldgelben Blüten des Fingerstrauchs, und lange, blauviolette Lavendelblüten strecken sich mir entgegen, um ihren aromatischen Duft zu verströmen. Tante Emmi hat sie selbst noch gepflanzt, war immer darauf bedacht, die Grabstätte ihrer Schwester und ihres Neffen liebevoll und mit bunten Farben zu schmücken und somit ihr Andenken zu bewahren. Und jetzt liegt sie selbst hier auf dem Friedhof. Die Vorwürfe, nicht für sie da gewesen zu sein, liegen wie Felsbrocken in meiner Brust.

Seit Emmis Tod komme ich regelmäßig her, und ich spüre, wie es mir in meiner Trauer hilft, meinen Lieben nah zu sein. Ich weiß gar nicht, wie ich die letzten Jahre ohne diese Besuche aushalten konnte. Paps hat damals beschlossen, Stefan und unsere Mutter im Tod zu vereinen. Wusste er da schon, dass er und ich wegziehen würden? Will er selbst nach seinem Tod denn nicht in diesem Familiengrab bestattet werden? Ich zupfe bei beiden Gräbern die welken Blüten ab, gieße die Erde großzügig und zünde Kerzen an. Die Tränen laufen mir über die Wangen, aber das ist in Ordnung. Sie sind befreiend, und sofort fühlt sich das imaginäre Band, das mir die Kehle zuschnürt, etwas lockerer an.

Nach meinem Abstecher auf den Friedhof spaziere ich durch das Dorf, das jetzt in der Abenddämmerung still und friedlich am Waldrand daliegt. Das geschäftige Gewusel und der Lärm der Autos und landwirtschaftlichen Maschinen sind der Ruhe der nahenden Nacht gewichen. Mit ein paar tiefen Atemzügen lasse ich den Duft des Frühsommers durch meine Lungen strömen und schlage wie von selbst den Weg durch das Wäldchen oberhalb der Gemeinde ein. Meine Gedanken führen mich in die Vergangenheit, an Orte, die ich mit meinen Freunden erkundete, zu Tagen, an denen die Welt noch in Ordnung war. Vor Mamas Tod, als wir noch frei und unbeschwert waren.

Plötzlich spüre ich, wie der Wind auffrischt und es zu regnen beginnt, erst ganz leicht, doch zunehmend stärker. Ich halte inne und sehe mich um. Ich war dermaßen in meiner Gedankenwelt gefangen, dass ich überhaupt nichts mehr um mich herum wahrnahm. Kurz überlege ich. Wahrscheinlich brauche ich mindestens eine halbe Stunde, bis ich zu Hause bin, selbst wenn ich den Weg im Laufschritt zurücklege. Ein paar Hundert Meter vor mir befindet sich die Kunstschmiede, in der Marcus arbeitet. Ich beschließe, dort ein bisschen unterzustehen, bis der schlimmste Regenguss vorbei ist. Zu meiner Überraschung brennt in dem Gebäude noch Licht. Wer auch immer hier Überstunden schiebt, wird hoffentlich nichts dagegen haben, wenn ich unter dem Vordach Schutz suche. Als ich näher komme, entdecke ich ein an der seitlichen Hauswand abgestelltes Motorrad. Hier ist das Vordach etwas breiter, sodass die Maschine vom Regen geschützt ist. Noch ehe ich darüber nachdenken kann, wem sie wohl gehört, öffnet sich eine Seitentür, und Marc steht mir gegenüber.

»Jule«, sein Tonfall ist verständlicherweise verblüfft, »wo kommst du denn auf einmal her?«

»Ich ... äh ... hallo«, stammle ich. »Ich wollte nur unterstehen. Bin vom Regen überrascht worden!« Ich deute mit dem Finger nach oben, was unnötig ist, weil der Schauer über uns einen solchen Lärm auf dem

Blechdach verursacht, dass wir uns beinahe anschreien müssen. »Bin gleich wieder weg«, erkläre ich verlegen, weil sein Blick im Dunkeln liegt und er nichts erwidert.

»Wir sollten besser reingehen«, antwortet er endlich nach einer langen Pause.

»Ich weiß nicht ...« Sein anfängliches Zögern verunsichert mich, doch da hält er mir schon die Tür auf und ermuntert mich mit einer entschlossenen Kopfbewegung, ihm durch den Seiteneingang zu folgen.

»Hast du noch gearbeitet?«, frage ich.

»Ich habe nur nach dem Rechten gesehen, nachdem ich ein paar Tage weg war.«

Marc geht mir voraus in eine kleine Küche und macht das Licht an, das er offenbar erst vor wenigen Minuten gelöscht hat.

»Entschuldige, du wolltest gerade nach Hause ... ich ... sollte ...«

»Magst du lieber Tee oder Kaffee?«, ignoriert er meinen Einwand und lächelt mich entwaffnend an. Er zieht eine Schublade auf und beginnt aufzuzählen: »Ich habe Früchtetee, Pfefferminz-, Alpenkräuter-, ... hm«, er beginnt in der Lade herumzuwühlen, »... na, wer sagt's denn! Ich habe sogar *grünen* Tee!« Triumphierend hält er einen Teebeutel in die Höhe und sieht mich grinsend an.

»Unglaublich! Du hast grünen Tee?«, sage ich lachend. »Dann ...«, täusche ich vor, krampfhaft nachzudenken, »nehme ich Kaffee!«

Er zieht eine vermeintlich enttäuschte Schnute, schließt aber mit einem Rums die Schublade und macht sich auf den Weg zur Kaffeemaschine. »Kaffee. Wie langweilig«, kommentiert er belustigt.

»Ich wollte deine Pläne für heute Abend nicht durcheinanderbringen.« Es ist mir wichtig, klarzustellen, dass ich dieses Treffen nicht absichtlich herbeigeführt habe.

»Dann ist es ja gut«, antwortet er, während er die Kaffeemaschine bedient, »dass ich noch gar keine Pläne *hatte*! Milch? Kein Zucker?«

Ich nicke und wundere mich gleichzeitig, dass er noch weiß, wie ich meinen Kaffee mag.

»Wo bist du gewesen?« Kaum hat die Frage meine Lippen verlassen, würde ich sie am liebsten wieder zurücknehmen. Das geht mich überhaupt nichts an.

»Ich war ein paar Tage in Italien«, erzählt er über den Lärm der Kaffeemaschine hinweg. »Mit dem Motorrad.« Er sieht mich an und scheint meine Reaktion zu studieren. »Und mit Matze«, fügt er noch hinzu, und mein Herz wird sofort ein wenig leichter, weil nicht Vera ihn begleitet hat.

»Wie war's?«, frage ich jetzt ein wenig ermutigt.

»Turbulent«, antwortet Marc und reicht mir einen dampfenden Kaffeebecher. »Mit Matze wird es nie langweilig.«

Ich wende mich ab und betrachte die Bilder, die an den Wänden hängen. Wenn ich nicht wüsste, wo ich mich befinde, würde es seltsam anmuten, sich Fotos von schmiedeeisernen Grabkruzifixen aufzuhängen. Doch in einer Kunstschmiede, in der man sich sein tägliches Brot mit dieser Arbeit verdient, scheint das normal zu sein. Doch auch Eingangsportale, Balkongeländer, Laternen und andere Meisterwerke sind zu sehen. Ich bin sofort fasziniert von dieser facettenreichen Art der Kunst, über die ich mir bislang noch keine Gedanken gemacht habe.

»Hast das alles du gemacht?«, frage ich staunend, während ich von einem Bild zum nächsten wandere. Der Kaffee wärmt mich von innen auf. Oder ist es Marcs Nähe, die diese angenehmen Hitzeschauer durch meinen Körper schickt?

»Nein, aber einiges davon.«

»Wann hast du beschlossen, Kunstschmied zu werden?«

»Ich ... wollte einfach was Sinnvolles machen«, überlegt er.

»Und das ist sinnvoller als Autos zu reparieren?«

»Na ja ... wie man's nimmt. Es hat mich immer gestört, dass die Grabkreuze so gleich aussehen. Ich meine, nicht auf das Leben des Verstorbenen bezogen. Schließlich mag nicht jeder Engel und Heiligenfiguren. Zu einem Musiker passen zum Beispiel viel besser ein Violinschlüssel oder Noten, und ein Pferdenarr wünscht sich Hufeisen auf sein Grab. Weißt du, wenn die Hinterbliebenen vom Leben ihrer Verstorbenen zu erzählen beginnen, dann ist es meistens ganz einfach, etwas zu finden, was dieser Mensch geliebt hat, was ihn in seinem Leben verzaubert hat. Und ich versuche, das für die Ewigkeit festzuhalten.« Marcs Augen beginnen zu leuchten. »Verstehst du, was ich meine?«

»Ja ... ich verstehe.« Seine begeisterte Erklärung entlockt mir ein Lächeln. »Und ich habe dich noch nie so euphorisch über Autos reden hören!«

»Ich bin Mechaniker geworden, weil mein Vater wollte, dass ich etwas *Solides* lerne.«

»Und nicht aus eigenem Wunsch?«

Er überlegt, zuckt ein wenig mit der Schulter. »Seine Karre selbst aufzumotzen hat schon auch was für sich.«

»Um den Mädels zu imponieren«, stelle ich mit einem Schmunzeln fest und schiele über den Rand meines Kaffeebechers.

»Jetzt, wo du's sagst ...«, kontert er mit einem frechen Grinsen und entlockt mir ein Schnauben, weil ich weiß, dass er mich nur aufzieht.

»Fahren die auch auf Grabkreuze ab?«, frage ich keck. »Die Mädels, meine ich.«

»Eher weniger. Die Chance habe ich wohl verwirkt.«

»Ist dein Vater denn mit diesem Job auch zufrieden? Immerhin ist das doch ziemlich bodenständig.« *Gestorben wird immer,* will ich fast sagen, besinne mich aber im letzten Moment eines Besseren, um nicht schon wieder so ernste Töne anzuschlagen.

»Mittlerweile ist mir egal, was mein Vater darüber denkt. Die Hauptsache ist doch, wie es mir damit geht.«

»Das stimmt«, gebe ich ihm recht, obwohl ich an dieser Baustelle in meinem Leben wohl noch arbeiten sollte. Aber das ist ein eigenes Kapitel.

»Im Gegensatz zu mir wusstest du immer schon, dass du was mit Blumen machen willst«, holt Marc mich aus meinen Gedanken zurück.

»Ja, das ist wahr. Ich liebe meine Arbeit«, stimme ich ihm zu.

»Emmis Garten sieht übrigens wieder wunderschön aus. Sie wäre sehr glücklich, wenn sie wüsste, dass du dich darum kümmerst.«

Sein Kompliment bringt mich etwas in Verlegenheit, und es entsteht ein seltsamer Moment zwischen uns. Auch Marc scheint es zu merken, denn er trinkt den letzten Schluck aus und wendet sich von mir ab, der Spüle zu.

»Mein Vater will das Haus verkaufen«, sage ich ohne Umschweife, und sofort bildet sich wieder dieser dämliche Kloß in meinem Hals. Was Marc vorhin über den Garten gesagt hat, schießt mir durch den Kopf. Er wird in die Hände von Fremden fallen. Emmis ganzer Stolz. Nicht genug, dass ich zu Lebzeiten nicht für sie da war, jetzt lasse ich auch noch ihr Vermächtnis im Stich. Es ist nur ein Garten, versuche ich meine Bedenken zur Seite zu wischen.

Marc dreht sich zu mir um. Sein Blick ist unergründlich.

»Wahrscheinlich ist es auch besser so«, versuche ich die Situation schönzureden. »Unser Leben ist jetzt in Innsbruck.«

»Stimmt«, murmelt er leise, ohne mich anzusehen, »das will mir noch immer nicht in den Kopf.«

Wenig später habe ich ein paar mit Bleistift gezeichnete Entwürfe vor mir auf dem Tisch liegen. Auch wenn ich mich nicht besonders gut auskenne, bin ich begeistert von Marcs Art zu zeichnen. Dass er ihnen mit seiner Linienführung Leben einhaucht, ist wahrscheinlich die falsche Erklärung, weil ein Grabkreuz nun mal das Ende eines Lebens markiert. Dennoch kann ich mir jedes einzelne Kreuz eindrücklich in natura vorstellen.

»Wusstest du, dass Tante Emmi Sonnenblumen liebte?«, frage ich in Bezug auf eine ganz besondere Zeichnung.

»Ja, das wusste ich. Und sie liebte Freesien«, sagt er und zieht eines der unteren Blätter hervor. Meine Kinnlade klappt nach unten. Vor mir liegt eine Skizze, die mir den Atem raubt. Sie zeigt ein schlichtes Kreuz mit abgeschrägten Enden, durch einen schmalen Spalt einseitig durchbrochen. Vom Fuße schlängeln sich Efeuranken aufwärts, die in ungleichmäßigen Abständen mit Freesien geschmückt werden. Auf der linken Seite des Kreuzes steht eine kleine Laterne, auf der rechten die Gedenktafel mit der Inschrift.

»Das … ähm … wie gesagt, das sind nur Entwürfe. Wenn du willst, können wir auch etwas ganz anderes …«, wendet er unsicher ein.

»Das ist wunderschön, Marc«, unterbreche ich ihn, voller Respekt für diese Zeichnung, über die er sich so viele Gedanken gemacht hat, wie jedes liebevolle Detail verrät.

»Ehrlich?«

»Kann ich dir den Auftrag jetzt gleich erteilen, oder muss ich zu Geschäftszeiten noch mal wiederkommen?«, bestätige ich lächelnd, was ihn offenbar verwirrt.

»Auftrag …?«

»Ja. Ich möchte, dass du Emmis Grabkreuz schmiedest, wie geplant.«

»Wow … äh … nein!«

»Nein?«

»Ich meine: Nein, du musst nicht zu Geschäftszeiten kommen! Das geht in Ordnung, ich … weiß gar nicht, was ich sagen soll. Danke. Für dein Vertrauen.«

»Sie hat sich gewünscht, dass du es machst, und ich weiß nicht, wer dazu besser geeignet wäre«, sage ich aufrichtig.

»Das freut mich«, erwidert er, und unsere Blicke verhaken sich für einen Moment ineinander. Fast vergesse ich zu atmen. Doch dann erinnert mich das sanfte Rauschen des Regens daran, warum ich eigentlich hier bin und dass es Zeit ist zu gehen.

»Ich sollte dann mal los«, zwinge ich mich zu sagen. Ich stehe auf, nehme meine Jeansjacke von der Stuhllehne und werfe sie mir über. »Hast du zufällig einen Regenschirm?«, frage ich im Hinausgehen, nachdem Marc überall sorgfältig das Licht ausgemacht und die Türen verschlossen hat.

»Warte ….« Er reicht mir einen zweiten Helm, und ich reiße überrascht die Augen auf.

»Auf dem Ding da? Bei dem Wetter?«

»Nass wirst du ja sowieso«, schmunzelt Marc. »Ich verspreche, ganz vorsichtig zu fahren.«

»Das sagst du so leicht!«

»Was genau ist das Problem? Der Regen? Die Geschwindigkeit?« Gewinnend lächelt er mich an, wohl wissend, dass ich nicht zu Fuß nach Hause gehen werde. »Oder ich?«, ergänzt er, und damit hat er mich.

Ich schwinge mich hinter ihm auf den Sitz und halte mich mit beiden Händen an seinen Seiten fest. Wenn er mich so fragt, ist die Antwort ganz leicht. Die Geschwindigkeit war nie das Problem. Er immer.

Ich kann nicht anders als die Fahrt zu genießen. Der Regen durchnässt mich innerhalb von Sekunden. Meine Klamotten kleben ekelhaft kalt auf meiner Haut. Nichts an dieser Heimfahrt hat etwas Romantisches an sich. Und doch wünsche ich mir, sie würde nie enden.

»Danke fürs Bringen«, sage ich mit einem breiten Lächeln, als ich absteige und Marc, der sein Visier geöffnet hat, den Helm zurückgebe.

»Danke für dein Vertrauen ... heute schon zum zweiten Mal!«

Mit einer flinken Handbewegung wischt er mir die nassen Haare hinters Ohr, und ich bin wie elektrisiert, würde ihn am liebsten festhalten und dazu überreden, mit mir ins Haus zu kommen. »Möchtest du dich noch aufwärmen?«, frage ich in einem schwachen Versuch, ihn zum Bleiben zu bewegen. Ich weiß, dass es aussichtslos ist. »Ich habe Kaffee ... und Tee! Ich hab sogar grünen Tee!«

Er lacht und übertönt damit sogar den Regen. Wie lange habe ich ihn nicht mehr so wunderschön lachen hören.

»Danke, aber die paar Meter schaffe ich schon.«

Er zwinkert mir zu und schließt sein Visier, bevor er erneut losfährt. Ich stehe da und sehe ihm nach, während der Regen unaufhörlich auf mich niederprasselt.

Kapitel 20

Jule

Den heftigen Regenguss von gestern kann man heute nur noch erahnen. Die Luft ist warm und klar, und die Berge wirken, als wären sie näher als an anderen Tagen. Auf das Gießen kann ich heute getrost verzichten, und auch die Balkonblumen haben genug Regen abbekommen. Das dadurch entstandene Zeitfenster nutze ich, um weiter Emmis Sachen auszusortieren und die Zimmer auszuräumen. Selbst wenn ich gegen einen Hausverkauf bin, lassen sich diese unliebsamen Arbeiten nicht vermeiden. Die gestrige Begegnung mit Marc hat Spuren in mir hinterlassen. Wohin hätte es geführt, wenn er mit mir ins Haus gekommen wäre? Immer noch spüre ich seine Berührung auf meiner Wange. Obwohl ich so wenig über den Marc der Gegenwart weiß. Habe ich mein Herz schon wieder an ihn verloren? Oder hat er es die ganze Zeit über besessen? Alles, was ich weiß, ist, dass es sich in seiner Nähe verdammt gut anfühlt.

In meinen Sachen finde ich eine bunt beklebte Sammelmappe, die mit ein paar Erinnerungen gefüllt ist. Eintrittskarten von Schulausflügen, Lieder und Texte von Schulaufführungen, Briefe von meiner ziemlich kurzen Brieffreundschaft zu einer Schülerin der finnischen Partnerschule. Beim Durchsehen fällt ein etwas ramponierter Zettel heraus, der mit selbst erfundenen Comicfiguren und Herzen bemalt ist. Ein Händchen haltendes Pärchen mit lachenden Gesichtern. Kurz schließe ich die Augen und erinnere mich an die Zeit, in der ich die Zeichnung gemacht habe. Ich muss etwa zwölf oder dreizehn gewesen sein, und ich weiß noch, dass ich mich nicht traute, die Namen der beiden Figuren darunterzuschreiben, für den Fall, dass Stefan den Zettel je zu Gesicht bekäme. Juli & Marc. Vorsichtshalber – denn mein Bruder sollte mich unter keinen Umständen darauf ansprechen – hielt ich das mittlerweile sehr mitgenommene Papier immer unter Verschluss. Nur hin und wieder zog ich es heraus und gestattete mir, meinen Träumen nachzuhängen. Plötzlich kommt mir unser Erinnerungskästchen in den Sinn. Stefan, Marc und ich bewahrten dort unsere Schätze auf. Freundschaftsarmbänder, die dem Lauf der Zeit nicht trotzen konnten und abgefallen waren, kostbare Steine, gemeinsame Fotos und andere Relikte, die uns in unserer Jugend wichtig genug waren, um sie aufzuheben. Fieberhaft überlege ich, wo die Schatulle sein könnte, aber es will mir nicht einfallen. Es war eine wunderschön verzierte Blechkassette, sie muss den Jahren also standgehalten haben. Ich zücke das Handy, um Marc danach zu fragen, doch dann fällt mir ein, dass es schon früher Nachmittag ist und er bestimmt schon wieder arbeiten muss. Also verschiebe ich dieses Gespräch, auch wenn mich die Ungeduld fast zerfrisst.

Nach meiner Entdeckung vergeht mir die Lust am Weitermachen, und ich schwinge mich auf mein Fahrrad. Es gibt allerhand Neuigkeiten, die ich Ela erzählen will, und vorher mache ich einen Abstecher zum Supermarkt, um meine Freundin mit einer großen Packung Zitronen-Eis zu überraschen.

Als ich an Elas hohen Thujen ankomme und mein Fahrrad abstellen will, höre ich unfreiwillig eine Unterhaltung zwischen Ela und Matze, die in ihrem Garten zu sitzen scheinen.

»Dieses Veilchen lässt dich irgendwie ... verrucht aussehen«, schäkert Ela, und ich halte inne. Veilchen? War Matze nicht mit Marc unterwegs?

»Findest du?«, erkundigt Matze sich amüsiert.

»Ja ... und sexy!«

»Na, dann hat es sich ja gelohnt!«

Ich will nicht hier stehen und lauschen, aber dieses Gespräch irritiert mich. Wie hat Marc es genannt, als ich ihn fragte, wie die letzten Tage waren? *Turbulent*, sagte er, und: *Mit Matze wird es nie langweilig!*

»Aber du hast dich für die falsche Frau geprügelt!«, stellt Ela klar.

»Uuuhh ... eifersüchtig?«, will Matze anzüglich wissen, während meine Gedanken Achterbahn fahren und das Eis in meiner Tasche in der prallen Sonne zerfließt.

»Schon möglich ...«, gibt Ela zu. »Aber, mal im Ernst, ich bin heilfroh, dass du dich mit Marc wieder vertragen hast.«

»Ich auch, das kannst du mir glauben. Aber es konnte ja keiner ahnen, dass ihn Jules Auftauchen so fertigmacht.«

Ich kann nicht fassen, was ich da höre. Marc und Matze sollen sich geprügelt haben? So sehr, dass Matze deswegen ein blaues Auge hat? Weil Marc meine Anwesenheit nicht aushält? Mein Fahrrad schlenkert, als ich wieder aufsteige und an den beiden vorbeifahre, doch ich will nichts wie weg.

»Jule«, ruft mir Ela hinterher, als ich an den Thujen vorbei bin und sie mich bemerken. »Jule, warte doch!« Bis Ela an der Einfahrt angelangt ist, bin ich schon fort.

Daheim fällt mir endlich ein, wo unser Erinnerungskästchen sein könnte, und sofort schlüpfe ich in meine Turnschuhe und radle erneut los. Am Waldrand lehne ich mein Fahrrad an einen Baum und lege den restlichen Weg zu Fuß zurück.

Marc

Als ich kurz nach Feierabend in der Firma meine Lederschürze ablege, fällt mein Blick auf mein Privathandy. Sieben Anrufe befinden sich darauf, alle ausnahmslos von Ela. Der letzte vor fünf Minuten. Ich rufe sofort zurück, aus Angst, es könnte etwas Schlimmes passiert sein.

»Mensch Marc, endlich!«, ruft Ela mir entgegen, die sofort rangeht.

»Was ist los? Wieso hast du es nicht am Firmentelefon versucht?«

»Ups ... nicht dran gedacht! Also ... weißt du zufällig, wo Jule steckt?«, fragt sie, und ich höre einen leichten Anflug von Panik in ihrer Stimme.

»Nein ... wieso sollte ich? Was ist mit ihr?« Sofort bin ich alarmiert und sause im Laufschritt zu meinem Fahrrad, mit dem ich immer zur Arbeit fahre. Im Moment verfluche ich es, denn wenn mit Jule irgendwas ist, wäre ich mit dem Auto oder Motorrad schneller bei ihr.

»Die Sache ist die ... Matze und ich haben uns über seine Prügelei unterhalten, und Jule hat das mitbekommen und scheint da irgendwas falsch interpretiert zu haben. Jedenfalls hat sie umgehend das Weite gesucht, bevor ich sie aufklären konnte. Und als ich später zu ihr wollte, war sie nicht mehr da. Und am Handy geht immer nur die Mailbox ran. Langsam mache ich mir echt Sorgen!«

»Vielleicht ist sie zu ihrem Vater gefahren«, wende ich ein, als Ela ihren Bericht beendet hat. Doch auch ich habe jetzt ein ganz seltsames Gefühl im Bauch.

»Nein, das Auto ist noch da.«

»Ihr Fahrrad?«

»Warte mal.« Ela, die offenbar grade bei Emmis Haus ist, sucht die Garage ab. »Nein, das Rad ist weg.«

»Okay, dann ...«, grüble ich, »ist Matze schon zu Hause?«

»Nein, er musste noch zu einem Termin«, klärt sie mich auf.

»Ela, hör zu ... geh nach Hause, und wenn er kommt, soll er mich anrufen, vielleicht kann er mir weiterhelfen. Ruf in der Gärtnerei an, möglicherweise hat Jule dorthin einen Abstecher gemacht. Und Jimmy, er könnte irgendwas wissen. Ich suche inzwischen die Gegend ab. Und, Ela ... mach dir nicht zu viele Sorgen, ja?«

Ich weiß, dieser Bitte wird sie nicht nachkommen können, trotzdem will ich wenigstens versuchen, sie zu beruhigen. So schnell wie möglich bringe ich die wenigen Kilometer bis zu meinem Haus hinter mich. Unverzüglich hänge ich mein Handy ans Ladekabel, obwohl der Akku noch halb voll ist. Aber jede Minute, die er länger hält, könnte hilfreich sein. Während ich fieberhaft in Gedanken alle Orte durchgehe, an denen Jule sein könnte, stopfe ich ein paar wichtige Utensilien in meinen

Rucksack. Zwei Wasserflaschen, Müsliriegel, Wechselkleider, ein Taschenmesser, eine Taschenlampe, eine warme Jacke, falls Jule friert. Obendrauf packe ich eine Reepschnur, falls sie irgendwo in den Bergen festsitzt, könnte diese hilfreich sein. Ich überlege, ob ich wieder das Fahrrad nehme oder lieber das Auto. Mit dem Auto bin ich schneller, jedoch sind einige Forststraßen durch Schranken gesperrt, und das wird mich wertvolle Zeit kosten. Letztendlich entscheide ich mich für das Motorrad, weil es wendig ist und ich damit sogar durch den Wald fahren kann.

Bevor ich das Haus verlasse, berühre ich ehrfürchtig und flehend Stefans Militärmarke, besser gesagt, was von ihr übrig ist. Einer der Bergretter hat sie mir damals nach Stefans Beerdigung ausgehändigt. Sie war an der Unglücksstelle gefunden worden, ein Teil war abgebrochen. Seitdem liegt sie als Erinnerung in meiner Nachttischschublade.

Ich schnappe das Telefon und sitze wenig später auf dem Sattel meiner Cross, ohne Helm, um die Umgebung besser absuchen zu können.

Als Erstes fahre ich den Fahrradrundweg ab, den die Gemeinde vor wenigen Jahren errichtet hat. Viele der Leute, die dort unterwegs sind, sehen mir genervt hinterher oder schütteln verärgert die Köpfe, weil sie mich mit meiner lärmenden Maschine für einen Störenfried halten, der hier nichts verloren hat. Einige Spaziergänger erkenne ich, dort halte ich an und erkläre, wen ich suche, frage, ob sie vielleicht irgendwas gesehen hätten. Jeder Anhaltspunkt könnte wichtig sein. Anschließend suche ich den Bergweg ab, den Stefan und ich früher oft gefahren sind, erst mit den Fahrrädern, später mit unseren Mopeds. Nirgends eine Spur von Jule. Endlich kommt mir ein Geistesblitz, wo sie hingegangen sein könnte. Zu der Hütte, in der wir früher so viel Zeit verbracht haben. Und tatsächlich finde ich ganz unten am Waldrand ihr Fahrrad an einen Baum gelehnt. Ich stelle meine Maschine dazu und mache mich raschen Schrittes auf den Weg. Es ist ein schwieriger, steiler Aufstieg, und so gerne ich schneller gehen würde, ist mir doch klar, dass ich mir meine Kräfte einteilen muss. Nach etwa einer Stunde spüre ich, wie der Wind aufgefrischt hat, und ein Blick gen Himmel sagt mir, dass sich ein gewaltiges Gewitter zusammenbraut. Ich verfluche mich, weil ich den Schlüssel zur Hütte nicht an der Stelle abgelegt habe, wo er sich früher immer befand. Aber sie ist mein Privateigentum, und das Risiko, dass irgendwelche fremden Wanderer dort ein und aus gehen, ist nicht ganz unrealistisch.

Eine halbe Stunde später hat sich mein Schritt zu einem Laufschritt gesteigert, aus Panik, ich könnte Jule vor dem Unwetter nicht mehr finden. Ich spüre schon die ersten dicken Tropfen in meinem Nacken, und der Wind rüttelt und zerrt an meiner Jacke und den wenigen Latschenkiefern, die sich hier im felsigeren Gelände noch befinden. Als ich die Hütte endlich ausmache, erkenne ich, wie sich jemand mit einem dunkelblauen Oberteil auf dem Boden zu schaffen macht, und mir fällt ein Stein vom Herzen, weil es Jule ist. Kurz bleibe ich stehen, um zu Atem zu kommen, doch ein fernes Donnergrollen treibt mich weiter an.

Ich bin so wütend und gleichzeitig unfassbar glücklich, sie hier unversehrt aufzufinden. Trotzdem wird sie jetzt ein doppeltes Unwetter abbekommen, das lässt sich nicht vermeiden.

»Jule, verdammt! Was machst du hier?«, brülle ich sie zur Begrüßung an, obwohl ich sie im Grunde lieber in meine Arme ziehen möchte. Doch dafür bin ich viel zu aufgebracht.

Ihre Hände sind voller Erde und Sand, und sie buddelt und gräbt die Hausmauer entlang Löcher in den Boden.

»Jule, zur Hölle, hör auf!«, schreie ich erneut und packe sie an den Schultern.

»Nein, ich muss die Kiste finden«, antwortet sie, schüttelt mich ab und fährt unbeirrt in ihrer Tätigkeit fort.

»Welche Kiste?«, frage ich, doch in derselben Sekunde wird es mir klar. »Hast du mal zum Himmel gesehen?«

Ein Donner lässt uns beide zusammenzucken und nimmt mir weitere Erklärungen ab. Bestürzt sieht Jule mich an.

»Was machst du hier?«, fragt sie, und ich ziehe sie wortlos hinter mir her, zerre meinen Schlüsselbund aus der Hosentasche und schließe die Hütte auf.

»Es tut mir leid«, beteuert sie, als ihr das Ausmaß ihres Handelns klar wird, doch ich bin nicht imstande, darauf einzugehen. Die Sorge, die ich um sie empfand und die ich den ganzen Nachmittag über zurückgedrängt habe, bahnt sich in diesem Moment den Weg an die Oberfläche. Und sie wirkt sich verheerend aus. So sehr, dass ich mir Hammer, Amboss und ein Stück Eisen herbeiwünsche, weil ich zu gerne auf etwas einschlagen würde. Wenn Jule mich also jetzt mit dem Grund konfrontiert, warum sie hier ist, fürchte ich, mein Zorn entlädt sich an der falschen Stelle. Schleunigst schließe ich die Fensterläden, weil es noch mehr zu stürmen begonnen hat. Ich gehe nach hinten in den Holzschuppen und komme mit einem gefüllten Holzkorb zurück, während Jule zitternd und kleinlaut mit nassen Klamotten dasteht.

»Denkst du, du kannst ein Feuer machen, ohne die Hütte in Brand zu stecken?«, frage ich schroff, aber mit Aufbietung all meiner Selbstbeherrschung.

»Du hast doch nicht vor …? Wo gehst du hin?« Ihre Stimme klingt ängstlich, und ich wünschte, diese Art von Angst hätte schon vor Stunden ihre Vernunft aktiviert. »Du willst mich doch jetzt nicht alleine lassen!«

Mit grimmiger Miene setze ich mir den großen Filzhut auf, der an der Tür hängt. »Ich muss Ela Bescheid geben, dass ich dich gefunden habe. Sonst ruft sie noch die Bergrettung!«

»Du willst runter? Bei dem Sturm?«

»Nur bis zur Baumgrenze. Da dürfte ich Empfang haben«, antworte ich jetzt etwas ruhiger.

»Dann lass mich gehen«, bittet Jule.

»Sicher nicht«, stelle ich unmissverständlich klar. »Du bleibst genau da, wo du bist.«

Während ich über die nassen Steine nach unten laufe, immer bedacht, nicht wegzurutschen, und mir der Wind den Regen ins Gesicht peitscht, sickert endlich zu mir durch, warum Jule hierhergekommen ist. Sie wollte die Schatulle suchen, die wir als Jugendliche gemeinsam hier vergraben haben. Sie wollte Erinnerungen finden, womöglich Anhaltspunkte oder Antworten, die ich ihr nie gegeben habe. Es ist nicht fair, jetzt wütend auf sie zu sein. Und doch weiß ich nicht anders mit den unbändigen Gefühlen umzugehen, die diese Frau in mir auslöst.

Als ich wenig später wieder zurückkomme, ist es angenehm warm in der Hütte. Jule sitzt in eine Decke gehüllt vor dem Ofen und starrt vor sich hin. Wäre es eine offene Feuerstelle, würde sie bestimmt in die Flammen starren, so bleibt ihr nur ein Blick ins Leere. Ich vergewissere mich, dass es ihr gut geht, und gehe in den Holzschuppen. Ich kann jetzt nicht bei ihr bleiben. In ihrer Gegenwart würde ich durchdrehen, auch wenn mittlerweile die Wut auf mich selbst noch größer ist als die auf Jule.

Kapitel 21

Jule

Mein schlechtes Gewissen zerfrisst mich schier. Ich weiß nicht, was mich heute geritten hat. Die Verwirrung über das Gespräch zwischen Matze und Ela hat mich angetrieben. Um mich abzulenken, habe ich mich in dieser fixen Idee verbissen, diese Kiste zu finden. Ich habe weder auf das Wetter noch auf die Zeit geachtet. Nicht einmal einen Sonnen- oder Regenschutz habe ich dabei, geschweige denn Proviant, wofür mich mein Magen knurrend rügt. Ich habe keine Ahnung, was ich getan hätte, wäre Marc nicht aufgetaucht. Wie eine Besessene habe ich gegraben, und erst, als er mich angeschrien und geschüttelt hat, bin ich wieder zur Besinnung gekommen. Man geht nicht alleine in die Berge, ohne jemandem Bescheid zu geben. Schon gar nicht ohne entsprechende Ausrüstung. Das bekamen wir schon von klein auf eingetrichtert. Ich schäme mich, dass meine Freunde sich Sorgen machen mussten und dass ich Marc in Gefahr gebracht habe. Nach etwa einer halben Stunde wird es mir zu dumm, und ich gehe ihn holen.

»Ich denke, heute kommen wir über die Runden«, sage ich vorsichtig mit einem Seitenblick auf den großen Holzstapel hinter ihm. Aber er ignoriert mich und hört nicht auf, die Axt auf die Scheite niedersausen zu lassen. »Marc, ich habe das Wetter unterschätzt. Es tut mir wirklich leid. Sehr, sehr leid«, füge ich hinzu. »Komm doch bitte endlich rein. Es ist arschkalt hier draußen.«

»Ich bin doch in Bewegung«, murmelt er und würdigt mich keines Blickes.

»Ich habe Tee gemacht«, versuche ich es erneut, »und dabei ist das Ofenrohr explodiert!«

»Was?« Endlich hält er inne und schaut auf.

»Das war ein Scherz.«

Er verzieht keine Miene, doch wenigstens hat er mich kurz angesehen. Enttäuscht trete ich den Rückzug an. Obwohl ich sie bestimmt verdient habe, ertrage ich diese Kälte nicht mehr – in jeglicher Hinsicht – und setze mich erneut in die Stube ganz nahe an den Ofen. Die Decke schlinge ich fester um mich. Jacke und Hose hängen über dem Ofen, das T-Shirt und die Unterwäsche habe ich anbehalten, um keine missverständlichen Signale zu senden.

Plötzlich höre ich die hintere Holztür knarren, und Marc erscheint auf der Bildfläche.

»Wenn's dir hilft, werde ich mich noch hundertmal entschuldigen«, wispere ich reumütig.

»Darum geht's gar nicht«, sagt er leise, und ich halte ihm einen dampfenden Becher mit Tee hin.

»Sondern?«

»Wie sind wir beide bloß in diese Lage geraten?«, flüstert er gequält, und ich zucke mit den Schultern, weil ich nicht weiß, was ich sagen soll.

»Boah, ist der stark«, ruft er auf einmal aus, und ich muss lachen. »Hast du da die ganze Rumflasche reingeschüttet?«

»Ich dachte, was deine Stimmung betrifft, ist ja noch Luft nach oben!«

Er sagt nichts, aber sein darauffolgendes Schnauben kommt mir nicht mehr ganz so feindselig vor.

Nach einer Weile wird das Schweigen zwischen uns erdrückend, und während ich Sätze formuliere und in meinem Kopf hin und her drehe, um sie kurz darauf wieder zu verwerfen, steht er auf, stellt seinen Becher auf die Anrichte und zieht sich sein Oberteil über den Kopf. Er dreht mir den Rücken zu, doch als seine von der Sonne gebräunte Haut zum

Vorschein kommt, bleibt mir der Atem weg. Seine Muskeln sind gut definiert, sowohl von seiner harten und kräftezehrenden Arbeit als auch vom Klettern, das er zwar meines Wissens nicht mehr so viel praktiziert wie früher, aber trotzdem hin und wieder. Ich kann mich nicht dazu durchringen, den Blick abzuwenden, auch wenn es vernünftiger wäre. Nun ja, Vernunft scheint heute nicht grade zu meinen Stärken zu gehören. Marc zieht sich ein trockenes T-Shirt über und legt im Ofen ein Holzscheit nach.

»Ist dir warm genug?«, fragt er, ohne mich anzusehen. »Ich habe sonst noch eine Decke.«

»Alles gut«, sage ich leise, als mir klar wird, dass er mein Nicken nicht sieht. Mein Magen, der sich vernehmlich meldet, straft meine Worte Lügen.

»Also hab anscheinend nicht nur ich Hunger«, stellt Marc versöhnlich fest, und ich lächle verlegen. »Auf dem Regal sollten noch ein paar Eier sein. Ich mache uns Rühreier.«

»Kommt nicht infrage«, widerspreche ich, »wenn, dann mache *ich* die Rühreier. Schließlich hattest du meinetwegen schon genug Ärger, da musst du mich nicht auch noch bekochen.«

»Okay, da sage ich nicht Nein«, lenkt er ein. »Du kennst dich ja aus hier drin. Fühl dich wie zu Hause.«

Während Marc seine nassen Klamotten aufhängt und den Rucksack ausräumt, beginne ich die Kochutensilien zusammenzusuchen. Es stimmt, der Holzherd und das Regal mit dem Proviant gleich daneben wie auch der Rest der Hütte sind mir bestens vertraut. Auf der gegenüberliegenden Seite befinden sich ein Tisch mit einer Eckbank und zwei Stühlen und ein schmales Bett. Auch wenn die Hütte karg eingerichtet ist, findet man doch alles, was man zum Übernachten braucht. Stefan, Marc und ich haben früher öfter mit unseren Schlafsäcken und Luftmatratzen hier auf dem Boden campiert, sofern Marcs Onkel es erlaubte.

»Woher hast du eigentlich den Schlüssel für die Hütte?«, fällt mir unvermittelt ein. »Dein Onkel hat sie doch verkauft!«

»Ja, hat er«, antwortet Marc lapidar, »an mich.«

»Oh«, ist alles, was mir dazu einfällt. Deshalb weiß er also auch, dass im Regal noch ein paar Eier sind. Als ich auf das unterste Brett steige, um den Eierkarton von der obersten Stellage herunterzuangeln, knackst es plötzlich, und das Holzbrett gibt nach. »Aahh«, entweicht mir, während ich mich mit einer Hand an das Regal klammere, um nicht herunterzufallen, und gleichzeitig in der anderen Hand die Eier balanciere. Die Decke, die ich immer noch umschlungen hatte, löst sich, und ich muss ein armseliges Bild abgeben, wie ich im T-Shirt und Slip am Regal hänge.

Marc überbrückt blitzschnell die wenigen Schritte, die uns trennen, und hält mich fest, nimmt mir die Eier ab und schließt seine Arme um mich, damit ich loslassen kann.

»Anscheinend ist das Regal nicht mehr so stabil wie früher«, murmle ich betreten.

»Anscheinend bist du nicht mehr das Fliegengewicht, das du mit fünfzehn warst«, stellt er fest und lässt mich nah an seinem Körper zu Boden gleiten.

»Sieht fast so aus«, stimme ich ihm zu. Seine Hände sind warm, und ich bin dankbar, dass er mich noch nicht loslässt. Es ist das erste Mal an diesem Tag, dass er mir richtig in die Augen sieht, und dieser Blick trifft mich mit einer Wucht, die mein ganzes Inneres in Aufruhr versetzt.

»Weißt du nicht, dass man nasse Klamotten ausziehen soll?«, raunt er in Anspielung auf mein feuchtes Shirt. Ich kann ihm nicht antworten, weil ich Mühe habe zu atmen. Seine Augen wandern über mein Gesicht, über meine Lippen, studieren jeden Zentimeter. Sein Blick ist so liebevoll, keine Spur von Wut ist mehr darin zu erkennen. Langsam kommt er mir näher.

»Wartet in Innsbruck ein Mann auf dich?«, flüstert er, und ich nicke. Es scheint, als wäre mir bereits mein Verstand abhandengekommen. Ein enttäuschter Ausdruck huscht über Marcs Gesicht, und er zieht sich zurück. »Mein Vater«, antworte ich rasch und verfluche mich für meine Dummheit. Aber ich kann einfach nicht denken, wenn mir Marcs wunderbar holziger Duft in die Nase strömt und er mir so verdammt nahe ist. Da zögert er keine Sekunde mehr und berührt meine Lippen mit seinen. Der Kuss ist sanft und vorsichtig, als wäre er nicht sicher, ob es richtig ist, mich zu küssen. Ich öffne meinen Mund, um ihn in seiner Entscheidung zu bestärken. Ja, es ist mehr als richtig, es ist das, wonach ich mich schon viel zu lange sehne.

Doch da drängt sich mir noch ein anderer, lästiger Gedanke auf. »Was ist mit Vera?«, frage ich, und meine Stimme klingt seltsam rau.

»Nichts«, murmelt er an meinen Lippen und hinterlässt federleichte Küsse auf meinen Mundwinkeln.

»Seid ihr ...«

»Nein«, diesmal schüttelt er zur Verdeutlichung seinen Kopf, »sind wir nicht.«

Ich schiebe meine kalten Hände in seinen Nacken, was ihn spürbar erschauern lässt, während seine Zunge sich langsam vortastet und unseren Kuss intensiviert.

»Jule ... warte ...«, beginnt Marc erneut zaghaft, »bist du sicher, dass du ...«

»Schsch«, falle ich ihm ins Wort und streiche mit meinem Zeigefinger zärtlich über seine Lippen. »Ja, ich bin sicher«, bekräftige ich, was auch immer er von mir hören will. In diesem Moment will ich einfach nur eines, den Mann spüren, in den ich schon mein halbes Leben verliebt bin.

Marc

Ich hebe Jule hoch, und augenblicklich schlingt sie ihre Beine um mich. Langsam trage ich sie zum Bett und lasse sie darauf sinken. Meine Hände wandern an ihren Seiten nach oben, und ich ziehe ihr das feuchte Oberteil über den Kopf, das ihr an der Haut klebt und sie augenscheinlich empfindlich frösteln lässt. Der BH folgt dem keine Sekunde zu früh. Im Gegensatz zu ihrer steht meine Haut in Flammen, wie auch mein Inneres schon lange nur für diese eine Frau brennt. Ein wohliges Seufzen entwischt ihr, und deshalb höre ich nicht auf, sie mit meinen Händen zu liebkosen und ihren Körper zu wärmen. Auch sie erforscht und streichelt jeden Winkel von mir, als wäre sie neugierig, wie sehr mich die Jahre verändert haben. Jede ihrer Berührungen elektrisiert mich, spornt mich mehr an.

Mein Herz klopft so heftig in meiner Brust, so voller Sehnsucht, so verzweifelt. Es verzehrt sich danach, endlich wieder zu lieben und ihr nah zu sein. Endlich wieder zu fühlen und zu leben.

Bevor sie den Knopf meiner Jeans öffnet, zieht sie meinen Geldbeutel aus der Gesäßtasche. Ich mag ihre Gedankengänge. Ohne unsere Küsse zu unterbrechen, bringt sie ein Kondom daraus zum Vorschein und lässt die Brieftasche achtlos liegen, die sogleich über den Rand des Bettes auf den Boden rutscht. Etwas umständlich schlüpfe ich aus Jeans und Boxershorts, beides ebenfalls vom Regen noch etwas feucht, was die Sache nicht unbedingt einfacher macht. Jules Fingerspitzen gleiten an den Innenseiten meiner Schenkel auf und ab, und meine Ungeduld wächst ins Unermessliche. Ich brauche sie nicht noch einmal zu fragen, ob sie sich sicher ist. Ihre Eigeninitiative spricht Bände. Als ich endlich die Hose losgeworden bin, wandere ich mit meinen Lippen langsam nach oben, küsse sie an Stellen, die sie leicht aufkeuchen lassen, während sie ihre Hände in meinen Haaren vergräbt. Ich spüre auch ihre Ungeduld, weil sie mich sanft, aber bestimmt nach oben zieht, und ich komme ihrem Wunsch allzu gerne nach. Ihre Lippen heißen mich sofort willkommen, und ihre Hände greifen wie selbstverständlich zum Kondom, das neben unserem Kissen liegt, und streifen es mir über. Als wir uns endlich vereinen und ich mich langsam über ihr bewege, wünsche ich mir, die Zeit bliebe stehen. Gemeinsam erreichen wir den Zenit, explodieren in einer Intensität, wie ich sie vorher nicht kannte.

Wir küssen uns noch einmal innig, bevor wir uns erschöpft voneinander lösen. Doch auch Jule will sich nicht zu weit von mir entfernen und bettet ihren Kopf behutsam auf meine Brust. Ich schlinge meine erhitzten Arme um sie und will sie nie wieder loslassen.

Während ich spüre, wie ihr Atem ruhiger und regelmäßiger wird und sie offenbar eingeschlafen ist, tobt in mir ein unerbittlicher Kampf, weil ich keine Ahnung habe, wie es weitergehen soll. Obwohl ich froh bin, wieder richtig zu fühlen, und dass ich diese Taubheit, dieses Gefühl der Leere endlich losgeworden bin, trifft mich der Schmerz, den ich all die Jahre zurückgedrängt habe, umso mehr. Soll ich Jule meine Liebe gestehen und mit der Schuld am Tod ihres Bruders – tief in meinem Inneren verschlossen – weiterleben? Oder soll ich Jule meine Schuld gestehen und ohne ihre Liebe weiterleben? Es gibt keine bessere Option. Und ich darf nicht an mich denken. Ich muss an Jule denken und was für sie das Beste ist. Vorsichtig, um sie nicht aufzuwecken, hebe ich ihren Kopf an, um herauszuschlüpfen, und lege ihn auf das warme Kissen unter mir. Dann mache ich mich daran, Rühreier zuzubereiten, denn essen wird sie hoffentlich von tiefgründigen Gesprächen abhalten. Sie sieht wunderschön aus, wie sie so daliegt. Auch, wenn es vielleicht falsch war, mit ihr zu schlafen, werde ich es nie bereuen können.

Jule

Ein angenehmer Duft kitzelt meine Nase, und ich brauche einen Moment, um mich zu orientieren. Als ich Marc erkenne, der am Herd hantiert, ist schlagartig die Erinnerung wieder da, und ich bedaure, eingeschlafen zu sein. Aber der Tag hat mir einiges abverlangt und mich ziemlich erschöpft. Meine Lippen verziehen sich zu einem Lächeln, und ich streiche kurz mit den Fingern darüber, weil es ist, als würde ich immer noch Marcs Küsse darauf schmecken. Ich rolle mich auf die Seite, stütze meinen Kopf auf dem abgewinkelten Arm auf und beobachte sein Schaffen. Er scheint in Gedanken versunken, und ich hoffe, er bemerkt mich nicht sofort, damit ich das Bild genießen und verinnerlichen kann. Viel zu lange musste ich darauf warten. Er trägt Jeans, aber kein T-Shirt, und in der Hütte ist es angenehm warm. Draußen ist es dunkel, und ich kann immer noch den Wind hören, der an den Fensterläden zerrt.

Irgendwann spürt Marc meinen Blick und sieht mich zärtlich an. »Hey«, sagt er leise, fast erstickt und kommt zu mir ans Bett. Er bückt sich zu mir, und ich komme ihm mit meinen Lippen entgegen, schlinge die Arme um seinen Hals und ziehe ihn zu mir herunter.

»Keinen Hunger mehr?«, will er belustigt wissen, und ich nicke heftig. »Hunger nach dir!«

»Lass uns was essen«, wendet er ein, und jetzt fällt mir auf, dass irgendein unergründlicher Ausdruck in seinen Augen liegt. Er löst vorsichtig meine Arme und entfernt sich wieder von mir, aber zu meiner großen Freude bringt er den Teller mit dem Rührei ans Bett und nicht – wie befürchtet – zum Tisch. Leider hat er zwei Gabeln dabei, wobei ich finde, dass eine gereicht hätte.

»Mmmm ... ich habe noch nie so ein wundervolles Rührei gegessen«, schwärme ich und schließe genüsslich die Augen. Als ich sie wieder öffne, ruht sein Blick auf mir, und meine Haut fängt überall an zu prickeln. Er wirkt, als würde er etwas sagen wollen, und doch schweigt er, so als fände er nicht die richtigen Worte.

»Was ist mit dir?«, frage ich beunruhigt.

Er schüttelt ganz langsam den Kopf, lässt mich aber nicht aus den Augen. Er blinzelt ein paarmal und schluckt.

»Marc«, ermutige ich ihn.

»Ich bin nur ... überwältigt«, antwortet er, und ich hoffe inständig, dass das etwas Gutes ist.

Das Essen verläuft schweigend, aber wir können beide nicht genug davon bekommen, einander anzusehen. Dann bin ich es, die aufsteht und die Kochnische aufräumt, schließlich hat Marc ja schon – entgegen unserer Abmachung – das Kochen übernommen. Er reicht mir eines seiner trockenen Shirts und hängt mein feuchtes über den Ofen zu den anderen Sachen. Anschließend legt er Holz nach und geht in den Schuppen, um den Korb neu aufzufüllen. Als ich fertig bin, sitzt er mit dem Rücken an die Wand gelehnt auf dem Bett und betrachtet mich. Ich bringe frisch aufgebrühten Tee mit, diesmal mit deutlich weniger Rum, und geselle mich zu ihm. Es ist seltsam, wie wenig wir kommunizieren, aber solange wir liebevoll miteinander umgehen, kann ich gut damit leben. Auch, wenn es so viele offene Fragen in mir gibt, will ich diese kostbaren Augenblicke nicht damit kaputt machen, sie zu stellen. Ich setze mich im Schneidersitz an die Kopfseite des Bettes und lege beide Hände um den warmen Teebecher.

»Du bist so wunderschön, Juli«, sagt er ganz unvermittelt und bringt mich in Verlegenheit. Mein Herz schlägt Purzelbäume, als er meinen Kosenamen ausspricht, den Namen, den nur er kennt und nur in ganz seltenen Fällen benutzt. *Du bist meine Julisonne,* hat er damals gesagt, bei seiner ersten Liebeserklärung an mich. Er kommt mir näher und nimmt mir meinen Tee aus der Hand, stellt ihn hinter sich auf die schmale Fensterbank. Wieder nimmt er die Position von vorhin ein, legt seinen Arm um mich, und ich bette meinen Kopf auf seine Brust, lausche dem pochenden, starken Schlag seines Herzens und streichle seine weiche Haut über dem Hosenbund. Bis uns beide in inniger Zweisamkeit der Schlaf davonträgt.

Kapitel 22

Marc

Ich erwache lange bevor der Morgen zu grauen beginnt. Jule liegt immer noch auf mir, wie sie eingeschlafen ist, und mein Herz gerät sofort wieder aus dem Takt, wie auch der restliche Körper reagiert. Sie bewegt sich leicht seufzend in meinem Arm, und ich streiche ihr behutsam über die Schulter, um ihr zu zeigen, dass alles in Ordnung ist. Was für eine Lüge. Nichts könnte weniger in Ordnung sein. Schon wieder fühlt sich meine Kehle eng an, und ich versuche mich selbst zu beruhigen. Niemand hat etwas davon, wenn ich die Fassung verliere. Ich möchte weglaufen, doch kann ich Jule nicht einfach alleine hierlassen. Der zu hackende Holzvorrat ist erschöpft, noch kleiner müssen die Scheite nicht sein. Es war die richtige Art und Weise, meiner Wut Luft zu machen. Irgendwann stehle ich mich unter Jules Körper hervor, nehme meine Jacke von der Ofenstange und ein Sitzkissen von der Eckbank und gehe nach draußen. Das Gewitter hat die Temperaturen erheblich sinken lassen, dafür sind Luft und Himmel so klar wie selten. Ich setze mich mit dem Kissen auf die Bank und strecke meine Beine weit von mir. Wie immer, wenn ich die Abertausend Sterne betrachte, denke ich an Stefan und seit wenigen Monaten auch an Emmi. Ach, könntet ihr mir nur eine Antwort geben. Nach einer Weile erscheinen Bilder vor mir, Bilder eines längst vergangenen Tages, als ich mit Stefan in den Bergen war.

Wir sind nicht mehr weit vom Gipfel des Gamshorns entfernt. Es war ein beschwerlicher Aufstieg bis dorthin, der an Stefans, aber auch an meinen Kräften gezehrt hat. Erst haben wir ein wenig herumgealbert und gequatscht, Stefan hat über seinen Vater gemotzt und ich über meine Eltern, das übliche Gejammere unter Freunden eben. Doch mittlerweile hat unsere nachlassende Kondition jedes Gespräch unterbunden. Stefan lässt sich auf einen Felsen fallen und kapituliert. »Mich kriegst du keinen Schritt weiter«, ächzt er und sucht schwer schnaufend nach seiner Wasserflasche im Rucksack.

»Mann, spinnst du? Die paar Meter noch«, versuche ich ihn vom Weitergehen zu überzeugen.

»Keinen Schritt mehr«, wiederholt er.

Auch ich bin k.o., aber wenn wir den Aufstieg schaffen wollen – und ich bin sicher, dass auch er es will –, müssen wir uns sputen, um vor Einbruch der Dunkelheit wieder vom Berg herunterzukommen.

»Komm schon ... lass mich nicht hängen«, bettle ich und strecke ihm die Hand hin, um ihm aufzuhelfen. »Einmal ... ich verspreche dir, wenn du diesen Ausblick siehst, wirst du süchtig danach sein!«

Er zögert einen Moment und überlegt. »Alter, du bringst mich um«, jammert Stefan, schlägt frustriert meine Hand weg, und ich gebe nach. Lachend lasse ich meinen Rucksack vom Rücken gleiten und sinke neben ihm auf den Boden.

»Du Memme«, tue ich trotzdem meine Meinung kund. Wehmütig fällt mein Blick immer wieder auf die Felsen, hinter denen sich der Gipfel erahnen lässt. Ich war schon oft mit meinem Onkel dort oben, aber meinen besten Freund konnte ich bisher noch nicht dazu bringen, mitzukommen. Aber, was soll's, diese letzte Etappe werden wir auch irgendwann schaffen. Eines nach dem anderen.

»Okay, dann packen wir's«, reißt Stefan mich nach einer Weile aus meinen Gedanken, steht auf und wendet sich dem Klettersteig zu.

»Es ist zu spät. Wir kehren um«, lasse ich ihn wissen, was ich von seiner Idee halte.

»Aber du wolltest doch unbedingt auf den Gipfel«, widerspricht er trotzig.

»Ja, das war vor einer Viertelstunde.«

»Na und! Fünfzehn läppische Minuten auf oder ab ...«

»... spielen am Berg eine große Rolle. Wenn wir jetzt aufsteigen, kommen wir nicht mehr ins Tal, bevor es dunkel ist«, informiere ich ihn geduldig.

»Wir gehen die letzten Meter eben schneller! No risk, no fun!«

»Stefan, hör auf mit dem Scheiß. Ich habe keine Lust, Jule zu erklären, dass du auf Abenteuer aus warst!«

»Wer ist denn jetzt hier die Memme!«

»Alter, es reicht.« Resolut packe ich meinen Rucksack und wende mich von ihm ab, damit er sieht, wie ernst es mir mit dem Abstieg ist. Ich kann nur hoffen, dass er mir folgt, denn ich bin nicht scharf auf weitere Diskussionen.

Nach wenigen Minuten kommt er mir tatsächlich nach, und ich schicke ein Dankgebet zum Himmel.

»Es war die richtige Entscheidung, glaub mir. Mit der Zeit ist hier oben nicht zu spaßen, sie kann über Leben und Tod entscheiden«, sage ich, als ich Stefans mürrische Laune mit Händen greifen kann.

»Lass stecken«, murmelt er.

»Wir machen den Gipfel noch, keine Sorge«, verspreche ich lachend und heilfroh, dass wir unsere Bergtour gemeinsam beenden, »nur eben nicht heute.«

Ob Stefan den Aufstieg aufs Gamshorn tatsächlich geschafft hat, werde ich nie erfahren. Denn es ist genau jener Gipfel, den er an diesem verhängnisvollen Sommertag alleine erklimmen wollte. Weil ich nicht an mein Telefon gegangen bin.

Ich schrecke hoch, orientierungslos. Meine Glieder schmerzen, und ich registriere, dass ich auf der Bank vor meiner Hütte wohl eingenickt sein muss. Die Bilder in meinem Kopf, die einen blutigen, leblosen Körper, auf Felsen zerschmettert und mit schmerzverzerrtem Ausdruck zeigen, werden nur sehr langsam schwächer. Auch wenn ich Stefans Leiche nie zu Gesicht bekommen habe, macht sich meine verdammte Fantasie ihren eigenen Reim. Ich schüttle den Kopf, um diese Horrorszenarien zu vertreiben, doch es will mir nicht gelingen, wie so oft. Es dämmert bereits, und ich gehe leise zurück in die Hütte. Jules Hand liegt auf dem Kissen, als hätte sie nach mir gesucht, die Decke ist ihr bis zur Hüfte hinuntergerutscht, das T-Shirt nach oben, sodass ihr unterer Rücken entblößt ist. Ich kann dem Impuls nicht widerstehen, mit meinen Fingern ihre nackte Haut zu berühren. Ihre Gesichtszüge sind ganz weich, und ihre dunklen Haare liegen wie ein Fächer über dem Kissen ausgebreitet.

Ich küsse sanft ihren Nacken, und sie beginnt langsam, sich zu bewegen. Sie greift nach meinem Gesicht, so zärtlich, dass mein Herz anschwillt und gleichzeitig schwer wird.

»Willst du den Sonnenaufgang sehen?«, frage ich heiser, und sofort ist sie hellwach und richtet sich auf.

»Ja. Natürlich will ich das«, antwortet sie bestimmt und mit einem Funkeln in den Augen, als würde das gar nicht zur Debatte stehen. Sie küsst mich kurz und innig auf den Mund und springt aus dem Bett, schlüpft flugs in ihre Jeans und in meine warme Jacke und zieht mich an der Hand nach draußen.

Wir stehen an der Ostseite der Hütte. Ich halte Jule in meinen Armen, den Zaun als Stütze in meinem Rücken.

»Was denkst du grade?«, will sie unvermittelt von mir wissen.

»Nicht so wichtig«, weiche ich aus und fixiere den schmalen Lichtstreifen, der über den Bergspitzen erscheint.

»Marc ... bitte!«, fleht sie, und ich kann nicht anders, als ihr dieses Mal tatsächlich meine Gedanken offenzulegen.

»Ich hab mir grade gewünscht, dass die Sonne sich spontan dazu entschließt, nicht aufzugehen.«

Sie lacht leise. »Wieso?«

»Weil ich dann ewig mit dir hier stehen könnte«, antworte ich schlicht. Sie schmiegt sich noch ein bisschen näher an mich, und ich genieße ihre Wärme.

»Aber ich dachte, du liebst die Sonne.«

»Schon. Aber bei Tag erscheint alles in einem anderen Licht.«

»Das klingt melancholisch«, sagt sie und dreht sich zu mir um.

Vielleicht ist es das auch, will ich antworten, aber ich komme nicht dazu, weil sie meinen Mund zart mit ihren weichen Lippen verschließt. Ich ziehe sie an ihrer Jacke noch näher zu mir und lasse ab jetzt mein Herz regieren.

Jule

Es ist mir ein Rätsel, wie jemand so präsent und abwesend zugleich sein kann. Es ist nicht so, als würde er an jemand anderen denken, nein. Ich fühle, dass er ganz bei mir ist, mit allen Sinnen. Es scheint vielmehr, als könne er seine Gefühle nicht wirklich kontrollieren. Als hätte er keine Macht über sie. Was ich auch nachvollziehen kann, dennoch ist da noch etwas anderes. Während ich nur glücklich vor mich hin lächeln kann, ist sein Blick manchmal verklärt, und hin und wieder scheint er den Tränen nahe zu sein. Und doch scheinen seine Berührungen, die Zärtlichkeit, die er mir schenkt, tief aus seinem Herzen zu kommen. Ich würde ihn gerne fragen, was es ist, das ihn so bewegt oder ihm solche Angst macht, aber ich fürchte mich davor, was zwischen uns entstanden ist, wieder zu zerstören. Immerhin weiß ich, wie sehr er solche Gespräche verachtet. Aber letztendlich wird kein Weg daran vorbeiführen.

Kurz nach diesem atemberaubenden Sonnenaufgang packt Marc die Sachen in der Hütte in seinen Rucksack. Es sieht nicht so aus, als hätte er noch ein Frühstück eingeplant, was ich auch nicht erwarten kann, weil sich diese Nacht ja sehr unerwartet entwickelte. Trotzdem weiß ich, dass noch Teebeutel vorhanden sind, und bei meinem gestrigen Herumwerkeln ist mir sogar eine Packung Knäckebrot in die Hände gefallen. Es würde also für eine bescheidene Mahlzeit reichen, und ich versuche, mir meine Enttäuschung nicht anmerken zu lassen. Ich verrichte eine Katzenwäsche an dem einzigen Waschbecken in der Hütte, während er zu dem eiskalten Brunnen hinter dem Schuppen geht. Als ich von der Toilette wiederkomme, ist die Überraschung umso größer, eine Thermoskanne Kaffee und Müsliriegel auf dem Tisch vorzufinden. Marc kramt auf dem – von mir teilweise kaputt gemachten – Regal herum und sucht nach irgendetwas.

»Wow, es gibt Frühstück«, freue ich mich. Mir muss entgangen sein, dass Marc gestern heißes Wasser aufgehoben hat, denn heute hat er kein Feuer im Ofen entfacht, also muss es von gestern sein.

»Ich kann dich ja nicht völlig entkräftet ins Tal bringen«, antwortet er amüsiert und hält triumphierend Nutella und Knäckebrot in die Höhe. Er scheint gute Laune zu haben, und darüber bin ich erleichtert. Es muss nicht noch komplizierter zwischen uns werden.

»Tut mir leid, dass ich das Regal demoliert habe«, erkläre ich reumütig und schenke Kaffee in die beiden Emaille-Becher ein.

»Mir eigentlich nicht«, entgegnet er, und seine Lippen kräuseln sich. Ich erwidere sein Lächeln. Also tut ihm hoffentlich auch der restliche Verlauf dieser Nacht nicht leid.

»Wann musst du zur Arbeit?«, frage ich, während wir beide unsere Brote mit Aufstrich beschmieren.

»Eigentlich um sieben, aber wenn's mal später wird, ist es auch keine Tragödie.« Er schiebt sich das Knäckebrot bis zum Anschlag in den Mund, sodass nur noch die Hälfte sichtbar ist, und in mir steigen Erinnerungen an früher auf. Aber zum Lachen bleibt mir keine Zeit, denn aus Erfahrung weiß ich, dass ich zu kurz komme, wenn ich mich mit Essen nicht beeile. Schon immer war Marc unersättlich und hat uns anderen alles weggefuttert. Sosehr ich dieses Frühstück auch in Ruhe genießen möchte, wird es mit Marc eher ein Wettlauf gegen den Hunger.

»Dein Appetit wird sich nie ändern, oder?«, will ich lachend und mit vollem Mund wissen, als er sich über das letzte Brot hermacht.

»Ähm ... entschuldige«, stammelt er verlegen, als ihm bewusst wird, dass ich über ihn lache. »Magst du das noch?«

Ich schüttle den Kopf.

»Doch, bitte ... ich bin ein Vielfraß, furchtbar.« Er schiebt das Knäckebrot in meine Richtung, und ich nehme es dankend an. Es ist schön, zu sehen, wie ihm selbst solch einfache Mahlzeiten schmecken, und ich wünschte, wir könnten diesen Tag noch hier oben verbringen. Nur wir zwei.

»Was ist, wenn wir einfach hierbleiben?«, schlage ich vor.

Abrupt steht Marc auf, und sein Stuhl schabt über den Holzboden. »Verlockend«, gibt er zu, doch mir entgeht nicht der Schatten, der über sein Gesicht wandert. »Leider unmöglich.«

Vorbei ist die ausgelassene Stimmung. Er räumt den Tisch ab, ohne zu fragen, ob ich noch Kaffee möchte, und ich kann grade noch meinen letzten Schluck in der Tasse austrinken, bevor er sie mir wegschnappt.

»Vielleicht könnte ich meinen Vater überreden, das Haus doch zu behalten«, spreche ich aus, was mir schon seit einer Weile im Kopf herumgeistert. »Es wäre schön, wieder hier zu wohnen. Und wir könnten uns öfter sehen.«

Er schweigt. Achtlos stellt er die Sachen in die Spüle, schlüpft anschließend in seine Jacke und hebt den gepackten Rucksack vom Fußboden auf.

»Hab ich was Falsches gesagt?«, frage ich vorsichtig nach, doch er schüttelt nur den Kopf.

»Wir müssen los«, entgegnet er und wartet an der Tür, bis ich so weit bin. Er schließt sorgfältig ab, öffnet die Fensterläden, verankert sie und geht mir voraus, ohne einen Blick zurück.

Nach etwa einer Stunde Gehzeit hat Marc einen beträchtlichen Vorsprung herausgeholt. Es ist bereits ordentlich warm, und ich habe mir die Jacke um die Hüften gebunden. Die Sonne, mit der wir gemeinsam den Tag begrüßten, wärmt meine Arme und mein Gesicht, doch es bleibt keine Zeit, das zu genießen. Marc hält immer wieder an, um zu sehen, wo ich abgeblieben bin, und ich habe Mühe, mit seinem Tempo mitzuhalten. Sein Verhalten ärgert mich, aber wenn ich ihm nicht aus der Entfernung etwas zurufen will, habe ich keine Chance, ihm das zu vermitteln. Weil er nicht auf mich wartet, fällt mir schließlich mein Handy ein.

Was ist dein Problem?, tippe ich eine Nachricht an ihn.

Zum Verschnaufen setze ich mich auf einen Stein und beobachte, wie er sein Telefon aus der Jackentasche zieht und liest. Merkt er eigentlich, wie kindisch er sich grade benimmt? Da scheint er plötzlich einzulenken, weil er sich auf den Weg in meine Richtung macht. Ich komme ihm auf halber Höhe entgegen, müde und verwirrt über seinen extremen Stimmungsumschwung.

»Ich dachte, es ist nicht schlimm, wenn du später zur Arbeit kommst.«

»Ist es auch nicht. Das heißt aber nicht, dass ich Lust habe, hier rumzutrödeln«, klärt er mich gereizt auf.

»Ich trödle doch nicht! Verflucht, ich kann den Weg auch alleine zurückgehen«, verteidige ich mich, nun ebenfalls sauer. »Ich bin schließlich auch alleine hergekommen!«

»Man lässt aber niemanden alleine zurück in den Bergen«, schreit er mich – ungeahnt heftig – an, und ich weiche einen Schritt zurück. Ich frage mich, was in aller Welt diesen Zorn in ihm ausgelöst hat.

»Wieso hast du mich gestern überhaupt gesucht, wenn ich dir so ein Klotz am Bein bin?«, will ich irritiert wissen.

»Ich hab mir Sorgen um dich gemacht!«

»Du hast dir die letzten verdammten zehn Jahre keine Sorgen um mich gemacht. Ich war dir scheißegal!«

Wird Zeit, das endlich mal zur Sprache zu bringen.

Kurz schließt er die Augen. »Du warst mir nie scheißegal, Juli«, entgegnet er jetzt ruhiger.

»Hör auf, mich so zu nennen. Ich will endlich wissen, was mit dir eigentlich abgeht. Kannst du dich mal entscheiden, was du willst? Mir nachlaufen, mich hängen lassen, mich küssen und dann wieder von dir stoßen? Ich halte deine Launen wirklich nicht mehr aus!«

»Hier geht's nicht darum, was ich will«, antwortet er gequält.

»Ach nein? Worum dann? Und welchen verfluchten Grund solltest du dann haben, mir aus dem Weg zu gehen? Und sogar nach Italien vor mir zu flüchten? Ja! Überraschung! Ich hab's rausgefunden. Und meinetwegen verprügelst du sogar Matze? Ich fasse es nicht.« Mit seinem Schweigen und Weglaufen hat er nur eines erreicht. Dass plötzlich alles aus mir herausbricht.

»Ich hab Matze nicht verprügelt«, stellt er klar.

»Sondern?«

»Das war ein Missverständnis ...«

»Oh, hast du deine Wut *versehentlich* an ihm ausgelassen?«, rate ich ironisch.

»Ich war es nicht, der sein Gesicht so malträtiert hat.«

Kurz überkommt mich Erleichterung, bevor der Ärger wieder die Oberhand gewinnt.

»Und bist du nach Italien gefahren, weil du meine Nähe nicht erträgst?«, nagle ich ihn fest und verschränke die Arme vor meiner Brust. »Oder ist das auch ein Missverständnis?«

Marc sucht nach Worten, ringt um Fassung. Wenigstens streitet er es nicht ab.

»Ich will endlich Antworten, Marc!«

»Die kann ich dir aber nicht geben.« Seine Stimme ist leise und unendlich verzweifelt. So, wie ich mich fühle. Ich drehe mich um und gehe Richtung Tal. Ich muss weg von hier. Weglaufen kann ich genauso gut wie er.

Kapitel 23

Marc

Ich bin wie versteinert. Noch ehe ich begreife, was hier gerade passiert, ist Jule schon hinter dem großen Felsen oberhalb der Waldgrenze verschwunden. Ich haste ihr nach, doch als ich sie wieder im Sichtfeld habe, stelle ich bestürzt fest, dass sie sich am Arm aufgeschürft hat. Sie muss im nassen Gras oder auf einem glitschigen Stein ausgerutscht sein.

»Jule, warte«, rufe ich, doch sie zeigt keine Reaktion. Ich kann ihr ihre Wut nicht verdenken. »Bitte, bleib stehen.« Als ich sie einhole, nehme ich behutsam ihren unverletzten Arm und zwinge sie zum Anhalten. »Bist du hingefallen? Du hast dir wehgetan«, sage ich so sanft wie möglich.

»Das tut nicht annähernd so weh wie das, was du hier abziehst!« In ihren Augen schimmern Tränen, als sie mich eindringlich ansieht. Das ist mehr, als ich ertragen kann.

»Jule, ich will das doch gar nicht.«

»Wieso hast du mich damals einfach hängen lassen?«, fragt sie mich ohne Umschweife, und ich lasse abrupt ihren Arm los. »War ich wirklich nur ein Mädchen wie all die anderen für dich?«

»Nein. Das warst du nie.«

»Wieso bist du dann nicht gekommen?«

»Aber das bin ich doch«, platzt es aus mir heraus.

»Damals nach der Beerdigung ... wir waren verabredet, und du bist einfach nicht aufgetaucht.«

»Jule, bitte lass uns nicht alte Wunden aufreißen!«

»Aber sie *sind* offen! Denkst du wirklich, sie wären jemals verheilt? Sieh uns doch nur an! Wir sind doch beide nicht über das hinweggekommen, was damals passiert ist.« Nun ist bei Jule ein Damm gebrochen, und sie weint hemmungslos.

»Ich bin da gewesen«, sage ich leise, aber bestimmt. »Ich wollte dich nie im Stich lassen.«

»Aber ... wieso ...«, wird sie auf einmal hellhörig, »ich habe auf dich gewartet, den ganzen Abend und die ganze Nacht ...«

Ich will sie in meine Arme ziehen, doch sie lässt mich nicht. In ihren Augen kann ich den Tumult sehen, der in ihr tobt. Mir geht es nicht viel anders. Vielleicht ist wirklich jetzt die Zeit der Wahrheit gekommen.

»Hat mein Vater dich weggeschickt?«, mutmaßt sie, und ich nicke leicht, kämpfe jetzt selbst mit den Tränen.

»Wieso? Dazu hatte er nicht das Recht!«, begehrt sie auf.

»Doch, Jule, das hatte er«, erwidere ich.

»Warum sollte er so etwas tun?«

»Weil Stefans Tod meine Schuld ist!«

Ich schlucke. So lange liegt diese Wahrheit schwer auf meiner Seele. So lange drohte sie jeden Keim von Liebe in mir zu ersticken, bis Jule wieder auf der Bildfläche erschien und anfing, diesen Keim zu nähren. Trotzdem wird diese Schuld am Ende alles zunichtemachen. Ich wende den Blick ab, um ihr nicht mehr in die Augen sehen zu müssen. Es ist mir schleierhaft, wie ich diese Tatsache heute Nacht einfach ausblenden konnte.

Jule scheint sich sammeln zu müssen. »Moment mal ... was sagst du da? Das ist doch überhaupt nicht möglich!«

»Doch, Jule. Das ist die traurige Wahrheit. Ich wollte es dir sagen, aber ich war zu feige.«

»Hast du ihn den Felsen hinuntergestoßen?« Diese Frage fühlt sich an wie ein Schlag in die Magengrube. Ich schüttle langsam und bestürzt den Kopf, weiß nicht, worauf sie hinauswill.

»Eben. Weil du gar nicht dabei warst. Es war ein furchtbarer Unfall, und dich trifft keine Schuld.«

»Ich habe Stefan angestachelt, diese Tour zu machen. Und ich habe seine Nachrichten ignoriert. Verstehst du? Ich hätte mit ihm gehen müssen! Ich war der erfahrenere Bergsteiger von uns beiden. Er hatte doch überhaupt keine Routine.« Ich weiß nicht, wie ich ihr begreiflich machen kann, dass einzig und allein ich die Schuld trage, dass ihr Bruder in den Tod gestürzt ist. Jetzt packt sie mich an den Schultern und sucht meinen Blick, aber ich weiche ihr aus. Ich *kann* sie einfach nicht ansehen.

»Du warst bei mir«, spricht sie aus, was wahrscheinlich das Schlimmste an der ganzen Sache ist.

»Und das hätte ich nicht sein dürfen, Jule. Er hat mir das Versprechen abgenommen, dass ich meine Finger von dir lasse. Und ich habe unsere Freundschaft verraten. Ich habe ihn hintergangen und im Stich gelassen. Und er ist auf diesen verdammten Gipfel gestiegen, weil er mir etwas beweisen wollte ...« Die Worte suchen sich ganz von selbst ihren Weg aus meinem Inneren heraus, ohne nachzudenken sprudelt es ohne Unterlass aus mir hervor, genau wie die Tränen, die ich nun nicht mehr zurückhalten kann.

Sie sieht mich entsetzt an, als wäre das alles Blödsinn, was ich von mir gebe.

»Du musstet ihm versprechen, deine Finger von mir zu lassen?«, hakt sie fassungslos nach.

»Weil du etwas Besseres verdient hast.«

»Das kann er doch unmöglich so gesagt haben.«

»Du warst sein Ein und Alles. Und ich war ... du weißt doch genau, wie ich war. Er wollte dich nur beschützen.«

»Aber doch nicht vor dir!«, schluchzt sie.

»Doch, Jule. Grade vor mir.«

»Du bist deinem Herzen gefolgt«, ignoriert sie meinen Einwand.

»Stefan hätte dir das niemals zum Vorwurf gemacht, Marc!« Ihre Worte sind eindringlich, aber ich teile ihre Meinung nicht. Außerdem bringe ich es wieder nicht über mich, ihr zu sagen, dass Stefan sich womöglich absichtlich in die Tiefe gestürzt hat. Wenn sie es selbst nicht in Erwägung zieht, ist es nichts, was sie belasten sollte. Genug, wenn ich das mit mir herumtrage.

»Deine Gefühle für mich waren doch aufrichtig. Oder?«, fragt sie, und mein Herz klopft mir bis zum Hals. Sie sieht mir so tief in die Augen, lässt nicht zu, dass ich meinen Blick wieder abwende. Es fällt mir schwer, einen klaren Gedanken zu fassen, dennoch spüre ich, dass sie im Begriff ist, mir Absolution zu erteilen, mich von aller Schuld loszusprechen. Doch das ist unmöglich. Dazu bin *ich* nicht bereit.

Meine Liebe zu Juli und die Schuld an Stefans Tod tragen einen entsetzlichen Kampf in mir aus. Ich darf sie nicht verletzen. Doch wenn ich ihr meine Liebe gestehe, werde ich genau das tun. Ich darf ihr Leben nicht noch einmal zerstören. Ganz allmählich lässt das Ringen in mir nach, und ich fühle, wie die Schuld gewinnt. Ihre Macht ist wie ein Orkan, der alles niederfegt, das versucht, sich ihm in den Weg zu stellen. Unbarmherzig. Zerstörerisch. Langsam schüttle ich den Kopf, immer noch in ihrem Blick gefangen. »Nein, Juliana«, flüstere ich, »ich wollte dich einfach haben.«

Der Schmerz in ihren Augen, als sie langsam zu begreifen beginnt, zerreißt mein ohnehin kaputtes Herz in noch mehr Einzelteile. So viel dazu, ihr nicht noch mehr wehzutun. Aber so ist es eben; ich bin nicht gut für sie. In meiner Gegenwart hat es immer nur Schmerz für sie gegeben. Endgültig mit ihr zu brechen ist nur das geringere Übel.

Jule

Ich starre ihn fassungslos an und mache ein paar Schritte rückwärts. Dabei stolpere ich fast, und Marcs erster Impuls ist, mich aufzufangen. Doch ich weiche zurück. Ich kann nicht glauben, was er da sagt. Ich drehe mich um und gehe talwärts, versuche, tief aus- und einzuatmen, und konzentriere mich auf das unwegsame Gelände unter meinen Füßen. Es ist nicht mehr weit bis zu meinem Fahrrad, lediglich ein Stück durch den Wald. Er hält mich nicht auf, und ich blicke nicht zurück. Ich kann diese Dinge nicht einordnen, die er mir grade beinhart ins Gesicht gesagt hat. Als hätte sich mein Gehirn ausgeklinkt, als es angefangen hat, wehzutun. Je weiter ich in den Wald komme, umso mehr beginne ich zu rennen. Als ich bei meinem Rad ankomme, bin ich völlig außer Atem, und mir ist schwindlig. Kurz lehne ich mich an einen Baum, doch das Risiko, ihm noch einmal begegnen zu müssen, lässt mich nicht lange verweilen. Im Eiltempo radle ich den Heimweg entlang, entscheide mich aber schließlich anders und fahre zu Elas Haus. Meine Augen brennen und tränen, und daran ist nicht nur der Fahrtwind schuld. Als meine Freundin die Tür öffnet, falle ich sofort in ihre Umarmung und beginne unkontrolliert zu schluchzen, obwohl ich doch so sehr versuche, mich zusammenzureißen.

Nachdem ich mich bei Ela ausgeweint habe, sitzen wir völlig ratlos auf ihrer Couch. Auch Matze ist irgendwann dazugekommen, und ich hoffe, dass wenigstens er mir irgendeinen Rat geben kann.

»Er lässt sich nicht davon abbringen, dass es seine Schuld ist«, erklärt er. »Ich hab das auch schon versucht.« Matzes Stirn bildet tiefe Furchen, und es wirkt, als wüsste er mehr, als er zugeben will.

»Wenn er das von Anfang an geglaubt hat, dann müssen die letzten Jahre die Hölle für ihn gewesen sein«, sage ich leise.

»Ich fürchte, das sind sie«, gibt Ela mir recht. »Verdammt, und er hat nie mit uns darüber geredet.«

»Ich bin so ... schrecklich wütend auf meinen Vater. Wie konnte er Marc nur die Schuld geben? Und ich bin wütend auf Stefan. Er hatte nicht das Recht, von Marc zu verlangen, dass er und ich nicht ...«, meine Worte ersticken mitten im Satz und gehen in ein leises Wimmern über, so sehr schmerzt, was sie ausdrücken.

Wir hätten Stefan von Anfang an die Wahrheit über unsere Beziehung sagen müssen, das weiß ich jetzt. Vielleicht wäre er sauer auf uns gewesen, aber immerhin hätten wir Gelegenheit gehabt, die Sache zu klären. Wir hätten ihn von unseren Gefühlen überzeugen können, ihm beweisen, wie ernst wir es beide meinten. Aber … meinten wir es denn wirklich *beide* ernst? Oder wollte Marc mich tatsächlich einfach *haben?*

»Du liebst ihn wirklich sehr, oder?«, fragt Matze hilflos, und Ela stößt ihn tadelnd in die Seite. »Das sieht ja wohl ein Blinder, oder?«

Ich nicke unter Tränen. »Ja. Ja, ich liebe ihn über alles«, bestätige ich.

»Was willst du jetzt machen?«, fragt Ela und streichelt mir tröstlich über den Rücken.

Ich zucke mit den Schultern.

»Wenn er wirklich nichts für mich empfindet, dann … dann ist wohl besser, wenn ich meine Zelte hier wieder abbreche.«

»Du glaubst ihm das doch nicht, oder?«, will Ela wissen.

»Nein!«, erwidert Matze im Hintergrund rigoros, und wenn ich nicht so unglaublich traurig wäre, müsste ich über seine Rückendeckung schmunzeln.

»Ich weiß nicht, was ich glauben soll«, sage ich wahrheitsgetreu.

Marc

Kraftlos lasse ich mich auf dem Boden nieder, ungeachtet der Tatsache, dass die Steine spitz und das Gras feucht sind. Ich zittere am ganzen Leib. Was habe ich getan? Ich brauche eine Weile, bis ich mich so weit gefangen habe, dass ich den Weg ins Tal absteigen kann. Mein Kopf zerplatzt schier, und mein Herz pocht laut und schmerzvoll in meiner Brust. Nicht zum ersten Mal wünsche ich mir, es einfach abschalten zu können. Ich rufe Bernd an und nehme mir den Tag frei. Es ist unmöglich, heute einen klaren Gedanken zu fassen und meinen Pflichten nachzukommen. Doch zu Hause sitzen kann ich erst recht nicht. Und – auch, wenn es schon wieder eine Flucht ist – ich fürchte, es gibt nur eine Möglichkeit, diesem Chaos, das sich mein Leben nennt, zu entfliehen.

Ich muss in die Berge. Doch dieses Mal muss ich weiter weg und höher hinaus.

Während ich in Windeseile alles zusammenpacke, was ich für einen längeren Aufenthalt im Hochgebirge brauche, steht plötzlich Vera vor der Terrassentür. Mein erster Impuls ist, sie abzuwimmeln, doch sie sieht total fertig aus. Ihre Augen sind rot gerändert, als hätte sie geweint, sie trägt ein ausgeleiertes T-Shirt und Jogginghosen, was völlig untypisch für sie ist. Auch ihre Haare sind ein wirres Durcheinander. Ich fühle mich nicht in der Lage, mich ihrer Sorgen anzunehmen, aber einfach stehen lassen kann ich sie in diesem armseligen Zustand auch nicht. Schon genug, dass ich mich Jule gegenüber wie ein Arschloch benommen habe.

»Was ist passiert?«, will ich wissen und drücke sie sanft auf die nächstbeste Sitzgelegenheit.

»Meine Mutter ...«, bringt sie mit großer Mühe hervor, bevor sie hemmungslos zu schluchzen beginnt.

»Was ist mit deiner Mutter?«

»Sie hatte einen Unfall ...«

»Oh, mein Gott.« Ihr Anblick, die sonst so starke Vera, die plötzlich nur noch ein Häufchen Elend ist, lässt mich mit dem Schrecklichsten rechnen. »Wie schlimm ist es?«, stelle ich schließlich die Frage, die seit Veras Ankunft in der Luft hängt. Ihre Schultern beben, und sie wirft sich in meine Arme, als wäre dies der einzige Ort, an dem sie Halt findet. Tröstend streiche ich ihr über den Rücken und versuche genau das zu sein. Ihr Halt. Nach einer Weile spüre ich, wie sie ruhiger wird, und bringe etwas Abstand zwischen uns, damit ich sie ansehen kann. »Vera, erzähl mir, was passiert ist.«

»Sie war mit dem Auto unterwegs und hatte einen Sekundenschlaf ...«, fahrig wischt sie sich über die Augen und schluchzt auf.

»Und weiter?«

»Sie ist nach dem Tunnel gegen die Leitplanke gekracht ... es ist so schrecklich ...«

»Meine Güte …«, flüstere ich und stelle mir die Bilder vor, wie Veras Mutter leblos neben dem völlig zerstörten Autowrack liegt. Meine Kehle wird eng, und ich suche nach Worten, die man in solch einer Situation sagen kann, ohne es wie leere Floskeln klingen zu lassen, aber ich komme gar nicht dazu.

»Ich weiß nicht, wie es weitergehen soll … überall hat sie Gipsverbände und kann sich fast nicht bewegen, und …« Über Veras Wangen laufen Sturzbäche, und ich starre sie einen Augenblick fassungslos an.

»Sie hat was?«, hake ich irritiert nach.

»Gipsverbände, weil …«

Vor Erleichterung bin ich es nun, der Vera ohne Vorwarnung an sich reißt. Ein gefühlt tonnenschweres Gewicht rauscht in meinem Inneren zu Boden.

»Gott, Vera, ich dachte schon, es wäre das Schlimmste eingetreten.«

»Das Schlimmste? Das ist schlimm genug!«, begehrt sie auf und löst sich von mir. »Mutter hat sich den Arm *und* das Bein gebrochen und außerdem ein paar Rippen angeknackst.«

»Du hast recht, das ist wirklich schlimm. Aber sie könnte …«, mitten im Satz halte ich inne. Vera ist schon genug durch den Wind. Ich muss nicht auch noch Salz in die Wunde streuen, indem ich ihr verklickere, dass ihre Mutter tot sein könnte.

»Wo willst du denn eigentlich schon wieder hin?«, fragt Vera, als ihr mein gepackter Rucksack auffällt.

»Ich muss eine Weile weg«, antworte ich vage und verschwinde im Haus, um noch die letzten wichtigen Utensilien zu packen.

»Was? Aber du kannst jetzt nicht wegfahren. Ich brauch dich hier!« Ihre Augen sind weit aufgerissen, und ihre Stimme klingt leicht hysterisch, als ich wieder auf die Terrasse trete. »Vera«, sage ich entschlossen, während ich mich vor sie stelle und Blickkontakt herstelle, »ich bin sicher, dass es deiner Mutter bald wieder besser geht. *Sie* braucht *dich* jetzt. Ich bin hier nicht vonnöten.«

»Du irrst dich«, beharrt sie und schnieft laut.

»Ich muss mir über einiges klar werden. Ich brauche Abstand, verstehst du?« Mit wenigen Handgriffen ziehe ich ein sauberes Taschentuch aus meinem vollgestopften Rucksack und reiche es ihr. Während sie sich lautstark die Nase putzt, verweilt mein Blick auf ihr.

Ich bin es leid, mich zu erklären. Der einzige Mensch, vor dem ich mich rechtfertigen würde, ist Jule, doch selbst sie würde mich nicht verstehen. Allein ihren Namen zu denken, tut weh, und ich schließe kurz die Augen, um meine Gedanken auf ein anderes Ziel zu richten.

»Wie lange wirst du weg sein?«, holt Vera mich wieder zurück. Unbestimmt zucke ich mit den Schultern. Erst einmal muss ich von hier weg, darauf liegt mein Fokus.

»Ich habe keine Ahnung«, antworte ich ehrlich.

»Ich könnte mich um deine Blumen kümmern, wenn du willst«, schlägt Vera vor, die offenbar erkannt hat, dass sie mich nicht aufhalten kann. *Musst du nicht*, will ich sagen, aber dann muss ich daran denken, wie viel Zeit Emmi in meinen Garten investiert hat und dass er nie wieder so wunderschön sein wird wie zeit ihres Lebens.

»Das würdest du tun?« Weil Vera nicht unbedingt einen grünen Daumen hat, bin ich skeptisch. Außerdem ist es erst wenige Tage her, seit ich sie abgewiesen habe, was gleich die nächste Frage aufwirft: Warum ist sie in ihrer Verzweiflung über den Unfall ihrer Mutter ausgerechnet zu mir gekommen?

»Natürlich«, antwortet sie im Brustton der Überzeugung, als würde das überhaupt nicht zur Debatte stehen.

»Ohne Gegenleistung?«

»Ich dachte, wir sind Freunde ...«, erwidert sie, und in ihrer Stimme schwingt Enttäuschung mit.

Stimmt, wir sind Freunde, denke ich und bewundere sie dafür, dass sie meine Abfuhr so gut und schnell weggesteckt hat. In dem Augenblick wird mir klar, dass ich Vera als Freundin wirklich vermissen würde, weil ich ohnehin nicht so viele gute Freunde habe. Wahrscheinlich ist es umgekehrt genauso.

»Das sind wir, Vera«, bestätige ich, »und ich wäre sehr froh, wenn du hier ein wenig nach dem Rechten sehen könntest.«

Wenig später verabschieden wir uns mit einer innigen Umarmung, und ich schwinge mich auf meine Enduro und mache mich auf den Weg nach Osttirol, um hoffentlich in den Hohen Tauern ein wenig Zerstreuung zu finden.

Kapitel 24

Jule

Bevor ich nach Innsbruck fahre, um mich dort in die Arbeit zu stürzen, will ich noch einen einzigen Versuch starten, mit Marc zu reden. Nervös und mit schweißnassen Händen gehe ich zu Fuß zu seinem Haus und lege mir die passenden Worte zurecht. Wenn ich ganz tief in mich hineinhorche, dann weiß ich, dass Marc dasselbe für mich empfindet wie ich für ihn. Ich muss ihm einfach klarmachen, dass Stefans Tod ein schreckliches Unglück war, für das niemand verantwortlich ist, auch er nicht. Mein Vater hätte das nie zu ihm sagen dürfen.

Marcs Nachbarn scheinen momentan auf Urlaub zu sein. Die Fensterläden sind geschlossen, die Gartenmöbel mit einer großen Plane abgedeckt, um sie vor Unwettern zu schützen. Auch sonst ist alles ruhig, außer einer entfernten Unterhaltung zweier Menschen. Als ich das Haus passiere, kann ich die Stimmen orten. Sie stammen von Marcs Terrasse und veranlassen mich sofort, meinen Schritt zu verlangsamen. Fast habe ich Angst, in Sichtweite zu kommen, um nicht in ein Gespräch zu platzen, das nicht für meine Ohren bestimmt ist. Ich erkenne Marcs und Veras Stimmen, doch plötzlich ändert sich die Windrichtung, und ich kann ihre Worte nicht mehr ausmachen. Mein Herz rast, und ich kann nicht anders als hinter der schützenden Hecke des Nachbarhauses hervorzulugen, um die beiden in Augenschein zu nehmen. Ein schwerer Fehler. Vera liegt in Marcs Armen. Zärtlich streicht er ihr über den Rücken, während sie sich bebend an ihn klammert, als müsse sie ertrinken. Kurz – und doch viel zu lange – nehme ich dieses Bild in mir auf, bevor meine Beine sich endlich in Bewegung setzen und ich vor dieser Szene, die mir erneut das Herz zerreißt, davonlaufen kann.

Wie ferngesteuert packe ich alles Nötige zusammen und entdecke die Einkaufstasche auf dem Küchentisch, in der eine Packung Zitronen-Eis liegt. Zerflossen wie all meine Träume.

Erst während meiner Fahrt nach Innsbruck drängen sich mir die Fragen auf und spielen in meinem Kopf Karussell: Hat er mich wirklich nur haben wollen? Ich kann das nicht glauben. Diese Nähe zwischen uns, das kann doch nicht alles nur auf körperlicher Ebene gewesen sein. Sein Herz hat mir doch eindeutig etwas anderes erzählt. Oder ist er in Wahrheit doch mit Vera zusammen? Und wenn ja: Warum hat er mit mir geschlafen? Warum hat Vera geweint? Hat er ihr gebeichtet, dass zwischen uns etwas gelaufen ist? Mein Kopf dröhnt, und ich muss die Autobahn in Münster verlassen, um eine Pause einzulegen. Erst ein starker Kaffee bringt mich wieder so weit auf die Spur, dass ich imstande bin, weiterzufahren.

Mit meiner Freisprecheinrichtung kontaktiere ich Tina. Sie hat mir schon öfter angeboten, in das leere Zimmer in ihrer Wohnung zu ziehen, doch aus Rücksicht auf meinen Vater habe ich jedes Mal abgelehnt. Hätte ich geahnt, wie wenig Rücksicht er Marc gegenüber hat walten lassen, wäre ich wahrscheinlich weniger zimperlich gewesen. Womöglich hat Paps mich damals vor einem schweren Fehler bewahrt, als er mich Hals über Kopf nach Innsbruck geschleppt hat. Trotzdem ändert das nichts an der Tatsache, dass er Marc zu Unrecht beschuldigt hat. Ich wünschte, Stefan wäre hier und könnte uns erzählen, was wirklich an jenem verhängnisvollen Sommertag passiert ist.

Wie erhofft, hat Tina nichts dagegen, dass ich bei ihr einziehe. Solche Freunde sind ein Segen.

Meine Annahme, dass mein Vater außer Haus ist, wenn ich komme, erfüllt sich allerdings nicht. Es ist mittlerweile kurz nach Mittag, und mein Kreislauf ist immer noch ziemlich labil. Wahrscheinlich liegt es an der Aufregung oder am Umstand, dass unser Knäckebrotfrühstück schon ziemlich lange zurückliegt und nicht besonders reichhaltig war. Wer hätte ahnen können, dass dieser wunderschöne Sonnenaufgang heute Morgen einen so katastrophalen Tag einläutet. *Bei Tag erscheint alles in einem anderen Licht.* Das waren Marcs Worte. Wie recht er doch hatte. Die Gedanken an ihn lassen erneut Tränen in meine Augen steigen, und ich schlucke sie tapfer hinunter, bevor ich unsere Wohnung betrete. Paps und Pia sitzen auf unserem Balkon und unterhalten sich angeregt. Ein leicht mediterraner Duft steigt mir in die Nase. Ich bin zu wütend auf meinen Vater, daher verzichte ich darauf, die beiden zu begrüßen, und gehe schnurstracks in mein Zimmer. Ich mache mir nicht die Mühe, leise zu sein, es ist mir egal, ob sie mich hören. Die Tür fällt geräuschvoll hinter mir ins Schloss, und ich beginne planlos Klamotten aus meinem Schrank zu räumen. Plötzlich steht mein Vater in der Tür.

»Was ist passiert, Jule?«, fragt er alarmiert.

»Das kann dir doch egal sein«, weiche ich aus und bemerke, wie heiße Tränen meine Wangen benetzen.

»Was willst du damit sagen?«

»Es hat dich noch nie interessiert, wie es mir geht.« Fahrig wische ich über mein Gesicht.

»Was soll das heißen?«, entgegnet er konsterniert. »Natürlich will ich wissen, wie es dir geht!«

»Ach ja? Hast du dich damals auch darum geschert, als du Marc weggeschickt hast? Als du ihm die Schuld an Stefans Tod in die Schuhe geschoben hast?« Aus dem Augenwinkel kann ich seinen betroffenen Gesichtsausdruck sehen. Er scheint sofort zu wissen, wovon ich rede. »Hast du nur eine einzige Sekunde darüber nachgedacht, was du damit anrichtest? Und wie es Marc oder mir dabei geht?«

Er wird blass im Gesicht und klammert sich an meinen Schreibtisch.

»Er war nicht der richtige Umgang für dich«, bringt er mühsam hervor.

»Sagt wer?« Ich halte in meiner Tätigkeit inne, drehe mich zu ihm und brülle ihm direkt ins Gesicht. »Du etwa?«

»Du wusstest so viele Dinge nicht über diesen Jungen ...«

»Ich habe ihn geliebt! Und das war alles, was ich wissen musste.«

»Er hat deinen Bruder auf dem Gewissen!« Seine Stimme klingt gequält.

»Das hat er nicht!« Kurz frage ich mich, was es überhaupt bringt, Marc zu verteidigen. Doch ganz egal, wie seine Gefühle mir gegenüber aussehen, das kann ich einfach nicht auf ihm sitzen lassen. »Stefan ist alleine in die Berge gegangen, obwohl er wusste, dass es gefährlich ist. Es war *seine* Entscheidung. Und vielleicht willst du das einfach nicht wahrhaben, weil ihr beide euch ständig gezofft habt. Und weil Stefan gegangen ist, obwohl du immer dagegen warst!« Ein Schluchzen durchdringt mich. »Dachtest du, wenn wir nur alle Brücken hinter uns abbrechen, wird alles gut? Konntest du wirklich alles so leichtfertig zurücklassen und so tun, als wäre nichts gewesen?«

»Jetzt hörst du mir mal zu«, rechtfertigt er sich. »Ich habe getan, was ich für richtig hielt, als ich mit dir fortgegangen bin. Ich habe nie gesagt, dass es leicht ist. Aber ich wollte dich beschützen. Und offenbar war es auch die richtige Entscheidung. Du siehst ja, was das mit dir anrichtet, wenn du zu viel in der Vergangenheit herumwühlst!«

»Keine Angst, Paps. Ich bin fertig ... du kannst mit dem Haus machen, was du willst. Verkaufe es, reiß es ab, mir egal. Und ... was Marc betrifft: Er hat sich endgültig aus meinem Leben verabschiedet, du musst mich also nicht mehr beschützen«, bekomme ich grade noch heraus, bevor meine Stimme bricht. Mit Schwung schließe ich den Reißverschluss meines Koffers und reiße die Reisetasche aus dem hintersten Winkel meines Schrankes.

»Was hast du denn jetzt vor?«, fragt Paps verzweifelt, während er hilflos zusieht, wie ich packe.

»Ich werde zu Tina ziehen.«

»Aber, Juliana, du kannst doch nicht ...«

»Und wie ich das kann. Davonlaufen habe ich von dir gelernt. In dieser Hinsicht hast du ganze Arbeit geleistet!«

Marc

Ich ringe mit mir, wie viel ich meinen Freunden Matze, Ela und Jimmy anvertrauen soll. Aber nachdem Jule bestimmt schon bei Ela war, ist wohl sinnvoller zu schweigen. Dennoch will ich nicht schon wieder einfach von der Bildfläche verschwinden, deshalb rufe ich Matze an. Kurz erkläre ich ihm, was ich auch schon Vera gesagt habe: dass ich etwas Abstand brauche und eine Weile weg bin.

»Jule war vorhin hier«, erzählt er.

»Das dachte ich mir«, erwidere ich leise. »Matze ... sie ... sie wird gute Freunde brauchen, also bitte ... tut mir den Gefallen, und seid einfach für sie da, okay?«

»Natürlich sind wir das. Aber du verrennst dich da in was, Marc!« Seine Stimme klingt hitzig und so, als hätte er sich schon vorher eine Rede zurechtgelegt. »Jule liebt dich. Sie würde dir nie die Schuld an Marcs Tod geben.«

»Lass gut sein, Matze«, bremse ich ihn. »Ich würde sie nie glücklich machen.«

»Aber das ...«

»Ich werde mich hin und wieder bei euch melden«, lasse ich ihn nicht ausreden. »Vera wird inzwischen nach meinem Garten schauen.«

»Vera?«

»Sie hat sich angeboten. Macht euch keine Sorgen, ja?«

»Marc ...«

Dann lege ich auf.

Jimmy schreibe ich nur eine Nachricht, denn für weitere Diskussionen fehlt mir die Kraft. Irgendwann werde ich ihm alles erklären.

Einem plötzlichen Impuls folgend, zieht es mich, bevor ich auf die Hauptstraße einbiege, doch in die Richtung, in der das Haus der Ebners steht. Mein Atem geht flach, und mein Herz stolpert, als ich von der Maschine absteige, den Helm abnehme und das Haus umrunde. Es drängt mich, Jule zu erklären, was in mir vorgeht. Sie ist der Mensch in meinem Leben, der mir am meisten bedeutet. Was ich ihr an den Kopf geworfen habe, war unverzeihlich. Aber sie muss versuchen, ohne mich glücklich zu werden.

Das Haus und die Garage sind verschlossen, und Jules Auto ist weg. Ich presse kurz die Lippen zusammen und schließe die Augen. Es war zu erwarten, dass sie nicht hier ist. Und trotzdem tut es verdammt weh.

Kapitel 25

Jule

In der folgenden Zeit stürze ich mich zu hundertzwanzig Prozent in die Arbeit. Meistens bin ich schon vor Tina im Geschäft und verlasse es auch erst wieder kurz bevor es dunkel wird. Ich weiß, dass ihr das nicht recht ist, aber ihre Moralpredigten, die zweifellos lieb gemeint sind, prallen an mir ab. Ich bin es einfach leid, andere Menschen über mein Leben bestimmen zu lassen. Die Arbeit mit den Blumen gibt mir den nötigen Antrieb, und hin und wieder, wenn ich alleine bin, kann ich auch meinen Tränen freien Lauf lassen. Mit Pflanzen zu sprechen soll ja nicht außergewöhnlich sein. Obwohl wir keine Gärtnerei sind, sondern ein Laden für Floristik, nehme ich einen Sonderauftrag an, die Gartenanlage einer Seniorenresidenz zu betreuen. Er ist gut bezahlt, und jetzt haben wir auch genug Arbeit, um Gitti für ein paar Stunden als Hilfskraft einzustellen.

Während ich in der prallen Sonne Unkraut in dem riesengroß – in Form eines Wappens – angelegten Blumenbeet zupfe, spaziert ein älterer Herr mit Rollator in Begleitung einer jungen Frau mit Kinderwagen über den asphaltierten Gehweg. Ich muss an Ela und ihre Familie denken und dass ich mich schon eine ganze Weile nicht bei ihr gemeldet habe. Die Angst, Neuigkeiten über Marc zu erfahren, hält mich davon ab. Wie habe ich es bloß damals, vor zehn Jahren, geschafft, mein Leben ohne ihn weiterzuleben. Im Moment erscheint es mir als unmöglich.

Nach Feierabend greife ich aber dann doch zum Telefon und versuche Ela zu erreichen. Sie nimmt so schnell ab, dass ich nicht die kleinste Chance habe, einen Rückzieher zu machen.

»Jule«, ihre Euphorie ist nicht zu überhören, »bin ich froh! Ich habe schon ein paar Mal überlegt, dich anzurufen.« Das kann ich mir vorstellen. Auf ihre WhatsApp-Nachrichten habe ich zwar immer geantwortet – wenn auch hin und wieder mit Verzögerung –, aber auch immer sehr wortkarg. Ich wusste einfach nicht, was ich auf Fragen wie: *Alles okay bei dir?* oder *Geht's dir halbwegs?* oder *Kann ich irgendwas für dich tun?* antworten sollte.

»Entschuldige, Ela, dass ich erst jetzt ...«

»Schon gut«, unterbricht sie mich, »du musst dich für gar nichts entschuldigen. Erzähl mal ... wie läuft's so bei dir?«

Erst beginne ich recht zaghaft, weil ich keinen Schimmer habe, was von meinem armseligen Leben Ela interessieren könnte. Aber wie es so ist bei guten Freunden, dauert es nicht lange, und ich kann ihr alles anvertrauen, was mich bewegt. Ich erzähle von den anstehenden Veranstaltungen, einer Beerdigung, zwei großen Hochzeiten und einem Firmenjubiläum. Wieder einmal wird mir bewusst, wie nah Freud und Leid beisammenliegen. Während die einen um einen geliebten Menschen trauern, geben sich andere im Kreise ihrer Liebsten das Jawort. Ela erkundigt sich nach meinem Vater, und ich berichte ihr von unserem Streit, meinem Auszug und dass ich mich im Moment weigere, mit ihm zu reden, obwohl er schon ein paar Versuche gestartet hat.

»Wie lange willst du das durchziehen?«, fragt Ela besorgt.

Ich zögere. »Keine Ahnung. Ich kann mich momentan einfach nicht mit ihm auseinandersetzen.« Ich vermisse Paps, keine Frage. Aber was er mit Marc abgezogen hat, war zu viel.

»Und das Haus?«

Hilflos zucke ich mit den Schultern, bevor mir klar wird, dass Ela mich nicht sehen kann. »Ich habe ihm gesagt, er kann damit machen, was er will.«

»Aber, Jule! Das kann doch nicht dein Ernst sein! Gerade jetzt musst du doch um die Dinge kämpfen, die dir lieb sind«, appelliert Ela an meine Vernunft. »Wenn du Emmis Haus wirklich behalten willst, dann musst du ihm das klarmachen ... bevor es zu spät ist.«

Ich seufze laut, während sich eine kalte Hand um mein Herz zu legen scheint und fest zudrückt. »Ich glaube nicht, dass ich es noch will.« Eine unangenehme Pause entsteht zwischen uns, und ich suche nach einem Thema, mit dem ich sie überbrücken kann. Meine Freunde in der alten Heimat fehlen mir, und es tut ungeahnt gut, mit Ela zu reden. »Wie geht's deinen beiden Männern?«

Wie erwartet hat Ela eine Menge von Johannes und Matze und den anderen Bekannten im Dorf zu berichten.

»Ach, und ... ich soll dich herzlich von Jimmy grüßen. Wenn er mal in Innsbruck zu tun hat, möchte er gerne auf einen Abstecher bei dir vorbeischauen.«

»Das würde mich sehr freuen. Ihr seid natürlich alle eingeladen. Tinas Wohnung ... also ... unsere Wohnung ist wirklich schön, sehr hell, und ... wir könnten mit Johannes in den Alpenzoo gehen!«

»Wenn er etwas größer ist, vielleicht«, wendet Ela ein. »Jule, wir vermissen dich.«

Jetzt ist es so weit, und meine Tränen durchbrechen eine unsichtbare Barriere. Als würde es einen Unterschied machen, wische ich mir rasch über die Wangen.

»Ich vermisse euch auch«, antworte ich und versuche das Zittern in meiner Stimme zu verbergen.

»Marc ist weg«, überrumpelt mich Ela ohne Vorwarnung mit dieser Neuigkeit, von der ich nicht weiß, ob ich sie überhaupt hören will. Ich kann auch nicht darauf antworten. Marc ist weg. Was soll das denn überhaupt heißen?

»Er ist irgendwo im Hochgebirge unterwegs. Schon seit Wochen«, plappert sie ohne Aufforderung weiter. »Genauer gesagt, seit ... du wieder in Innsbruck bist.«

»Und Vera?«, bringe ich schließlich hervor, und meine Stimme gleicht einem heiseren Krächzen.

»Wieso Vera?«

»Sie sind doch ... er und sie ...« Ich bringe es nicht fertig, diesen Satz auszusprechen.

»Ich weiß nicht, was du meinst, Jule.«

»Unwichtig ...«

»Jule!«, tadelt sie mich.

»Ich hab sie zusammen gesehen«, gebe ich widerwillig nach, »in inniger Umarmung.«

Ich höre ein Schnauben in der Leitung. Ela scheint zu überlegen, was sie davon halten soll. »Du musst dich irren«, entgegnet sie endlich, »Vera kümmert sich lediglich um seine Blumen. Mehr ist da nicht!«

Schön wär's, denke ich. Aber ich weiß, was ich gesehen habe.

»Ist ja auch egal. Er hat mir klargemacht, dass er nur mit mir ins Bett wollte.« Meine Worte sind bitter, und, obgleich sich alles in mir dagegen sträubt, lösen sie ein schmerzhaftes Ziehen in meinem Bauch aus. Es ist ein Schmerz, der auch noch nach meinem Gespräch mit Ela lange anhält und jedes Mal wiederkehrt, wenn ich es nicht schaffe, mich abzulenken.

Ein penetrantes Klopfen will mich aus meiner Lethargie reißen, und ich versuche, es zu ignorieren. Ich liege auf dem Bett und starre an die Decke, lasse mich über Kopfhörer von *Sunrise Avenue* berieseln. Habe keine Kraft, mich zu bewegen. Doch der hartnäckige Störenfried gibt nicht auf. Fest presse ich meine Augen zusammen, um alles um mich auszublenden. Irgendwann rüttelt jemand an meinem Arm.

»Jule!« Tina zieht die Stöpsel aus meinen Ohren.

»Ich schlafe schon, was soll das?«, blaffe ich sie an.

»Du musst mal hier raus!«

»Ich war draußen«, rechtfertige ich mich empört.

»Ja, um zu arbeiten. Du kannst dich nicht ewig hier verschanzen.«

»Wieso nicht?«

»Das Leben findet da draußen statt«, stellt sie fest und öffnet die Vorhänge, das Rollo und – zu allem Überfluss – das Fenster.

»Hier drin auch … siehst du, Atmung, Puls, alles vorhanden.« Zur Veranschaulichung taste ich mit zwei Fingern in meiner Halsbeuge nach dem Herzschlag.

»Das kann man doch wohl kaum Leben nennen, bloß weil der Apparat noch läuft.« Tina funkelt mich angriffslustig an.

»Leider auch noch Gehirntätigkeit«, füge ich lahm hinzu.

»Aber nur noch äußerst schwach, wie mir scheint«, mitleidig sieht sie mich an. »Ich weiß, dass es wehtut, was dieser Arsch mit dir gemacht hat. Und ich weiß auch, dass du Zeit brauchst, aber um Himmels willen unterbrich dieses Elend für einen Abend. Schwing deinen Hintern in die Dusche, und putz dich raus!« Mit einem gewinnenden Ausdruck setzt sie sich zu mir aufs Bett, und erst jetzt fällt mir die Papiertüte auf, die sie in Händen hält und aus der sie jetzt ein zauberhaftes, türkises Top mit Wasserfallausschnitt hervorzieht und in die Höhe hält.

Obwohl mir zum Heulen zumute ist, zucken meine Mundwinkel, diese Verräter, in die Höhe.

»Aber, Tina …«, beginne ich gequält.

»Aber, Jule …«, entgegnet sie hoffnungsvoll.

Ich seufze. Vielleicht hat Tina recht. Eine Pause wäre wirklich nicht schlecht. Einfach mal alles vergessen und Spaß haben.

»Eis hilft doch bekanntlich bei Liebeskummer«, schlägt Tina vor, »oder Tanzen! Oder Alkohol! Oder«, sie wackelt grinsend mit den Augenbrauen, »Luca!«

Luca ist der Inhaber eines kleinen Bistro ein paar Straßen weiter, das den einfallsreichen Namen *Luca's* trägt. Er ist Italiener, genauer gesagt aus Meran, also Südtiroler. Sein unverwechselbarer Humor hat uns schon viele tolle Abende beschert, und er hat nie einen Hehl daraus gemacht, dass er an mir interessiert ist.

»Tina«, stöhne ich und lasse mich auf mein Bett zurückfallen.

Unbeeindruckt zückt sie ihr Handy, tippt ein bisschen herum, und ehe ich fragen kann, was sie vorhat, ertönt eine uns sehr bekannte Melodie. *Eine ins Leben* von *Pizzera & Jaus*. Lautstark grölt Tina den Text mit, steigt auf mein Bett und hüpft auf und ab, als befände sie sich auf einem Trampolin.

»Das ist die Musik, die du hören solltest!«, schreit sie und zerrt an meinem Arm, bis ich lachend nachgebe und wir gemeinsam auf der Matratze herumhüpfen und *Wo foah ma hin? Eine ins Le-ebn!* krakeelen.

Wie erwartet, macht Luca einen Mordswind darum, dass ich endlich wieder einmal in seinem Café aufkreuze.

»Bella Juliana«, begrüßt er mich euphorisch, fällt mir überschwänglich um den Hals und drückt mich etwas länger als nötig, »wie schön, dich zu sehen!«

»Lucky Luke«, erwidere ich freundlich und atme seinen herb-männlichen Duft ein. Ich weiß, dass er nichts gegen den Spitznamen hat, den wir ihm schon vor etwa drei Jahren verpassten, als er sein Lokal eröffnete. Seinen Nachnamen *Hofer* trägt er mit Stolz und behauptet bei jeder sich bietenden Gelegenheit, dass er ein direkter Nachfahre des berühmten Freiheitskämpfers *Andreas Hofer* sei. Eigentlich kaufe ich ihm das nicht ganz ab, aber im Grunde ist es mir egal. Luca sagt über sich selbst, er wäre mehr Tiroler als Italiener. Und doch überwiegen auf seiner Speisekarte die italienischen Gerichte. Neben Pizza und Pasta bietet er auch Südtiroler Hausmannskost an, was sich bei den Gästen aus nah und fern größter Beliebtheit erfreut. Weil seine Mutter aus unserer Gegend stammt, genießt Luca den Vorteil einer Doppelstaatsbürgerschaft, womit er sich seinen Traum vom eigenen Lokal in Innsbruck erheblich leichter erfüllen konnte.

Ich frage mich für eine Sekunde, warum ein Mann wie Luca – gut aussehend, charmant, erfolgreich, witzig und noch so vieles mehr – immer noch Single ist.

Wir setzen uns auf die gemütliche Terrasse, die nach hinten hinaus geht. Sanfter Italo-Pop klingt aus den Lautsprechern, grade so laut, dass man sich noch gut unterhalten kann, begleitet vom leisen Wind, der durch die Baumkronen der halbhohen Zierbäume rauscht. Tina bestellt für uns beide einen großen Früchteeisbecher mit zwei Löffeln.

Luca bringt zusätzlich einen Teller mit Amarettini, weil er weiß, wie sehr Tina und ich diese kleinen italienischen Plätzchen lieben.

Heute ist es ungewöhnlich ruhig für diese Uhrzeit – es ist kurz nach neun. Darum hat Luca sogar Zeit, sich ein bisschen zu uns zu setzen.

»Ich mag es nicht, wenn deine Augen so traurig sind, bella Juliana«, stellt er nachdenklich fest, und ich wende meinen Blick ab. »Und was sind das nur für dunkle Ringe? Ich fürchte, ich muss dich mal ein bisschen auf andere Gedanken bringen.«

Ich lege meinen Eislöffel zur Seite und lehne mich satt in meinem Stuhl zurück, während Tina das restliche Joghurt-Erdbeereis in sich hineinschaufelt.

»Das Eis war wieder einmal grandios, Luca«, wechsle ich das Thema und klopfe mir auf meinen flachen Bauch, »aber ich gebe auf.«

»Gerade du könntest ein paar Kilos mehr auf den Rippen vertragen«, erwidert er, und der Anflug von Belustigung in seinem Gesicht ist plötzlich verschwunden und einem ernsten Ausdruck gewichen.

»Meine Rede«, nuschelt Tina mit vollem Mund.

»Ja, ja ... schon gut! Geht mir bloß nicht auf die Nerven mit eurer Fürsorge!«

Luca und Tina werfen sich vielsagende Blicke zu, woraufhin Tina aufsteht, sich kurz entschuldigt und zur Toilette geht.

Was soll das werden?

»Jule ...«, beginnt Luca, und es klingt ungewohnt, dass er mich mit diesem Namen anspricht, »Tina hat mir erzählt, was passiert ist ... keine Sorge ... sie hat keine Einzelheiten erwähnt«, rudert er sofort zurück, als er meinen alarmierten Gesichtsausdruck bemerkt. »Sie hat nur gesagt, dass du Liebeskummer hast ... äh ... und das auch nur, weil ich sie ausgequetscht habe.«

Ich versteife mich automatisch, verschränke die Arme und atme hörbar aus, während mein Blick in die Ferne schweift.

»Dann war ich also Gesprächsthema Nummer eins bei euch beiden«, murmle ich angesäuert.

»Tina kann nichts dafür. Ich habe mir Sorgen um dich gemacht, und dafür werde ich mich auch nicht entschuldigen«, stellt er klar. Dass er so um mein Wohlergehen besorgt ist, finde ich auch irgendwie süß, und ich kenne seine Beharrlichkeit, die Tina wohl irgendwann einknicken ließ. »Ich möchte nur, dass du weißt ... also ... ich bin immer für dich da, solltest du mal einen Freund brauchen«, fügt er hinzu, und seine hellblauen Augen wirken ernst und aufrichtig.

»Danke«, antworte ich gerührt.

»Dann vergibst du uns noch mal?«, will er mit einem zerknirschten Lächeln wissen.

»Von mir aus«, lenke ich nach einem absichtlichen Zögern ein.

»Dafür geht das Eis aufs Haus«, bietet er großzügig an.

»Aber nur meine Hälfte«, necke ich ihn und verpasse ihm einen freundschaftlichen Klaps auf den Oberarm. Ich spüre, dass er noch etwas sagen will, doch in dem Moment verlangt jemand nach ihm, und er muss sich um die anderen Gäste kümmern. Da erscheint auch Tina wieder auf der Bildfläche.

»Na, alles geklärt?«, will sie mit leicht reuiger Miene wissen.

»Ja, du bist freigesprochen«, erwidere ich entgegenkommend, »das heißt ... kommt drauf an, wie viel du ihm erzählt hast!«

»Ich habe nur gesagt, dass du jemanden von früher wiedergetroffen hast und er dir nun endgültig das Herz gebrochen hat. Aber Luca war auch wirklich lästig«, rechtfertigt sie sich.

»Ist das alles?«, hake ich nach.

»Na ja ... vielleicht habe ich dabei noch ein, zwei Schimpfwörter benutzt«, gibt sie zu.

»Ein, zwei?«, muss ich nun widerwillig lachen.

»Marc ist aber auch ein Idiot. Er hat nicht verdient, dass du so an ihm hängst. Ach ja, und das andere, was deine Familie betrifft und so, das habe ich Luca nicht erzählt. Ich habe nur so viel ausgeplaudert wie unbedingt nötig.«

»Danke«, antworte ich. Allein darüber zu reden erschöpft mich, und ich würde mich am liebsten wieder unter meiner sicheren Bettdecke verkriechen. Aber selbst dorthin folgen mir meine Dämonen und Marcs

Hände, die ich immer noch in Gedanken auf meiner Haut spüre, als wäre es nicht schon Wochen her, seit wir uns auf der Hütte geliebt haben.

Kapitel 26

Marc

Die letzten Wochen haben mir überhaupt nicht geholfen, über Jule hinwegzukommen. Im Gegenteil. Meine Sehnsucht nach ihr scheint mit jedem Tag stärker zu werden. Und doch geht es irgendwann nicht mehr anders, als nach Hause zurückzukehren. Die Arbeit in der Firma hat sich angehäuft, und als Erstes nehme ich endlich Emmis Grabkreuz in Angriff. Wenn es fertig ist, wäre das vielleicht ein Grund, mit Jule Kontakt aufzunehmen. Aber im nächsten Augenblick verwerfe ich diesen absurden Gedanken wieder. Wir sollten wahrscheinlich nicht einmal eine Geschäftsbeziehung zueinander pflegen. Möglicherweise kann ich ja Bernd bitten, die Angelegenheit fertig abzuwickeln. Ja, das wird das Beste sein.

Als ich nach meinem ersten Arbeitstag nach Hause komme, wartet bereits Vera auf meiner Terrasse auf mich. Das trifft sich gut, denn ich möchte mich ohnehin bei ihr für die gute Pflege meines Gartens bedanken.

»Hey«, begrüße ich sie mit einem Lächeln und lasse mich von ihr auf beide Wangen küssen.

»Schön, dass du wieder hier bist«, erwidert sie, und mir entgeht nicht ihre Anspannung. »Hast du wieder zu dir selber gefunden in der Einöde?«, fragt sie und lässt eine Prise Sarkasmus in dieser Frage mitschwingen.

»So gut es eben geht. Danke, dass du dich hier um alles gekümmert hast«, sage ich aufrichtig und verschwinde im Haus, um kurz darauf mit einer großen Schachtel Pralinen zurückzukommen. Vera nimmt sie etwas skeptisch entgegen, und ich frage mich, ob ich vielleicht die falsche Sorte erwischt habe oder woran ihre seltsame Zurückhaltung sonst liegen mag.

»Kann ich mit dir reden?«, will sie wissen und legt den Karton auf den Terrassentisch, als könnte sie ihn gar nicht schnell genug loswerden.

»Klar, magst du was trinken?« Ich bin schon im Begriff, erneut in der Tür zu verschwinden, bevor mich ihr nächster Satz kalt erwischt.

»Ich bin schwanger«, erklärt sie direkt und ohne Vorwarnung. Ich halte im Schritt inne und schnappe nach Luft. Aus meinen Beinen schwindet jegliche Kraft. Hat sie das grade wirklich gesagt? Ich bin unfähig, mich umzudrehen. Jules Gesicht ist das Erste, das vor meinem inneren Auge erscheint. Ich habe mir vorgenommen, mein Leben in Ordnung zu bringen. Die Wunden in Ruhe heilen zu lassen. Diese Nachricht stürzt alles ins Chaos. Doch dass Vera mit dieser Information zu mir kommt, kann eigentlich nur eines bedeuten.

»Wie weit bist du?«, will ich ebenso ohne Umschweife wissen, während ich mich ihr zuwende.

»Du bist der Vater! Beantwortet das deine Frage?«, entgegnet sie kühl. »Und nein. Es gibt keinen Zweifel«, fährt sie ungerührt fort. »Ich habe schon damit gerechnet, dass deine Begeisterung nicht grade überbordend ausfällt, deswegen werde ich jetzt auch wieder gehen. Ich wollte es dich nur wissen lassen.«

»Vera, warte«, zwinge ich mich zu sagen, bevor sie aus meinem Garten flüchten kann. »Es ist nur sehr … überraschend.«

Sie bleibt stehen und dreht sich zu mir um. »Ich habe es nicht darauf angelegt, falls du das denkst.«

»Tue ich nicht«, stelle ich klar und frage mich gleichzeitig, ob das der Wahrheit entspricht. »Komm. Lass uns was trinken. Diese Hitze hält kein Mensch aus.« Ich weiß nicht, woher diese Worte kommen. Es ist, als hätte jemand bei mir den Autopiloten angestellt.

»Und dann?« Frustriert wirft Vera die Arme hoch, und auch ich zucke nur leicht mit der Schulter, bis meine Füße sich von selbst in Bewegung setzen, wahrscheinlich um etwas zu trinken zu holen.

Ich taumle ins Wohnzimmer, von dort wie ferngesteuert in die Küche und weiß plötzlich gar nicht mehr, was ich hier eigentlich will. Ein schrecklicher Schwindel überkommt mich, und mein Magen rebelliert. Ich muss mich mit beiden Händen an der Anrichte abstützen und zwingen, tief durchzuatmen. Schwanger – hämmert es in meinem Schädel. Keine Ahnung, wie lange ich hier stehe, doch als Vera mich anspricht, zucke ich leicht zusammen.

»Ich höre deine Gedanken bis raus auf die Terrasse. Du fragst dich, wie du dich am besten aus der Affäre ziehen kannst.« Ich meine, einen Hauch Spott in ihrer Stimme zu erkennen. Schweigend presse ich die Augen zu, als könnte ich damit alles um mich herum ausblenden.

»Ich werde es nicht abtreiben, falls du das denkst ...«, sagt sie entschlossen, und mit diesen Worten geht ein Ruck durch meinen Körper.

»Das würde ich auch nie verlangen«, erwidere ich leise, aber bestimmt und vernehme deutlich ihr erleichtertes Aufatmen.

»Trotzdem würdest du jetzt bestimmt am liebsten weglaufen.« Fast klingt sie wie ein trotziges Kind. Langsam drehe ich mich um und sehe sie an. Plötzlich finde ich es verdammt mutig, wie sie so vor mir steht, ohne auch nur ein bisschen den Kopf einzuziehen, mit gerecktem Kinn und pfeilgerader Körperhaltung, und für etwas einsteht, das mir ebenso wichtig sein sollte wie ihr. Ich kann nicht anders als ihr mit Ehrlichkeit zu begegnen. »Der Impuls war durchaus kurz vorhanden«, gebe ich zu.

»Aber?«

»Aber ich stehe immer noch hier!«

»Mir geht's auch nicht anders ... falls es dich beruhigt.«

Mit beiden Händen fahre ich durch mein kurzes Haar und seufze. »Wir brauchen vielleicht einfach ein bisschen Zeit, uns an den Gedanken zu gewöhnen«, versuche ich zuversichtlicher zu klingen, als ich mich fühle.

»Ein paar Monate haben wir ja noch«, entgegnet sie, bevor sie sich verabschiedet, damit ich diese Neuigkeit ein wenig sacken lassen kann.

Es dauert ein paar Tage, bis sich die Nachricht tatsächlich in meinem Bewusstsein festsetzt. Schwanger. Von mir. Ausgerechnet Vera. Mir ist klar, dass das nicht fair ist, aber warum kann es nicht Jule sein? Es wäre ein Zeichen, dass für unsere Liebe noch nicht alles zu spät ist. Aber wenn ich schon so erpicht auf ein Zeichen bin, bedeutet der Umkehrschluss, dass es eben *keine* Chance mehr gibt. Wie wird Jule es aufnehmen? Halt! Ich sollte zuerst an Vera denken. Sie trägt mein Baby in ihrem Bauch. Es fühlt sich so verdammt falsch an, das zu denken. Wie kann jemand wie ich Vater werden? Wo ich doch mein eigenes Leben nicht im Griff habe. Aber es ist so. Und dieser Verantwortung muss ich mich stellen.

Vielleicht wird dieses Kind die erste Konstante in meinem Leben, denke ich, wenn ich nicht gerade zweifle und hadere mit mir selbst. In Gedanken spiele ich die Nacht, in der wir miteinander schliefen, immer wieder durch, ohne auch nur irgendetwas anderes zu empfinden als Wut auf mich selbst und Mutlosigkeit. Es war kein Akt der Liebe gewesen, sondern ein Akt der Verzweiflung. Und dafür schäme ich mich. Aber das ändert nichts. Ich bin mir sicher, dass wir ein Kondom benutzt hatten. War ich wirklich schon zu besoffen, um zu merken, dass es gerissen war? Oder ist uns einfach zum Verhängnis geworden, dass die Dinger auch nicht zu hundert Prozent sicher sind? Vor ihr hatte ich eine ganze Weile keinen Sex mehr gehabt, von daher war es leicht möglich, dass der Gummi aus meiner Brieftasche einfach schon zu alt war. Es fällt mir schwer, mich auf die Details jener Nacht zu konzentrieren, weil sich unentwegt Jule in meine Gedanken drängt. Wäre sie damals schon wieder zurück gewesen, wäre ich mit Vera niemals so weit gegangen. Ich war komplett durch den Wind, weil ich kurz davor war, Emmi zu verlieren. Vera war für mich da und gab mir, was ich brauchte. Trost und das Gefühl, nicht allein zu sein.

Ich bin gerade dabei, die defekte Sprinkleranlage in meinem Garten zu reparieren, als mich von hinten jemand anspricht: »So! Du und Vera also!« Erschrocken schieße ich wie eine Furie in die Höhe und pralle fast mit meinem Besucher zusammen.

»Jimmy, Herrgott ... ich meine ... verflucht ... ich meine ... musst du mich so erschrecken?!«

»Bei solchen Neuigkeiten muss man ja erschrecken, Mann«, erwidert er ungerührt. »Kaum zu Hause, sorgst du schon wieder für Unruhe!«

Trotz der Vorwürfe freue ich mich aufrichtig, ihn zu sehen. Er trägt schwarze Shorts und ein dunkelblaues T-Shirt, was ihm bei dieser Hitze wohl hoffentlich niemand verübeln wird.

»Hallo erst mal«, begrüße ich ihn nachträglich mit einem Schlag auf die Schulter. Dann wird mir klar, was er mit seiner Andeutung meint. Ein mulmiges Gefühl macht sich in mir breit und die Frage, ob sie mit ihm gesprochen hat und wie viel er wohl schon weiß.

»Es tut gut, dich zu sehen«, sagt er, aber diese Aussage passt nicht zu seinem sorgenvollen Blick.

»Hast du Zeit für ein Bier?«, lade ich ihn ein.

»Radler wäre wohl besser bei der Hitze«, wendet er ein.

Wenig später sitzen wir im Schatten auf meiner Terrasse bei einem eisgekühlten Radler. Es wird sowieso Zeit, meine brandneuen Gartenmöbel einzuweihen, die ich mir nach meiner Rückkehr zugelegt habe.

»Also?«, lässt sein Verhör nicht lange auf sich warten. »Spuck's schon aus.«

»Was soll ich sagen? Du weißt ja offenbar schon alles.«

»Bloß dass du angeblich schon wieder mit Vera anbandelst. Und ich versteh das nicht.« Einerseits bin ich froh, dass Jimmy von der Schwangerschaft noch nichts zu wissen scheint. Andrerseits heißt das auch, dass *ich* derjenige sein werde, der es ihm erzählen muss. Oder soll ich warten, bis ... nein, das ist keine Option. Wenn einer die Wahrheit verdient hat, dann Jimmy.

»Ihr macht euch doch alle unglücklich«, schimpft er, noch ehe ich irgendetwas erwidern kann. »Und nicht nur Jule und du, sondern auch Vera! Ich hätte dich wirklich für klüger gehalten. Und alles nur, weil du eine Schuld auf dich nimmst, die nicht *deine* ist!«

»Ich dachte, wenigstens du verstehst mich. Wieso will mich jeder von dieser Schuld freisprechen. Ich wünschte, *ich* wäre damals an Stefans Stelle gestorben, Jimmy.«

»Aber das *bist* du, Marc! Sieh dich doch nur an! Du bist doch mehr tot als lebendig. Todunglücklich!« Jimmy springt von seinem Gartenstuhl auf und lehnt sich auf dessen Lehne, redet eindringlich auf mich ein, als würden seine Worte noch irgendetwas ändern. »Ja, du hast damals dein Versprechen gebrochen, als du dich in Jule verliebt hast, aber deshalb ist Stefan nicht gestorben. Davon abgesehen, sind Gefühle nicht verhandelbar. Stefan ist gestorben, weil Gott es so gewollt hat. Der Gott, für den du deine wunderschönen Grabkreuze machst. Und eigentlich müsstest du ja einen ganz besonderen Draht zu ihm haben, wenn er dich mit so einem Talent segnet.«

Ob Jimmy auch in seiner Sonntagspredigt eine solche Leidenschaft an den Tag legt? Ich behalte diesen Gedanken für mich, andernfalls würde ich nur den vorwurfsvollen Vorschlag ernten, dass ich sie mir gerne einmal live ansehen dürfe. Was möglicherweise nicht die schlechteste Idee wäre. Ich atme laut aus. Jimmy sieht mich erwartungsvoll an. Vielleicht wartet er darauf, dass ich aufspringe und laut rufe: »Ja, du hast recht! Ich liebe Jule und werde um sie kämpfen!« Zu gerne würde ich ihm diesen Gefallen tun.

»Vera ist schwanger«, sage ich stattdessen.

Jimmys Kinnlade klappt nach unten. Er ringt nach Luft und lässt sich wortlos auf den Stuhl fallen, den er grade noch in seiner euphorischen Rede umklammerte.

»Himmel!«, flucht er jetzt selber, und ich reiche ihm seine Flasche, damit er einen ordentlichen Schluck nehmen kann.

»Von dir?«

»Würde ich es dir sonst erzählen?«

»Das darf doch nicht wahr sein ...«, murmelt er immer wieder vor sich hin. »Was wirst du denn jetzt machen?«, fragt er mich eine ganze Weile später, in der er Mühe hat, sich wieder zu beruhigen. Man könnte meinen, sie wäre von ihm schwanger, so wie er sich da reinhängt. Seine Loyalität rührt mich, aber helfen kann er mir auch nicht wirklich.

»Du weißt, wie es ist, mit nur einem Elternteil aufzuwachsen. Und Jule weiß es auch, wenn sie auch nicht mehr ganz klein war, als ihre Mutter starb«, erkläre ich. »Das ist keine Option, Jimmy.«

Langsam und nachdenklich nickt er. Durch unsere angeregte Unterhaltung hören wir Matzes Ankunft erst, als er schon fast vor uns steht. Er schiebt einen Sportkinderwagen vor sich her, in dem Johannes sitzt und sabbernd auf seinem Beißring kaut.

»Findet hier eine Party statt?«, fragt er und wendet sich dann an seinen Kleinen. »Na, Kumpel, was sagt man dazu? Die haben da ein Gelage am helllichten Nachmittag und laden uns nicht dazu ein! Ist das nicht eine Frechheit?«

»Hey, Mann«, begrüße ich Matze mit einer halben Männerumarmung, »ihr beide seid doch immer willkommen!«

Ein weiterer Gartenstuhl wird für Matze zurechtgerückt, ein anderer entfernt, um für den Kinderwagen Platz zu schaffen. Eine neue Runde Radler wandert aus dem Kühlschrank auf den Tisch, für Johannes hat Matze Wasser und Reiswaffeln in der Wickeltasche dabei. Natürlich wird Matze sofort über den neuesten Stand der Dinge aufgeklärt. Er nimmt die Nachricht nicht ganz so erschüttert zur Kenntnis. Wohl auch, weil er sie aus einem anderen Blickwinkel sieht.

»Ein Kind, mein Freund, das ist ...«, versonnen schüttelt er den Kopf und blickt liebevoll seinen quietschvergnügten Sohn an, »ein Wunder!« Johannes wirft in hohem Bogen ein Bilderbuch aus dem Wagen, und Matze bückt sich umständlich, schlägt – als er sich aufrichten will – mit dem Hinterkopf mit einem lauten Krachen an der Unterseite der Tischkante auf und sieht uns mit schmerzverzerrtem Blick an, während er sich die sofort entstehende Beule reibt. Jimmy und ich können uns ein Grinsen nicht verkneifen, was sicher auch an unserm Alkoholgenuss bei diesen Temperaturen liegt. Denn im Grunde ist die Situation alles andere als witzig.

»Es ist schon eine Herausforderung«, plappert Matze munter weiter, während Johannes anscheinend Gefallen an dem Spiel findet und schon wieder eine Rassel hinauswirft, »und es macht einem auch Angst ... du glaubst ja gar nicht, was für einen unfassbaren Schiss ich hatte!«

»Sehr ermutigend, Matze, wirklich«, versetzt Jimmy ihm einen Seitenhieb.

»Na, lass mich doch ausreden ... aber wenn man dieses winzige Wesen dann das erste Mal in den Armen hält, dann ...«

In diesem Moment quietscht das Gartentor und kündigt Raffaelas Ankunft an.

»Ach, hier seid ihr! Ich habe mich schon gefragt, wo ihr bleibt«, tadelt sie ihren Mann und drückt ihrem Kind einen dicken Kuss auf sein Köpfchen. »Oh, Marc, willkommen zu Hause! Lass dich mal drücken!« Mit beiden Händen macht sie eine fuchtelnde Handbewegung, und ich erhebe mich, um sie zu begrüßen. Schön, sie alle auf einem Haufen beisammenzuhaben, wenn auch der Gesprächsstoff nicht ganz so berauschend ist wie der Radler, von dem ich schon die keine Ahnung wievielte Runde ausgebe.

»Ich war grade einkaufen, und ihr glaubt nicht, was die Leute schon wieder tratschen«, erzählt Ela aufgeregt. »Kaum bist du daheim, sorgst du schon wieder für Gesprächsstoff«, wendet sie sich an mich. »Das neueste Gerücht, das die Runde macht, ist ...«

»Kein Gerücht«, widersprechen Jimmy, Matze und ich wie aus einem Munde.

»Was? Willst du mir jetzt sagen, dass Vera tatsächlich schwanger ist?« Fassungslos lässt Ela sich auf den Holzboden der Terrasse sinken. Ich hole auch ihr eine Flasche Radler, doch sie ist die Erste, die verneint. Wenigstens eine, die einen kühlen Kopf bewahrt.

»Wie konnte das bloß passieren?«, will sie erschüttert wissen.

»Wie so was eben passiert.« Ich setze mich neben sie und warte auf die nächste Standpauke.

»Wie konntest du Jule das nur antun? Dann hatte sie also recht«, stellt Ela fest.

»Was meinst du? Womit hatte sie recht?«, hake ich nach.

»Sie hat dich und Vera zusammen gesehen. Sie wollte noch einmal mit dir reden, nach ... nach eurer Nacht«, erklärt sie.

Es dauert einen Moment, bis Elas Worte bei mir andocken. Doch dann erinnere ich mich wieder an jenen Tag, als ich völlig aufgelöst vom Berg kam und plötzlich Vera vor der Tür stand, weil ihre Mutter diesen Unfall hatte. Hatte Vera gewusst, dass Jule hier auftauchen würde? War ihre Verzweiflung nur gespielt gewesen, mit dem Zweck, dass ich sie tröstend in den Arm nahm und Jule davon Wind bekam? Konnte Vera so berechnend sein? Ob sie zu dem Zeitpunkt schon wusste, dass sie schwanger ist? Am Ende ist es egal. Ob sie es wusste oder nicht, sie *war* bereits schwanger. Und Jule war noch einmal hier gewesen, hätte tatsächlich noch einmal versucht, mit mir zu reden. Diese Erkenntnis trifft mich hart.

»Das war ein Missverständnis, Ela.« Trotz allem ist mir wichtig, dass Ela die Wahrheit kennt. »Vera und ich ... das war, bevor Jule zurückgekommen ist.«

»Ganz sicher?«

»Die Zeit, wo ich mich mit anderen Frauen ablenkte, ist vorbei.«

»Die Leute im Dorf meinten, du und Vera ... ihr wärt ...«

»Sind wir nicht. Aber ich muss trotzdem zu meiner Verantwortung stehen.«

Zaghaft nickt sie. Ich kann nur erahnen, wie hin- und hergerissen sie ist. Als beste Freundin gilt ihre Solidarität natürlich Jule, aber als Mutter ...

»Was soll ich nur Jule sagen?«, flüstert sie hilflos.

»Am besten, du sagst noch gar nichts«, mischt sich Matze in unser Gespräch, »wir wissen beide zu gut, was in den ersten Monaten einer Schwangerschaft passieren kann. Sie wird es früh genug erfahren.« Wir alle stimmen Matze zu und einigen uns, vorerst mit niemandem darüber zu reden. Die Gerüchteküche brodelt zwar, doch Jule wird St. Philomena in nächster Zeit ohnehin eher fernbleiben.

Kapitel 27

Jule

Tina und Luca versuchen alles, um mich bei Laune zu halten, und nachdem ich beschlossen habe, mein Leben wieder in Angriff zu nehmen, lasse ich mich auf jedes ihrer Abenteuer ein. Auf beinahe jedes. Wir gehen gemeinsam ins Kino und ins Schwimmbad. Wir besichtigen die Bergisel-Schanze und das Rundgemälde, wir machen einen Ausflug ins Silberbergwerk in Schwaz. Mit der Hungerburgbahn fahren wir in die Nordkette und genießen den Ausblick hoch über Innsbruck. Als Luca dann allerdings vorschlägt, einen Bungee-Sprung aus 192 Metern von der Europabrücke zu wagen, muss ich passen. Für solch halsbrecherische Aktivitäten bin ich dann doch zu feige. Ich genieße es, neben der vielen Arbeit meine Freizeit mit den beiden zu verbringen, und als der goldene Herbst uns von allen Seiten einhüllt, scheint auch mein Schmerz langsam den Rückzug anzutreten und lässt sich zumindest tagsüber oder in Gesellschaft erfolgreich verdrängen. Die Nächte sind immer noch katastrophal. Als Luca einen ersten zaghaften Annäherungsversuch wagt, indem er mich um ein Date bittet, merke ich allerdings, dass meine mühevolle Selbstdisziplin sofort ins Wanken gerät.

»Luca, ich kann das nicht«, antworte ich ihm leise, während wir nebeneinander auf dem Steg eines Badesees sitzen und beobachten, wie die Sonne hinter den Bergen untergeht.

»Es tut mir leid«, beteuert er, »es ist zu früh, oder?«

Ich will ihm sagen, dass ich nie wieder den Fehler machen werde, mich auf einen Freund einzulassen. Doch aus Angst, ihn zu verletzen, nicke ich stattdessen nur. Trotzdem legt er seinen Arm um mich und zieht mich sanft an sich, sodass ich meinen Kopf auf seine Schulter legen kann.

Werde ich je wieder lieben können? Und einem anderen Menschen so vertrauen, wie ich Marc vertraut habe? Oder hat er zu viel in mir kaputt gemacht? Lautlose Tränen stehlen sich aus meinen Augenwinkeln, und ich bin froh, dass jemand da ist, der mich festhält.

Marc

Als ich nach meiner Rückkehr das erste Mal die Hütte wieder betrete, werde ich augenblicklich von Erinnerungen überrollt. Weil heute ein zwar trockener, aber recht kühler Herbsttag ist, trage ich eine wärmende Strickfleecejacke über dem Shirt und eine lange Wanderhose. Ohne auch nur die Bergschuhe auszuziehen, lasse ich mich erschöpft und schwer atmend auf dem Bett nieder. Es wäre nicht nötig gewesen, hier so heraufzurennen. Doch der Grund meines Aufstieges liegt einzig und allein darin, die Hütte leer zu räumen und für den Winter dicht zu machen, und nicht, um die schöne Aussicht zu genießen. Je eher ich also wieder von hier wegkomme, umso besser. Hier zu sein schmerzt, und würde ich nicht so an diesen schlichten und knarzenden vier Wänden hängen, hätte ich bestimmt jemand anderen geschickt. Meine Freunde hätten mir diese Bitte zweifellos erfüllt, doch ich muss das selbst machen. So weh es auch tut.

Nachdem ich eine Weile ins Leere gestarrt habe und meinen Gedanken nachgehangen bin, stehe ich schließlich doch auf, entledige mich Jacke und Schuhen und beginne, die wenigen Habseligkeiten, die sich hier befinden, in meinen fast leeren Rucksack zu packen. Möglich, dass ich noch einmal heraufmuss, sollte ich nicht alles unterbringen. Das letzte Mal, als ich hier war – als Jule und ich hier waren –, habe ich mir keine Gedanken darüber gemacht, dass es sinnvoll wäre, ein paar Dinge schon mitzunehmen. Aber wer hätte schon ahnen können, dass diese Tür so lange verschlossen bleiben wird. In der Spüle stehen immer noch unsere beiden Kaffeebecher, und als ich sie einpacke, habe ich Jules Bild vor mir, wie sie mit Genuss den warmen Becher an ihre lächelnden Lippen führt und ihren Kaffee genießt.

Als ich das Bett abziehe, weht mir ihr süßer, blumiger Duft in die Nase, der noch immer am Laken haftet. Oder spielt mir meine Einbildung einen Streich? Mein Herz beginnt so heftig zu flattern, dass ich mich kurz setzen muss. Eine Schwere macht sich in meinem Bauch breit, wenn ich daran denke, dass ich das unfassbare Glück, das ich in dieser Nacht hatte, für immer zerstört habe. Was, wenn ich mir Jules Sicht der Dinge angehört hätte? Wenn ich ehrlich gewesen wäre und zu meinen Gefühlen gestanden hätte? Hätte es vielleicht einen Weg für uns gegeben?

Nein!

Es gibt keinen Weg, wiedergutzumachen, was passiert ist. Stefan ist tot, und nichts, was ich je tun könnte, wird daran etwas ändern.

Bevor ich gehe, gibt es noch eine wichtige Sache für mich zu erledigen. Ich suche nach der kleinen Gartenschaufel aus Stahl, die schon seit Jahren im Holzschuppen herumliegt. Ich glaube, sie ist sogar noch aus der Zeit meines Onkels, denn ich kann mich nicht erinnern, sie hergebracht zu haben. Jedenfalls haben wir sie damals gebraucht, um unsere Erinnerungskiste zu vergraben. Heute wird sie mir wertvolle Dienste leisten, wenn ich genau jene Schatulle wieder hebe. Falls ich sie überhaupt finde.

Als ich schon fast aufgebe und meine Finger bereits dunkelrot und eiskalt sind, werde ich endlich fündig. Das Kästchen ist weiter unter der Erdoberfläche, als ich in Erinnerung habe, und liegt ganz nah am Fundament der Hütte. Vielleicht sind aber auch durch die Unwetter im Laufe der Jahre so viel Sand und Erde vom Abhang hinter dem Haus angeschwemmt worden und haben diesen für uns so wertvollen Schatz immer weiter unter sich vergraben. Es dauert ein wenig, bis ich das Kästchen vollständig ausgebuddelt habe, und ein beklemmendes Gefühl ergreift mich. Einerseits bin ich erleichtert, es unversehrt gefunden zu haben, andrerseits habe ich das seltsame Bedürfnis, es einfach wieder einzugraben. Stefan war es, der damals die Idee hatte, die Blechkiste mit unseren persönlichsten Gegenständen, den Dingen, die unsere Freundschaft besiegelten, hier zu verscharren, um sich später einmal gemeinsam an den längst vergessenen Relikten unserer Jugend zu erfreuen. Es war Jules Wunsch, die mit mittelalterlichen Motiven und Schnörkeln verzierte Schatulle zu suchen. Ich bin mir jedoch noch immer nicht sicher, ob es richtig ist, was ich hier tue.

Etwas benommen lehne ich mich an die Mauer und lasse die Erinnerungen an meinem inneren Auge vorbeiziehen, an den Tag, an dem wir drei den Ort für den Schatz aussuchten und ihn feierlich, ähnlich einer Zeremonie, der Erde übergaben. Gedankenverloren streiche ich mit meinen erdverkrusteten Fingern über die eingeprägten Ornamente, bis mich der auffrischende Wind daran erinnert, dass es Zeit ist, den Heimweg anzutreten.

Zu Hause säubere ich die Kiste mit einem feuchten Tuch von der Erde. Meine Finger sind immer noch klamm und zittern, aber nicht von der Kälte, sondern weil meine Emotionen verrücktspielen. Der Behälter, der einst Jules Großmutter als Gebäckdose diente, ist an manchen Stellen bereits ein wenig rostig. Beim Anheben verursache ich ein leicht klimperndes Geräusch, weil der Inhalt von einer Seite auf die andere rutscht. Ich kann mich noch genau an die kleinen Glitzersteine erinnern, die wir eines Tages am Berg gefunden und in unsere Kiste gelegt hatten. Außerdem beinhaltet die Kiste einen Bergkristall, den uns mein Onkel mitgebracht hatte, geknüpfte Freundschaftsbänder und diverse Zeichnungen, Zettelchen mit blöden Sprüchen, die wir schrieben, während wir uns im Sommer zwei Wochen nicht trafen, weil ich mit meinen Eltern auf Urlaub war. Wir hatten Angst, all den Unsinn wieder zu vergessen, und wollten doch jeden Schabernack unbedingt teilen. Zum Beispiel einen abgeänderten Liedtext über unsere Lehrerin Heidemarie

Wonnig, in dem es hieß: *Heidi, Heidi, deine Welt ist der Klassenraum, Heidi, Heidi, wenn du schweigst, ist's für uns ein Traum …*

Stefan, der immer schon ein begnadeter Künstler war, hatte Karikaturen von sämtlichen Lehrern angefertigt und – was ich wirklich witzig fand – auch von uns dreien. Mit fünfzehn hatte Jule die Idee, einen Zehnjahresplan aufzustellen. Jeder sollte aufschreiben, wo er sich in zehn Jahren sah. Ich weiß noch, dass ich von dieser Idee alles andere als begeistert war. Doch am Ende überredeten sie mich doch mitzumachen.

Stefans Plan war Kunst zu studieren und in zehn Jahren von seinen Werken leben zu können.

Jule wollte einen eigenen Blumenladen und eine Familie gründen mit der Liebe ihres Lebens.

Und ich? Na ja, ich schrieb, dass ich in zehn Jahren einen gut bezahlten Job, ein Häuschen und ein chilliges Leben an der Seite einer heißen Braut wollte. Obwohl ich damals im Grunde schon wusste, dass Jule meine Traumfrau war, konnte ich das natürlich nicht zugeben. Ich war so unfassbar oberflächlich. Leben genießen und möglichst viele Mädchen und Berggipfel erobern, das waren die Hauptziele in meinem Leben.

Wäre Emmi nicht gewesen, wer weiß, ob ich irgendwann angefangen hätte umzudenken. Sogar jetzt noch, so viele Jahre danach, schäme ich mich für diese Einstellung. Was hätte Stefan darum gegeben, seine Träume zu verwirklichen. Er hatte sogar ständig mit seinem Vater Krach deswegen. Ich bin Emmi sehr dankbar für alles, was sie für mich getan hat. Ihretwegen habe ich angefangen, ein ordentliches Leben zu führen, und jetzt bin ich sogar Teilhaber einer Firma und mache eine Arbeit, die mich erfüllt. Und ich habe ein Haus.

Jule ist also nicht die Einzige, die einen Teil ihres Plans erfüllt hat, indem sie mit ihrer Freundin den eigenen Blumenladen verwirklichen konnte.

Wie gut, dass wir damals noch nicht wissen konnten, wie hart das

Schicksal uns einmal zusetzen und auf welch tragische Weise es uns auseinanderreißen würde.

Immer noch sitze ich unbeweglich vor der Kiste und kann mich nicht dazu durchringen, sie zu öffnen. Am Ende entscheide ich mich dafür, sie verschlossen zu lassen und in andere Hände weiterzugeben.

•••

Die Arbeit an Emmis Grabkreuz lässt mich fast alles um mich herum vergessen, die Erinnerungen an sie sind jedoch so präsent wie selten. Selbst Bernd, mit seinem lauten Organ, hat in dieser Zeit manchmal Mühe, zu mir durchzudringen.

»Sag mal, hörst du schlecht?«, blafft er mich wieder einmal an. »Jetzt kannst du wirklich mal selbst ans Telefon gehen, es ist ohnehin meistens für dich.«

Ich habe Bernd erklärt, dass die Arbeit an Emmis Kreuz sehr wichtig für mich ist und ich deshalb einfach ein bisschen meine Ruhe haben will. Kollegial, wie er ist, hat er deshalb die meisten Kundengespräche angenommen, bei denen wir uns normalerweise abwechseln.

»Ich hab schließlich selber auch was zu tun«, mault er übellaunig weiter, als ich mich schon auf den Weg ins Büro mache. »Hab Vera heute schon dreimal abgewimmelt.«

Als ich Veras Namen höre, halte ich inne und drehe mich zu ihm um.

»Sie hat schon dreimal angerufen? Warum?«, wundere ich mich und kratze mich am Haaransatz im Nacken.

»Woher soll ich das wissen? Ich hab ihr gesagt, du hättest wichtige Termine und würdest sie zurückrufen. Aber jetzt ist sie schon wieder dran!«

Murmelnd bedanke ich mich bei ihm und beschleunige den Schritt ins Büro. Hoffentlich ist ihr und dem Baby nichts passiert. Der Hörer liegt mit dem Mikrofon nach oben neben dem Telefon – eine schlechte Angewohnheit von Bernd –, und ich schnappe ihn hastig und hoffe, dass sie noch dran ist.

»Vera?«, frage ich statt einer Begrüßung.

»Endlich, Marc! Dich zu erreichen ist ja fast eine Lebensaufgabe«, grummelt sie.

»Ist was passiert?«

»Nein, alles gut«, wiegelt sie ab.

»Wieso rufst du dann am Firmentelefon an?«, werfe ich ihr vor.

»Weil du auch am Handy nicht rangehst«, rechtfertigt sie sich, »und nie zurückrufst.«

»Schon gut«, lenke ich ein, »also was ist los?«

»Ich habe einen Ultraschalltermin und wollte dich fragen, ob du mich begleitest.« Kurz schließe ich die Augen. Ich habe mich mit Vera darauf geeinigt, dass ich mich in jedem Fall um unser Kind kümmern werde und dass ich für sie da bin, wann immer sie mich braucht. Aber sie muss mir noch etwas Zeit geben, um in diese neue Aufgabe hineinzuwachsen. Ich weiß, dass sie sich eine Beziehung mit mir wünscht und dass wir eine richtige Familie werden. Ich habe ihr gesagt, dass ich mir das zu diesem Zeitpunkt noch nicht vorstellen kann. Mit ihrer Bitte, sie zur Gynäkologin zu begleiten, überrumpelt sie mich völlig.

»Marc, bist du noch dran?«

»Ja, bin ich«, antworte ich widerstrebend.

»Ich wäre ja vorbeigekommen, aber du hast gesagt, dass du Zeit brauchst. Ich dachte nur ... vielleicht ... könntest du es ja ein bisschen besser begreifen, wenn du das Baby mit eigenen Augen siehst! Nicht nur den Bauch.«

»Wann ist denn der Termin?«, frage ich.

»Am kommenden Montag um sechzehn Uhr.«

»Ich habe ziemlich viel zu tun, weißt du.«

»Schon klar. Ich habe verstanden.« Ich höre die Enttäuschung in ihrer Stimme und fühle mich sofort schäbig.

»Vera«, sage ich schnell, bevor sie auflegt, »ich schaue mal, ob ich es einrichten kann. Okay?«

»Okay«, erwidert sie und klingt sofort wieder etwas hoffnungsvoller. »Mach's gut und ... pass auf dich auf.«

• • •

Es ist Freitagnachmittag, als ich in Innsbruck an der Tür einer Mansardenwohnung klingle. Meine Handflächen sind schweißnass, und meine Knie fühlen sich irgendwie matschig an, während sich mein Puls heftig an der Halsschlagader bemerkbar macht. Unter dem linken Arm trage ich unsere Schatulle. Als sich nichts rührt, läute ich erneut und bleibe diesmal mit meinem Finger etwas länger auf dem Klingelknopf liegen. Ich fixiere die Türklinke, und bevor ich mich abwenden will, bewegt sie sich ruckartig nach unten, und die Tür geht auf. Kurz vergesse ich zu atmen, doch als eine fremde Frau vor mir steht, füllen sich meine Lungen wieder mit Sauerstoff.

»Hallo«, grüßt sie mich knapp, bevor ihr Blick auf die Kiste unter meinem Arm fällt, »wir haben nichts bestellt.« Offenbar hält sie mich für einen Lieferanten und will schon fast wieder in der Wohnung verschwinden.

»Hallo ... äh ... nein, nein«, erwidere ich hastig, »ich wollte zu Juliana.«

Die Frau mustert mich von oben bis unten und beißt sich auf die Unterlippe, als müsste sie abwägen, ob sie mich reinlässt oder nicht.

»Sie ist nicht hier«, antwortet sie schließlich freundlich, »und leider weiß ich auch nicht, wann sie wiederkommt.«

»Schade«, erwidere ich enttäuscht. Also war die ganze Aufregung umsonst.

»Soll ich sie anrufen?«

Kurz überlege ich. Aber nein, ich wüsste nicht, was sie Jule sagen soll. Und hier auf sie zu warten erscheint mir noch unmöglicher. Am Ende laufe ich noch Rainer über den Weg, was ich lieber vermeiden würde.

»Nein, danke, das ist nicht nötig«, sage ich und will mich zum Gehen abwenden. Doch dann zögere ich. »Könnten Sie ihr vielleicht ...«

»Ja?«, ermutigt sie mich zum Weitersprechen.

»Könnten Sie ihr bitte dieses Kästchen geben? Ich weiß, dass es bei Jule besser aufgehoben ist.«

»Natürlich. Das mache ich. Kein Problem.«

»Sagen Sie ihr bitte, dass alles noch so ist, wie es war. Ich meine ... in der Kiste.«

Die Frau nickt lächelnd und nimmt die Blechkassette entgegen. Ob sie wohl Rainers Freundin ist? Oder die Teilhaberin von Jules Blumenladen? Oder die Haushälterin? Sie wirkt sympathisch. Schade, dass sie sich nicht vorgestellt hat, doch das habe ich ja auch nicht.

»Das werde ich ausrichten.«

»Ich habe sie nicht geöffnet«, füge ich vollständigkeitshalber noch hinzu, ohne zu wissen, ob das für Jule überhaupt eine Rolle spielt. Doch mir ist es wichtig.

Wir verabschieden uns, und ich renne die Treppen hinunter mit dem dumpfen Gefühl, schon wieder einen Teil zurückzulassen, der mir etwas bedeutet. Es ist, als würde ich mich selbst Stück für Stück verlieren. Eine ganze Weile halte ich mich noch vor dem Gebäudekomplex auf, in der Hoffnung, Jule möge vielleicht doch inzwischen nach Hause kommen. Schließlich kommt mir die Idee, die Adresse des Blumengeschäfts zu googeln und sie dort zu besuchen. Ich lenke mein Auto auf einen Parkplatz, der ein paar Gehminuten vom Laden entfernt ist. Als ich zu Fuß dort ankomme, muss ich erkennen, dass es kurz nach sechs Uhr und das Geschäft bereits geschlossen ist. Ich stiere durch die Schaufenster und versuche herauszufinden, ob sich vielleicht noch jemand in den Geschäftsräumen aufhält, doch alles bleibt ruhig. Selbst den Hintereingang beobachte ich eine gute halbe Stunde, weil ich nicht glauben kann, dass Jule mit ihrem Ehrgeiz und ihrer Verlässlichkeit bereits so kurz nach Ladenschluss weg ist. Das Schicksal meint es anscheinend nicht besonders gut mit mir.

Kapitel 28

Jule

Weil Luca heute seinen dreißigsten Geburtstag feiert, beschließen Tina und ich, überpünktlich Schluss zu machen und ihn mit einer Party in seinem Café zu überraschen. Die Überraschungsgäste – sein Bruder Mario und seine Schwester Chiara mit ihrem Freund Lorenzo –, die extra aus Südtirol angereist sind, treffen kurz vor sechs Uhr in unserem Blumenladen ein. Tina und ich werfen uns in Windeseile in Schale, und weil zum Glück keine Kundschaft mehr im Laden ist, können wir um Punkt sechs abschließen und uns auf den Weg ins *Luca's* machen. Die Vorfreude macht mich ganz hibbelig. Ich trage meine Lieblingsjeans und das türkise Shirt, das Tina mir geschenkt hat, darüber eine warme Daunenjacke, weil es abends manchmal ganz schön frisch ist. Tina sieht in ihrem hellblauen Strickkleid bezaubernd aus, und ich vermute, dass Lucas Bruder Mario, den wir schon letztes Jahr bei einem seiner Kurzbesuche kennenlernen durften, nicht ganz unschuldig daran ist. Als sie bemerkt, wie ich grinsend eine Augenbraue in die Höhe ziehe, als sie ihren Schritt beschleunigt, um zu Mario aufzuschließen, erdolcht sie mich fast mit ihrem Blick. Sofort wird sie knallrot, was mich noch mehr schmunzeln lässt. Mit seinen dunklen Haaren sieht er Luca ziemlich ähnlich, doch im Gegensatz zu seinem Bruder, dessen Iriden hellblau sind, hat Mario dunkelbraune Augen. Chiara, deren kastanienbraune leicht gewellte Haare fast bis zu ihrem Hintern reichen, hält Händchen mit ihrem Lorenzo, der unter seinen linken Arm ein Paket für Luca eingeklemmt hat. Tina und ich haben kein Geschenk, weil wir irgendwann einmal abgemacht haben, uns gegenseitig nichts zu Geburtstagen, Weihnachten und anderen Feierlichkeiten zu schenken. Eine Überraschungsparty ist ja zum Glück kein richtiges Geschenk. Luca wird es also hoffentlich ordentlich von den Socken hauen, weil er zwar damit rechnet, heute eine zwanzigköpfige geschlossene Gesellschaft zu bewirten, nicht aber damit, dass es seine eigene Party sein wird. Sein Koch und Freund Daniel hat die vermeintliche Reservierung entgegengenommen, am Nachmittag alles für ein kaltes Buffet vorbereitet, sich dann aber plötzlich furchtbar »schlecht« gefühlt und für den Abend krankgemeldet. Jetzt steht er schon am Straßenrand und empfängt uns winkend, um mit uns und den restlichen Gästen, die sich nach und nach auf dem Parkplatz vor dem Café einfinden, die Bombe zu zünden. Rosi, Lucas Kellnerin, hat versprochen, ihn um Punkt viertel nach sechs in den Keller zu locken, um mit ihm die Weinbestellung durchzugehen. Weil sie vorher das Glöckchen an der Eingangstür aushängt und somit deaktiviert, können sie auch nicht hören, wie wir uns so lautlos wie möglich mit den obligatorischen Hütchen, Tröten und Luftschlangen in Position bringen.

Es ist dunkel und mucksmäuschenstill im Gastraum, doch als die Schwingtür der Küche sich in Bewegung setzt, wird es plötzlich hell und laut und bunt. Wir erschrecken Luca mit unserem Geschrei beinahe zu Tode, und kurz ist sein Gesichtsausdruck tatsächlich so schockiert, dass ich schon fürchte, die Idee mit der Überraschungsparty wäre ein Griff ins Klo. Doch endlich lockern sich seine Züge, und sein Mund verzieht sich zu einem breiten Lächeln. Tina und ich fallen ihm gleichzeitig um den Hals, bevor alle anderen Gäste auf ihn zustürmen und er sich von einem nach dem anderen gratulieren, küssen und umarmen lässt. Anschließend drückt er erneut Tina und mich. »Ihr seid unglaublich«, raunt er uns ins Ohr, und ich meine, ein leichtes, gerührtes Zittern in seiner Stimme zu vernehmen.

Daniels riesige Geburtstagstorte und sein wundervolles Buffet sind ein absolutes Highlight, und Mario erklärt sich spontan bereit, Musik aufzulegen, während Tina ständig einen Vorwand sucht, sich in seiner Nähe aufzuhalten. Als ich Chiara und Lorenzo beim Tanzen beobachte, diese Vertrautheit und prickelnde Nähe zwischen den beiden, die man sogar als Außenstehender fast mit den Händen greifen kann, wird mir plötzlich schwer ums Herz. Und als würde Luca meine Einsamkeit spüren, zieht er mich an der Hand zu sich und fängt an, sich mit mir zu den sanften Rhythmen eines deutschen Pop-Songs zu drehen. Er sagt nichts, doch das Lächeln, das den ganzen Abend schon auf seinen Lippen liegt, ist der Beweis, wie wohl er sich fühlt.

»Gefällt dir die Party?«, frage ich, um den Moment etwas aufzulockern.

»Sie ist der Hammer, Jule. Ich bin echt überwältigt.«

Ich spüre seinen heißen Atem an meiner Halsbeuge und weiß, wie sehr Luca sich nach mehr sehnt.

»Am Anfang habe ich gedacht, du wirfst uns raus«, sage ich und bringe etwas Abstand zwischen uns, um ihn vorwurfsvoll anzusehen.

»Ich war total überrumpelt. Ich wusste gar nicht, wie mir geschah …«, verteidigt er sich. »Rosi hat wegen irgendeiner blöden Weinflasche rumgenervt, die sie angeblich bei unserer nächsten Bestellung für eine Kundschaft mitbestellen soll. Ich hatte überhaupt keinen Plan, was sie eigentlich von mir will!« Ich muss lachen, und Luca stimmt mit ein.

»Das hat sie gut gemacht.«

»Ihr habt das alles wunderbar eingefädelt«, freut er sich und führt mich in eine schwungvolle Linksdrehung.

»Weißt du eigentlich, wie wunderschön du aussiehst?«, will er plötzlich wissen, und ich spüre seine warmen Lippen an meinem Ohrläppchen.

Er weiß genau, wie sehr mich seine Worte in Verlegenheit bringen, und doch sind sie Balsam für mein geschundenes Herz. Mir wird heiß, als er den Kopf leicht zur Seite neigt und seine Lippen meinen Hals streifen. Ich müsste ihm nur wenige Zentimeter entgegenkommen, um ihn zu küssen, doch ich bringe es nicht über mich. Ich lehne meinen

Kopf an seine Schulter und versuche, meine Gefühle zu ordnen und mir klar zu werden, wie ich dieses andere Gesicht aus meinen Gedanken verbannen kann. Das Gesicht, das ich so sehr liebe und das nicht zu Luca gehört.

Nachdem das Buffet geplündert und die Torte fast aufgegessen ist, schlägt irgendjemand einen Lokalwechsel vor. Wir sind alle schon etwas angeheitert, doch weil die nächste Bar ganz in der Nähe ist und heute niemand mehr mit dem Auto fahren muss, spielt das auch keine Rolle. Ich fühle mich so gelöst wie lange nicht mehr und freue mich sehr, dass unsere Überraschung so gut gelungen ist.

Marc

Weil ich mich noch nicht überwinden kann, unverrichteter Dinge nach Hause zu fahren, setze ich mich in die nächstbeste Kneipe, in der es dunkel genug ist, um mich halbwegs wohlzufühlen, und die Musik laut genug, um anstrengende Gespräche mit irgendwelchen Fremden zu vermeiden. Ich trinke einen Espresso, weil sich eine lästige Müdigkeit bemerkbar macht. Anschließend bestelle ich eine Cola und beobachte die kleinen Grüppchen junger Leute, die auf und neben der großen, mit blinkenden Scheinwerfern beleuchteten Tanzfläche etwas verloren wirken. Vielleicht liegt es daran, dass der Abend noch nicht weit genug fortgeschritten ist, oder diese Bar ist generell weniger gut besucht.

Ein paar Jugendliche bewegen sich etwas halbherzig zur Musik, einige Jungs blödeln ein wenig herum, für ihr offensichtlich zu junges Alter und diese Uhrzeit schon viel zu betrunken. Im hinteren Teil des Lokals befinden sich ein Billard- sowie ein Fußballtisch, an denen sich ebenfalls eine Fraktion Halbwüchsiger tummelt und köstlich amüsiert. Eine Dartscheibe hängt an der Wand, und ich überlege, ob ich ein paar Würfe wagen soll.

Da betritt eine Gruppe von etwa fünfzehn bis zwanzig Leuten das Lokal und bringt Schwung in die Bude. Die Stimmung ist augenblicklich wie ausgewechselt, ausgelassen und fröhlich. Doch plötzlich durchfährt es mich wie ein Blitz, als ich Jule unter den anwesenden Gästen, die anscheinend von einer Party kommen, erkenne. Obwohl ich sie so gerne treffen wollte, überrollt mich eine heftige Welle der Panik, und ich drehe mich in die andere Richtung, damit sie mich nicht sieht. Mein Atem geht sofort schneller, und mein Puls scheint sich zu verdoppeln. Würde es etwas bringen, mich hinter dem Bartresen zu verstecken, überlege ich. Die fidele Truppe macht nicht den Eindruck, als würde sie so schnell wieder von hier verschwinden. Einer der jungen Männer bestellt eine Getränkerunde an der Bar. Er steht dicht neben mir, und ich drehe mich auf meinem Barhocker noch mehr zur Seite, dass er nicht auf die blöde Idee kommt, mich anzuquatschen. Während er auf seine Bestellung wartet, schweift sein Blick durch das ganze Lokal, und ich kann spüren, wie er an mir haften bleibt. Er sagt irgendwas, doch der Bass der Musik ist zum Glück laut genug, dass er es sogar für wahrscheinlich halten muss, nicht verstanden zu werden. Ich trinke meine Cola aus und schlendere zur Dartscheibe hinüber, immer darauf bedacht, mich nicht zu weit umzudrehen. Gleichzeitig rasen meine Gedanken.

Was soll ich Jule sagen, falls sie mich entdeckt? Oder soll *ich* auf sie zugehen? Dass ich unsere Erinnerungskiste gefunden und einer mir unbekannten Frau ausgehändigt habe? Dass ich alles wieder rückgängig machen würde, wenn ich es könnte, außer der Nacht mit ihr? Dass ich ein verdammter Feigling bin?

Auf einmal kommt mir mein Versteckspiel äußerst dämlich vor. Grade als ich all meinen Mut zusammengenommen habe und zu ihr gehen will, um sie anzusprechen, stürmt lachend ein junger Mann auf sie zu und reißt sie schwungvoll in seine Arme. Er wirbelt sie durch die Luft und küsst sie dann hingebungsvoll. Sie wirkt überrascht, doch sie lächelt und sieht so wunderschön aus. Und glücklich. In diesem Moment wird mir bewusst, dass ich sie endgültig loslassen muss. Ich senke meinen Blick und schließe für einen Moment die Augen, registriere das schmerzhafte Ziehen in meiner Brust. Ich zahle und verlasse – wie ich hoffe, unbemerkt – das Lokal.

Jule

Luca überrumpelt mich vollkommen mit seinem Kuss. Ich will ihn von mir wegdrücken, doch heute ist sein großer Tag, und das Letzte was ich will, ist ihn zu verletzen. Vielleicht ist es ja auch nur der Alkohol, der die Gefühle, die er mir gegenüber empfindet und schon eine Weile zurückhält, überschwappen lässt.

»Ich bin so glücklich, dass du hier bist«, wispert er mir ins Ohr, »dass ihr alle heute hier seid! Der Abend könnte nicht schöner sein.«

»Das freut mich«, sage ich völlig verunsichert und mit der Situation überfordert. Zum Glück rettet mich Mario, als er eine Runde Tequila ausgibt. Natürlich gibt es einen ordinären Trinkspruch von Daniel, bevor wir grölend und lautstark auf Luca anstoßen. Ich lecke das Salz von meiner Handfläche, kippe den Inhalt des Shots auf ex hinunter und beiße – während sich jeder Muskel meines Körpers zusammenzieht – in die Zitronenscheibe. Es schüttelt mich, und ich spüre, dass während der ganzen Prozedur Lucas Blick auf mir ruht. Mario hat inzwischen seinen Arm locker um Tinas Schulter gelegt, was sie ganz offensichtlich genießt. Ich will ihr etwas sagen, doch weil sie mich nicht registriert, schnippe ich so lange mit den Fingern vor ihrer Nase herum, bis sie ihre Augen endlich von Mario losreißt.

»Bin gleich wieder da«, erklärt Luca kurz und verschwindet in Richtung Toilette.

»Was los?«, will Tina wissen.

»Ich bin dann mal weg«, erkläre ich.

»Neiiin, oder?«, versucht sie mich mit einem gekonnten Welpenblick zum Bleiben zu überreden.

»Doch«, bleibe ich standhaft, »ich bin echt fertig. Ich denke, der ganze Aufwand hat sich gelohnt, wenn ich mir alle Anwesenden so anschaue«, stelle ich erfreut fest.

»Auf jeden Fall«, gibt mir Tina recht. »Aber du kannst jetzt nicht einfach gehen ...«

»Doch, kann ich. Ist ja nicht weit.«

Zum Abschied küsse ich Tina auf die Wange. Mich von den anderen zu verabschieden, spare ich mir, weil ich dann bestimmt nicht vorm Morgengrauen daheim bin. Lediglich Luca, der grade wieder auf der Bildfläche erscheint, kann ich nicht einfach so stehen lassen, so viel ist mir klar.

»Du machst dich nicht klammheimlich aus dem Staub, oder?«, bemerkt er irritiert.

»Äh ... hatte ich eigentlich vor ...«, gebe ich zu und setze einen entschuldigenden Blick auf.

»Geht's dir nicht gut?«, fragt er besorgt.

»Alles bestens. Ich bin nur hundemüde.« Ein herzhaftes Gähnen bekräftigt meine Aussage. Er sieht mich etwas perplex an, blinzelt ein paar Mal. Er scheint genau so unsicher zu sein, wie ich es bin. Ich küsse ihn links und rechts auf die Wange, ziehe mich aber sofort wieder zurück, damit er nicht auf dumme Gedanken kommt.

»Danke für alles, Jule«, sagt er grade so laut, dass ich ihn noch verstehen kann.

»Sehr gern geschehen, Luca«, erwidere ich aufrichtig. Als ich gehe, will er mich an der Hand zurückhalten, lässt dann aber los, als er mein Zaudern bemerkt.

Er sieht mir wehmütig hinterher, als ich die Bar verlasse.

Die kalte Nachtluft fühlt sich nach der stickigen, verrauchten Luft im Lokal an wie eine Ohrfeige. Ich schwinge mir meine Jacke über die Schulter, schlüpfe in die Ärmel und ziehe den Reißverschluss hoch bis unters Kinn. Mein Atem schickt kleine Kondenswölkchen in die spärlich beleuchtete Nacht. Ich habe normalerweise keine Angst, im Dunkeln alleine nach Hause zu gehen, und doch erschrecke ich ein wenig, als ich hinter mir Schritte höre. Ich wage es nicht, mich umzudrehen. Leichtfüßig kommen sie näher, und ich sehe erst auf, als sich eine warme Hand in meine kalte schiebt.

»Luca!«, rufe ich verwundert aus.

»Ich kann dich nicht alleine nach Hause gehen lassen«, entgegnet er und sieht mich verlegen an.

Ich bleibe stehen und wende mich ihm zu.

»Aber das ist *deine* Party! Du kannst nicht einfach abhauen!«

»Sagt wer?«

»Na, ich. Und ich muss es wissen, denn ich hab sie organisiert!«

»Der Partyplaner müsste dann ja auch bis zum Schluss bleiben«, wendet er ein.

»Luca ... ich ...«, ich suche verzweifelt nach Worten, »ich hab mich wirklich amüsiert, aber jetzt bin ich müde, und ... trinken will ich auch nichts mehr, deshalb wäre ich einfach nur ... eine Spaßbremse!«

»Ich will dich ja gar nicht zum Bleiben überreden«, kommentiert er trocken.

»Nein?«

»Nein, ich will nur, dass du *mich* auch nicht zum Bleiben überredest.«

Ich atme tief durch.

»Luca ...«

»Ich bin noch nicht fertig, Jule«, unterbricht er mich und löst unsere Hände voneinander, »du willst nur, dass ich hierbleibe, weil du Angst hast, dass du mich nicht mehr loswirst.«

»Aber ...«

»Ich weiß, ich hätte dich nicht einfach so küssen dürfen. Ich hab dich überrumpelt. Aber ... ganz ehrlich? Es tut mir nicht leid, und ich werde mich nicht entschuldigen. Aber ich werde auch nichts tun, was du nicht willst. Wenn das für dich in Ordnung ist, würde ich dich also gerne nach Hause begleiten und dann eventuell wieder auf die Party zurückgehen. Falls ich dann noch Lust habe.«

»Ist das dein Ernst?«

»Ich bin in dich verliebt, Jule. Ich denke, das weißt du.« Langsam setzt Luca sich wieder in Bewegung, und ich folge ihm. Er vergräbt seine

Hände tief in den Gesäßtaschen seiner Jeans, seine Lederjacke steht offen, und ich frage mich unwillkürlich, ob er nicht friert. »Aber umgekehrt ist es eben nicht so, und ... na ja ... fühlt sich nicht so prickelnd an.«

»Ich weiß«, erwidere ich leise. Ich weiß verdammt genau, wie es sich anfühlt, wenn jemand die Gefühle des anderen nicht erwidert. Es ist scheiße. »Es tut mir so leid.«

»Mir auch«, sagt er, zieht seine Schultern hoch und lässt sie wieder fallen.

»Wieso willst du mich dann trotzdem nach Hause begleiten?«

»Damit du vielleicht doch noch erkennst, was für ein Wahnsinns-Typ ich bin?!« Er verzieht den Mund zu einem schiefen Lächeln und steckt mich damit an.

»Es könnte so einfach sein, wenn ...«

»Yep. Das kann ich nur unterschreiben.« Er seufzt. Dann gehen wir für eine Weile schweigend nebeneinanderher.

»Gäbe es denn ... Gründe, mich zu mögen?«, fragt er, als wir vor unserem Wohnhaus stehen bleiben.

»Was heißt denn mögen ... ich *mag* dich, Luca. Wirklich, du bist so liebenswert und charmant. Und großzügig und warmherzig.«

»Attraktiv?«, schlägt er vor und grinst verschlagen.

»Überheblich!«, kontere ich und stupse ihn in die Seite.

»Eigentlich perfekt.«

»Eigentlich ja.«

»Wenn du nicht auf komplizierte Typen stehen würdest.«

Plötzlich habe ich Tränen in den Augen, und trotzdem muss ich lächeln.

»Wird dein Herz jemals wieder frei sein, bella Juliana?«

Ich zucke verzweifelt mit den Schultern.

»Ich hoffe es.«

»Für den Fall hast du ja meine Nummer!«

»Das klingt so nach Abschied«, flüstere ich.

»Vielleicht nur nach Abstand«, antwortet er. »Ein bisschen Urlaub zu Hause wird mir sicher guttun. Und wer weiß, vielleicht vermisst du mich ja ein bisschen.«

Luca zieht mich in seine Arme, und ich vergrabe meine Nase in seiner Lederjacke. Er küsst mich zum Abschied auf die Stirn, und ich hoffe von ganzem Herzen, nicht schon wieder einen Freund verloren zu haben.

Kapitel 29

Marc

Das erste Mal über Ultraschall dieses kleine Leben in Veras Bauch mit eigenen Augen zu sehen, erfüllt mich mit Ehrfurcht. Ich höre den regelmäßigen Herzschlag des Babys, und wenngleich ich für Vera nicht das empfinden kann, was sie vielleicht erwartet, weckt dieser Moment einen Beschützerinstinkt, den ich bisher nicht kannte. Die letzten Tage, besonders der Abend in Innsbruck, an dem ich Jules Glück mitansehen musste, bestärkten mich in der Entscheidung, Vera heute zur Untersuchung zu begleiten. Und es ist richtig, hier zu sein. Unser Kind braucht mich. Egal, wie viel Angst mir die Zukunft einjagt. Egal, wie sehr ich mich nach Jule sehne. Ich muss ein neues Lebenskapitel aufschlagen.

»Ah, was haben wir denn da?« Die Frauenärztin lächelt uns geheimnisvoll an. »Wollen Sie wissen, was es wird? Heute können wir das Geschlecht Ihres Kindes bestimmen.«

Vera beißt sich auf die Lippen und sieht mich fragend an, während ich mit dieser Frage komplett überfordert bin. Als sie leicht nickt, zucke ich unsicher mit den Schultern. Die Ärztin dreht den Bildschirm des Ultraschallgerätes noch mehr in unsere Richtung und zeigt auf eine Stelle, doch sosehr ich mich bemühe, ich kann nichts erkennen, das darauf hindeutet, was wir bekommen.

»Ooohhh!«, macht Vera erfreut, und ich hebe abwartend meine Augenbrauen. »Wie süß … ein Mädchen?«

»Sieht ganz so aus«, antwortet die Ärztin mit verzücktem Gesichtsausdruck. Ob sie wohl auch bei Jungen so dreinschaut?

»Ich hab mir schon immer ein Mädchen gewünscht«, gerät Vera ins Schwärmen und muss die vor Rührung aufsteigenden Tränen wegblinzeln. Sie greift nach meiner Hand und drückt so fest zu, dass ich beinahe einen Krampf bekomme. Ich habe keine Ahnung, welche Reaktion Vera jetzt von mir erwartet, doch sie scheint so in ihrem Glücksgefühl aufzugehen, dass sie mich überhaupt nicht mehr beachtet. Insgeheim bin ich dankbar dafür.

»Ich werde das Zimmer ganz pink streichen«, sinniert Vera auf der Heimfahrt. »Oder vielleicht hellrosa? Mit pinken Herzen? Und Schmetterlingen? Wir sollten uns bald einen Namen überlegen ... was meinst du?« Sie sieht mich von der Seite an und wartet auf eine Antwort. Ich nicke nur, der Situation absolut nicht gewachsen.

»Wow, die Kleine findet das anscheinend auch«, ruft sie plötzlich mit leuchtenden Augen aus, während ihre Hände auf ihrem Bauch ruhen. »Sie tritt schon ganz schön zu.« Selig lächelt Vera mich an und kichert, jedes Mal, wenn sie die Bewegungen des Babys wahrnimmt. Ich lenke meinen Wagen in die Einfahrt von Veras Wohnblock und halte an. Unvorbereitet schnellt ihre Hand nach vorne und greift nach meiner, legt sie sanft auf ihren Bauch, damit auch ich spüren kann, was dort vor sich geht. Es ist mir unangenehm, Vera auf diese Weise zu berühren, aber aus irgendeinem Grund kann ich meine Hand auch nicht zurückziehen. Lautlos atme ich tief durch und schließe für einen Moment die Augen, um mich ganz auf das Baby zu konzentrieren.

»Spürst du das?«, will Vera wissen, und erneut nicke ich, obwohl ich viel zu verkrampft bin, um irgendeine Regung wahrzunehmen. »Was hältst du von Fiona? Oder Leandra? Freust du dich denn überhaupt nicht, dass wir eine kleine Prinzessin bekommen? Du hast noch gar nichts dazu gesagt! Bald sind wir drei eine richtige Familie!«

Plötzlich wird es mir zu viel, dass Vera so ohne Unterlass auf mich einredet. Ich kann ihr weder die Antworten geben, die sie hören will, noch kann ich mich emotional auf dieses Familiending einlassen. Wie stellt sie sich das vor? Dass sich Gefühle so von jetzt auf gleich bestellen lassen wie in einem Online-Shop? Ich entwinde mich ihr und bringe Abstand zwischen uns.

»Was ist denn los?«, blafft sie mich verständnislos an.

Vera macht keine Anstalten auszusteigen, deshalb bin ich es, der das Auto fluchtartig verlässt. Sie folgt mir auf dem Fuß. »Sag mal ... ist alles in Ordnung?«

Ich renne einmal rund um den Wagen herum und raufe mir die Haare. Am liebsten würde ich zu Fuß nach Hause laufen, nur um etwas Dampf abzulassen.

»Nein, Vera. Nichts ist in Ordnung.« Abrupt bleibe ich stehen.

»Aber ...«

»Ich kann das einfach nicht«, erkläre ich aufgebracht. »Schön und gut, dass du dich so freust, aber ich ... ich bin einfach noch nicht so weit!«

Vera verschränkt die Arme vor der Brust und macht einen Schmollmund. »Na gut, dann ... geben wir sie wieder zurück. Bis der *Herr Scheiber* dann endlich so weit ist«, spuckt sie giftig aus.

Ich sauge scharf die Luft ein. »So meinte ich das nicht.«

»Na, wie denn dann? Ich kann das auch alleine durchziehen, wenn du dir zu schade bist.«

»Jetzt mach mal halblang«, stoppe ich sie mit erhobenen Handflächen. »Ich bin mir überhaupt nicht zu schade. Aber wir sollten es einfach langsam angehen.«

»Unsere Tochter wächst da drin«, ignoriert sie meinen Einwand und deutet auf ihren Bauch, »und ich werde jeden Tag fetter«, jetzt fängt sie an zu weinen, »und es schert sie kein Stück, ob ihr lieber Erzeuger es langsam angehen lassen will. Ständig bin ich müde und habe Heißhungerattacken. Von meinem Kreislauf ganz zu schweigen. Es ist verdammt anstrengend, schwanger zu sein.« Ihr Tonfall wird immer lauter, und ich weiß nicht, was ich tun kann, um sie zu beruhigen. »Und du kümmerst dich einen Dreck um mich, bloß weil du einer Liebe hinterhertrauerst, für die es sowieso nie eine Chance gab.«

Whoa, jetzt bringt sie auch noch Jule ins Spiel. Aber irgendwo hat sie auch recht. Schließlich bin ich auch nicht unbeteiligt daran, uns in diese Lage manövriert zu haben. Das heißt aber nicht, dass es mich nicht tierisch nervt.

Ich verdrehe die Augen, schließe mein Auto ab, nehme Vera am Arm und ziehe sie hinter mir ins Haus, die Treppe hinauf bis vor ihre Wohnungstür. »Es verletzt mich so sehr, dass du so kalt zu mir bist«, heult sie, während ich ihr die Schlüssel aus der Hand nehme und aufschließe. »Ich war dir nur gut genug, als du Trost gebraucht hast.«

Ich schiebe sie in die Küche, drücke sie auf einen Stuhl und fülle ein Glas mit Leitungswasser, das ich vor ihr auf den Tisch stelle. Vera sieht elend aus, und obwohl sie meine Geduld im Moment gehörig auf die Probe stellt, gewinnt mein Mitgefühl letztlich die Oberhand. Sie zieht die Nase hoch, und dann bekommt sie auch noch Schluckauf. Auf der Anrichte finde ich eine Packung Taschentücher, die ich ebenfalls vor sie hinlege.

»Hör zu ... ich ... ich meinte das nicht so«, beginne ich vorsichtig, wäge jedes Wort genau ab. »Natürlich ist das jetzt eine große Herausforderung. Für dich klarerweise noch mehr als für mich. Aber müssen wir denn unbedingt schon jetzt einen Namen aussuchen und die Farbe der Wände im Kinderzimmer?«

Sie sieht mich einen Augenblick verblüfft an, dann beginnt sie aufs Neue zu schluchzen. »Wir haben doch nicht mehr viel Zeit.«

»Doch, Vera, wir haben noch genug Zeit. Ein Kinderzimmer einzurichten ist doch keine Lebensaufgabe.«

»Aber ich weiß doch noch nicht einmal, wo es sein soll ... das Kinderzimmer.« Ihr verzweifelter Gesichtsausdruck lässt mich nicht kalt, und ich beginne ernsthaft über ihre Worte nachzudenken. »Diese Wohnung ist winzig ...« Mit dem Taschentuch wischt sie sich über die Augen und hinterlässt eine schwarze Spur in ihrem Gesicht.

»Aber mein Haus ist groß genug«, höre ich mich spontan sagen und erschrecke selbst über diesen Entschluss. Mit einem Mal erhellt sich Veras Miene, und sie erhebt sich und fällt mir stürmisch um den Hals.

Was meine Entscheidung für weitreichende Folgen haben wird, ist mir im Moment noch gar nicht bewusst. Erst einmal bin ich nur froh, sie wieder beruhigt zu haben.

•••

Ich sitze in meinem Büro an einem Entwurf für ein Treppengeländer in einer von Kitzbühels Nobelvillen, als Bernd mir via Firmentelefon durchgibt, dass mein Typ verlangt wird. Emmis Grabstätte ist letzte Woche fertig geworden, und nach reiflicher Überlegung habe ich beschlossen, dass es nicht notwendig ist, Jule Bescheid zu geben. Sie wird es sehen, wenn sie den Friedhof das nächste Mal besucht. Würde ich sie benachrichtigen, hätte es eine Reaktion ihrerseits zur Konsequenz, was mich nur wieder aus meiner Alltagsroutine reißen würde, in die ich mich mit Müh und Not hineingefunden habe. Schlimm genug, dass sie immer noch meine Gedanken beherrscht und ich mich oft regelrecht zwingen muss, meinen Pflichten nachzukommen.

»Schick die Kundschaft rein, ich kümmere mich gleich darum«, antworte ich Bernd etwas abwesend, während meine Augen immer noch die Skizze vor mir fokussieren. Ich nehme das leise Geräusch der nur angelehnten Tür hinter mir wahr und zeichne einige finale Änderungen auf dem Papier vor mir ein.

»Ich bin gleich bei Ihnen«, informiere ich den Kunden, der zwar schwere Atemgeräusche macht, ansonsten aber schweigt. Mit einem Ruck schwinge ich meinen Bürostuhl in seine Richtung und erstarre, als ich mein Gegenüber erkenne.

»Rainer«, sage ich so ruhig wie möglich und versuche, mir meine Überraschung nicht anmerken zu lassen. Ich erhebe mich, komme gar nicht auf die Idee, ihm einen Stuhl anzubieten.

»Marcus«, begrüßt Rainer mich ebenfalls knapp. Sein verbliebenes Haar ist in den letzten Jahren ergraut und noch schütterer geworden.

Die Furchen auf seiner Stirn sind tiefer als früher, und die Fältchen um Augen und Mund lassen sein Alter erahnen. Doch seine Haltung ist aufrecht wie eh und je. Wir stieren einander an, ohne ein Wort zu sagen. Ich frage mich, was er hier will. Mir die Leviten lesen, für das, was ich seiner Tochter angetan habe? Ich weiß ja nicht einmal, was Jule ihm erzählt hat.

»Emmis Kreuz«, bricht er schließlich die Stille, »ich habe gesehen, dass es fertig ist.«

Ich nicke. »Ich hoffe, sie hat es sich in etwa so vorgestellt.«

»Es ist schön geworden«, erwidert er und lässt mich stutzen. »Es würde ihr gefallen.«

Ich bin irritiert. Er ist bestimmt nicht hergekommen, um mir das zu sagen.

»Wie viel schulde ich dir?«, will er wissen und fixiert mich weiterhin.

»Nichts. Es ist mein letztes Geschenk an Emmi.«

Rainer nickt kaum merklich. Mein rastloser Geist sucht nach der Bedeutung seines Auftauchens. Ich ahne, wie schwer es ihm gefallen sein muss, herzukommen. Aber wozu der Aufwand? Er hätte mir genauso gut eine Mail schicken können. Unsere Kontaktdaten stehen auf unserer Homepage.

Langsam beginne ich mich unter seinem stechenden Blick unwohl zu fühlen. »Ist das alles?«, frage ich schließlich. »Ich habe noch einiges zu tun.«

»Ich habe dir unrecht getan damals«, antwortet er mit seiner rauen Stimme. Ein Schwall Luft entweicht mir geräuschvoll, während ich versuche, seine Worte in meinem Kopf zu ordnen.

»Wovon redest du?«

»Stefans Tod war ein schwerer Schicksalsschlag«, sagt er und senkt seine Lider, »aber es war nicht deine Schuld!«

Ich blinzle ein paar Mal. Ist das wirklich Rainer, der hier vor mir steht?

»Du warst der beste Freund, den er je hatte. Niemand hat ihn so gut gekannt wie du. Nicht einmal ich. Vielleicht war ich einfach nur eifersüchtig auf dich.« Sein Geständnis berührt mich. Nach so langer Zeit zu dieser Erkenntnis zu gelangen und das auch noch zuzugeben, muss ihn ziemlich viel Kraft kosten. Das rechne ich ihm hoch an.

»Ich habe ihn im Stich gelassen«, entgegne ich, als Rainer sich zur Tür umdreht, um zu gehen.

»Nein. Das hast du nicht.« Er hält einen Augenblick inne und presst die Lippen zu einer schmalen Linie zusammen. »Es war seine Entscheidung, alleine auf den Berg zu steigen. Nicht deine.«

Ich muss zugeben, dass ich das noch nie so gesehen habe. Im Gegenteil, ich habe mich immer dafür verantwortlich gefühlt, dass Stefan die Tour zum Gamshorn ohne mich machte. Ich habe ihn ja schließlich erst dazu ermutigt. Und vielleicht hat er nach unserem Streit den Entschluss gefasst ...

Rainer verlässt mein Büro und lässt mich völlig durcheinander zurück. Ich weiß nicht, ob ich lachen oder weinen soll, und starre eine ganze Weile auf die nun verschlossene Tür. Er nimmt mir eine zentnerschwere Last ab, und ich bin nicht sicher, ob ich das annehmen kann, denn trotz allem bleibt dieses große *Aber*. Obwohl er eigentlich nicht viel gesagt hat, bedeutet mir das, was so eine Art Entschuldigung war, unglaublich viel. Und wahrscheinlich ist Rainer das überhaupt nicht bewusst.

Kapitel 30

Marc

Der Aufstieg ist mühsam, und ich rechne mir keine große Wahrscheinlichkeit aus, dass Jimmy sich ein weiteres Mal dazu bewegen lässt, mich zu begleiten. Aber wichtig ist nur, dass er heute hier ist. Der Grund, warum ich ihn gefragt habe, ist, dass er – im Gegensatz zu Matze – auch hin und wieder ganz gut im Schweigen ist. Und das ist es, was ich auf dieser Mission brauche. Dafür habe ich mir extra an einem Mittwoch freigenommen. Jimmy kann sich unter der Woche einfach leichter ein paar Stunden losreißen, und ein positiver Nebeneffekt ist, dass die Berge dann nicht so überlaufen sind wie an den Wochenenden. Seit der Tour damals, bei der ich Stefan überreden wollte, den Gipfel zu erklimmen, wir es aber letztlich aus Zeitgründen aufschoben – und nie mehr nachholen konnten –, bin ich nicht wieder auf das Gamshorn gestiegen. Ich habe diesen Berg gemieden wie der Teufel das Weihwasser. Und leider habe ich auch nie herausgefunden, ob es Stefan gelungen ist, ihn zu bezwingen, oder ob er schon am Aufstieg scheiterte und in den Tod stürzte.

Nach Rainers überraschendem Besuch habe ich das dringende Bedürfnis, Antworten zu finden. Nicht, weil es zwischen Jule und mir noch etwas ändern könnte. Einfach um meines Seelenfriedens willen.

Es ist ein wunderschöner Spätherbstmorgen und ausgesprochen warm für diese Jahreszeit. Heute soll das Thermometer laut Wetterbericht sogar die Fünfundzwanzig-Grad-Marke knacken. Im Tal, versteht sich. Auf über zweitausend Meter Höhe, wo wir uns bewegen, wird es wahrscheinlich so um die zwölf bis fünfzehn Grad haben. Zum Glück hatten wir dieses Jahr noch keinen überraschenden Wintereinbruch, denn das würde den Aufstieg noch erschweren und vor allem viel kälter gestalten. Diesem Gefühl, das mich seit Tagen beherrscht, dieser inneren Zerrissenheit, diesem Durcheinander in meinem Kopf kann ich nur auf diese Art und Weise entgegensteuern. Auspowern und zu mir kommen.

Wir erreichen die erste Bergkuppe und beobachten, wie die Sonne versucht, mit langen Fingern nach und nach den Hochnebel wegzuwischen. Der verwaschene, mit immer dünner werdenden Nebelschwaden durchzogene Blick auf die Talsohle ist unbeschreiblich schön.

»Alles gut?«, will Jimmy wissen, als er schwer schnaufend neben mir erscheint. Ich nicke und schenke ihm ein leichtes Lächeln. Dieses traumhafte Bild, das sich vor uns eröffnet, ist Balsam für meine Seele, und ich hoffe, auch Stefan hat sich damals die Zeit genommen, es in sich aufzusaugen. Ich muss Jimmy nicht erklären, wieso ich ausgerechnet jetzt aufs Gamshorn will, er versteht mich auch ohne Rechtfertigungen.

Langsam spüre ich, wie ich ruhiger werde und – trotz des schweren Rucksacks auf meinen Schultern – mir mit jedem Schritt, den ich gehe, leichter ums Herz wird.

Jimmy legt ohne Vorwarnung seine zu einem Trichter geformten Hände vor den Mund und lässt einen lauten Juchzer über dem Tal erklingen.

»Was soll das werden? Ein Brunftschrei?«, verarsche ich ihn lachend, doch er ignoriert mich.

»Danke«, erwidert er fast ehrfürchtig.

»Für diesen saublöden …«

»Dass du mich gefragt hast, ob ich mitkomme.«

Ich schlucke das Ende meines Satzes hinunter, als ich seinen feierlichen Gesichtsausdruck wahrnehme.

»Vor lauter Arbeit vergesse ich manchmal, wie es ist, einfach *ich* sein zu dürfen.«

»Ich dachte, du liebst es, für andere da zu sein.«

»Das tue ich auch. Das heißt aber nicht, dass es nicht auch anstrengend ist«, erwidert er, und wir setzen unseren Weg fort.

»Du zweifelst nicht an deiner Berufung, oder?«

Er atmet einmal tief durch, scheint sich meine Frage durch den Kopf gehen zu lassen. »Absolut nicht. Es ist nur so selten, der Schöpfung in ihrer Ursprünglichkeit so nahe zu sein. Ich meine ... sieh dich um. Wir leben mitten im Paradies. Und jeder – mich eingeschlossen – ist so mit Pflichten zugeschüttet, ja von Arbeit überrollt, dass wir das Leben außerhalb dieses Alltagskarussells völlig übersehen. Dabei könnten wir grade aus Momenten wie diesen unsere Kraft schöpfen.«

Seine Worte und die Leidenschaft, mit der er sie vorträgt, lassen mich schmunzeln und geben mir gleichzeitig zu denken. Obwohl ich sehr selten in die Kirche gehe, ist mir schon zu Ohren gekommen, dass Pfarrer Benedikt sehr wortgewandte und mitreißende Predigten hält. Weshalb sich die Zahl der Kirchgänger seit seiner Amtszeit um einiges vergrößert hat.

Der wildromantische Pfad, der mit üppiger Farbenvielfalt gesäumt ist, verliert sich langsam im alpinen, felsigeren Gelände.

»Weißt du eigentlich, dass ich schon seit Monaten solch eine Bergtour machen wollte?«, wendet Jimmy sich zu mir um.

»Wieso hast du nie etwas gesagt?«

»Ja, wenn das allgegenwärtige Zeitproblem nicht wäre. Selbst zu den wenigen Bergmessen, die ich zelebrieren durfte, musste ich jedes Mal mit dem Auto oder mit dem Lift fahren. Wenn ich vorher den Gottesdienst im Tal abhalten will – und einen Ersatz zu finden, ist außerordentlich schwierig –, dann bleibt mir einfach keine Zeit zum Wandern. Und außerdem hattest du ja wohl selbst genug um die Ohren, wenn ich mich nicht irre.«

Ja, da muss ich ihm recht geben. Die letzten Monate waren verdammt hart. Und jetzt wird mir bewusst, dass es auch Jimmy nicht anders geht. Er steckt im Hamsterrad, so wie die meisten von uns.

»Du musst dir einfach hin und wieder freinehmen, Herr Pfarrer«, nehme ich den Faden nach einer Weile wieder auf. »Hast du nicht das Gefühl, dass du Gott hier oben noch näher bist?«

Er lacht und bleibt kurz stehen, lässt seinen Blick über die goldenen und in allen Rottönen schimmernden Wälder unter uns gleiten. »ER ist überall.«

Ein schöner Gedanke. Wir passieren die Stelle, an der Stefan und ich damals umkehrten, weil es für den Aufstieg schon zu spät war. Doch durch mein Gespräch mit Jimmy komme ich gar nicht dazu, mir Gedanken darüber zu machen.

»In jedem Baum, in jedem Blatt, in jeder winzigen Tannennadel. Und wahrscheinlich haben wir deshalb so einen schönen Herbst, weil ER mich direkt mit der Nase drauf stoßen wollte, dass ich diese Schönheit endlich mal genießen soll«, führt Jimmy mit einem Lächeln aus.

»Moment mal«, widerspreche ich und hebe oberlehrerhaft den Zeigefinger, »*ich* hab dich mit der Nase drauf gestoßen. Schließlich habe *ich* dich überredet, mitzukommen!«

»Weil Gott auch in dir ist.« Jimmy grinst spitzbübisch, trotzdem weiß ich, dass er jedes Wort ernst meint. Und er nimmt mir damit auch ein wenig den Wind aus den Segeln. »Er sorgt für uns, Marc. Auch für dich. Wir müssen ihm nur vertrauen.«

Das Gespräch endet abrupt, als uns eine fünfköpfige Gruppe Bergsteiger entgegenkommt. Wir grüßen einander, treten ein wenig zur Seite, weil der Weg an dieser Stelle recht schmal ist, und warten kurz, bis alle vorüber sind. Ein paar Meter weiter gelangen wir an eine Schlüsselstelle. Mein Herz beginnt kräftig und schmerzhaft zu pochen, weil dies – laut Erzählungen von Mitgliedern der Bergrettung – die Stelle ist, an der man Stefan gefunden und geborgen hat. Ich starre auf den Felsen, und meine verfluchten Albträume sind mit einem Mal so präsent wie nie zuvor. Wie weggewaschen dieses leichte Gefühl, das ich bis eben noch verspürte.

»Ist es hier?«, flüstert Jimmy, und ich bin wie gelähmt, bringe nicht einmal ein Nicken zustande. Irgendwie habe ich die Stelle völlig anders im Gedächtnis. Wie oft bin ich sie mit meinem Onkel gegangen? Eine Handvoll Aufstiege dürften es locker gewesen sein. Es ist kein einfacher Gipfel, doch für einen geübten Berggeher gut zu meistern. Die Schwierigkeit ist jedoch, dass der Weg nicht gekennzeichnet ist. Wenn man sich nicht auskennt, so wie Stefan, könnte einem das beim Abstieg Probleme bereiten.

»Sollen wir umkehren?«, hält Jimmy mich davon ab, weiter in die Abwärtsspirale meiner Gedanken abzudriften.

»Nein«, antworte ich mit einem Krächzen in der Stimme.

Wir nehmen uns einen Moment, um die Lage zu begutachten und zu überlegen, wie wir sie am besten angehen. Ich durchforste meine Erinnerung, versuche mir vorzustellen, wie wir den Einstieg früher genommen hatten, und schiebe den Gedanken an Stefans leblosen Körper in den hintersten Winkel meines Gehirns. Beim Bergsteigen muss man konzentriert vorgehen. Diszipliniert. Bedacht. Man darf sich nicht durch irgendwelche Gefühlsausbrüche ablenken lassen. Das ist eine der wichtigsten Lektionen am Berg und kann über Leben und Tod entscheiden. Nach sorgfältiger Inspektion umrunde ich den Felsen an der linken Seite. Ich klettere voraus, und Jimmy folgt mir in gebührlichem Abstand. Weiter oben – schätzungsweise sechzig bis siebzig Meter höher – wird mir klar, warum ich dieses Gelände anders in Erinnerung habe. Ein riesiger Felsbrocken hat sich irgendwann gelöst und ist in die Tiefe gerauscht, hat sich in einer Rinne verkeilt und den ursprünglichen Weg versperrt. Der Schwierigkeitsgrad der Route wurde dadurch deutlich erhöht.

An einer flachen Stelle – eine Art Plattform –, die breit genug für uns beide ist, halte ich an und warte auf Jimmy. Als ich ihn von dieser für mich neuen Erkenntnis informiere, scheint dieser wenig überrascht.

»Du klingst, als wäre das neu für dich.« Jimmy lässt seinen Rucksack vom Rücken gleiten und holt seine Wasserflasche heraus.

»Ich war über zehn Jahre nicht mehr hier. Dieser Felssturz hat die Route ziemlich erschwert.«

Jimmy sieht mich mit einem seltsamen Ausdruck an, will etwas sagen, hält es dann aber doch zurück.

»Was?«, fordere ich ihn auf, mit der Sprache rauszurücken.

Er weicht meinem Blick aus, tut, als wäre er am Verdursten, und leert die Flasche beinahe in einem Zug.

»Jimmy!«

»Genau das ist Stefan wahrscheinlich zum Verhängnis geworden«, antwortet er schließlich vorsichtig.

»Du meinst, dieser Felsen hat sich schon vorher gelöst?«

Er nickt.

»Woher weißt du das? Du warst damals noch gar nicht in St. Philomena.« Meine Stimme ist schärfer als beabsichtigt. Vielleicht geht mir auch nur gegen den Strich, dass ich selbst immer auf taub geschaltet habe, wenn es um diesen Berg und um das Unglück ging. Möglicherweise hätte ich meine Antworten schon viel früher haben können.

»Einer der Bergretter hat es mir erzählt«, erklärt er. »Du weißt, dass solche Unfälle den Leuten sehr nahegehen. Und lange nachhängen. Man vermutet, dass der Felssturz einige Tage vor Stefans Unfall passiert ist und er an dieser heiklen Passage scheiterte.«

Ich lasse Jimmys Worte sacken.

»Weißt du, ob er den Gipfel gepackt hat?«, frage ich, nicht sicher, ob das die Sache wirklich besser machen würde.

»Schon möglich.« Jimmy zuckt ein wenig mit den Schultern, und ich spüre, dass es ihm leidtut, mir nicht mehr Auskunft geben zu können. Ich bin erfahren genug, um zu wissen, dass der Aufstieg oft einfacher ist als der Abstieg. Die Müdigkeit lässt einen manchmal unachtsam werden. Zudem sind die Tritte am Felsen beim Blick nach unten schwieriger abzuschätzen, weil das Gelände unübersichtlicher ist. Es wäre also durchaus möglich, dass Stefan erst auf dem Rückweg verunglückte.

»Lass uns weitergehen«, sage ich, wieder gefasst. Wir schultern erneut unsere Rucksäcke und bringen die letzten Meter zum Gipfel hinter uns.

Meine Ungeduld lässt sich kaum zügeln, das Gipfelbuch aus der zerbeulten und zerkratzten Alubüchse unter dem Gipfelkreuz hervorzuziehen. Entgegen allen Erwartungen reichen die Einträge bis ins Jahr 2005, wahrscheinlich weil diese Tour eher schwach frequentiert ist. Noch bevor ich die atemberaubende Aussicht genießen kann, setze ich mich an eine windgeschützte Stelle und suche nach einem ganz bestimmten Eintrag. Und ich werde fündig.

Juli 2008

Es war ein schwieriger Aufstieg, aber ich habe ihn bei fabelhaftem Wetter aus eigener Kraft gemeistert. Die grandiose Aussicht ist mein Lohn. Marc, du hast nicht zu viel versprochen. Du wirst stolz auf mich sein und bereuen, mich nicht begleitet zu haben. Berg Heil! Auf viele weitere Gipfelsiege,

Stefan Ebner

»Oh ja, mein Freund, wenn du wüsstest, wie sehr ich das bereue«, seufze ich und kämpfe mit den Tränen.

Zehn Jahre. Zehn verdammte Jahre hatte ich immer diese leise Ahnung, dass sich Stefan meinetwegen die Felsen hinuntergestürzt haben könnte. Weil er möglicherweise dahintergekommen war, dass Jule und ich eine heimliche Romanze hatten, und nicht zuletzt wegen unserer sinnlosen Auseinandersetzung. Es wäre so leicht gewesen, hier heraufzukommen und dieser selbst auferlegten Qual ein Ende zu bereiten. Diese Einsicht ist beinahe wie ein Schock, und ich kann die plötzlichen Gefühle, die aus mir herausbrechen, nicht zurückhalten. Auch nicht, indem ich mir nach Luft ringend meine Handballen auf die Augen presse, damit mir die Tränen nicht übers Gesicht laufen. Da bemerke ich erst, dass Jimmy sich zu mir gesellt hat.

»Marc, was ist mit dir?«

Kein Wunder, dass ihn mein Zustand erschreckt, ich bin ja selbst komplett überfordert. Schweigend reiche ich ihm das Gipfelbuch und raufe mir die Haare, versuche mich zu sammeln.

»Weißt du, dass ich immer gedacht habe, Stefan hätte sich das Leben genommen?«, frage ich, noch ehe Jimmy etwas sagen kann. Er schüttelt den Kopf, sieht mich fassungslos an.

»Ich weiß ja, dass du Schuldgefühle hattest, weil du heimlich mit Jule zusammen warst, aber ... nichts hätte je darauf hingedeutet, dass Stefan den Freitod gewählt hat. Wie kommst du also darauf?«

Wie naheliegend wäre es gewesen, mein Herz schon längst zu erleichtern, indem ich jemanden einweihe in die dunklen Abgründe meiner Seele, damit dieser Jemand meine Selbstvorwürfe entkräftet. Das Gespräch mit Matze in Rosolina Mare war für meine Verhältnisse schon sehr offen gewesen, doch selbst ihm habe ich vieles verschwiegen. Aus Angst, das eigene Versagen einzugestehen. Oder vielleicht auch aus Angst, er könnte mir zustimmen.

Als ich Jimmy nun auf dem Gamshorn in absoluter Abgeschiedenheit und Stille alles beichte, fühle ich mich plötzlich so frei und leicht wie nie zuvor.

»Deine Eltern sind immer noch zusammen«, stellt Jimmy fest, nachdem ich geendet habe.

»Ja, das sind sie.«

»Hast du je mit ihnen über diese Ereignisse gesprochen?«, fragt er.

»Was glaubst du wohl?«

»Alles hat sich gefügt. Nur du hängst immer noch fest. Deine Wunden werden nie heilen können, wenn du sie immer links liegen lässt und dich nicht um sie kümmerst. Widme dich ihnen, auch wenn es schmerzt«, rät er. »Diese Wanderung heute ist ein erster wichtiger Schritt.«

Nachdenklich nicke ich.

»Kann es sein, dass du einfach nicht bereit bist, Stefan loszulassen? Und du deshalb immer noch an deiner vermeintlichen Schuld festgehalten hast?«

Ich brauche einen Moment, um zu antworten. Ich habe wirklich gedacht, ich könnte meine Vergangenheit ignorieren, weil es so verdammt viel Kraft kostet, sich damit auseinanderzusetzen.

»Ich vermisse ihn. Das ist alles, was ich weiß.«

»Da kenne ich noch jemanden, der schwer mit eurer Geschichte hadert ...«, deutet er an.

»Jule ...«

»Mit ihr zu reden wäre sicher sehr heilsam. Wenn du so weit bist.«

Jimmy hat recht. Während ich überzeugt war, dass ich es verdiene, zu leiden, habe ich Jule immer wieder neue Verletzungen zugefügt. Möglicherweise schaffe ich es wirklich, für mich mit diesem Kapitel abzuschließen. Und mir dann so weit zu vergeben, dass ich auch Jule um Verzeihung bitten kann.

Als Jimmy und ich beim Abstieg wieder die Absturzstelle passieren, ist mein Gefühl ein völlig anderes. Ich verweile ein wenig und lasse Bilder vor meinem inneren Auge vorbeiziehen, die nicht von Schmerz und Tod geprägt sind. Sondern Bilder, als mein bester Freund und ich fröhlich und ausgelassen waren. Als wir die Welt eroberten und uns alle Sorgen den Buckel hinunterrutschen konnten. Die Sonne wärmt meine Haut und die Felsen rings um uns, an denen ich mich beim Klettern festhalte. Auf einmal fällt mir ein Punkt ins Auge, der die Sonnenstrahlen so stark bündelt, dass ich den Blick abwenden muss. Ich ändere meinen Blickwinkel und bücke mich hinunter, um herauszufinden, was es ist, das da in einer Furche, einem schmalen Spalt im Stein steckt und in der Sonne glänzt. Mit ruckartigen Hin- und Herbewegungen schaffe ich es schließlich, das Metallplättchen zu lösen. Es ist tatsächlich der fehlende Teil von Stefans Militärmarke, der bei seinem Sturz abgebrochen war. Als wäre dies ein neues Zeichen der Hoffnung, umschließe ich sie in meiner Handfläche und drücke die Erkennungsmarke fest an mich.

Kapitel 31

Jule

Es ist, als hätte ich ein Déjà-vu, als unerwartet mein Vater mitten in unserem Blumenladen steht. Ich habe ihn seit Wochen weder gesehen noch gesprochen und bin mir auch nicht sicher, wie ich seine Anwesenheit deuten soll. Will er mir sagen, dass er das Haus mittlerweile verkauft hat? Oder besser gesagt Pia? Oder hat er vor zu heiraten? Ist schon wieder jemand gestorben oder krank?

Ich straffe mich und trete entschlossen auf ihn zu, um den wilden Spekulationen in meinem Kopf ein Ende zu setzen.

»Paps«, begrüße ich ihn etwas unterkühlt.

»Hallo, Liebes«, beginnt er und versucht sich an einem zaghaften Lächeln.

»Was kann ich für dich tun?«

»Ich bräuchte bitte eine einzelne Sonnenblume. Die größte, die ihr hier habt.«

Erst bin ich etwas irritiert, doch dann gehe ich zu der großen Nische mit den Schnittblumen und suche die größte Sonnenblume heraus.

»Darf es noch etwas dazu sein? Vielleicht etwas Grünes oder herbstliche Beeren?«, frage ich geschäftsmäßig.

»Sehr gerne, vielen Dank. Meine Tochter liebt Sonnenblumen, und ich fürchte, ich habe etwas
wiedergutzumachen.«

Mit einem Mal wird mir ganz warm im Bauch, und ich suche ein paar grüne Blätter und passende rote Beerenzweige dazu.

»Mir ist natürlich klar, dass es schon noch etwas mehr dazu braucht, dass sie mir verzeiht«, fährt mein Vater fort, und ich hebe meinen Blick.

»Aber es ist ein Anfang«, füge ich hinzu und erwidere nun sein Lächeln.

»Ich weiß, es ist ziemlich kurzfristig, aber ... würdest du heute Abend mit mir essen, Juliana?«

Ich brauche nicht zu überlegen, weil ich heute sowieso zu ihm gegangen wäre. Heute ist sein Geburtstag, und den haben wir immer gemeinsam verbracht. Auch dieses Mal wäre ich über meinen Schatten gesprungen, doch dass er nun hier ist und den ersten Schritt macht, bedeutet mir sehr viel. »Sehr gerne, Paps, ich freue mich!«

Obwohl ich ihm nichts für die Blumen berechne, besteht er darauf, sie zu bezahlen. Immerhin sei er ein Kunde wie jeder andere.

Ich freue mich ehrlich auf dieses Abendessen, aber ich bin auch ziemlich aufgeregt. Nur, weil heute Paps' Geburtstag ist und ich mich zweifellos zusammenreißen werde, heißt das nicht, dass unsere Differenzen einfach unter den Teppich gekehrt werden. Sie müssen dringend ausdiskutiert werden, wenn auch vielleicht nicht unbedingt heute.

Unsicher, ob ich einfach mit meinen eigenen Schlüsseln reingehen oder klingeln soll, trete ich vor der Tür noch eine Weile von einem Bein aufs andere. Endlich drücke ich auf den Klingelknopf. Schließlich hat mein Vater wieder eine Beziehung, und ich möchte absolut vermeiden, ihn, Pia und vor allem mich in eine prekäre Situation zu manövrieren. Er öffnet mir mit einem breiten Lächeln und mit einem schicken hellgrünen Hemd und einer dunklen Hose bekleidet. Er sieht wirklich gut aus, und das sage ich ihm auch, nachdem wir uns mit einer innigen Umarmung begrüßt haben.

Als ich die Wohnung betrete, umhüllt mich ein einnehmender Duft, doch ich komme nicht gleich dahinter, was mir mein Vater heute kredenzen wird.

»Es gibt Kürbissuppe«, beantwortet er meine ungestellte Frage, als hätte er meine Gedanken gelesen, und hastet mir voraus in die Küche, »und Reisauflauf.«

Meine Kinnlade klappt nach unten, und mein Vater hält im Schritt inne, als er es bemerkt.

»Ich hoffe, es ist nicht ... ähm ... zu bescheiden. Ich meine ... wahrscheinlich hast du dir etwas mehr erwartet, aber ... ich dachte ...«

»Es ist der Hammer, Paps!«, unterbreche ich sein Gestammel. »Du weißt, ich liebe bodenständiges Essen.«

»Wahrscheinlich habe ich es nicht so hinbekommen wie deine Mutter, aber ich habe mir Mühe gegeben.«

»Es schmeckt bestimmt wunderbar.«

Kürbissuppe und Reisauflauf waren früher die absoluten Lieblingsspeisen von mir und meinem Vater. Dass er das heute für uns kocht, zeigt mir, wie sehr ihm an einer Versöhnung liegt.

»Setz dich schon mal«, fordert er mich auf.

»Nein«, widerspreche ich, »Moment noch.« Ich ziehe ein Kuvert mit einer dicken Schleife aus meiner Tasche und überreiche es ihm. »Herzlichen Glückwunsch zum Geburtstag, Paps!« Jetzt ist er es, dessen Mund offen steht. Überschwänglich falle ich ihm um den Hals und drücke ihn fest.

»Du dachtest, ich hätte deinen Geburtstag vergessen, oder?«, frage ich und löse mich aus der Umarmung.

»Na ja ... du warst sauer auf mich«, wendet er ein und zuckt mit den Schultern.

»Wer sagt, dass ich das nicht mehr bin?«

»Stimmt«, grummelt er, rührt mit dem Kochlöffel im Topf um und sieht nach dem Auflauf im Ofen.

»Jetzt setz dich, ich bin gleich so weit.«

Der Tisch ist romantisch gedeckt, mit einer bereits brennenden Kerze in der Mitte und einer Vase, in der die Sonnenblume den Kopf in unsere Richtung neigt. Die Servietten sind ganz schlicht in der Mitte gefaltet, und Weißweingläser stehen bereit. Bei dem Anblick muss ich lächeln. Mein Vater hat sich wirklich alle Mühe gegeben. Doch irgendwas fehlt. Das dritte Gedeck.

»Kommt Pia nicht?«

»Nein, diesen Abend haben wir immer nur zu zweit verbracht.«

»Paps, ich hätte nichts dagegen, wenn sie auch kommen würde«, erkläre ich aufrichtig.

»Das weiß ich, Liebes. Sie wird bestimmt später noch dazukommen, aber mir war es einfach wichtig, Zeit nur mit dir alleine zu verbringen.«

»Du willst dein Geschenk nicht mit ihr teilen, gib's zu«, scherze ich mit zusammengekniffenen Augen.

»Oh, das Geschenk. Jetzt muss ich es schleunigst auspacken.«

Er bekommt zwei Karten für das Musical *My fair Lady*, das dieses Jahr in Innsbruck aufgeführt wird. Und er freut sich riesig darüber, was mir sein Gesichtsausdruck und seine feuchten Augen verraten. Dennoch scheint ihn irgendetwas zu belasten.

»Ich danke dir, mein Schatz.«

»Gern geschehen. Ich hoffe, Pia hat es noch nicht gesehen.«

Dafür ernte ich einen überraschten Blick von ihm. »Heißt das ... bist du nicht enttäuscht, wenn ich mit Pia hingehe?«

»Absolut nicht. Du kannst natürlich hingehen, mit wem du magst.«

Während des Essens – das meinem Vater hervorragend gelungen ist und mich sehr an meine Mutter erinnert – reden wir über alles Mögliche. Ich habe die Zeit mit ihm vermisst, und trotzdem weiß ich, dass es gut war, endlich auszuziehen und meine eigenen Wege zu gehen.

»Ich möchte mich bei dir entschuldigen, Juliana«, fängt er plötzlich und ganz ohne Überleitung zu erklären an. »Wie du weißt, bin ich nicht grade der feinfühligste Mensch, und es hat eine ganze Weile gedauert, bis mir bewusst geworden ist, wie viele Fehler ich gemacht habe und wie recht du mit dem hattest, was du zu mir gesagt hast.«

Ich sitze da und höre ihm zu, ohne ihn zu unterbrechen.

»Der Tod deiner Mutter hat mir den Boden unter den Füßen weggezogen. Es war so verdammt schwer, damit klarzukommen. Ohne Emmi ... ich weiß nicht, was wir ohne sie gemacht hätten. Sie hat mir

wirklich den Hintern gerettet. Besonders mit euch Kindern. Ich habe schon damals oft überlegt, mit euch
woandershin zu gehen und neu anzufangen. Eure Mutter war in St. Philomena tief verwurzelt, aber ich war dort ohne sie nicht mehr wirklich zu Hause. Und dann ... dass grade unser Junge nicht mehr vom Berg heimkommt ... das konnte ich nicht verkraften.« Er ringt mit sich, versucht, die Tränen hinunterzuschlucken und stark zu sein, um weitersprechen zu können.

»Ich wollte einfach weg. Diese verfluchten Berge, ich konnte sie einfach nicht mehr sehen.«

»In Innsbruck ist es auch nicht grade flach«, werfe ich ein.

»Das stimmt. Aber hier bekam ich am schnellsten einen Job und eine Wohnung. In Graz oder Wien hätte das anders ausgesehen.«

»Graz und Wien standen auch zur Debatte?«, will ich perplex wissen. Mir war jeder einzelne Kilometer zwischen St. Philomena und Innsbruck schon zu viel. Dann habe ich wohl wirklich Grund zur Dankbarkeit.

»Im Prinzip war mir egal, wohin ... ich wollte einfach weg. Nichts mehr um mich haben, was mich an meine Verluste erinnerte.«

»Hat es funktioniert?« Ich versuche, meine Stimme nicht zu bitter klingen zu lassen.

Er schüttelt langsam den Kopf. »Nein«, gibt er zu, »weglaufen ist selten die optimale Lösung.«

Ich atme tief durch. Obwohl mein Vater immer für mich da war, habe ich noch nie ein so tiefgründiges Gespräch mit ihm geführt.

»Ich war damals wirklich überzeugt, es wäre für dich und mich die beste Entscheidung. Dir ein Mitspracherecht einzuräumen wäre mir nie in den Sinn gekommen. Und das tut mir sehr leid.«

»Ich frage mich oft, wie mein Leben heute aussehen würde, wären wir dortgeblieben.«

»Mir ist klar, dass du an diesem Ort hängst. Deshalb habe ich mir überlegt, das Haus noch zu behalten.«

»Ehrlich?« Überrascht reiße ich die Augen auf. Wow. Jetzt bin ich tatsächlich platt. Mein Vater räumt die Teller ab, und ich springe sofort auf, um ihm zu helfen.

»Wenn du willst, dann überschreibe ich es dir. Aber ich möchte, dass du dir das gut überlegst.«

Überwältigt versuche ich, den Kloß in meinem Hals hinunterzuschlucken. Ich darf das Haus behalten! Das ist eine große Geste von meinem Vater. »Ich werde darüber nachdenken«, sage ich gerührt, und er nickt ernst. »Danke. Das bedeutet mir sehr viel.« Ich falle ihm um den Hals, doch ich weiß, dass so viele Umarmungen an einem Abend ziemlich viel für seine Verhältnisse sind.

»Setz dich, Jule, ich habe etwas für dich«, windet er sich aus meinen Armen. Er wirkt unruhig, seltsam angespannt, obwohl es doch nach einer Aussprache genau umgekehrt sein sollte.

Ich tue, wie mir geheißen, und nehme erneut am Tisch Platz. Wenige Augenblicke später setzt er mir etwas vor die Nase, das mich noch sehr viel mehr verblüfft als die vorherige Neuigkeit. Meine, Stefans und Marcs Erinnerungskiste. Ich schnappe nach Luft und blinzle mehrere Male, schließe kurz ganz die Augen, weil ich es nicht glauben kann. Doch sie steht immer noch da. Fein säuberlich geputzt und auf Hochglanz poliert.

»Woher hast du sie?«

»Marc ist hier gewesen«, erklärt mein Vater.

»Wann?« Mit zittrigen Fingern streiche ich über die Oberfläche, während jetzt ich mit den Tränen kämpfe. Hatte Marc sie die ganze Zeit? Oder hat er sich extra noch einmal auf den Weg gemacht, um sie für mich zu suchen? Warum hätte er das tun sollen?

»Vor ein paar Wochen«, vernehme ich unerwartet Pias Stimme. Ich habe sie nicht kommen hören, was meiner Verwirrung und dem daraus resultierenden Gefühlsausbruch geschuldet sein muss. »Rainer war nicht zu Hause, und ... ich hoffe, es macht dir nichts aus, dass ich sie für dich angenommen habe.« Sie klingt unsicher.

»Nein«, antworte ich rasch, »es ist okay.«

»Ich habe ihm angeboten, dich anzurufen, aber das hat er abgelehnt«, erzählt Pia.

»Was hat er sonst gesagt?« In meiner Stimme schwingt Hoffnung mit, was mich nervt, weil ich ihn mir endlich aus dem Kopf schlagen sollte.

»Anfangs habe ich ihn für einen Lieferanten gehalten. Er hat nach dir gefragt, und ich sagte, dass ich nicht wüsste, wann du wiederkommst. Wie gesagt, bot ich ihm an, dich anzurufen«, gibt Pia das Gespräch wieder, das sie mit Marc geführt hat. »Er wollte nur, dass du diese Kiste bekommst.«

»Danke«, will ich sagen, doch meine Stimme versagt. Ich muss mich kräftig räuspern, bevor ich etwas herausbringe.

»Ich lasse euch kurz allein«, flüstert Pia meinem Vater zu, und er nickt dankbar.

»Ach ... da fällt mir ein«, fügt Pia noch hinzu, bevor sie den Raum verlässt, »er sagte, es sei noch alles so wie früher. Er habe die Kiste nicht geöffnet. Offenbar war ihm wichtig, dass du das weißt.«

Ich nicke, und dann kommen auch die Tränen.

»Es tut mir leid, dass ich dir nichts gesagt habe«, beteuert mein Vater eindringlich. »Vielleicht hatte ich auch nicht das Recht, mir die Sachen anzusehen, aber ... glaub mir, Jule, das habe ich wirklich gebraucht, um vieles klarer zu sehen.«

»Bist du immer noch der Meinung, Marc wäre schuld an Stefans Tod?«

»Nein.« Langsam schüttelt er den Kopf. »Das war wahrscheinlich einer meiner größten Fehler.«

»Ist dir klar, dass er sich selbst dafür verantwortlich macht? Immer noch, nach all den Jahren?« Ein tiefer Schluchzer dringt aus meiner Kehle, und er drückt nicht annähernd aus, wie ich mich fühle. »Du musst mit ihm reden, Paps. Ihm sagen, dass er ...«

»Das habe ich schon«, unterbricht er mich.

»Du ...«, ich glaube, mich verhört zu haben, »du warst bei ihm?«

Mein Vater erzählt mir von seinem Besuch bei Marc und lässt mich dann mit der Kiste und meinen Erinnerungen alleine. Ich bin dankbar für diesen Abend der Offenbarungen und dafür, dass er mir den Raum und die Zeit gibt, das alles zu verdauen. Während Paps und Pia einen Spaziergang machen, ziehe ich mich in mein altes Zimmer zurück und lasse mich dort in meine Vergangenheit katapultieren. Mein Vater hat mir angeboten, hier zu übernachten, und ich nehme das nur zu gerne an. An Tina schicke ich eine Nachricht, damit sie sich keine Sorgen machen muss.

Mit zittrigen Fingern und einem ehrfürchtigen Herzklopfen öffne ich unseren Erinnerungsschatz. Der Inhalt ist ein wenig durcheinandergewirbelt, doch auf den ersten Blick scheint alles noch vorhanden zu sein. Eine Reihe von verschieden großen Steinen, die glitzern, wenn man sie im rechten Licht betrachtet, der Bergkristall von Marcs Onkel, unsere alten, zerschlissenen Freundschaftsarmbänder, allerlei Krimskrams und zusammengefaltete Zettelchen. Ich muss schmunzeln, als ich Stefans Karikaturen betrachte. Und schließlich: unsere Zehnjahrespläne. Auch ohne sie zu lesen, weiß ich noch ganz genau, was drinsteht. Und dennoch bewegen sich meine Finger wie von selbst, um Marcs Schriftstück auseinanderzuklappen. Ich erkenne sofort, welches von ihm stammt. Während mein Bruder und ich unsere Pläne bemalt hatten, gleicht der von Marc eher einem schlichten, weißen Papierfetzen, und auch die Worte, die er darauf verewigte, sind kurz und knapp formuliert. Untereinander, ohne Aufzählungs- oder jegliche andere Satzzeichen schrieb er:

Gut bezahlter Job
Haus
chilliges Leben
heiße Braut

Ich versuche den Gedanken zu verdrängen, ob er wohl inzwischen gefunden hat, wonach er suchte. Mit den Fingerkuppen streiche ich sanft über seine Worte. Mir ist bewusst, dass ich endlich über ihn hinwegkommen muss. Aber wenn mein Herz sogar bei diesem idiotischen

Zettel fast ausrastet, bloß weil Marc ihn geschrieben und irgendwann vor gefühlt hundert Jahren in Händen gehalten hat, wie soll ich denn dann einen Strich unter diese Sache ziehen?

Ich verzichte darauf, mir die anderen beiden Pläne anzusehen, denn ich fürchte, meine angespannten Nerven für heute schon genug strapaziert zu haben. Mein Kopf dröhnt, und ich bin müde, immerhin war es ein stressiger und langer Tag. Kurz kommt mir in den Sinn, was mein Vater vorhin zu mir gesagt hat: Er habe es gebraucht, sich den Inhalt der Kiste anzuschauen, und würde seither klarer sehen? Was meinte er damit? Mir geht es leider überhaupt nicht wie ihm. Es tut mir weh, diese Andenken hervorzukramen, und das Tohuwabohu in meinem Kopf wird kein bisschen dadurch gelichtet. Als ich die Schatulle wieder schließen will, fällt mir ein großer Briefumschlag auf, der in der Umrandung des Deckels steckt, weil er exakt dieselbe Größe hat. Mit den Fingernägeln gelingt es mir schließlich, nach einigen Bemühungen, unter die Kante des Kuverts zu schlüpfen und es herauszuziehen. Es ist dick, und die Lasche ist lediglich hineingesteckt und nicht zugeklebt. Ich kann mich nicht erinnern, den Umschlag schon einmal gesehen zu haben.

Ich ziehe den gesamten Inhalt auf einmal heraus und erkenne sofort, dass es sich um Zeichnungen von Stefan handelt, mit Bleistift oder Holzfarben auf Notizblockblätter gemalt. Mein Herz beginnt aufgeregt zu flattern. Wir hatten die Schatulle mit fünfzehn vergraben, doch die Malereien, die ich in den Händen halte, können unmöglich aus dieser Zeit stammen. Stefan muss schon älter gewesen sein, als er sie anfertigte. Und das lässt nur einen Schluss zu: Er muss die Kiste später noch einmal ausgebuddelt haben.

Die meisten Bilder tragen eine Überschrift, und ein paar davon sind auf der Rückseite beschrieben. Bevor ich sie mir allerdings ansehe, schließe ich die Vorhänge in meinem alten Schlafzimmer und mache es mir mit einer großen, kuscheligen Decke und ein paar Kissen auf meinem Bett bequem. Ich lehne mich zurück und beginne neugierig meine neueste Entdeckung zu erkunden.

Das erste Bild hat mein Bruder in winzigen, sauberen Druckbuchstaben *»Die Kälte in mir«* genannt. Am Rande einer tief verschneiten Wiese steht ein kahler Laubbaum, der mit samtigem Raureif überzogen ist, daneben ein zugefrorener See, an dessen Ufer Steine von hohen Schilfhalmen eingesäumt werden. Ich bin hingerissen von der präzisen Linienführung und den unterschiedlichen Bleistiftschattierungen, die der Zeichnung Leben einhauchen. Doch Stefans Bezeichnung lässt mich ungeheure Traurigkeit verspüren. Ich wende das Blatt, um die Zeilen auf der Rückseite zu lesen.

Ich fühle mich innerlich kalt. Unverstanden. Es liegt an Vater. Ich kann nicht sein, was er in mir sehen will. Er sieht nicht das, was ich sein will. Egal, was ich anstelle, ich spüre, wie er dichtmacht. Seine Fliesen lassen mich kalt. Es ist ein Frevel, Wände auf diese Art zu verstecken. Sie gehören bemalt, mit bunten, leuchtenden Farben verschönert. Diese Art von Kunst versteht mein Vater nicht. In mir würde es die Kälte zum Verschwinden bringen.

Eine einsame Träne verirrt sich auf meine Wange. Ich wusste, dass Stefan um die Aufmerksamkeit unseres Vaters buhlte. Und dass er lieber Kunst studieren wollte, anstatt in Paps' Fußstapfen zu treten. Die Erinnerung an die elendslangen Diskussionen ist sofort wieder präsent, und ihr Nachhall klingt in meinen Ohren wie ein lästiges Nebengeräusch, ein Tinnitus, dessen man nicht Herr wird. Hin und wieder hab ich mit Paps geredet, versuchte ihn zu überzeugen, Stefan doch zu erlauben, auf die Uni zu gehen. Es war sinnlos. Irgendwann hat sich mein Bruder damit abgefunden. So dachte ich zumindest. Vielleicht war ich einfach zu sehr mit mir selbst beschäftigt, um zu bemerken, was in ihm vorging.

Jetzt weiß ich mit absoluter Gewissheit, dass Stefan die Bilder kurz vor seinem Tod in die Schatulle gelegt haben muss.

Mit einer hastigen Handbewegung wische ich mir über die Wange und lege das Bild beiseite. Auf der nächsten Zeichnung finde ich keine Aufschrift, weder vorne noch hinten. Dafür ist die Abbildung umso eindrücklicher. In der Abenddämmerung geht ein auf einer Anhöhe stehender Heuschober in Flammen auf. Etwas unterhalb sind in winziger Miniaturform zwei Gestalten zu erkennen, die das Schauspiel offenbar beobachten. Die Berge im Hintergrund bilden einen dunklen Kontrast zu den hellen Farben, die das brennende Feuer dominieren. Bei näherer Betrachtung lässt sich in den züngelnden Flammen ein Gesicht erkennen. Ähnlich wie vorher mit dem Winterbild überträgt sich nun auch die Stimmung des Bildes auf mich, und mir wird augenblicklich heiß. Aber es ist eine unangenehme, fast unerträgliche Hitze, die mich dazu drängt, den Vorhang beiseitezuschieben und das Fenster zu öffnen. Ein kühlfeuchter Wind streift mein Gesicht, und ich atme tief durch, doch vertreibt er nicht die Erinnerung an dieses schaurige Knacken und den scheußlichen Gestank, der unser Dorf erfüllte, als an jenem Tag der Heustadel abbrannte. Damals ging das Gerücht um, dass Stefan in die Sache verwickelt war, doch ich habe es nie glauben können. Ich habe ihn nie darauf angesprochen, und wenn, hätte er bestimmt geschwiegen, um mich zu beschützen. Möglicherweise ist diese Zeichnung ein Indiz, dass dieser Brand auf seine Kappe ging. Doch vielleicht hatte er ihn nur aus der Ferne beobachtet, so wie die Gestalten auf dem Bild, unschuldig und doch fasziniert von diesem mächtigen Flammenmeer. Ich bin erschüttert und überfordert von diesen mir unbekannten Seiten meines Bruders. Und auch, wenn ich danach giere, weitere Verborgenheiten zu lüften, um mich ihm etwas näher zu fühlen, verschiebe ich das auf einen anderen Tag. Ich fühle mich zu aufgewühlt, zu emotional. Und hundemüde. Trotzdem dauert es viel zu lange, bis mich der rettende Schlaf aus meinen Grübeleien befreit.

Kapitel 32

Jule

Im Laden ist im Moment viel los. Die Gartenanlagen, für die wir zuständig sind, müssen auf die kalte Jahreszeit vorbereitet werden, und unzählige Gräber warten darauf, mit Gestecken und winterharten Pflanzen für Allerheiligen geschmückt zu werden. Tina ist ziemlich erkältet, weshalb ich darauf bestehe, dass sie pünktlich Schluss macht. Unter fast ununterbrochenem *Hatschi* und *Schnief* beteuert sie ihr schlechtes Gewissen, sieht aber dank eines erneuten Niesanfalles ein, dass es wirklich keinen Sinn hat, auch noch Überstunden zu machen.

»Du siehst zu, dass du ins Bett kommst, keine Widerrede«, schiebe ich sie rigoros die Hintertür hinaus. »Und ich werde Luca anrufen, damit er dir eine heiße Brühe bringt.«

»Bloß keine Umstände meinetwegen«, nuschelt Tina durch die Nase.

»Luca hat immer was da, das weißt du. Und wenn's schon keine Hühnersuppe ist, dann bestimmt irgendwas anderes Gesundes.«

»Aber es ist noch soo viel zu tun ... *Ha ha hatschi.*«

»Gute Besserung«, ersticke ich ihren Protest im Keim.

Tina ist in den letzten Monaten so oft für mich eingesprungen, da ist es doch ganz logisch, dass ich mich jetzt revanchiere. Außerdem hat Gitti sich für die nächsten Tage auch nachmittags freigeschaufelt und hilft mir im Geschäft.

Völlig gerädert komme ich erst ziemlich spät in die Wohnung. Alles ist ruhig und dunkel, und ich schleiche mich leise und vorsichtig in Tinas Schlafzimmer, um nach ihr zu sehen. Sie schlummert tief und fest, neben sich einen Riesenberg Taschentücher. Der ganze Raum riecht nach Menthol, doch wenigstens kann sie dadurch offenbar besser schlafen, wenngleich sie auch ein leichtes Schnarchgeräusch von sich gibt.

Auf der Anrichte in der Küche finde ich einen stattlichen Suppentopf, dessen Boden mit einem Rest Gemüsebrühe bedeckt ist, flankiert von einem mit wunderbar duftendem Jourgebäck gefüllten Brotkorb und einem dunkelroten Warmhaltegeschirr. Ein Blick hinein lässt mir das Wasser im Mund zusammenlaufen. Chili con Carne. Luca ist wirklich ein Schatz!

Pappsatt und innerlich bereits in Aufruhr werfe ich mich wenig später mit meiner Kiste auf die Couch, erleichtert, dass ich Tinas wohlmeinenden Ratschlägen für heute entgehe. Auch wenn ich es ihr irgendwann wahrscheinlich ohnehin erzähle, für diese Aktion muss ich einfach alleine sein.

Ich öffne die Blechschatulle, leere den Inhalt aus dem Briefumschlag und suche mir eine von Stefans Zeichnungen aus, die ich noch nicht kenne. Sie zeigt ein mächtiges Bergmassiv, das, von dichten, bewaldeten Hügeln getragen, in der Abendsonne daliegt. Verschiedene Grün- und Rosatöne, die an manchen Stellen in ein leichtes Orange übergehen, beherrschen das Bild. Es ist wunderschön, und einen langen Moment bin ich in dem ausdrucksstarken Gemälde, das den Titel *Entscheidungen* trägt, gefangen. Eine etwas eigenwillige Überschrift, aber möglicherweise klären mich die Zeilen auf der Rückseite des Papiers über die Bedeutung auf.

Es ist nicht wichtig, wie hoch der Gipfel ist, den wir in Angriff nehmen, nicht von Belang, wie lange wir dafür brauchen, ihn zu meistern. Von Bedeutung ist nur, dass wir uns erstens dafür entscheiden, ihn zu erklimmen, und zweitens, wie wir den Weg gehen.

Mit offenem Herzen, ohne das Ziel aus den Augen zu verlieren. Und, trotz aller Widrigkeiten, sich selbst treu zu bleiben. Wir sollten uns nicht von Rückschlägen entmutigen oder von irgendjemandem einreden lassen, dass unser Weg der falsche ist. Wenn man tief im Inneren spürt, wo es einen hinzieht, ist man sich selbst dann nicht schuldig, dorthin zu gehen und für seine Träume zu kämpfen? Meine nächste Hürde wird sein, mit meinem Vater zu reden. Ihm zu erklären, dass ich mich auf der Uni zu einem Kunststudium eingeschrieben habe. Um meinen Ideen den Raum zu geben, den sie brauchen, um sich zu entfalten. Ich hoffe, er wird es verstehen. Nicht sofort. Aber vielleicht irgendwann. Weil er es war, der uns vorgelebt hat, wie es ist, seinen Beruf mit Leidenschaft auszuüben. Und weil ich es mir schuldig bin.

Stefans Worte bringen mich zum Grübeln. Dass er den Entschluss gefasst hatte, tatsächlich zu studieren, obwohl Paps dagegen war, macht mich irgendwie stolz und gleichzeitig unsagbar traurig, dass er es nicht mehr durchziehen konnte. Er wäre ein fantastischer Künstler geworden, und vor allem – er hätte seine Arbeit geliebt, da bin ich sicher.

Während ich ein paar weitere Zeichnungen durchforste, darunter ein Jahreszeitenbild und ein Gemälde einer mir unbekannten Stadt, sticht mir plötzlich das einzige Bild ins Auge, auf dem Menschen – und diesmal nicht in Miniaturform – abgebildet sind. Auf einem breiten Schotterweg, mit Alpenblumen und Nadelgehölzen gesäumt, spazieren ein Mann und eine Frau, ganz nah beieinander. Obwohl man nur die Rückenansicht des Pärchens sieht, spürt man sofort, wie sie füreinander empfinden. Sie halten Händchen, und er neigt sich ein wenig zu ihr, um ihr etwas ins Ohr zu flüstern. Ein Lächeln umspielt seine Lippen, und dieses Lächeln und dieses Gesicht, das nur zur Hälfte sichtbar ist, kenne ich so gut. Es ist Marc, und die Frau mit den schulterlangen, braunen Haaren, das bin ich. Ganz unverkennbar, denn sie trägt kurze, ausgefranste Jeans und ein orangefarbenes T-Shirt mit einem chinesischen Zeichen auf dem Rücken. Das war damals mein Lieblingssommeroutfit. Das Bild berührt mich sehr, und auf meine Brust senkt sich eine gefühlt tonnenschwere Bleikugel. Zugleich durchzuckt mich die Erkenntnis wie ein Blitz. Stefan wusste über Marc und mich Bescheid. Wie sollte er sonst auf die Idee gekommen sein, so etwas zu malen? Das Kunstwerk hat keinen Namen, doch auf der Rückseite stehen erneut ein paar Zeilen.

Ich kenne nicht viele Menschen, die durch eine so tiefe Liebe verbunden sind. Meine Eltern gehörten dazu. Ich bin mir nicht sicher, ob es besser ist, die große Liebe nie zu finden, oder sie, wie mein Vater, so früh zu verlieren. Jule und Marc. Sie denken wirklich, ich bin blind. Doch wenn man mit den beiden in einem Raum ist, dieses Pritzeln spürt, das zwischen ihnen in der Luft liegt, gibt es keinen Zweifel. Sie sind füreinander geschaffen. Auch wenn sie es vermeiden, sich anzusehen, man kann sie fast greifen, diese Zuneigung, die sie verbindet. Vielleicht sollte ich dieser Charade ein Ende setzen und ihnen sagen, wie sehr ich mich für sie freue. Ich könnte mir keinen besseren Menschen an der Seite meiner Schwester vorstellen.

Ein lautes Schluchzen durchdringt mich, ehe Tränen mein Gesicht überfluten. Stefan wusste es. Und er war sich sogar sicher, dass Marc und ich füreinander bestimmt waren. Oder sind? Durch dieses ständige Vertuschen unserer Gefühle haben wir alles kaputt gemacht. Wir hätten eine wirklich reelle Chance gehabt. Oder stimmt es am Ende doch, was

Marc gesagt hat? Dass er mich nur haben wollte? Meine Gedanken überschlagen sich. Ich rufe mir die Nacht in der Hütte ins Gedächtnis, wie er mich ansah, seine zärtlichen Berührungen auf meiner Haut. Den Sonnenaufgang, bei dem er mir sagte, er wünschte sich, er könnte ewig mit mir hier stehen. Ich erinnere mich an jedes einzelne Wort unserer Auseinandersetzung. Dass er mich nie im Stich lassen wollte und dass ich immer etwas Besonderes für ihn war. Wenn ich ganz tief in mich hineinhorche, weiß ich mit absoluter Gewissheit, dass seine Gefühle mir gegenüber ehrlich waren und dass er nicht einfach nur scharf auf mich war. Doch warum sollte er so etwas sonst behaupten? Und das Bild, das sich mir anschließend im Tal bot, als er und Vera sich in den Armen lagen, sprach Bände. Und doch bleiben diese leisen Zweifel in mir. Wenn sogar Stefan seine Schlüsse gezogen hat … damals vor so vielen Jahren schon. Sollten wir uns wirklich beide getäuscht haben?

Als ich am nächsten Morgen beim Kaffee sitze, fühle ich mich noch fertiger als am Abend zuvor. Mein Kopfzerbrechen hat mich kein bisschen weitergebracht. Im Gegenteil, es hat den Kummer um Stefan und in weiterer Folge um Tante Emmi immens verstärkt. Außerdem ist die Sehnsucht nach Marc kaum auszuhalten. Verdammt, ich muss endlich aufhören, mich im Selbstmitleid zu suhlen.

»Guten Morgen«, begrüßt mich Tinas heisere Krächzstimme und lässt mich aus geschwollenen Augen aufblicken.

»Morgen«, entgegne ich und versuche ein Lächeln, scheitere aber kläglich. »Wie fühlst du dich heute?«

»Ich schätze, besser, als du aussiehst«, kommentiert sie wenig hilfreich.

»Das ist doch schon mal was.«

»Na, ich weiß nicht …« Schlapp lässt sie sich auf den Stuhl mir gegenüber fallen.

»Du bleibst heute lieber noch im Bett, hm?«

»Ich bin mir nicht sicher, ob es nicht klüger wäre, dich dorthin zu verfrachten. Hast du eigentlich überhaupt geschlafen?«, will sie besorgt wissen.

Deprimiert und wortlos zucke ich mit der linken Schulter.

»Was ist passiert?« Unter der nasalen Klangfarbe höre ich Tinas Beunruhigung aus ihrer Stimme heraus.

»Ich mach dir erst einmal Tee«, will ich mich vor einer Erklärung drücken, vor allem deshalb, weil ich überhaupt nicht weiß, wo ich anfangen soll.

»Das ist lieb, aber nebenbei kannst du doch ... erzählen.« Ihre Worte sind vorsichtig, als könnte sie damit eine Detonation auslösen.

Nachdem Tina mich dazu nötigt, ihr alles haarklein zu berichten, muss sie mir im Gegenzug versprechen, mindestens noch den heutigen Tag das Bett zu hüten. Ich bin immer noch müde, als ich mich auf den Weg in den Laden mache, aber das Gewicht auf meiner Brust fühlt sich eindeutig nicht mehr ganz so schwer an. Die vielen Kunden lenken mich zum Glück meistens ab, aber zwischendurch kämpfe ich mit der Frage, die Tina mir nach meiner Berichterstattung stellte: »Was hast du jetzt vor?«

Ja. Gute Frage. Was habe ich jetzt vor mit diesen vielen Informationen? Ändern sie überhaupt irgendwas? Für meinen Vater haben sie etwas geändert. Und obwohl ich nicht mit ihm darüber gesprochen habe, wirkte er auf mich doch ruhiger, fast schon nachdenklich. Und ich bin sicher, dass sich auch für Marc etwas verändert hat, als Paps ihn um Vergebung gebeten hat.

Was, wenn damals alles anders gelaufen wäre? Wäre Stefan auch alleine auf das Gamshorn gestiegen, wenn er gewusst hätte, dass Marc mit mir zusammen war und deshalb keine Zeit hatte, ihn zu begleiten? Wahrscheinlich wäre er das. Weil er sich dafür *entschieden* hat, diesen Gipfel zu besteigen. Womöglich wollte er einfach den Kopf frei bekommen, um darüber nachzudenken, wie es weiterging. Schließlich hatte er große, wichtige Entscheidungen getroffen.

Kurz vor Feierabend beschließe ich, noch heute Abend nach St. Philomena zu fahren. Ich werde Marc die Kiste wieder zurückbringen. Er hat ein Recht darauf, die Wahrheit zu erfahren, und muss endlich aufhören, sich selbst die Schuld an Stefans Tod zu geben. Und ich werde meinen eigenen, persönlichen Gipfel erklimmen und Marc gestehen, was ich wirklich für ihn empfinde. Schluss mit dem Hin und Her. Schluss mit Ausflüchten. Es ist Zeit für Aufrichtigkeit. Das sind wir uns schuldig.

•••

Es ist der letzte Samstag im Oktober. Die Fahrt ins Unterland verläuft etwas zäh, aber mein Vorteil ist, dass ich heute im Laden wirklich viel geschafft habe und es mir deshalb leisten kann, den Sonntag freizumachen. Also bin ich nicht in Eile. Auf dem Beifahrersitz deponiere ich unsere Erinnerungsschatulle, damit ich sie immer im Blick habe. Im Fußraum der Beifahrerseite liegen Handschuhe, eine Gartenkralle und eine Schaufel, im Kofferraum steht ein Pappkarton mit Kränzen und Kerzen, die ich auf den Gräbern meiner Familie platzieren werde. Vorher muss ich allerdings die alten Pflanzen entfernen, um Platz zu schaffen für Neues. Ich bin noch etwas unschlüssig, ob ich erst auf den Friedhof gehen soll und meine Arbeit erledigen oder ob ich den Mut habe, mich vorher noch meinem Gespräch mit Marc zu stellen. Ich lege eine CD von Bon Jovi ein und lasse mich voll auf seine Songs ein, um mich abzulenken. Und plötzlich stehe ich schon vor Marcs Einfahrt. Meine Knie sind weich, und mein Puls pocht unverschämt stark in meiner Halsbeuge. Ich brauche einen Moment, versuche mich zu beruhigen, indem ich tief aus- und einatme, aber irgendwie steigert sich meine Nervosität von Sekunde zu Sekunde. Ich straffe mich, klopfe mir mit der geballten Faust dreimal auf den Brustkorb, lege meine Hände um das kühle Metall des Kästchens und steige aus. Jetzt oder nie.

In Marcs Wohnzimmer brennt Licht, doch die Vorhänge sind zugezogen. Mein Glück, denn ich möchte nicht, dass er mein nervenaufreibendes Herumgehüpfe mitbekommt. Es ist seltsam, an Marcs Hausglocke zu klingeln, wo ich doch sonst immer einfach durch den Garten zu ihm hineingeschneit kam. Meine rechte Hand wandert zum Klingelknopf, die linke umklammert die Blechkiste. Ich könnte mich aber auch umentscheiden und vorher noch auf den Friedhof gehen ...

Mein Bauch rumort, und meine Hand sinkt erneut, genau wie mein Mut. Doch plötzlich erspähe ich aus dem Augenwinkel, wie sich der Vorhang bewegt, und das ist der Tritt in den Hintern, den ich brauche. Wenige Sekunden, nachdem ich gedrückt habe, wandert die Klinke, die ich fast hypnotisch beobachte, nach unten, und die Eingangstüre öffnet sich.

Er trägt legere Sporthosen und ein eng anliegendes helles T-Shirt, und sofort weht mir sein einnehmend herber Duft entgegen. Den ich allerdings fast nicht imstande bin aufzusaugen, weil er mir mit seiner Präsenz den Atem raubt.

»Jule!« Er klingt überrascht, aber positiv, wenn ich es richtig deute.

»Hi«, hauche ich und versinke in seinen Augen. Das Gewicht in meinen Händen und der beinahe schmerzhafte Druck, den die Kiste auf meine Brust ausübt, weil ich sie so fest umfange, erinnern mich daran, warum ich hier bin. Ich blinzle kurz und löse unseren intensiven Blickkontakt. »Ich wollte ... ich muss ...«, stammle ich, »hier ...« Weil ich offenbar keinen ordentlichen Satz hinkriege, halte ich ihm die Schatulle hin. »Du musst dir den Inhalt anschauen.«

»Ich finde, du solltest sie behalten«, sagt er behutsam und macht keine Anstalten, sie entgegenzunehmen.

»Aber erst, nachdem du dir alles angesehen hast«, widerspreche ich. »Es ist wichtig, Marc. Damit du endlich erkennst, dass Stefans Tod nicht deine Schuld war.«

In seinem Gesicht erscheint ein großes Fragezeichen.

»Dein Vater war bereits bei mir«, erklärt er. »Das ändert aber nichts daran, dass ...«

»Doch ...«, unterbreche ich ihn hastig. »In der Kiste sind Bilder von Stefan. Er hat Dinge gemalt und geschrieben ... du wirst sehen, dass nichts so ist, wie wir immer geglaubt haben!« Plötzlich purzeln mir die Worte mühelos über die Lippen, ohne dass ich sie aufhalten kann. Sie klingen eindringlich und verzweifelt, aber das macht nichts. Wichtig ist, dass sie endlich gesagt werden. »Und ich weiß nicht, ob das irgendwas an deinen Gefühlen mir gegenüber ändern wird, aber vielleicht haben wir beide dann doch noch eine Chance ...«

»Na, wen haben wir denn da?«, unterbricht jemand mein Plädoyer und öffnet die Tür etwas weiter, sodass ich vom Lichtschein des Flurs völlig erleuchtet werde, als würde ich auf einer Bühne im Rampenlicht stehen. Ich stocke mitten im Satz und erstarre innerhalb eines Wimpernschlags innerlich zu Eis, als ich Veras Stimme und ihre Silhouette erkenne, die sich nah an Marc drängt.

»Julchen, wie schön, dich endlich mal wiederzusehen«, begrüßt sie mich zuckersüß.

»Hallo, Vera«, erwidere ich und muss mich stark zusammenreißen, um nicht zu unterkühlt zu wirken.

»Willst du nicht reinkommen?«, flötet sie, während ich fieberhaft nach einem Ausweg aus dieser heiklen Situation suche und Marc nur schweigend danebensteht. »Warum bittest du sie denn nicht rein, Schatz?«

Schatz?? Also doch. Wie konnte ich nur so naiv sein?

»Steht ihr da im Dunkeln rum ...« Mit einer raschen Handbewegung knipst Vera die Außenbeleuchtung an, und mir fallen beinahe meine Augen aus den Höhlen, als mein Blick ihrer Hand folgt, die sich wie selbstverständlich auf die Wölbung ihres unter einem knielangen Wollkleid verborgenen Bauches legt. Durch Marcs Körper geht ein Ruck, und er setzt an, etwas zu sagen, doch Vera ist ihm schon wieder mit einer Reaktion voraus. »Ohh, du solltest mal deinen Gesichtsausdruck sehen ... du wusstest es also noch gar nicht? Na ja, du warst ja länger nicht mehr hier.« Demonstrativ hängt sie sich mit ihrer rechten Hand an Marcs Schulter, der verzweifelt und flehend meinen Blick sucht.

»Nein, das wusste ich nicht«, presse ich mühsam hervor.

»Na, egal, jetzt weißt du es. Wir werden Eltern!« Vera strahlt übers ganze Gesicht und drängt sich noch näher – falls das überhaupt möglich ist – an Marc, der seiner Sprache noch immer nicht mächtig zu sein scheint. »Ist das nicht toll?«

»Ich gratuliere«, zwinge ich mich zu sagen und drücke Marc die Kiste in die Hand. »Sieh es dir trotzdem an.« Damit mache ich auf dem Absatz kehrt und bete, dass meine Beine nicht nachgeben, bevor ich im Auto sitze. Im Rückspiegel kann ich sehen, wie Vera Marc mit sich ins Haus zieht, und was danach passiert, will ich lieber gar nicht wissen.

Kapitel 33

Marc

Zu sehen, wie Jule schockiert und verwirrt zu ihrem Auto stolpert, bricht mir das Herz. Und Veras Auftritt und dass sie mich jetzt fast gewaltsam ins Haus zerrt, damit ich Jule nur ja nicht folgen kann, macht mich unfassbar wütend.

Ich hätte es Jule, verdammt noch mal, sagen müssen. Aber nachdem ich sie in dieser Kneipe mit ihrem Typen gesehen habe, dachte ich, es wäre vielleicht gar nicht so wichtig. Ich habe mir wirklich eingeredet, dass sie ohnehin ihr Glück schon anderweitig gefunden hat. Wahrscheinlich war es nur meine verletzte Eitelkeit, die mich davon abgehalten hat, reinen Tisch zu machen. Eigentlich hätte ich es besser wissen müssen.

»Was ist da drin?«, fragt Vera einen Ticken zu neugierig und streicht mit ihren Fingerspitzen über das blitzende Metall der Schatulle.

»Geht dich nichts an«, entgegne ich ungehalten, ohne sie eines Blickes zu würdigen.

»Muss ja einen brisanten Inhalt haben, diese alte Schrottkiste.«

Ich atme tief durch, um nicht auszuflippen.

»Ich wollte nur …«, beginnt sie versöhnlicher, doch ich unterbreche sie wütend: »Es ist mir scheißegal, was du wolltest.«

»Wird das jetzt immer so laufen?«, schleudert sie mir unerwartet heftig entgegen. »Wirst du sie jedes Mal sabbernd anschmachten, wenn du ihr irgendwo begegnest?«

»Und wirst du dich jedes Mal so an meinen Hals schmeißen, wenn ich ihr über den Weg laufe?« Meine Worte sind ein einziges Zischen, denn ich muss mich so zusammenreißen, um nicht laut loszubrüllen.

»Glaubst du, mir ist entgangen, was da zwischen euch abläuft?«

»Verflucht, ich habe sie nicht einmal angefasst!«

»Das musstest du auch gar nicht. Deine Blicke sagten mehr als tausend Worte.« Ihre Stimme ist jetzt weinerlich, aber diese Tour zieht heute nicht bei mir.

»Ich bin dir keine Rechenschaft schuldig«, stelle ich mit beißendem Tonfall klar, während ich mich vor ihr zu meiner vollen Größe aufbaue und sie mit meinem Blick fixiere. Diese Psychospielchen interessieren mich grade null.

»Du bist der Vater meines Kindes!« Trotzig reckt Vera ihr Kinn nach vorne. Mir ist schon klar, dass sie nicht lockerlässt. Ich gleite mit meinen Augen über ihr Gesicht und warte, ob sie dem noch etwas hinzuzufügen hat. Diesen Satz habe ich schon so oft von ihr gehört. Und mir ist bewusst, dass ich dank dieser Tatsache in einem gewissen Umfang an sie gebunden bin. Doch sie soll nicht glauben, dass sie mich deswegen in der Hand hat.

»Das ist aber auch schon alles«, sage ich mit so viel Ruhe, wie ich in diesem Moment aufbringen kann. Anschließend verlasse ich samt Lederjacke und Motorradhelm das Haus.

Wie erwartet finde ich Jule auf dem Friedhof. Nur von ein paar schwachen Laternen und dem Schein der Grabkerzen auf den umliegenden Gräbern beleuchtet, zerrt sie verbissen und ruckartig an ein paar Pflanzen herum und lässt anschließend irgendein Werkzeug mit voller Wucht auf die Erde niedersausen. Doch weit erschütternder ist das leise Wimmern, das sie von sich gibt und das sich mir, selbst auf diese Entfernung, grausam ins Herz bohrt und mich foltert. Zum Teufel, warum muss schon wieder ich derjenige sein, der diesen Schmerz in ihr auslöst? Ratlos raufe ich mir die Haare, atme tief und zittrig durch und gehe dann zu ihr. Sie scheint mich nicht kommen zu hören, denn als ich mich zu ihr niederbücke, fährt sie erschrocken zusammen und erstarrt in ihrer Bewegung.

»Was willst du?«, fragt sie wütend, weicht ein Stück zurück und springt auf die Füße.

Ohne etwas zu sagen, erhebe ich mich ebenfalls, folge meinem ersten Impuls und ziehe sie mit einer starken und raschen Bewegung zu mir, um sie in meine Arme zu schließen. Sie wehrt sich, bringt ihre Hände zwischen uns und will mit ihren Fäusten auf mich eintrommeln, aber ich halte sie fest und lasse ihr dafür keinen Raum.

»Verschwinde«, ruft sie gequält, doch ich lasse nicht locker. »Verschwinde endlich«, und immer wieder »Verschwinde!«.

Ich spüre, wie ihre Abwehr langsam schwächer und ihre Stimme leiser wird, ohne jedoch etwas von ihrer Verzweiflung zu verlieren. Sie hält sich inzwischen mit beiden Händen an meiner Lederjacke fest, völlig konträr zu ihren Worten. Ich lockere meinen Griff ein wenig und streiche ihr mit langsamen Bewegungen über den Rücken.

»Du musst endlich aus meinem Leben verschwinden«, schluchzt sie flehend und wendet mir ihr tränenüberströmtes Gesicht zu.

Ich umfasse es mit meinen Händen, streiche mit den Daumen über ihre Wangen und verliere mich in den Tiefen ihrer dunkelbraunen Augen, die mich selbst in diesem schummrigen Licht magisch anziehen.

»Und wenn ich das nicht kann?«, erwidere ich leise.

Mein Mund senkt sich wie automatisch und findet ihre leicht geöffneten, salzig schmeckenden Lippen. Doch nur einen Sekundenbruchteil lässt sie mich ihre weiche, warme Haut streifen, bevor sie mich mit einem erschrockenen und resoluten Schubs auf Abstand bringt.

»Bist du verrückt? Hast du immer noch nicht genug angerichtet?«

»Ich wollte es dir sagen, aber ich ...«

»Hör auf«, fährt sie mir dazwischen. »Ich bin so eine Idiotin, dass ich überhaupt hergekommen bin. Ich hätte es wissen müssen!«

Verständlicherweise hat sie die Situation mit Vera vorhin völlig fehlinterpretiert. »Es ist nicht so, wie es grade ausgesehen hat.«

»Ach nein? Dann bist du nicht der Vater von Veras Kind?«, fordert sie mich heraus, während ihre Gefühle von Kummer in Zorn umzuschlagen scheinen und sich in ihrem ganzen verheerenden Ausmaß über mir zu entladen drohen. Was ich ohne Zweifel auch verdient habe.

»Doch«, antworte ich leise, »aber ...«

»Du hast sie mit mir betrogen, du Scheißkerl!«, schmettert sie mir entgegen.

»Lass mich doch erklären ...«

»Vielleicht solltest du das lieber der *Mutter deines Kindes* erklären«, schreit sie außer sich und deutet mit ihrer Hand in die Richtung, in der mein Haus steht. Der Friedhof ist wohl nicht der beste Ort für so ein Gespräch, aber das lässt sich nun mal nicht ändern. Ich hoffe nur, dass wir nicht Jimmy oder sonst irgendjemanden auf den Plan rufen, denn unliebsame Lauscher oder Beobachter können wir jetzt beim besten Willen nicht gebrauchen.

»Vera und ich waren überhaupt nicht zusammen, als du und ich im Sommer auf der Hütte ...«

»Ich glaub dir kein Wort!«

»Es ist die Wahrheit.«

»Ich habe euch gesehen«, ihre Stimme bricht, und sie blinzelt heftig, »ich war bei deinem Haus und habe gesehen, wie ihr euch in den Armen gelegen habt. Also spar dir deine Art von *Wahrheit*.«

Obwohl Ela schon einmal eine Andeutung in diese Richtung gemacht hat, trifft mich dieses Geständnis wie ein Fausthieb in die Magengrube. Perplex starre ich sie einen Augenblick an, suche nach einer Erwiderung, die nicht nach Ausflüchten klingt. Währenddessen scheint sie sich zu besinnen, warum sie überhaupt hier ist, und sie fängt an, mit ihren Händen die welken Blumen und Grünpflanzen zusammenzukratzen und sie in den dafür vorgesehenen Container für Bio-Abfälle zu bringen.

»Es war eine freundschaftliche Umarmung, weil es ihr schlecht ging«, beteuere ich, als sie wiederkommt. »Ich habe sie nur getröstet.« Selbst in meinen Ohren klingt das verdammt lahm.

»Davon wird man aber nicht schwanger.« Mit einem Ruck bückt sie sich erneut und sammelt mit fahrigen Bewegungen ihre Sachen in einen Pappkarton ein. Wahrscheinlich ist aus ihrer Sicht alles gesagt, doch ich bin noch nicht bereit, sie aufzugeben.

»Es war kurz bevor Emmi gestorben ist«, setze ich endlich zu einer Erklärung an, ohne zu wissen, ob sie mir überhaupt zuhört. »Ich war betrunken und verzweifelt. Und dann ist Vera aufgetaucht. Sie war für mich da, und ich ... ich wollte einfach alles um mich herum vergessen. Und diese verfluchte Einsamkeit abschütteln.« Jule sieht nicht auf, dreht sich um und macht, den Karton unter ihren Arm geklemmt, Anstalten zu gehen und mich einfach stehen zu lassen. »Das war das einzige Mal, dass ich mit Vera geschlafen habe«, füge ich noch hinzu, obwohl ich bereits ahne, dass es nichts bringt.

»Glaubst du im Ernst, ich hätte Vera jemals angerührt, wenn ich gewusst hätte, dass du plötzlich wieder in mein Leben wirbelst?« Ich hätte wissen müssen, dass sie zu Emmis Krankenbett eilen würde und damit alles wieder komplett aus den Fugen gerät. Scheiße noch mal, ich hätte es wissen müssen.

Plötzlich hält sie in der Bewegung inne. Ihre Schultern beben, und ihr Kopf ist gesenkt. Ich spüre, wie sehr sie mit sich ringt. Mein Atem geht schwer, und ich schließe kurz die Augen, bete, dass noch nicht alles verloren ist.

»Warum bist du heute aufgetaucht, Jule?«, frage ich, was mir schon seit ihrer Ankunft im Kopf herumgeistert.

»Wegen der Kiste«, antwortet sie leise und dreht sich leicht in meine Richtung.

»Nur deswegen?«, hake ich nach.

»Ich dachte, es gäbe noch eine Chance für uns.« Ich spüre, wie viel ihr dieser eine Satz abverlangt, und doch fühle ich einen winzigen, leuchtend hellen Hoffnungsschimmer in meinem Inneren, als ihre Worte mich erreichen. »Mein dummes, kleines Herz konnte einfach nicht glauben, was du im Sommer zu mir gesagt hast. Dass du mich bloß flachlegen wolltest.«

Ich mache einen Schritt auf sie zu, sodass wir uns ganz nah sind.

»Das war gelogen, Jule«, gestehe ich leise, gequält. Hätte ich damals gewusst, was ich heute weiß, nämlich dass ich Stefan wahrscheinlich wirklich nicht hätte helfen können, selbst wenn ich dabei gewesen wäre, hätte ich nie zu solch drastischen Maßnahmen gegriffen.

»Wieso hättest du lügen sollen?« Mit einem Mal dreht sie sich um und sieht mich an.

»Ich wollte dich beschützen. Ich war überzeugt, dir nur zu schaden und dass du nur ohne mich glücklich sein kannst«, begründe ich aufrichtig. »Was du ja offensichtlich bist.«

»Sehe ich so aus, ja?«

»Als ich in Innsbruck war, um dir die Kiste zu bringen ...« Ich will das eigentlich nicht sagen, aber wenn wir schon dabei sind, Klartext zu reden, sollte ich das vielleicht nicht außen vor lassen. »Du hast diesen Typen geküsst. Und ja ... dabei hast du ziemlich glücklich ausgesehen.« Da ist sie wieder, diese brodelnde Eifersucht, die mir eigentlich nicht zusteht und die doch seit jenem Abend ein beständiger Teil von mir ist.

Ein Schnauben entweicht ihr.

»Woher weißt du das?«

»Ich war da. In dieser Bar.« Ich kann ihren Blick nicht deuten. Er scheint zwischen Entsetzen und Verwirrung zu schwanken.

»Es steht mir nicht zu, zu urteilen«, rudere ich zurück, um den Karren nicht komplett an die Wand zu fahren.

»Da hast du recht«, entgegnet sie kühl, ohne weiter auf dieses Thema einzugehen. »Wir haben einfach zu lange und zu viel geschwiegen und vertuscht.« Ihre Stimme klingt nun unsagbar traurig und endgültig.

»Ja, das haben wir wohl.«

»Weißt du, was die Ironie an dem Ganzen ist?« Ihre Frage ist eher rhetorischer Natur, deshalb schweige ich. »Dass Stefan es gewusst hat.« Jule hebt ihre freie Hand und legt sie an meine stoppelige Wange. Ihre Finger sind klamm, aber in mir erzeugt ihre sanfte Berührung eine Hitze, die sich sofort in meinem gesamten Körper ausbreitet. »Er hat gewusst, dass wir zusammen waren. Und er hat es sogar gut gefunden.

Aber wir beide haben es verheimlicht, und er hat geschwiegen.« Abrupt lässt sie mich los und wendet sich erneut um.

Was hat sie da grade gesagt? Ich habe die Worte gehört und nicht eines begriffen. Womöglich ist jetzt auch nicht der richtige Zeitpunkt, weil ich nicht fähig bin zu denken. Sie kann unmöglich wissen, wie Stefan über uns gedacht hat.

»Jule, warte«, hindere ich sie am Gehen. Ich fische beide Teile von Stefans Erkennungsmarke aus meiner Hosentasche, greife nach Jules Hand und lege sie wortlos hinein. Und noch während sie ihre Finger öffnet und eines der wenigen Dinge, die uns von ihrem Bruder geblieben sind, betrachtet, gehe ich.

An diesem Abend sind wir beide zerbrochen. Wenn es ein Fünkchen Hoffnung für uns gegeben hat, so ist es nun erloschen, und unsere Herzen bleiben kalt zurück, zerfetzt in tausend winzige Teile.

Jule

Nach einer grauenvollen Nacht, in der ich ziellos umhergewandert bin, weil ich zu durcheinander war, um müde zu sein, zieht es mich in der Morgendämmerung erneut an unsere Familiengräber zurück. Meine Klamotten sind feucht, und mir ist eiskalt, und mir ist klar, dass das verdammt ungesund ist, was ich hier mache. Aber als ich gestern Abend in Emmis – in *meinem* – Haus ankam, fühlte ich mich so ... kaputt. Und leer. Ich konnte nicht mehr klar denken, und selbst der Schlaf, in den ich mich sonst oft flüchte, um meine Gedanken abzustellen, wollte mich nicht erlösen. Ich kramte in allen Küchen- und Wohnzimmerschränken nach Wein oder Bier oder meinetwegen auch etwas Härterem. Irgendwas, das mich etwas erdete, den Tumult in meinem gesamten Körper und in meinem Gehirn ein wenig milderte oder mich zumindest müde werden ließ. Oder betäubte. Im Keller fand ich schließlich eine Flasche Birnenschnaps. Ich nahm einen langen Zug davon, der mir scharf in der Kehle brannte. Auf eine seltsame Art und Weise tat mir der

Schmerz, den der Alkohol in meinem Hals erzeugte, gut. Und ich trank etwas mehr davon. Ich rollte mich auf dem Sofa im Wohnzimmer zusammen, ohne meine Schlafsachen anzuziehen, und schloss meine flatternden Lider, doch nach wenigen Minuten überschwemmte mich eine ungebetene Tränenflut, und ich musste erneut aufstehen, um Taschentücher zu suchen. Letztendlich zog ich mir Tante Emmis warme Daunenjacke an, die noch immer im Garderobenschrank hing, setzte eine flauschige Wollmütze auf und machte mich auf den Weg. Ohne nachzudenken, wohin. Lange saß ich an dem kleinen Weiher und lauschte den Geräuschen der Nacht. Doch die Erlebnisse, die ich hier hatte und die sich wie ein Film vor meinem inneren Auge ein weiteres Mal abspielten, taten mir zu weh, und deshalb wanderte ich weiter. Zu dem Spielplatz, auf dem ich mit den Jungs meine erste Zigarette geraucht hatte. Zur Schule, wo Marc Jimmy verprügelt hatte, damit er aufhörte, mir das Pausenbrot zu klauen. Irgendwann fand ich mich vor Marcs Haus wieder, ohne zu wissen, wie ich dort hingekommen war. Alles war stockdunkel, und mein verdammt masochistisches Hirn malte sich Bilder aus, was wohl hinter den verschlossenen Fenstern vor sich ging. Ob er Vera genau so berührte wie mich? Ob er sie so ansah wie mich? Der Schmerz in meinem Herzen wurde so schlimm, dass ich bereute, die Schnapsflasche nicht mitgenommen zu haben, und ich fing an zu rennen, genau wie an jenem Tag, als ich die beiden auf seiner Terrasse zusammen gesehen hatte.

Jetzt stehe ich hier auf dem Friedhof, müde und halb erfroren, mit geschwollenen Augen und brennenden Füßen. Da fällt mir zum ersten Mal auf, wofür ich gestern noch keinen Blick übrig hatte. Tante Emmis Grabkreuz. Vielleicht war es der Dunkelheit geschuldet oder meinem emotionalen Ausnahmezustand, der in letzter Zeit wohl eher die Regel zu sein scheint. Ich trete näher heran und bücke mich, um es genau in Augenschein zu nehmen. Fasziniert streiche ich mit den Fingerspitzen über das glatte, dunkle Eisen, das Marc mit seinen eigenen Händen zu diesem wunderschönen, mit filigranen Silberfäden durchzogenen, Kunstwerk geschmiedet hat. An einigen Stellen hat er hauchzarte Akzente gesetzt, Schnörkel, die in keiner Weise kitschig oder aufdringlich wirken, sondern das Kruzifix auf besondere Weise abrunden und einzigartig machen. Noch schöner als auf seinem Entwurf entspringen am Fundament anmutige Efeuranken, die sich in sanften Wellen emporschlängeln und an das Kreuz schmiegen. Die sorgsam platzierten Freesienblüten geben dem Ganzen einen romantischen Touch. Zur Linken des steinernen Sockels befindet sich eine ebenfalls schmiedeeiserne Laterne, rechts steht eine Gedenktafel aus dunklem Granit, auf der außer Tante Emmis vollem Namen und ihrem Geburts- und Sterbedatum in silbernen Buchstaben ein Spruch eingelassen ist.

Das Sichtbare vergeht, doch das Unsichtbare bleibt
in unseren Herzen.

Marc hätte ihr Andenken nicht würdiger und schöner gestalten können. Meine Finger gleiten über die geschwungene Silberschrift. Ich vermisse dich, Tante Emmi.

Was würde sie mir raten, wenn sie hier wäre? Oder Mama? Wie wäre Stefan mit dieser Situation umgegangen? Wäre er auf meiner Seite gewesen? Kann man überhaupt von Seiten reden? Wieso habe ich gestern zu dem Kuss geschwiegen? Ich hätte alles aufklären können, wo die Situation doch ohnehin schon verfahren genug ist.

Weil mein verdammtes Ego nicht einsah, dass ich mich dafür rechtfertigen soll, obwohl er es doch war, der eine andere geschwängert hat, beantworte ich mir selbst diese Frage. Und wenn es wirklich stimmt? Und er gar nicht mit Vera zusammen ist? Aber sie *wohnt* bei ihm, meldet sich eine hartnäckige Stimme in meinem Kopf. Alle im Umkreis von zwanzig Kilometer wissen, wie Marc früher drauf war, dass er nichts, aber auch gar nichts anbrennen ließ. Wenn er wirklich nichts für sie empfinden würde, ließe sich bestimmt eine andere Lösung für ihre Wohnsituation finden.

Warum halte ich überhaupt so verbissen fest an diesem Kerl? Hat er mir je seine wahren Gefühle offenbart? Ich meine, ohne dass er sich in die Ecke gedrängt fühlte? Ja, das hat er. Seine Augen, seine klaren, saphirblauen Augen haben mir unzählige Male gestanden, was in seinem Herzen vorgeht. Und seine Hände. Das war nichts, was ich mir eingebildet habe, und ich habe auch noch nie so gefühlt wie in seiner Gegenwart, ganz egal, wie lange es zurückliegt. Ob zehn Jahre oder ein paar Monate ... oder wenige Stunden. Niemand kann mich so aufregen, so erregen, mein Herz Purzelbäume schlagen lassen oder es zum Schmelzen bringen. Kein anderer Mensch macht mich so nervös und schafft es andrerseits, mich zu beruhigen. Mich zu verwirren und doch glasklar sehen zu lassen. Niemand kann mich so viel Glück und so viel Schmerz empfinden lassen. Und doch muss ich aufhören, an dieser unmöglichen Liebe festzuhalten, bevor sie mich endgültig zerstört.

Kapitel 34

Jule

Den Kopf zum Schutz vor dem typischen Alpenföhn eingezogen, spaziere ich durch Innsbrucks Gassen, betrachte abwesend die wenigen Schaufenster, die hier in dieser Gegend noch beleuchtet sind, und erschrecke mich fast zu Tode, als ich in eine sich hastig bewegende Gestalt hineinlaufe. Verflixt, wo war ich bloß wieder mit meinen Gedanken.

»Jule«, ruft Luca aus, der ebenso überrascht hochfährt wie ich. In seinen Armen balanciert er zwei Kartons mit Weinflaschen, und ich schnelle mit meinen Händen nach vorne, damit sie nicht auf dem harten Asphalt landen.

»Ups ... entschuldige ...«

»Grade noch mal gut gegangen«, kommentiert er und lächelt verhalten.

»Brauchst du Hilfe?«, biete ich an, als ich Lucas Lieferwagen entdecke, dessen geöffnete Türen noch eine ganze Menge ähnlicher Kartons preisgeben.

»Ich will dich nicht aufhalten.«

»Tust du nicht. Ich hab Zeit.«

»Na, dann ...«, gibt er nach, und ich packe umgehend mit an.

»Ich kann mich nicht erinnern, dass du jemals so viel Wein im Gepäck hattest ...«, bemerke ich irgendwann, als mir die Zunge schon fast heraushängt vor lauter Kartonsschleppen und Kellertreppe-Rauf-und-

Runterlaufen. Zum Glück sind wir endlich fertig, und er hält mir eine Flasche Mineralwasser hin.

»Ich auch nicht«, ist alles, was Luca dazu zu sagen hat.

Mit zusammengekniffenen Augen schaue ich ihn an und drehe abwesend am Schraubverschluss der Flasche.

»Was hast du damit vor? Hast du ein neues Konzept oder so?«, frage ich und deute auf seinen neu angelegten Vorrat, der sich im Lebensmittellager stapelt. Einen Weinkeller hat Luca nicht. Wäre auch bisher nicht nötig gewesen. »Oder bietest du neuerdings Weinverkostungen an?«

Vage zuckt er mit den Schultern und weicht meinem Blick aus. Er ist irgendwie seltsam, und mir schwant, was der Grund dafür ist. Es ist dieser verdammte Korb, den ich ihm gegeben habe, der zwischen uns steht. Die Tatsache, dass ich für Luca nicht dasselbe empfinde wie umgekehrt.

»Du willst mir nicht sagen, dass das eine Spontanaktion war?«, versuche ich die Stimmung ein wenig aufzulockern, indem ich so tue, als wäre alles so wie immer.

»So was in der Art, ja ...«

Diese einsilbige Art ist untypisch für ihn, und ich mache mir Sorgen, dass sich das, was ich unabsichtlich verbockt habe, nicht mehr kitten lässt. Gefühle kann man eben nicht erzwingen, das muss er doch einsehen. Ich kann nicht schon wieder einen Freund verlieren. Die Sache mit Marc geht mir schon genug an die Nieren.

»Luca, ich wollte mich schon lange bei dir bedanken, dafür, dass du immer für Tina und mich da bist. Uns mit Essen versorgst und so weiter ... du weißt schon ...«

»Kein Ding.« Er sieht mich immer noch nicht an, und ich weiß, jetzt ist der Augenblick gekommen, in dem ich kopfüber ins kalte Wasser springen muss, wenn ich das zwischen uns noch irgendwie retten will. »Wir sind doch noch Freunde, oder?«

Er atmet tief ein und aus, als ob er dadurch einer Antwort näher käme. »Ja. Klar. Wieso nicht?«

»Warum fällt es dir dann so schwer, mich anzusehen?«

Luca beginnt, die Kartons aufzureißen und die einzelnen Weinflaschen in die dafür vorgesehenen Regale zu schichten. Ich warte geduldig auf seine Antwort. Als ich schon fast aufgebe und enttäuscht gehen will, beginnt er zu reden.

»Ich hab jemanden kennengelernt.« Seine Stimme ist fest, aber so leise, dass ich Mühe habe, ihn zu verstehen. Kurz lasse ich seine Worte sacken, beleuchte sie in meinem Gehirn von allen Seiten.

»Und das sagst du mir erst jetzt?«, erwidere ich schließlich vorwurfsvoll, und sein Kopf fährt mit einem Ruck in die Höhe.

»Na ja ... ich ...«

»Luca, ich freue mich für dich.«

Er starrt mich an mit einer Mischung aus Verblüffung und Skepsis.

»Echt?«, bringt er schließlich hervor.

»Klar! Erzähl mir von ihr! Wann lerne ich sie kennen? Oder kenne ich sie schon? Wie alt ist sie? Wo habt ihr euch kennengelernt?« Ich will alles auf einmal wissen.

»Das sind ... viele Fragen«, reagiert er etwas überfordert. »Weißt du, Jule, ich hatte echt Schiss, es dir zu erzählen!«

»Das ist so toll, Luca«, erkläre ich eindringlich. »Wo ist das Problem?«

»Vor nicht allzu langer Zeit habe ich noch gedacht, in dich verliebt zu sein. Ist das nicht ... seltsam?«

»Ist es bei ihr anders? Dein Gefühl, meine ich?«, frage ich vorsichtig.

»Ja. Versteh mich nicht falsch, aber mit ihr ist es viel ... intensiver ... völlig anders ... irgendwie ... echter!«

»Und erwidert sie deine Gefühle?«

Seine Mundwinkel biegen sich sofort nach oben. »Ja. Ich denke schon«, antwortet er, und eine leichte Röte überzieht sein Gesicht. »Ja, das tut sie.«

»Das hast du so verdient, Luca. Ich wünsche dir von ganzem Herzen, dass sie die Richtige ist. Das war es, was ich mir die ganze Zeit für dich gewünscht habe«, sage ich aufrichtig und ziehe ihn am Ärmel zu mir, um ihn zu umarmen.

Erleichtert atmet er aus, als hätte er die ganze Zeit über die Luft angehalten. »Ich bin so unglaublich froh, dass du das sagst.«

»Du hattest nicht wirklich meinetwegen ein schlechtes Gewissen, oder?«, brumme ich und boxe ihn gegen den Bizeps.

»Ein bisschen schon. Schließlich bin ich mit Liebeskummer heimgefahren, und dass es so schnell gehen würde, mich abzulenken, hätte ich nie gedacht!«

»Ich bin also ziemlich leicht ersetzbar! Charmant …«, gebe ich mich gespielt getroffen.

»Du weißt schon, wie ich das meine.«

»Und wirst du mir jetzt endlich meine Fragen beantworten?«, fordere ich ungeduldig und mache mich ebenfalls an einem Weinkarton zu schaffen, um ihm die Flaschen anzureichen.

»Was war das noch mal?«, grübelt er, und ich verdrehe die Augen. Wie ich diesen lockeren Umgang vermisst habe.

»Wir sind uns in Meran begegnet«, erzählt er endlich. »Ihr Name ist Sophia, und sie ist Winzerin auf dem Weingut ihres Vaters.«

Als es bei mir klick macht, breche ich in schallendes Gelächter aus. »Aha … daher weht der Wind.«

»Ja, lach du nur. Sag mir lieber, was ich jetzt mit den ganzen Flaschen hier machen soll. Die krieg ich ja im Leben nie in diesem Keller unter.« Fragend, fast schon verzweifelt hebt er die Augenbrauen.

»Na ja, du hast ja auch noch eine Wohnung mit einem großen Schlafzimmer, eine Küche, ein …«

»Schon gut«, unterbricht er mich und bewirft mich mit einem leeren Pappkarton.

»… ein Badezimmer, einen Balkon …«

Luca verschwindet hinter dem Lebensmittelregal und beginnt ohne Vorwarnung, mich mit Styroporchips zu bombardieren. Das kann ich natürlich nicht auf mir sitzen lassen, und es artet zu einer Styropor-Karton-Packpapier-Schlacht aus. Wir kichern wie die kleinen Kinder, und auf einmal stolpere ich rückwärts und lande mitten in dem Haufen Leergut auf dem Hintern. Luca und ich brüllen vor Lachen.

Als wir uns wieder halbwegs beruhigt haben, reicht er mir die Hand und zieht mich hoch, und ich wische mir über die tränennassen Augen. Es ist schon ewig her, dass ich Tränen gelacht habe. Und es tut so verdammt gut.

»Jetzt habe ich keine Lust mehr«, gluckst Luca. »Wir sollten lieber was essen gehen.«

Auch mein Bauch meldet sich zu Wort, und ich überlege, wann ich eigentlich zuletzt gegessen habe.

Ich betrachte das enorme Chaos, das wir hier veranstaltet haben. »Und das da?«

»Das räum ich morgen auf«, erklärt er und kratzt sich den Hinterkopf. »Hast du Lust auf Tiefkühlravioli?«

»Ich könnte mir nichts Besseres vorstellen.«

Wenig später sitzen wir in Lucas gemütlicher Wohnung, die sich über dem Café befindet. Aus den Ravioli werden schließlich Spaghetti mit Tomatensauce, weil die Gefriertruhe zwar vollgestopft ist mit unglaublich vielen Lebensmitteln, Ravioli gibt sie aber leider keine her. Statt Radler, wie sonst, trinken wir heute einen kräftigen Rotwein, welche Überraschung. Luca schwärmt in höchsten Tönen von seiner Sophia, und ich liebe es, ihn so glücklich zu sehen. Obwohl ich überhaupt keine Ahnung von Wein habe, biete ich mich sofort als Vorkoster an. Immerhin schadet es nicht, etwas dazuzulernen.

»Wie läuft's eigentlich bei dir?«, stellt Luca schließlich die Frage, die ich am allerwenigsten hören will.

»Gut.« Wahrscheinlich nippe ich einen Ticken zu lange an meinem Wein, und vermutlich betrachte ich den Inhalt des bauchigen Glases ein bisschen zu auffällig, als dass er mir das abkauft.

»Ich meine mit Marc.«

Eine lange, unangenehme Pause entsteht. Bis Luca mit seiner Gabel an mein Glas klopft und ich heftig erschrecke. »Hallo?«

»Ich weiß gar nicht, von wem du redest«, kommentiere ich resolut und schenke mir Rotwein nach.

»Du bist ziemlich schlecht darin, mir irgendwas vorzumachen.«

»Ich ... hab ihn schon vergessen, also ... fast. Er ist nur noch ein Relikt aus meiner Vergangenheit.«

Er schnaubt und presst die Lippen aufeinander. Hoffentlich kommt jetzt kein Vortrag von wegen um ihn kämpfen und blablabla ... Denn dann sehe ich mich gezwungen zu gehen.

»Weinverkostung? Jetzt gleich?«, fragt er stattdessen.

»Yep«, bestätige ich erleichtert. »Am besten sofort.«

Und nach der keine Ahnung wievielten Flasche schütte ich Luca dann doch mein Herz aus. Und leider muss ich auch schon wieder weinen. Aber diesmal sind es keine Freudentränen mehr. Er sagt nicht viel, was sollte er auch sagen. Er ist einfach nur da, und ich bin froh, meinen Freund wieder zurückzuhaben.

Kapitel 35

Marc

Ein paar Wochen später

In der letzten Zeit litt Vera immer öfter an Kreislaufproblemen. Einmal musste ich sogar umgehend einen Arzt rufen, weil sie zusammenklappte, als ich direkt neben ihr auf der Treppe stand. Zum Glück konnte ich sie rechtzeitig auffangen. Der Arzt stellte nur einen leichten Schwächeanfall fest und fragte mich, ob Vera sich aufgeregt hätte oder unter zu viel Stress stünde. Er empfahl viel Ruhe und frische Luft, und mit einem Zwinkern riet er mir, sie ein bisschen zu verwöhnen.

Ich will ihr wirklich nichts unterstellen, aber es wirkt fast, als wären ihre Beschwerden ein emotionales Druckmittel, weil sie spürt, wie ich mich immer mehr von ihr entferne. Jedes Mal, wenn ich das Gespräch suche, klagt sie plötzlich über Schwindel oder Übelkeit. Als wäre es nur eine Ausrede.

Aber ich weiß, dass es an der Zeit ist, zu klären, wie es mit uns weitergeht. Vera hat es nicht verdient, dass ich sie ständig anschweige oder mit meinen Gedanken woanders bin. Doch was soll ich tun, wenn alle Versuche, Jule zu vergessen, fehlschlagen. Soll ich mir mein verfluchtes Herz herausreißen? Mein Gehirn amputieren lassen?

»Wie geht es Vera?«, fragt mich Bernd eines Morgens, und ich schaue verwundert von meiner Arbeit auf.

»Ganz gut«, antworte ich, »warum fragst du?«

»Na ja, sie hatte doch neulich einen Schwächeanfall.«

Es ist nicht das erste Mal, dass mein Kollege mich auf Vera anspricht, und es ist auch nicht das erste Mal, dass mich das überrascht.

»Woher weißt du davon?«, will ich wissen und scanne sein Gesicht. Er sieht hibbelig aus und kann meinem Blick nicht standhalten. Was zum Teufel ist mit ihm?

»Jemand hat es mir erzählt ... ähm ... wer war das noch gleich?« Er überlegt fieberhaft, doch der Geistesblitz scheint auf sich warten zu lassen.

»Ist Veras Mutter in letzter Zeit mal hier gewesen?«, erwäge ich, bevor ich meinen Hammer auf das heiße Eisen niedersausen lasse, um es in die richtige Form zu klopfen. Ich kann mir nicht erklären, von wem er es sonst wissen könnte. Ich habe es ihm jedenfalls nicht erzählt, und Vera und Bernd kennen sich soviel ich weiß nur flüchtig.

Bernd starrt mich kurz an, bricht aber sofort den Blickkontakt ab, als meine Augen zu ihm wandern.

»Äh ... ja. Genau. Veras Mutter«, ruft er über den Lärm, den ich veranstalte, hinweg, und ich kann sehen, wie sein Adamsapfel nervös auf und ab hüpft.

Ich brumme ein wenig. Seine Reaktion kommt mir doch sehr komisch vor.

»Vera hat gar nichts erwähnt ...«, überlege ich laut, doch Bernd fällt mir ins Wort: »Ist doch völlig egal, von wem ich es weiß! Wichtig ist doch nur, ob es Vera wieder gut geht!« Sein Ausbruch irritiert mich, und ich halte in meiner Arbeit inne. »... und dem Baby«, ergänzt er, und sein Gesichtsausdruck gefällt mir ganz und gar nicht.

»Ja«, antworte ich langsam, ohne ihn aus den Augen zu lassen. »Ja, Vera und unserem Baby geht es gut.« Fast unmerklich zuckt er zusammen, nickt heftig und widmet sich dann wieder übertrieben eifrig seinem Auftrag.

Der Kerl war immer schon ein bisschen schräg, und privat bin ich mit ihm nie ganz warm geworden. Er fährt einen schrottreifen Mercedes, weil er zu geizig ist, sich ein ordentliches Auto zu kaufen. Im krassen Gegensatz dazu bewohnt er ein hochmodernes Haus, das einer Zündholzschachtel ähnelt und das allein für die Planung bestimmt schon Unsummen verschluckt hat. Was allerdings seine Privatangelegenheit ist. Dennoch ist Bernd einer der zuverlässigsten Menschen, die ich kenne. Das ist auch der Grund, warum ich damals beschlossen habe, mit ihm die Firma aufzubauen. Bernd ist vier Jahre älter als ich, aber weil ich die Lehre erst auf dem zweiten Bildungsweg gemacht habe, ist er mir an Berufserfahrung um einige Jahre voraus. Er ist ein gelassener und ruhiger Mensch, besonnen und gutmütig. Es gibt wenig Reibereien zwischen uns, und wenn doch, versuchen wir sie mit Vernunft und Weitsicht aus dem Weg zu räumen. Egal, worum es geht, unsere Firma steht immer im Mittelpunkt. Seine ungewöhnliche Nervosität löst darum erst recht ein seltsames Gefühl in mir aus.

Kapitel 36

Marc

Pünktlich zu Dezemberbeginn hat sich der Winter und mit ihm der erste Schnee eingestellt. Wenn man den Wetterprognosen glauben darf, werden wir bald einen halben Meter haben. Es ist Samstagmorgen und erst kurz nach sieben. Ich habe eine miserable Nacht hinter mir, und mein Kopf dröhnt. Ich muss unbedingt mit Vera reden, Kreislaufbeschwerden hin oder her. Laut ihrer Gynäkologin ist mit dem Baby alles in Ordnung, also wird sie auch ein ernstes Gespräch über unsere Zukunft verkraften. Ich kann es einfach nicht mehr länger aufschieben. Zu sehr geistert Jule in meinem Kopf herum.

Während ich die Kaffeemaschine anmache und mit Wasser befülle, muss ich daran denken, wie ich in letzter Zeit hin und wieder meine Hand auf Veras immer runder werdenden Bauch legte, um die Bewegungen unserer Kleinen zu spüren. Ich hoffe immer noch, dass sich die eigenartigen Empfindungen, die mich dann jedes Mal überrollen, irgendwann in Glücksgefühle verwandeln. Es fühlt sich jedenfalls nicht so an, wie Matze es immer beschreibt. Liegt es daran, dass ich Vera nicht liebe? Es macht mir Kopfzerbrechen, dass ich nicht fähig bin, eine Bindung zu meiner Tochter aufzubauen. Bin ich so ein emotionales Wrack?

Für Vera brühe ich eine Kanne Tee auf, denn normalerweise ist sie eine Frühaufsteherin. Ich stelle Butter und Marmelade auf den Tisch und überlege, ob ich zum Bäcker laufen soll, um frisches Gebäck zu holen. Vielleicht lässt sich bei einem gemeinsamen Frühstück alles etwas leichter besprechen. Obwohl … kann auch sein, dass es dadurch noch schwieriger wird.

Im oberen Stockwerk kommt es mir seltsam ruhig vor, denn Vera schläft eigentlich nie so lange. Ich gehe nach oben, um nach ihr zu sehen. Die Tür zum Gästezimmer steht weit offen, das Bett ist gemacht, und die Vorhänge sind bereits zurückgeschoben. Auch das Bad ist leer. Wann hat sie das Haus verlassen? Und wieso habe ich nichts gemerkt? Ich bin gestern erst spät von der Arbeit heimgekommen, hab anschließend geduscht und mich sofort in meinem Zimmer verkrochen. Vielleicht hat Vera gar nicht hier übernachtet, grüble ich. Das kommt schon hin und wieder vor, doch gewöhnlich sagt sie mir Bescheid.

Ich versuche, sie anzurufen. Ohne Erfolg. Ich weiß zu neunzig Prozent nicht, wo Vera sich aufhält, wenn sie nicht hier ist. Das sollte mir keine Sorgen machen. Sie ist mir keine Rechenschaft schuldig und ich ihr ebenso wenig. Gerade das ist es doch, was mir den Umgang mit ihr so erleichtert. Doch heute ist es irgendwie anders. Vielleicht rede ich mir das aber auch nur ein, weil ich so erpicht auf ein Gespräch mit ihr bin. Oder ist am Ende wieder irgendwas mit ihrem Kreislauf? Da erreicht mich eine Kurznachricht auf dem Handy:

> Hab bei meiner Mutter übernachtet. Wir gehen heute
> Möbel für das Kinderzimmer aussuchen. Es wird
> bestimmt spät werden.

Ich schicke ihr einen Daumen nach oben, während ich mich frage, ob sie mir das nicht erzählt hat oder ob ich es bloß vergessen habe. Wahrscheinlich war ich in letzter Zeit auch nicht der aufmerksamste Zuhörer.

Ich setze mich an den Küchentisch und frühstücke. Meine Kopfschmerzen werden immer stärker, und auch der starke Kaffee lindert sie kein bisschen.

Eigentlich sollte ich dringend liegen gebliebene Büroarbeit erledigen, aber in diesem Zustand werde ich mich ohnehin nicht konzentrieren können. Ein Blick aus dem Fenster auf die dicken Wattemützen, die meinen Garten bedecken, genügt, und ich weiß, dass ich meinen Kopf unbedingt auf eine andere Art frei kriegen muss.

Mit wenigen Handgriffen habe ich meine Ausrüstung für die erste Skitour in diesem Jahr beisammen. Im Keller warten die Tourenski, meine Stöcke und die Mohair-Felle, die ich sorgfältig an den Skiern fixiere. Unter der Kellertreppe bleibt mein Blick an etwas Glänzendem hängen, und ich stutze. Bei näherem Hinsehen erkenne ich die Erinnerungsschatulle. Vera muss sie hierhergebracht haben, und ich war so damit beschäftigt, meinen Kopf in den Sand zu stecken, dass ich keinen Gedanken daran verschwendet habe. Ich bringe meine Ausrüstung nach oben, kehre erneut zurück und öffne nach mehreren tiefen Atemzügen das Kästchen, bevor ich es mir noch einmal anders überlegen kann. Ein großer Umschlag liegt ganz obenauf, der mir gänzlich unbekannt ist. Hat Jule damals nicht von irgendwelchen Zeichnungen gesprochen? Meinem Bauchgefühl folgend nehme ich ihn an mich und stecke ihn in meinen Rucksack.

Das Gefühl, eine völlig neue Spur durch die noch geschlossene Neuschneedecke zu ziehen, ist anstrengend und zugleich erhebend. Es tut mir gut, und der frische Wind beruhigt den schier unerträglichen Gedankenstrudel in meinem Kopf. Ich atme gleichmäßig und komme stetig voran, ziehe abwechselnd meine Ski Meter für Meter Richtung Gipfel. Das Licht ist etwas diffus, so als wisse der Himmel nicht, ob er die Sonne freigeben oder doch noch ein wenig Schnee loswerden soll. Mir ist es gleichgültig, solange ich hier oben meine Ruhe habe. Das Klicken meiner Bindung durchbricht als einziges Geräusch die Stille, und als ich meinen Blick hebe, bemerke ich zwei junge Rehböcke, die etwa hundert Meter über mir quer über den Hang huschen. Nachdem ich zwei prekäre Stellen überwunden habe, erreiche ich nach einer weiteren Stunde den Gipfel. An der Stelle mit dem schönsten Ausblick nahe dem Gipfelkreuz löse ich kurzerhand die Bindung und bilde mit mehreren festen Schritten eine Art Stufe im Schnee. Aus dem Rucksack hole ich ein Funktions-

T-Shirt, das ich zum Wechseln dabeihabe. Anschließend werfe ich mir die warme Daunenjacke über und setze mich auf meinen notdürftigen Rastplatz, den ich mit meinen Skiern geschaffen habe. Ich trinke ausgiebig, und dann widme ich mich dem Kuvert aus der Erinnerungskiste. Nach und nach öffne ich jedes Blatt Papier, betrachte Stefans Zeichnungen und lese die eindringlichen Worte. Worte, die mich tief im Inneren treffen. Ich bin überwältigt von jedem Bleistiftstrich, jeder Linie und jeder einzelnen Schattierung. Eine Zeichnung zeigt zwei Menschen von hinten, Hand in Hand, und ich muss blinzeln, weil ich spüre, wie Tränen in mir aufsteigen. Und als ich die Rückseite lese, wird mir ganz warm, trotz des eisigen Windes, der hier am Gipfel weht. Als würde jemand eine Decke um mein Herz legen. *Ich könnte mir keinen besseren Menschen an der Seite meiner Schwester vorstellen.* Ich erkenne Stefans unverwechselbare Handschrift und wische mir hastig über die Augen. Er hat also tatsächlich gewusst, dass Jule und ich schon damals ineinander verliebt waren. Und nicht nur das, er hat es sogar begrüßt.

Ich zittere. Aber nicht vor Kälte. Und plötzlich fällt mir wie Schuppen von den Augen, dass ich im Begriff bin, einen riesigen Fehler zu machen. Ich bin dabei, ein Kartenhaus aus Lügen aufzubauen, und noch dazu aus den völlig falschen Motiven. Wie soll ich meinem Kind ein Vorbild sein, es anständig erziehen, wenn ich selbst nicht in der Lage bin, Recht von Unrecht zu unterscheiden? Wie soll ich meinem Kind ein guter Vater sein, wenn ich nicht einmal weiß, was für mich selbst das Beste ist? Ich bin nichts weiter als ein Heuchler, zu feige, der Wahrheit ins Gesicht zu blicken.

Mit fahrigen Bewegungen ziehe ich eine andere Zeichnung hervor. Sie zeigt eine wunderschöne Berglandschaft in der Abendsonne. Und wieder sind Stefans Worte so klar und ehrlich:

Wenn man tief im Inneren spürt, wo es einen hinzieht, ist man sich selbst dann nicht schuldig, dorthin zu gehen und für seine Träume zu kämpfen?

Nach all den Jahren, die ich nun schon ohne ihn bin, bringt mein bester Freund es noch immer fertig, mir in meinen schwierigsten Stunden beizustehen und mich in meinen Entscheidungen zu bestärken.

In Windeseile packe ich meine Sachen, löse die Felle von den Skiern und verstaue sie sorgfältig im Rucksack. Die Abfahrt kann mir gar nicht schnell genug gehen, und doch genieße ich jeden Schwung, den ich in der unberührten Schneelandschaft hinterlasse. Ich fühle mich getragen von einer neu gewonnenen Zuversicht, von meiner tiefen Liebe zu Jule und der Kraft meiner Freundschaft zu Stefan, die bis über den Tod hinaus anhält.

Als ich kurz vor Mittag von meiner Skitour zurückkehre, schlägt mir Schweigen aus meinem leeren Haus entgegen. Ich habe gehofft, Vera wäre schon zurück, doch was unsere Aussprache betrifft, so werde ich mich noch gedulden müssen. Das ist allerdings leichter gesagt als getan, denn nachdem ich Stefans Texte gelesen habe, weiß ich endlich, was zu tun ist. Ela erzählte mir vor ein paar Wochen, dass es Jule seit der Sache am Friedhof genauso miserabel geht wie mir. Was zum Teufel hielt mich nur davon ab, zu ihr zu fahren? Ich muss endlich wissen, was sie fühlt und wie sie zu diesem Luca steht. Eine neue Hoffnung breitet sich in meinem Herzen aus, begleitet von einem aufgewühlten Flattern im Bauch. Was bin ich nur für ein Feigling, dass ich nicht früher den Mut hatte, dorthin zu gehen, wo es mein Herz hinzieht.

Sobald Vera nach Hause kommt, werde ich mich nicht mehr verstecken. Ich werde immer für sie und unser Kind da sein. Trotzdem muss es für unsere Wohnsituation eine andere Lösung geben.

Plötzlich kann ich es kaum mehr erwarten, bis die Karten endlich auf dem Tisch liegen.

Mit einem vertrauensvollen Lächeln verstaue ich meine Sachen im Keller und gönne mir eine ausgiebige Dusche, bevor ich meinen Hunger mit einem belegten Brot stille. Anschließend ziehe ich mich in mein Büro zurück und suche den USB-Stick, den ich gestern in der Firma eingesteckt habe.

Doch vergeblich. Nach etwa fünfzehn Minuten befürchte ich, dass ich ihn nur einstecken *wollte*.

In der Erwartung, Bernd würde – wie so oft – Überstunden schieben, rufe ich in der Schmiede an, und siehe da ... es dauert nicht lange, bis er abnimmt.

»Hey, du bist meine Rettung«, sage ich statt einer Begrüßung und erkläre ihm kurz den Grund meines Anrufes. Ich bitte ihn, den Stick zu suchen und mir die Daten rüberzumailen.

»Ich will nur ein paar Rechnungen schreiben«, schiebe ich noch hinterher, doch anscheinend hat Bernd den Hörer unseres Firmentelefons beiseitegelegt, während er sucht. Im Hintergrund höre ich ihn laut fluchen, was meine Vermutung untermauert, und ich muss schmunzeln. Er wird nie lernen, den Hörer mit dem Mikrofon nach unten hinzulegen.

»Wo ist der denn bloß ...«, vernehme ich sein lautes Organ, aber wenn er das Telefon nicht an sich nimmt, werde ich ihm auch keine große Hilfe sein können. Er scheint die Schubladen im Büro abzusuchen und dann auf den Empfangsbereich überzuwechseln. Laut und deutlich machen sich ein paar quietschende Scharniere bemerkbar, die beizeiten einen Tropfen Öl vertragen könnten. Plötzlich scheint jemand von außen an die Glastür zu klopfen, und das schabende Geräusch der Schiebetür dringt an mein Ohr. Ich verdrehe die Augen. Wieso empfängt Bernd an einem Samstag, an dem wir geschlossen haben, einen Kunden? Bis ich zu meinen Daten komme, wird es also noch dauern!

Als ich schon im Begriff bin, aufzulegen, werde ich hellhörig.

»Was machst du hier?«, höre ich Bernd sagen, doch seine Stimme hat einen seltsamen Unterton. Durch das Telefon ist es allerdings schwer, ihn einzuordnen.

»Wir müssen reden«, antwortet ihm eine mir allzu bekannte Stimme. Vera.

Dass der Hörer immer noch verkehrt herum auf dem Empfangstresen liegt, scheint mein Kollege inzwischen vergessen zu haben.

»Du hast recht, ich muss dir unbedingt etwas ...«, beginnt Bernd.

»Stopp«, unterbricht Vera ihn entschlossen, »bevor du irgendwas sagst: Wir müssen damit aufhören.«

Aufhören? Das ist ja interessant. Und ... wollte sie nicht Möbel für das Kinderzimmer einkaufen?

»Ich bin dabei, eine Familie mit Marc zu gründen ...«

»Ich *kann* aber nicht aufhören!« Bernd klingt resolut, fast schon kämpferisch, und ich kann mich nicht erinnern, diesen Tonfall schon einmal bei ihm erlebt zu haben.

»Hast du mir nicht zugehört? Wir dürfen uns nicht mehr treffen«, erklärt Vera eindringlich.

»Vera ...«

»Wir haben endlich ein richtiges Zuhause ... das kann und will ich nicht aufs Spiel setzen! Marc wird bald sogar das Kinderzimmer streichen!« Veras Stimme klingt verzückt und gleichzeitig irgendwie ... nervös.

»Du machst einen großen Fehler«, erwidert Bernd bitter.

Meine Gehirnwindungen laufen heiß. Was meint er damit? Seit wann sind die beiden so vertraut miteinander? Habe ich schon wieder was nicht mitgekriegt?

»Was hast du denn erwartet? Endlich habe ich das, wovon ich in meinem ganzen Leben geträumt habe. Das werde ich bestimmt nicht aufgeben«, beteuert Vera.

»Und ich werde dir nicht zusehen, wie du in dein Unglück rennst«, erwidert Bernd.

»Aber ich *liebe* ihn«, erklärt sie inbrünstig, »und ich werde mir das nicht von dir kaputt machen lassen.«

»Vera ... du verrennst dich da in was. Marc wird für euch sorgen, weil er ein anständiger Kerl ist. Aber lieben ...«

»Was weißt du schon?«, wirft Vera ihm zornig vor.

Einen kurzen Moment schweigen die beiden, und mir schwant Übles. Einen Wimpernschlag später werde ich in meiner Ahnung bestärkt, sogar mehr als das.

»Du musst wissen, was du tust.« Bernds Stimme klingt jetzt gefährlich leise, aber er scheint dem Telefon nahe genug zu sein, sodass ich jedes Wort genau verstehen kann. »Aber eines sage ich dir, Vera: Ich lasse nicht zu, dass du mir mein Kind vorenthältst!«

Ich bin fassungslos, und beinahe fällt mir mein Handy aus der Hand.

Dass die beiden offenbar etwas miteinander am Laufen haben, während sie mit mir auf heile Familie macht, ist ja schon ein ziemlich starkes Stück. Doch kann es wirklich sein, dass dieses Kind, an dessen Existenz ich mich in all den Monaten gewöhnt habe, für das ich Verantwortung übernehmen wollte und für das ich sogar mein Glück mit Jule geopfert habe, gar nicht von mir ist? Ich kann nicht glauben, dass Vera so hinterhältig ist. Habe ich Bernd vielleicht nur falsch verstanden? Meine Gedanken scheinen sich in einem Wirrwarr aus Vermutungen und Spekulationen zu verknoten. Ein hysterisches Lachen steigt in mir auf. Ungebeten und unangebracht. Absurd. Es fühlt sich nicht gut an.

Kapitel 37

Jule

Dichter Nebel umfängt mich und steigert meine Panik ins Unermessliche. Langsam und wie im Blindflug taste ich mich Meter für Meter vorwärts. Wo sind nur diese verdammten Rucksäcke? Meine Finger sind eiskalt, und der Wind pfeift mir unbarmherzig um die Ohren. Noch vor wenigen Stunden haben Luca und ich uns in strahlendem Sonnenschein mit den Tourenskiern auf den Weg zum Adlerjoch gemacht. Er hatte mich schon letzte Woche gefragt, ob ich nicht Lust hätte, mit ihm eine Skitour zu machen, sozusagen zum Abschied, weil er sich entschieden hat, wieder nach Südtirol in seine Heimat zurückzugehen. Auch Tina hätte uns begleiten sollen, doch weil sie immer noch nicht ganz fit ist, zog sie im letzten Moment die Reißleine und blieb zu Hause. Luca freute sich wie ein kleines Kind auf diesen Tag, suchte die Route aus und stellte die Ausrüstung zusammen. Er kennt sich gut aus in den Bergen, war in seiner Jugend viel mit seinem Vater unterwegs. Das Adlerjoch, das in einer Nachbargemeinde von St. Philomena liegt, hatte ich bisher nur im Sommer bestiegen, im Gegensatz zu Luca, der auch im Winter schon einmal hier war.

Die letzten Wochen waren verdammt hart für mich. Ich versuchte krampfhaft mich auf das Hier und Jetzt zu konzentrieren und jeglichen Gedanken an Marc zu verbannen, was unmöglich war und immer noch ist. Mein Herz sehnt sich so sehr nach ihm, dass es bei jedem Telefonklingeln, bei jeder Ankündigung einer Kurznachricht und selbst bei jedem Klingeln der Türglocke fast aus meiner Brust springt in der Hoffnung, er würde irgendein Zeichen von sich geben. Darum kam auch mir der Vorschlag von Luca sehr gelegen, eine willkommene Ablenkung.

Einer Einladung von Raffaela folgend, planten wir, die Nacht in ihrem Haus zu verbringen, wo wir heute am späten Vormittag eintrafen. Wir stärkten uns kurz und rüsteten uns aus, um den Aufbruch nicht zu sehr hinauszuzögern. Mein Handy ließ ich in Elas Gästezimmer bei meinem anderen Gepäck zurück, damit ich wirklich einmal ganz abschalten konnte. Luca bestärkte mich in dieser Entscheidung, denn er selbst hatte das Handy voll aufgeladen und sicherheitshalber eine Powerbank im Rucksack. Der Wetterbericht meldete für morgen einen Wetterumschwung, doch heute ließ uns der beinahe wolkenlose Himmel beruhigt und gut gelaunt aufsteigen. Wir unterhielten uns über Gott und die Welt, vor allem aber über Lucas Zukunftspläne mit seiner Sophia. Kurz bevor wir unser Ziel erreichten, rückte die Sonne immer mehr hinter den Wolkenschleier, und als wir am Gipfel ankamen, war der Himmel komplett bedeckt.

»Wir haben doch länger für den Aufstieg gebraucht als gedacht«, bemerkte Luca mit einem prüfenden Blick auf die Uhr.

»Es war aber sehr kurzweilig«, entgegnete ich mit einem Schmunzeln, »du hast es wirklich verstanden, mich von der Plagerei abzulenken.«

»Siehst du, deine Sorgen waren völlig unbegründet.«

Ich hatte tatsächlich in den letzten Tagen des Öfteren meine Bedenken geäußert, dass ich dieser Tour nicht gewachsen wäre. Immerhin ist meine Kondition nicht unbedingt mit Lucas vergleichbar, und ich wollte ihn nicht in seinem Tempo bremsen. Er beteuerte mir aber, dass es ihm einzig und allein darum ging, vor seiner Abreise noch ein bisschen Zeit mit mir zu verbringen, und das am besten in der Natur.

»Ich bin froh, dass du mich zu diesem Ausflug überredet hast«, sagte ich und ließ meinen Blick über das Tal und die umliegenden Berggruppen schweifen, »es ist wunderschön hier oben.« Mir fiel auf, dass ein Gipfel in der Ferne schon in Nebel eingehüllt war.

»Trotzdem sollten wir uns nicht zu lange aufhalten. Es ist schon spät, und für die Abfahrt müssen wir noch ungefähr eine Stunde rechnen.«

»Keine Pause?« Ich zog einen gespielten Schmollmund.

»Rasch umziehen, was trinken und am besten gleich wieder los.« Luca machte eine zerknirschte Miene, was mir sagte, dass er auch noch gerne länger hiergeblieben wäre. Aber wir haben Dezember, und ich wusste, der Tag würde sich schneller von uns verabschieden als uns lieb war.

Luca schnallte die Skier ab, ließ den Rucksack in einer fließenden Bewegung von seinem Rücken gleiten, öffnete ihn und brachte seine Wechselkleidung zutage. Ich tat es ihm gleich und sah mich ein wenig unbeholfen um. Mich hier umzuziehen erschien mir als unangenehm, obwohl ich wusste, dass Luca mir gegenüber keine romantischen Gefühle mehr hegte. Und doch war es unausweichlich.

»Ich ... geh dann mal ...«, sagte er mit einem schelmischen Grinsen auf den Lippen, als hätte er meine Gedanken gelesen, »damit du mir nichts wegguckst.« Mit einer seitlichen Bewegung seines Kopfes und einem Zwinkern ließ er mich stehen und entfernte sich auf die andere Seite des stahlgrauen Gipfelkreuzes. Hastig zog ich meine verschwitzten Klamotten aus und ersetzte sie gegen trockene aus meinem Rucksack. Ein angenehmes Gefühl durchflutete mich, sobald ich den Reißverschluss meiner warmen Daunenjacke schloss.

»Dieses Gipfelkreuz muss ziemlich neu sein«, bemerkte Luca, »ich habe es noch nie ...«

Ein markerschütternder Aufschrei erschreckte mich plötzlich, und als ich mich zu Luca umdrehte, war er verschwunden.

»Luca ... um Gottes Willen«, schrie ich panisch und rannte zu der Stelle, an der er sich grade noch – in die Betrachtungen des Kreuzes vertieft – umgezogen hatte. Eine Jacke lag auf dem Schnee, und kurz streifte mich der Gedanke, ob er die andere wohl hoffentlich schon anhatte.

»Luca«, ich formte die Hände zu Trichtern und schrie aus Leibeskräften.

»Ich bin hier!«, kam etwas verzögert eine Antwort, und ich kniff erleichtert meine Augen zusammen.

»Wo?«

»Hier unten!«

»Bist du okay?«

»Im Großen und Ganzen schon ... schätze ich!«, rief er mir auf die Entfernung zu.

»Ich bin sofort bei dir!«

Ohne nachzudenken kletterte und rutschte ich über einen großteils schneebedeckten, felsigen Abhang in die Tiefe. Nach geschätzten fünfzig Metern war ich endlich bei ihm und fiel ihm um den Hals, beruhigt, dass er bei Bewusstsein und auf den ersten Blick unbeschadet war.

»Mann, hast du mir einen Schrecken eingejagt!«, schimpfte ich und atmete tief durch. Da erst bemerkte ich Lucas aschfahle Gesichtsfarbe, und sofort nahm mein Herz, das sich grade wieder einzukriegen versuchte, erneut an Fahrt auf.

»Hast du dir wehgetan? Was hast du denn überhaupt gemacht?«

»Es war nur ... ein falscher Tritt. Ich war einfach blöd ... unachtsam.« Seine Stimme zitterte.

»Denkst du, wir können da wieder rauf?«, fragte ich vorsichtig.

»Jule ... ich fürchte ... mein Bein macht das nicht mit.« Jetzt erst fiel mir auf, dass Lucas linker Fuß ein wenig verdreht war, und ich schlug mir erschüttert die Hand vor den Mund.

»Verdammt. Denkst du, es ist gebrochen?« Er atmete stockend, und ich konnte sehen, wie er die Zähne zusammenbiss und sich seine Nasenflügel vor Schmerzen blähten, während er nickte.

»Bist du sonst noch irgendwo verletzt?«

Diesmal schüttelte Luca den Kopf. Besorgt blickte ich auf den Abhang über uns, und Luca tat es mir gleich.

»Wahrscheinlich habe ich auch noch ein Riesenglück gehabt, dass es *nur* das Bein ist«, murmelte er zuversichtlicher, als er vermutlich war.

»Gib mir dein Handy. Wir müssen die Bergrettung rufen.« Mir war klar, dass wir so keine Chance hatten, das Tal zu erreichen. Selbst wenn ich ihn hätte tragen können, was aufgrund seines Gewichts unmöglich war, hätte das für Luca unsägliche Schmerzen bedeutet. Also keine Option.

»Es ... es ist ... in der anderen Jacke.«

Einen Augenblick starrte ich ihn an, als hätte ich mich verhört.

»Es tut mir so leid, Jule. Ich bin so ein Idiot. Warum habe ich dich bloß überredet, mitzukommen. Ich hätte die Tour einfach alleine ...«

Ein Ruck ging durch meinen Körper, und eine wilde Entschlossenheit drängte all die Angst in mir in den Hintergrund.

»Hör mir zu, Luca«, gebot ich seinen Selbstvorwürfen Einhalt. »Du musst durchhalten, hörst du!« Ich legte meine Hände auf seine Wangen und sah ihn eindringlich an. »Wir schaffen das, du wirst sehen. Ich mache mich sofort auf den Weg zum Gipfel, um den Rest unserer Sachen zu holen. Und du hältst hier die Stellung!« Was für ein blöder Spruch.

»Ich wüsste nicht, wo ich im Moment hinsollte«, gab er müde von sich.

»Stimmt«, murmelte ich, während mein Gehirn fieberhaft nach etwas suchte, das ihn motivieren könnte.

»Sophia!«, schoss es aus mir heraus. »Denk an Sophia, wie du dir euer Wiedersehen vorstellst und was du ihr sagen wirst. Denk dir irgendwas Romantisches aus. Oder überleg dir ein Gedicht ... oder ein Lied. Luca, ich verspreche dir, dass ich gleich zurück bin.«

Noch war es hell, doch das würde sich bald ändern.

Der Kampf auf den Gipfel ist beschwerlicher als befürchtet, noch dazu überrascht mich der Nebel, der wie aus dem Nichts einfällt. Plötzlich weiß ich nicht mehr, wo vorne und hinten ist, verliere völlig die Orientierung. Inzwischen ist auch die Dämmerung hereingebrochen. Ich muss verdammt vorsichtig sein, wenn ich nicht riskieren will, mich selbst zu verletzen. Ohne Handy würde das unseren sicheren Tod bedeuten. Anfangs haben Luca und ich uns noch durch unsere Zurufe gegenseitig Mut gemacht. Je weiter ich aber zum Joch vordringe, umso mehr muss ich mir meine Kräfte einteilen. Zudem hat es inzwischen zu schneien begonnen, und das gruselige Heulen des Windes übertönt jeden unserer Rufe. Meine Handschuhe habe ich – wie alle anderen Sachen – im Schock von Lucas Absturz am Gipfel zurückgelassen. Ich habe keine Ahnung, wie lange ich schon unterwegs bin, und die schlechte Sicht lässt mich auch die Zeiger meiner Uhr nicht erkennen. Meine Finger brennen höllisch, und als ich endlich etwas Weiches darunter spüre, das sich als Lucas Jacke herausstellt, überwältigt mich ein kurzer Heulanfall. Ich taste die Taschen ab und finde tatsächlich Lucas Handy. Sofort rufe ich die Bergrettung, schildere so präzise wie möglich unseren Standort und was passiert ist. Der Mann in der Leitstelle erklärt mir, dass sie sich sofort auf den Weg zu uns machen und wir versuchen sollen, Ruhe zu bewahren.

Anschließend mache ich mich erneut auf die Suche nach unserer restlichen Ausrüstung. Kurz überlege ich, Marc anzurufen, doch ich habe seine Handynummer nicht im Kopf. Ich verfluche mich dafür, mein Telefon zurückgelassen zu haben.

Marc

Mein erster Impuls ist es, ins Auto zu steigen und zu Jule zu fahren. Doch ich muss trotz allem zuerst mit Vera reden, so schwer es mir fällt.

Deshalb mache mich auf den Weg in die Firma, um sie und Bernd zur Rede zu stellen.

Ehe ich um die letzte Kurve biege, klingelt mein Telefon.

Es ist Ela. Noch bevor sie etwas sagen kann, sprudelt es schon aus mir heraus: »Hey, Ela, du glaubst gar nicht, was passiert ist. Mir ist heute bei meiner Skitour so vieles klar geworden. Du hattest recht, von Anfang an. Ich liebe Jule, und es wird verdammt noch mal Zeit, ihr das auch zu sagen.«

»Oh … ja …«

»Ich weiß, du und Matze und Jimmy, ihr habt es immer gewusst ...«

»Marc?« Sie hört sich eigenartig an.

»Alles okay?«, frage ich. »Eigentlich bist du diejenige, die ohne Punkt und Komma auf mich einquasselt, und nicht umgekehrt«, wundere ich mich über ihre seltsame Stimmung.

»Die Sache ist die ...« Erneut zögert sie. Irgendwas stimmt da nicht.

»Raffaela, was ist los?«, frage ich ganz direkt. Sie atmet tief ein. Ich warte. Dann atmet sie wieder aus.

Selbst durch das Telefon spüre ich ihr Unbehagen, deshalb laste ich ihr nicht an, dass sie meine Geduld überstrapaziert. »Ist was mit Johannes? Oder Matze?«

»Nein, nein. Es geht ihnen gut.« Ihre Stimme klingt irgendwie stumpf und seltsam erstickt. Ich kann hören, wie sie sich Mühe gibt, all ihre Emotionen zurückzuhalten. Wieso hat sie mich angerufen, wenn sie mir jetzt nichts sagen will? In mir schrillen sämtliche Alarmglocken.

»Nichts ist gut, wenn du mir nicht sofort sagst ...«

»Es geht um Jule.« Eine eiskalte Hand legt sich um mein Herz, und mein Puls beschleunigt sich.

»Was ist mit ihr?«, frage ich tonlos.

»Keine Ahnung. Vielleicht ist doch auch gar nichts«, stammelt Ela unbeholfen. »Sie und Luca wollten auf das Adlerjoch. Sie sind vor Mittag los und noch immer nicht zurück. Und es wird gleich dunkel.«

Mir ist klar, was das bedeutet. Der Himmel ist unheilvoll düster. Es könnte Gott weiß was passiert sein.

»Ich bin in einer halben Stunde bei euch.«

Mein Körper läuft von nun an auf Autopilot. Ich zwinge mein Gehirn, nur noch rational zu denken, bevor ich komplett durchdrehe. Denn immerhin besteht doch auch noch die Chance, dass Jule und Luca sich lediglich bei der Abfahrt verzettelt haben und jeden Moment bei Raffaela eintrudeln.

Kapitel 38

Jule

Der erneute Abstieg zu Luca erweist sich als Drahtseilakt. Unsere Rucksäcke schnalle ich mir so fest wie möglich um, Lucas Jacke und meine Handschuhe ziehe ich an. Die Skier lasse ich am Gipfel zurück, weil meine Hände frei bleiben müssen, damit ich mich festhalten kann. Außerdem können wir dort unten sowieso nichts mit ihnen anfangen. Dafür finde ich in Lucas Rucksack eine Stirnlampe. Auch wenn ihr Schein kaum durch die dichte Nebelwand hindurchdringt, verleiht sie mir doch ein gewisses Maß an Sicherheit. Der Schnee klebt unter meinen Tourenskischuhen, und ich rutsche einige Male aus. Wahrscheinlich bin ich schon an mehreren Stellen aufgeschürft, doch meine Heidenangst um Luca lässt mich keinen Schmerz spüren. *Was, wenn er bewusstlos ist, wenn ich bei ihm ankomme? Nein, nein, nein, so darf ich nicht denken.* Die Bergrettung ist auf dem Weg zu uns, und das ist die Hauptsache. An einer schwierigen und sehr steilen Stelle verliere ich beinahe das Gleichgewicht und kann mich grade noch fangen. *Jule, konzentriere dich!* Ich versuche, meinen stoßweisen Atem unter Kontrolle zu bekommen und mich zu beruhigen. Panik ist wirklich das Allerletzte, was ich jetzt brauche. Dann beschließe ich, einen der Rucksäcke hier zu deponieren und ihn später zu holen. Alle beide schränken mich zu sehr in meiner Bewegungsfreiheit ein, und sollte ich noch einmal rutschen, werde ich mit weniger Gewicht schneller reagieren können. Das hoffe ich zumindest. Nachdem ich einen mehr oder weniger sicheren Stand gefunden habe, drücke ich mich fest mit dem Oberkörper an den Abhang und versuche rasch zu entscheiden, welchen Rucksack ich als Erstes mitnehme. In beiden befinden sich Thermoskannen mit Tee, belegte Brote und Energieriegel. Insofern macht es keinen Unterschied. Da ich aber nicht sicher bin, ob Luca bereits trockene Klamotten anhat, entscheide ich mich dafür, meinen Rucksack an eine halbwegs geschützte Stelle unter einem Felsvorsprung zu quetschen, in der Hoffnung, ihn später wiederzufinden. Anschließend klettere ich mit Lucas Sachen weiter.

»Luca?«, rufe ich in die Dunkelheit, als ich sicher bin, ihn bald erreicht zu haben.

»Hier bei der Arbeit«, dringt es dumpf an mein Ohr, und sein Scherz entlockt mir ein Schmunzeln, so gezwungen es auch sein mag.

»Gleich hab ich's geschafft!«

Erleichtert sinke ich vor ihm auf die Knie und umarme ihn.

Inzwischen hat er sich mit Schnee eine Art Unterbau für sein verletztes Bein errichtet, um es hochzulagern. Seine Schmerzen müssen furchtbar sein.

»Ich hab die Bergrettung alarmiert. Sie sind auf dem Weg«, sage ich, um uns beide zu beruhigen. »Hältst du es aus?«, frage ich mit besorgtem Ausdruck.

Er nickt. »Hab ich eine Wahl?«

Mit meinem Körper schirme ich den Sturm vor ihm ab, und zu wissen, dass ich gleich noch einmal ein Stück hinaufmuss, um den zweiten Rucksack zu holen, lässt Tränen in mir aufsteigen, die ich tapfer hinunterschlucke.

»Sie finden uns, Jule«, aufmunternd drückt Luca meine Hand.

Ich nicke heftig, um mich selbst zu ermutigen.

»Sie werden bei dem Wetter nicht mit dem Hubschrauber fliegen können«, mutmaßt er, und ich nicke erneut. Diesmal lassen sich die Tränen nicht mehr aufhalten und laufen über meine eiskalten Wangen. Ich bibbere am ganzen Körper, und es wird noch Stunden dauern, bis die Bergretter hier sind. Und dennoch …

»Trotzdem, Jule … wir schaffen das. Wir sind zu zweit. Und wir lassen uns nicht unterkriegen.« Seine Worte erlauben dem Hoffnungskeim in mir zu wachsen, und ich wische mir resolut mit beiden Händen über das Gesicht. *Ja, wir schaffen das.* Er hat recht. Wir sind zu zweit, und aufgeben ist keine Option.

Nachdem wir uns all unsere verfügbaren Klamotten übergezogen und mit Broten und Tee aus Lucas Rucksack etwas gestärkt haben, breche ich auf, meinen eigenen zu holen. Obwohl der Weg nicht besonders weit ist, strengt mich jeder Schritt, den ich gegen den Wind und die Kälte ankämpfen muss, ungemein an.

Ich schwöre, wenn wir diese Hölle gut überstehen, dann werde ich mit Marc reden. Ich werde endlich zu meinen Gefühlen stehen und herausfinden, ob es nicht doch einen gemeinsamen Weg für uns gibt. Auch wenn er der Vater von Veras Kind ist. Na, wenn schon! Viele Patchwork-Familien bringen ihr Familienleben hervorragend auf die Reihe. Wieso also nicht wir?

Marc

Bevor ich zu Raffaelas Haus fahre, hole ich meine Skitourenausrüstung von zu Hause, um keine Zeit zu verlieren. Falls Jule und Luca noch immer nicht von ihrer Tour zurück sind, steht für mich fest, dass ich sie suchen werde. Matze und Ela empfangen mich bereits an ihrer Haustür. Ihre unheilvollen Mienen verheißen nichts Gutes.

Kurz drücke ich Ela an mich und begrüße Matze mit einem Schulterschlag.

Er hat Neuigkeiten für mich: »Ich wollte grade die Bergrettung alarmieren, da sagten sie mir, dass schon ein Notruf eingegangen sei und sie sich bereits auf den Weg machen. Jule und Luca sitzen unterhalb des Adlerjochs. Vermutlich hat sie der Nebel überrascht.«

»In Ordnung. Ich werde mich an der Suche beteiligen«, erwidere ich so sachlich wie möglich, obwohl es mir kalt den Rücken hinunterläuft.

»Aber das ist gefährlich, Marc«, warnt mich Ela mit panischer Stimme.

»Ich weiß, aber ich kann nicht hier sitzen und nichts tun.« Matze und Ela werfen sich eigenartige Blicke zu. Dann nicken beide.

»Ich gehe mit dir«, sagt Matze entschlossen.

»Matze, nein. Ela hat recht, es ist wirklich gefährlich, aber ich habe viel Erfahrung am Berg. Außerdem hast du Frau und Kind«, wende ich ein.

»Du auch«, antwortet Ela wie aus der Pistole geschossen, während Matze unbemerkt von der Bildfläche verschwindet.

Ich schüttle den Kopf, und Ela weiß offenbar nichts mit dieser Information anzufangen. »Aber ...«

»Das erkläre ich dir alles später.«

»Marc, nimm Matze mit. Bitte. Du weißt, auf ihn ist Verlass, und je mehr Leute ihr seid, umso besser.«

Während ich noch überlege, klingelt es an der Tür, und noch ehe Ela öffnen kann, steht Jimmy in voller Montur vor uns. Wie gut es doch ist, Freunde zu haben.

Zu dritt verabschieden wir uns von Ela und fahren mit meinem Auto zum Fuß des Adlerjochs.

»Es gibt da noch was, das du wissen solltest, Marc«, beginnt Matze etwas zögerlich, als wir unsere Skier anschnallen und in flotter Geschwindigkeit losmarschieren.

»Schieß los.«

»Einer der beiden ist verletzt, aber die Bergretter konnten mir nicht sagen, ob es Jule oder Luca ist und auch nicht, wie schwer die Verletzung ist.«

Ich verbanne meine Sorge um Jule dorthin, wo all die letzten Jahre meine Liebe zu ihr geschlummert hat, verbiete mir, mich verrückt zu machen. Dafür lege ich noch mehr an Tempo zu und lasse mich antreiben von dem Gedanken, sie bald wieder in den Armen zu halten. Es kann, es darf einfach nicht sein, dass so kurz vor dem Ziel doch noch alles verloren ist.

Wir erreichen die Männer der Bergrettung etwa eine halbe Stunde vor dem vermeintlichen Ziel, dem Adlerjoch. Sie sind zu fünft, unter ihnen Paul Weber, mein guter Bekannter. Wir befinden uns mitten in der Schlechtwetterfront, die eigentlich erst für morgen prognostiziert war. Ich will mir gar nicht ausmalen, wie viele Stunden Jule und ihr Freund schon hier oben zubringen mussten, während der Schneesturm immer heftiger wurde. Und ich hoffe verdammt noch mal für ihn, dass er keine falsche Entscheidung getroffen hat, die Jule erst in Gefahr gebracht hat. Ansonsten gnade ihm Gott!

»Die zwei Personen sitzen nach eigenen Angaben etwa fünfzig Meter unter dem Joch«, klärt Paul uns Neuankömmlinge auf. »Eine Person ist verletzt, die andere wohlauf, aber wahrscheinlich unterkühlt.«

Meine Kehle wird eng, als ich seinen nüchternen Ausführungen lausche. Die Bergretter, die alle mit großen Rucksäcken, einem Akia und allerlei Hilfsmaterial ausgerüstet sind, müssen die weitere Vorgehensweise besprechen. Ich nicht. Ich halte es nicht aus, hier herumzustehen, während für die Verunglückten jeder Augenblick zählt. Noch bevor Jimmy und Matze mich zurückhalten können, bin ich schon an der Gruppe vorbei und Richtung Gipfel unterwegs.

»Halt!«, donnert Paul hinter mir. Er ist der Einsatzleiter und gewohnt, Befehle zu erteilen. »Wir brauchen jeden Mann, der uns bei der Suche hilft. Aber nur, wenn du dich an die Regeln hältst.« Er macht eine bedeutungsvolle Pause, in der ich seine Worte abwäge. Er hat recht. Es bringt keinem etwas, und zuletzt Jule und Luca, wenn ich die Nerven verliere und rücksichts- und gedankenlos handle. Also bleibe ich stehen.

Als wir endlich um etwa 20 Uhr 30 am Adlerjoch ankommen, finden wir nur einige verwischte Spurenfragmente, aus denen wir zwei ungefähre Richtungen erahnen können. Weil heute offensichtlich mehrere Skitourengänger hier waren, können wir keine der beiden Fährten ausschließen. Wir schnallen unsere Skier ab und teilen uns in drei Gruppen auf. Ich gehe mit Paul und einem Bergretter namens Max Richtung Süden, Matze begleitet Peter und Richard nach Norden, und Jimmy bleibt mit Hermann am Gipfel, um alles für die Bergung vorzubereiten.

Jede Gruppe ist mit einem Funkgerät ausgerüstet, mit dem wir auch Kontakt zur Leitstelle halten. Leider scheinen Jule und Luca keinen Handyempfang mehr zu haben, weil Paul keine Verbindung mehr herstellen kann.

Wir klettern über steiles, teilweise felsiges Gelände. Um sich nicht selbst oder die Kameraden zu gefährden, muss hier jeder Schritt sitzen. Die Zeit drängt. Wir haben keine Ahnung, wie es den beiden Verunglückten geht, wissen weder, wie schwer verletzt, noch, wie stark unterkühlt sie sind.

»Jule! Luca!«, rufen wir abwechselnd alle paar Meter in die stürmische Dunkelheit hinein. Jede Faser meines Körpers ist angespannt und von Adrenalin durchpumpt. Dann erreicht Paul ein Funkspruch, und wir stehen alle drei still und lauschen. Doch leider ist es nur Peter, der uns davon in Kenntnis setzt, dass sie auf den Gipfel umkehren, weil ihre Suche erfolglos war. Nachdem Paul das Gespräch mit einem »Ende« beschließt, ist es mir, als würde ich einen schwachen Ruf vernehmen.

»Jule«, schreie ich erneut, so laut ich kann, in Richtung Tal und horche.

Da. Eine leise Antwort. Auch durch Paul und Max geht ein Ruck, was mich in meiner Hoffnung bestätigt. Wir beschleunigen unsere Schritte und rufen kurz darauf erneut.

»Wir sind hier«, dringt es bald unverkennbar an mein Ohr. Max ist der Erste, der die beiden erblickt. Sie kauern dicht aneinander in einer kleinen Vertiefung, die durch eine Felsenformation gebildet wird, so gut wie möglich vor dem Wind geschützt. In wenigen Schritten sind Max und ich bei den Verunglückten, während Paul schon sein Funkgerät zückt.

»Jule«, bricht es aus mir heraus, »mein Gott, Jule.« Ihr Gesicht ist blass, die Lippen bläulich, doch ihre Augen flackern erleichtert auf, als sie mich sieht. »Bist du verletzt?«, frage ich, und mein prüfender Blick scannt sie von oben bis unten.

»Nein, aber Luca«, antwortet sie erschöpft, und ihre Augen wandern zu ihrem Bergkameraden, der bei Max in den besten Händen ist.

Am liebsten würde ich sie überschwänglich in meine Arme ziehen, doch ich weiß, dass sie sich in diesem Zustand, wenn überhaupt, nur äußerst vorsichtig bewegen darf. Paul stellt mit einem speziellen Thermometer fest, dass Jules Kerntemperatur auf knapp unter 35 Grad Celsius gesunken ist und sie somit unterkühlt ist. Bei Luca sind es sogar noch um anderthalb Grad weniger. Obwohl ich kein ausgebildeter Bergretter bin, weiß ich, dass in diesem Fall zu viel Bewegung kontraproduktiv ist, weil das Blut in den äußeren Körperregionen so kalt ist, dass es einen Schock verursachen könnte, sollte es durch Zirkulation in die Körpermitte gelangen. Dies könnte schlimmstenfalls zu einem Herzstillstand führen. An einem sogenannten Bergungstod sind schon viele Verunglückte gestorben, obwohl sie lediglich leicht oder überhaupt nicht verletzt waren. Aber so weit will ich überhaupt nicht denken und konzentriere mich stattdessen auf die Anweisungen der Profis Max und Paul und darauf, bestmöglich zu helfen und für Jule da zu sein.

Jule

Ich bin schrecklich müde und erschöpft. Bis vor Kurzem haben Luca und ich uns noch unterhalten, doch jetzt ist es uns beiden zu anstrengend. Meine ganze Konzentration richtet sich darauf, Luca immer wieder zu ermahnen, nur ja nicht die Augen zuzumachen. Er leidet fürchterliche Schmerzen, und ich bete im Stillen, dass dieser Albtraum bald ein Ende hat. Wir haben jegliches Zeitgefühl verloren, aber ich will auch nicht auf die Uhr sehen, damit die stechende Kälte nicht unter meine Kleider kriecht, sobald ich mein Handgelenk entblöße. Überhaupt bin ich nicht sicher, was mich dann erwartet. Ist es gut, wenn viel Zeit vergangen ist, weil die Rettung naht? Oder ist es schlecht, weil die Situation brenzliger wird, je weiter die Uhr voranschreitet? Und was, wenn es noch früher ist, als ich vermute, und die Bergrettung noch mehrere

Stunden braucht, bis sie hier eintrifft? Diese Gedanken, in welche Richtung sie sich auch drehen, sind müßig.

Plötzlich kommt es mir vor, als würde jemand unsere Namen rufen. Ich versuche zu antworten, doch aus meiner Kehle dringt nur ein Krächzen. Das reißt auch Luca aus seiner Lethargie, und wir lauschen angestrengt auf die Geräusche um uns herum.

»Jule«, höre ich erneut einen Schrei. Und diesmal schaffe ich es zurückzurufen.

»Sie kommen uns holen ... Luca ... endlich«, flüstere ich und spüre schon wieder Tränen aufsteigen.

Kurz darauf ist Marc mit zwei Bergrettern bei uns. Ich weiß nicht, wieso ausgerechnet er. Habe ich ihn mir mit meiner Gedankenkraft hergezaubert? Aber es ist mir egal. Hauptsache, er – Hauptsache überhaupt jemand – ist hier, um uns zu helfen.

Ich kann Sorge in seinen Augen erkennen und Erleichterung und noch etwas anderes, das ich jedoch nicht zu deuten vermag. Er flüstert pausenlos meinen Namen, und es fühlt sich so unglaublich heilsam an, ihn aus seinem Mund hören.

Die Männer ziehen uns warme und trockene Kleider über und hüllen uns in Decken ein. Auf einmal erscheinen noch weitere Helfer auf der Bildfläche. Ich nehme alles nur am Rande wahr, bis auf Marcs Gegenwart, derer ich mir in einer ungeheuren Intensität bewusst bin. Um uns herrscht ein reges Treiben, als alles für unsere Bergung vorbereitet wird. Für mich zählt im Moment nur, dass Marc mir nicht von der Seite weicht.

Er strahlt eine Zuversicht aus, die mich beruhigt. Jetzt wird alles gut. Ganz nah sitzt er bei mir und erklärt uns, was seine Kollegen vorhaben, verpflegt uns mit Tee und süßen Riegeln, während Lucas Bein in eine spezielle Alu-Polsterschiene gepackt wird.

Luca wird als Erster geborgen, indem die Bergretter ein Seil vom Gipfel über die Felsen lassen und Max mit ihm huckepack nach oben gezogen wird. Äußerst behutsam, damit sein Bein nicht noch mehr Schaden erleidet. Anschließend bin ich an der Reihe. Mit einer seltsamen inneren Ruhe lasse ich diese Prozedur über mich ergehen. Wie sie mir erklären, darf auch ich durch meine Unterkühlung nur möglichst wenig bewegt werden, was die Sache nicht gerade einfacher gestaltet.

Als ich auf Pauls Rücken endlich oben ankomme, fallen mir nacheinander Matze und Jimmy um den Hals, die ebenfalls an der Suche beteiligt sind. Ich bin so unglaublich dankbar für ihre Hilfsbereitschaft und ihren mutigen Einsatz. Unter solch widrigen Bedingungen ist das ganz sicher keine Selbstverständlichkeit.

Inzwischen wurde am Gipfel bereits mit meinen Skiern, Lawinenschaufeln und Geflechten aus Reepschnüren ein Notfallschlitten gebaut. In die Mitte packten die Jungs einen Rucksack, die Felle und eine weiche Decke als Unterlage. Auf diesem Gefährt werde ich, wieder warm eingepackt und hoffentlich bald unbeschadet, das Tal erreichen. Luca wurde inzwischen auf den Akia, den eigentlichen Rettungsschlitten, gebettet und startklar gemacht.

Die Talfahrt verläuft zum Glück reibungslos, und doch erscheint sie mir endlos. Immer wieder fallen mir vor Erschöpfung die Augen zu. Marc zieht mit zwei anderen meinen Schlitten. So habe ich mir das Ende unseres Ausflugs nicht vorgestellt. Ich mache mir große Sorgen um Luca und hoffe inständig, dass er sich keine gröberen Verletzungen zugezogen hat oder zu stark unterkühlt ist.

Im Tal angekommen, warten bereits ein Rettungs- sowie der Bergrettungswagen auf uns, die uns sofort ins Krankenhaus bringen. Plötzlich ist Marc nicht mehr neben mir, und sofort beschleunigt sich meine Atmung.

»Schsch«, redet Paul leise auf mich ein, »alles ist in Ordnung.«

»Wo ist Marc?«

»Er darf hier nicht mitfahren. Aber er wird bestimmt ins Krankenhaus kommen.«

»Wie geht es Luca?«, will ich besorgt wissen.

»Ich … kann dazu leider nicht viel sagen. Aber er war bis jetzt bei Bewusstsein, was ein gutes Zeichen ist.«

»Wie konnten wir bloß in diese Situation geraten?« Verzweiflung und Überforderung drängen an die Oberfläche und nehmen einen Schwall Tränen mit sich.

»Am Berg kann der Wetterumschwung sehr schnell gehen. Niemand konnte ahnen, dass diese Schlechtwetterfront, die für morgen angekündigt war, schon heute bei uns ist.«

»Aber ...«

»Jule ... es bringt nichts, wenn du dir oder deinem Freund Vorwürfe machst. Das kann den erfahrensten Bergsteigern passieren.«

Wahrscheinlich hat Paul recht mit dem, was er sagt. Und trotzdem fühlt es sich nicht so an. Weil das *Hätten wir* und das *Wären wir doch bloß* viel zu großen Raum in mir einnehmen.

Während sie mich im Krankenhaus aufwärmen und durchchecken, wird Luca sofort operiert. Er hat bei seinem Sturz eine Unterschenkelfraktur erlitten, somit hatte er Glück im Unglück, denn es hätte aus dieser Höhe viel schlimmer ausgehen können. Ich bin froh, dass sie mich nicht hierbehalten müssen. Alles, was mein erschöpfter Körper jetzt braucht, ist ein warmes Bett und ein paar Stunden Schlaf, um sich halbwegs von den Strapazen und der Aufregung zu erholen.

Raffaela, die im Gang des Krankenhauses auf mich wartet, schließt mich fest in die Arme, während sie von leisen, tiefen Schluchzern geschüttelt wird, die sie mühevoll zu unterdrücken versucht. Ich kann nur erahnen, wie groß die Sorgen waren, die sie sich um mich gemacht hat. Als sie mich aus ihrer Umarmung entlässt, sehe ich mich nach allen Seiten um, doch keine Spur von Marc.

»Ich werde dich schon wieder aufpäppeln«, verspricht Ela und nimmt mich mit.

Sie fragt mich nicht, was passiert ist, und ich bin dankbar, es nicht erzählen zu müssen. Zumindest nicht jetzt. Wo ist bloß Marc, wo er doch die ganze Zeit während der Rettung nicht von meiner Seite gewichen ist. Oder habe ich mir das bloß eingebildet? Hat die Unterkühlung Halluzinationen bei mir hervorgerufen? Ich wage es nicht, Ela zu fragen, aus Angst, die Antwort könnte mich enttäuschen.

In ihrem Gästezimmer haben Ela und Matze einen Elektroofen und zusätzliche Decken platziert, damit ich es mollig warm habe.

»Brauchst du irgendwas?«, fragt meine Freundin fürsorglich, während sie die Bettdecke zurückschlägt und unnötigerweise das frisch bezogene Kissen aufschüttelt. »Hast du Hunger? Ich mach dir gleich noch eine Kanne Tee.«

Ich schüttle den Kopf und lächle. »Du musst mich jetzt nicht so bemuttern, Ela.«

»Doch, das muss ich«, widerspricht sie beherzt. »Schließlich ist ja sonst niemand da, der es tun könnte.« Ein Schatten streift das Lächeln aus meinem Gesicht, und sie scheint zu merken, dass sie damit einen wunden Punkt getroffen hat.

»Und ich mache es gern, Jule. Ich bin so froh, dass es dir gut geht und ihr solches Glück hattet.«

Sofort überzieht ein feuchter Schimmer meine Augen, und ich versuche den Kloß in meiner Kehle wegzuschlucken. Ja, mir ist klar, dass wir verdammtes Glück hatten.

»Ich konnte mich noch gar nicht bedanken. Bei Matze, Jimmy und Marc ... dass sie suchen geholfen haben.«

Ela setzt sich neben mich auf das Ausziehsofa, das nahe dem Bett steht, und drückt meine Hand. »Das hätten sie sich nicht nehmen lassen. Vor allem Marc. Er war krank vor Sorge ... was sage ich ... wir waren *alle* krank vor Sorge.«

»Dann ... habe ich mir nicht eingebildet, dass er da war«, murmle ich ganz leise, und mein Blick fixiert meine Hände, die immer noch ein wenig zittern.

»Nein, Jule, das hast du nicht. Aber mach dir jetzt keine Gedanken deswegen. Du musst dich jetzt wirklich ausruhen.«

Ich nicke. *Mach dir keine Gedanken deswegen.* Leichter gesagt als getan.

»Weißt du was?«, scheint sie einen Geistesblitz zu haben. »Ich lasse dir noch ein Bad ein. Dann kannst du vielleicht leichter abschalten und danach wirklich gut schlafen.«

Die Idee ist gar nicht mal so schlecht. Ich versuche nicht wegzunicken, während Ela mir die Wanne mit heißem, nach Melisse duftendem Wasser befüllt. Es fühlt sich wirklich himmlisch an und lässt tatsächlich auch meinen Geist etwas zur Ruhe kommen. Als ich später in Elas kuscheligem Gästebett liege, weiß ich nicht einmal mehr genau, wie ich dorthin gekommen bin.

Kapitel 39

Marc

Ich stehe vor Bernds Zündholzschachtel-Haus, dessen Fenster noch erleuchtet sind, und bin mir ganz sicher, dass sich hinter den zugezogenen Vorhängen Vera aufhält. Es ist weit nach Mitternacht, und ich sollte hier vielleicht gar nicht meine Zeit verschwenden. Es ist dieses eigenartige Drängen, das mich hergeführt hat, dieses starke Gefühl, erst diesen Teil meines Lebens zu klären, bevor ich das nächste Kapitel aufschlage. Jule ist in guten Händen, und sosehr ich auch lieber bei ihr wäre, bin ich mir doch bewusst, dass sie Ruhe und Erholung bitter nötig hat. Wer weiß, ob sie mich überhaupt wieder in ihr Leben lässt. Immerhin gibt es Luca, dem wahrscheinlich im Moment ohnehin ihre ganze Sorge gilt. Aber ich muss es versuchen. Jedoch nicht, bevor ich diese Mission zu Ende gebracht habe.

Ich atme tief durch und presche nach vorne, ohne zu klingeln betrete ich das Haus und entscheide mich binnen weniger Sekunden für die rechte der beiden geschlossenen Türen unterhalb der Treppe. Und tatsächlich finde ich dort Bernd und Vera, als ich mit Schwung die Tür aufschlage. Mehr noch, sie liefern mir sogar eine Steilvorlage, indem sie eng umschlungen und knutschend auf der Couch rummachen. Den Spruch *Es ist nicht so, wie es aussieht* kann sich Vera somit sonst wohin schieben.

»Na, sieh mal an!«, schmettere ich ihnen entgegen. »Ich habe mal gelesen, dass Sex wehenfördernd sein soll.«

»Marc ... um Gottes Willen«, Vera weicht erschrocken zurück, die Augen so weit aufgerissen, als wäre ich Luzifer höchstpersönlich.

»Wer hat dir erlaubt, hier einfach so hereinzuschneien?« Bernd versucht seinen Schock mit Empörung zu überspielen.

»Du willst jetzt nicht wirklich mit mir über *Anstand* diskutieren, oder?«

»Es ist nicht ...«, stammelt Vera, und ich bin gespannt, wie der Satz endet, »... wie du denkst.«

Ein bitteres Lachen entfährt mir. »Du hast überhaupt keine Ahnung, wie ich denke.«

»Wir haben nur geredet ...«

Verständnislos schüttle ich den Kopf und wende mich ab. Wie kann man nur so abgebrüht sein.

»Du hast mich seit Monaten nicht angefasst«, ruft sie mir nach, als ich das Wohnzimmer verlasse. »Kannst du mir verübeln, dass ich da schwach werde? Denkst du, ich habe keine Bedürfnisse?« Wieder einmal dreht sie den Spieß um, doch ich lasse ihre Vorwürfe an mir abprallen.

»Du hast recht. Und weißt du was? Es ist okay. Wir sind nicht einmal zusammen! Also lass dich nicht aufhalten.« Diese Frau widert mich nur noch an. »Viel Glück mit ihr«, wende ich mich noch an Bernd, der sich bestürzt an eine Kommode klammert und schweigend unseren Schlagabtausch beobachtet.

Ich gehe, und Vera rennt mir nach.

»Marc, verdammt«, schreit sie und folgt mir in die Diele.

»Das Baby ist von ihm, oder?« Ich drehe mich abrupt um und steche mit dem Finger in seine Richtung.

»Nein, wie kommst du darauf?«, entgegnet sie entrüstet.

»Ich weiß, dass es so ist. Ich wollte nur, dass du ein einziges Mal die Wahrheit sagst.«

»Was unterstellst du mir da?« Verletzt starrt sie mich an und stachelt damit erst recht meine Wut an.

»Vera, ich *weiß*, dass euer Tête-à-Tête schon länger geht.«

»Das ist Unsinn«, streitet sie heftig ab. Innerlich zähle ich die Sekunden, bis sie anfängt zu weinen.

»Ist es das?«

Ich sehe ihr an, dass sie sich in die Ecke gedrängt fühlt und nach Ausflüchten sucht.

»Ich habe mich einfach ... von ihm trösten lassen, als es mir schlecht ging. So wie du dich damals von mir!« Meine Augenbrauen schnellen ruckartig in die Höhe.

»Ist das wirklich dein Ernst?« Fassungslos starre ich sie an. Sie will das tatsächlich miteinander vergleichen?

»Verdammt, was erwartest du?«

»Erwarten? Ja, keine Ahnung«, antworte ich ehrlich. »Was soll ich von dir schon groß erwarten?« Damit treffe ich sie tief, aber genau das ist es, was ich im Moment will.

Sie fängt an zu wimmern.

»Du wolltest mir ein Kind unterschieben, das nicht meines ist, verflucht! Wie tief willst du eigentlich noch sinken?«

»Das ist nicht wahr.« In ihren Augen schimmern Tränen. Hat länger gedauert, als ich dachte. Doch dieses Mal glaube ich, dass sie echt sind.

»Lass uns dieses Theater beenden, Vera. Solange es noch geht. Du weißt, dass ich nur aus Pflichtgefühl für dich da war. Aber Bernd *liegt* offenbar etwas an dir. Gib ihm die Chance, der Vater zu sein, den dein Kind braucht.«

»Aber ich liebe *dich*, Marc!«, beharrt sie nachdrücklich. »Ich habe immer nur dich geliebt, wann begreifst du das endlich?«

Plötzlich reißt mir der Geduldsfaden, und ich packe sie unsanft am Oberarm und zerre sie vor den hohen Spiegel in Bernds Eingangsbereich.

»Siehst du das? Das ist es, was du liebst. Und ich kann verdammt noch mal nur hoffen, dass es auch das Baby betrifft. Denn egal, wer der Vater ist, egal, ob es Junge oder Mädchen ist, und ganz egal, ob die Wandfarbe des Kinderzimmers pink oder blau ist ... *du bist die Mutter!*«

Dann lasse ich sie los, und sie starrt sich selbst im Spiegel an, als hätte sie noch nie richtig hingesehen. Langsam wandern ihre Hände zu der großen Wölbung ihres Bauches.

»Und dein Kind hat die Wahrheit und deine Liebe verdient, mehr als wir alle zusammen.«

Ein verzweifelter Laut dringt tief aus ihrer Brust, als würde sie sich jetzt erst ihrer Verantwortung bewusst.

»Ich dachte, mein Leben wäre eine Lüge, aber deines ist noch so viel erbärmlicher«, sage ich leise und verlasse das Haus.

Bis ich bei meinem Auto bin, höre ich sie schluchzen. Mögen es vielleicht auch harte Worte gewesen sein, aber sie waren nötig. Auf dem Heimweg fühle ich mich so leicht wie lange nicht mehr.

Jule

Als ich das nächste Mal blinzle, ist das Zimmer hell erleuchtet, doch eine große Gestalt sitzt vor dem Fenster und hält die Sonnenstrahlen von meinem Gesicht fern. Es war also gar kein Traum, von jemandem beobachtet zu werden. Trotzdem ist es kein unangenehmes Gefühl. Obwohl seine Züge im Schatten liegen und ich die Augen noch zu wenig geöffnet habe, um ihn zu erkennen, schickt seine Gegenwart warme Schauer in alle Regionen meines Körpers. Als er bemerkt, dass ich wach bin, bewegt er sich sofort vom Fenster weg in meine Richtung, und ich werde in derselben Sekunde von gleißendem Sonnenlicht übergossen, was mich meine Augen reflexartig zusammenkneifen lässt. Durch die Bewegung weht mir ein vertrauter Geruch in die Nase, und mein Herz schlägt Purzelbäume, als mein Geist bestätigt, dass es wirklich Marc ist, der hier vor meinem Bett in die Knie geht.

»Hey«, sagt er sanft lächelnd und wartet auf meine Reaktion.

»Du«, ist alles, was ich herausbringe, doch damit er es nicht missverstehen kann, schieben sich augenblicklich meine Mundwinkel in die Höhe.

Täuscht es mich, oder überzieht ein feuchter Schimmer seine Augen?

»Ich danke Gott so sehr, dass dir nichts passiert ist«, flüstert er und streicht so behutsam eine Haarsträhne aus meinem Gesicht, als könnte es unter seiner Berührung zerbrechen. »Ich meine ... dass ... alles so gut ausgegangen ist.«

Ich weiß, was er meint. Man kann nicht behaupten, dass nichts passiert sei. Aber es stimmt. Alles ist gut ausgegangen. Wäre da nicht ...

»Wie geht es Luca?«, trifft mich die Erkenntnis aus heiterem Himmel. Marcs Blick verdüstert sich, und seine Lider senken sich, aber nur kurz.

»Die OP ist gut verlaufen, soweit ich weiß«, antwortet er, »er wird wieder.«

Erleichtert atme ich auf. »Gott sei Dank.«

»Jule ... ich kann verstehen, dass du dir Sorgen machst«, beginnt Marc ernst, und in seine Stirn graben sich tiefe Furchen, »aber ich bin nicht hier, um über *ihn* zu reden.«

Ich will ihm sagen, wie dankbar ich bin, dass er bei der Suche geholfen hat und dass er die ganze Zeit am Berg bei mir war. Wie sehr ich mich nach ihm sehne und dass es mir das Herz brechen wird, wenn er wieder geht. Doch als ich zum Sprechen anhebe, legt er mir seinen Finger auf die Lippen.

»Bevor du was sagst, lass mich reden«, bittet er. Ich komme seinem Wunsch nach, doch er lässt eine kurze Pause entstehen, in der er mich nur ansieht. Dann schluckt er hart.

»Ich weiß, dass ich dich sehr verletzt habe, und das nicht nur einmal. Ich war der festen Überzeugung, dass ich die große Liebe, *deine* Liebe, einfach nicht verdiene. Das war dumm. Ich wollte mich selbst bestrafen für etwas, auf das ich gar keinen Einfluss hatte. Und damit habe ich einfach alles kaputt gemacht. Was ich sagen will ... und es ist mir egal, was zwischen dir und diesem Luca läuft, weil ich das jetzt einfach loswerden muss: Ich liebe dich, Juli. Und ich bitte dich inständig, mir zu verzeihen.«

Seine Worte streicheln mein Herz, das mir beinahe aus der Brust springt, und ich habe immer davon geträumt, sie aus seinem Mund zu hören. Sie scheinen einen unsichtbaren Damm zu brechen, als ganz plötzlich heiße Tränen über meine Wangen laufen. Er blinzelt, scheint durch meine Reaktion verunsichert, trotzdem wiederholt er noch einmal flüsternd: »Ich liebe dich.«

Ich kämpfe mich aus der Liegeposition hoch, zutiefst berührt, und bevor Marc noch in irgendeiner Weise zweifeln oder etwas sagen kann, schließe ich die Entfernung zwischen uns und lege meine Lippen ungestüm auf seine. Er war gerade im Begriff, sich zu erheben, doch durch meinen stürmischen Angriff taumelt er überrascht zurück auf das Sofa, auf dem er vorhin noch gesessen hat. Er zieht mich mit einer raschen Bewegung auf seinen Schoß, während ich gar nicht daran denke, unsere Münder voneinander zu lösen. Viel zu lange habe ich auf diesen Augenblick warten müssen. Seine Lippen sind warm und süß und hinterlassen ein aufregendes Prickeln, als er sich zurückzieht. Seine Augen glitzern und wandern suchend über mein Gesicht. Liebevoll nimmt er meinen Kopf in seine großen Hände und streichelt mit den Daumen meine Tränen weg.

»Ich liebe dich«, bin ich endlich fähig zu antworten, und jetzt zupft auch an seinen Mundwinkeln ein Lächeln.

»So schlimm?«, flüstert er in Anbetracht meiner Tränen, und ich schüttle leicht den Kopf.

»Im Gegenteil. Es ist sehr erfreulich, dass das endlich auch in *deinem* Dickschädel angekommen ist«, erwidere ich frech und tippe ihm an die Schläfe, »denn ich weiß schon ziemlich lange, dass wir beide zusammengehören.«

»Was ist mit Luca?«, fragt er vorsichtig, ohne die Angst in seiner Stimme ganz verbergen zu können.

»Ich dachte, Luca ist dir egal.«

»Das ist er auch, aber dir nicht.«

Mein Blick gleitet über sein Gesicht, die in Falten gelegte Stirn, die wohlgeformte Nase, die sinnlichen Lippen, und bleibt an seinen saphirblauen Augen hängen. »Luca ist ein guter Freund. Nicht mehr … und das war schon immer so.«

Seine Augen weiten sich, als er erleichtert aufatmet und mich wieder näher zu sich zieht. Doch dann hält er erneut inne. »Jule … es gibt da noch etwas …«

»Warte … lass mich diesmal erst etwas sagen: Das mit dem Baby … das kriegen wir hin. Solange wir beide uns lieben, werden wir auch alles andere schaffen«, versichere ich ihm. »Ich würde niemals verlangen, dass du dich von deinem Kind abwendest.«

Erst sieht er mich ziemlich perplex an, und dann wird sein Blick ganz weich. »Es gibt kein Kind«, sagt er, und mir schießen sofort unschöne Bilder durch den Kopf.

»Nein«, erschrocken schlage ich mir die Hand vor den Mund. Vera wird das Baby doch nicht verloren haben?

»Ich meine, es gibt schon ein Kind, aber ich bin nicht der Vater«, berichtigt er sofort, und nun bin ich es, die irritiert ist.

»Ich verstehe nicht …«

»Jule, ich schätze, du solltest dich erst ausruhen, bevor ich dir alles erkläre. Das ist ein ganz schöner Brocken, und du bist bestimmt erschöpft.«

Das kann nicht sein Ernst sein. »Du bist *nicht* der Vater von Veras Kind?«, will ich fassungslos wissen, seine Bemerkung ignorierend, und er schüttelt den Kopf, während seine Mundwinkel nach oben wandern.

»Und ihr seid auch nicht zusammen?«

Er schüttelt erneut den Kopf. In meinem Bauch wird es warm und leicht. All die Schwere, die seine vermeintliche Vaterschaft und die Unklarheit seiner Gefühle dort hinterlassen haben, ist mit einem Schlag verschwunden, und an ihrer Stelle macht sich ein wunderbares, aufregendes Kribbeln breit, das augenblicklich meinen Atem beschleunigt und meinen Puls rasen lässt. Mit seinen rauen Händen streicht er zärtlich durch mein Haar, während der Blick aus seinen blauen Augen in meinen versinkt.

Ich schlinge die Arme um seinen Nacken und klammere mich an ihn. Jetzt lasse ich ihn bestimmt nicht wieder gehen.

Er trägt ein hellblau gestreiftes Hemd und dunkle Jeans, als hätte er heute noch einen wichtigen Termin. Doch noch ehe ich ihn fragen kann, küsst er mich, erst ganz sanft, fast schüchtern. Ich öffne meine Lippen für ihn und heiße seine Zunge willkommen, spüre, wie ich ihn damit ermutige und er fordernder wird.

»Bist du nicht müde?«, will er schließlich atemlos wissen, und ich schüttle nur leicht den Kopf, während meine klammen Finger langsam sein Hemd aus dem Bund der Hose zerren und er scharf die Luft einzieht, als ich seine Haut streichle.

»Musst du noch wohin?«, frage ich. »Du bist so formell angezogen.«

»Ich dachte, es kann nicht schaden, mich ein bisschen in Schale zu schmeißen, wenn ich dir meine Liebe gestehe.«

»Du hast das für mich angezogen?«, freue ich mich, und er nickt und kitzelt mit seiner Zunge meinen Mundwinkel, bevor wir in einem weiteren, leidenschaftlichen Kuss verschmelzen. Langsam wandern meine Hände unter seinem Hemd nach oben, und er seufzt unter meiner Berührung. Er packt mich an den Hüften, zieht mich näher an sich und lässt mich spüren, wie hungrig er nach mir ist. Ich ziehe mich zurück, um mich einen Wimpernschlag später seinem Hemdkragen zu widmen.

»Was dagegen, wenn ich dir das wieder ausziehe?«

Marc streicht sanft mit seinen Lippen von meinem Hals abwärts, wobei er den weiten Ausschnitt meines Shirts über meine Schulter zieht, ebenfalls den Träger meines BHs, während ich ungeduldig die Hemdknöpfe öffne.

»Ganz und gar nicht«, haucht er und lässt mich gewähren.

Die Luft in diesem gemütlichen Gästezimmer scheint zu vibrieren. Seine Berührungen lassen mich erschauern, und als ich sein Hemd über die Schulter nach hinten schiebe und mit den Händen über seinen wohldefinierten Brustkorb nach unten streiche, entweicht ihm ein tiefes Seufzen. Mit einer flinken Handbewegung zieht er mir das Oberteil über den Kopf und fährt mit den Fingerkuppen zärtlich die Umrandung meines BHs nach. Mit kaum auszuhaltender Langsamkeit streift er die Träger ab, bevor er meine Schultern, eine nach der anderen, küsst und gemächlich tiefer wandert.

»Wir sind hier nur Gäste«, raunt er plötzlich, doch ich kann an nichts anderes denken als an uns beide.

»Das ist mir so was von egal«, antworte ich rau, und er lacht leise.

»Ich musste Ela versprechen, mich gut um dich zu kümmern, sonst hätte sie mich nicht zu dir gelassen«, erklärt er sichtlich amüsiert.

Seine Augen sind dunkel vor Verlangen, als ich seinen Blick suche. So lange habe ich mich nach ihm gesehnt. Erst nach dem Jungen, der jedes Mädchenherz zum Schmelzen brachte, und später nach dem Mann, der so viel Schmerz, Angst und Reue in sich trägt. Ich weiß, dass es ein Stück Arbeit sein wird, ihn endgültig davon zu überzeugen, welch wundervoller und liebenswerter Mensch er ist. Doch ich wünsche mir nichts mehr als all diesen Schmerz, diese Angst und die Reue aus ihm herauszuküssen und -zustreicheln.

»Dann solltest du dein Versprechen einhalten und mich endlich ins Bett bringen«, flüstere ich, und das lässt er sich auch nicht zweimal sagen.

Kapitel 40

Marc

Endlich ist alles so, wie es sein muss. Jule liegt in meinem Arm, den Kopf auf meine Brust gebettet, und ich zwirble eine Strähne ihres seidig weichen Haares um meinen Finger. Ich erinnere mich an die Nacht in der Hütte, doch seitdem ist so viel passiert. Heute gibt es kein Ringen mehr in mir, denn heute bin ich mir zu hundert Prozent sicher, dass unsere Herzen zusammengehören.

»Ich wusste gar nicht, dass du bei der Bergrettung bist«, bemerkt sie irgendwann in die Stille hinein.

»Bin ich auch nicht«, antworte ich, nachdem ich mit einem Räuspern meine Stimme wiederfinde.

»Aber ... warum warst du dann bei der Suche dabei?«

»Um dir das zu erklären, werde ich ein bisschen ausholen müssen«, gebe ich zu bedenken.

»Ich habe Zeit«, sagt sie und richtet sich grade so weit auf, dass sie mich ansehen kann. »Hauptsache du erzählst mir alles, ohne irgendwas auszulassen.«

Ich schlucke. Genau das fiel mir zeit meines Lebens immer schon schwer. Mich zu öffnen. Und doch hüpft mein Herz bei ihren Worten, und ich spüre, dass es genau das ist, was ich will. Sie einbeziehen in meine Gefühlswelt, so viele Abgründe darin auch sein mögen. Gemeinsam werden wir die Dämonen schon bezwingen.

»Ich verspreche dir, dass es keine Geheimnisse mehr zwischen uns geben wird«, erkläre ich aufrichtig und besiegle dieses Versprechen mit einem innigen Kuss.

»Mir ist bewusst geworden, dass ich ohne dich nicht leben kann und auch nicht mehr will«, beginne ich. »Die letzten Monate waren eine Tortur für mich und … die letzten Jahre sowieso.«

Jule stützt ihren Kopf mit dem Arm auf und kneift ihre Augen zu einer schmalen Linie zusammen. Sie sieht skeptisch aus, sagt aber nichts.

»Was?«, ermutige ich sie, ihre Gedanken laut auszusprechen.

»Was hat sich seit dem Sommer verändert?«, fragt sie schließlich.

»Wie meinst du das?«

»Ich meine, ist es diese übliche Geschichte, dass du erst, als ich in Not geraten bin, begriffen hast, was du für mich empfindest?« Ich kann ihr ihre Gedankengänge nicht verübeln, immerhin hat es tatsächlich lange gedauert, bis ich den Mut hatte, zu meinen Gefühlen zu stehen.

»Ehrlich gesagt wusste ich es schon vorher«, gebe ich zu. »Das war der Grund, warum ich zu dir wollte.«

»Du wolltest zu mir?«, fragt sie verblüfft. »Wann?«

»Gestern. Aber erst wollte ich die Sache zwischen Vera und mir klären, und als ich mich auf den Weg zu ihr machen wollte, bekam ich einen Anruf von Ela. Sie hat sich Sorgen gemacht, und deshalb war ich auch bei der Suche dabei.«

»Was war der Auslöser?« Für ein paar Sekunden erstarre ich. Die Erkenntnis, zu der ich auf meiner Skitour gelangte, war so tiefgreifend und emotional. Es ist ungewohnt, über solche Dinge zu sprechen. Aber es ist Jule, der ich meine tiefsten Geheimnisse offenbare, und nicht irgendwer. Und zwischen uns geht es um alles. Sie sieht mich an und wartet geduldig, bis ich mich gesammelt habe. Sie verdient es, zu wissen, woran sie bei mir ist. Und dass ich mich schon für sie entschieden hatte, bevor ich wusste, dass Veras Kind nicht meines ist.

»Stefans Zeichnungen«, antworte ich schließlich nachdenklich. »Ja, ich glaube, sie waren der Auslöser. Weißt du, ich wollte es wirklich versuchen mit Vera. Ich dachte, es wäre die einzig logische Konsequenz, ihr auch als Frau und Partnerin eine Chance zu geben, wenn ich Verantwortung übernehmen wollte. Es gab nur dieses eine Problem, nämlich, dass mein Herz ständig woanders war.«

Jule verzieht ihren Mund zu einem halben, fast gequälten Lächeln und bettet ihren Kopf erneut auf meine Brust. Versonnen streiche ich sanft durch ihr Haar. »Ich kämpfte gegen meine Gefühle für dich an, Tag für Tag. Weil ich dich so verletzt hatte, dass ich für uns beide keine Chance mehr sah. Ich gab mir wirklich Mühe, zu Vera und dem Kind eine Verbindung aufzubauen, aber es wollte mir nicht gelingen. Und jetzt weiß ich endlich, wieso.«

Ich spüre, wie sich eine warme Träne aus Jules Augenwinkel löst und meine Haut benetzt. Es schnürt mir die Kehle zu.

»Erst in Stefans Zeichnungen und Texten fand ich plötzlich die Antwort, nach der ich so lange suchte«, fahre ich fort.

»Dass wir es uns schuldig sind, für unsere Träume zu kämpfen?«, fragt Jule mit brüchiger Stimme und hebt den Kopf.

Bei ihrem Anblick muss auch ich die Tränen hinunterschlucken. »Ja, ganz genau«, erwidere ich und nicke. »Und das bist du, Juli. Du bist mein Traum. Wir gehören zusammen, und ich liebe dich über alles.«

Sie nimmt mein Gesicht in ihre Hände und schließt die Entfernung zwischen uns. Unser Kuss schmeckt salzig und warm, und ich lege all meine Liebe hinein und hoffe, dass sie spürt, wie ernst ich es meine.

»Ich liebe dich auch, Marc. Schon immer.«

Es fühlt sich so richtig an, so leicht, und ich bin überglücklich, dass ich endlich in der Lage bin, dieses kostbare Geschenk anzunehmen.

»War es sehr schmerzhaft zu erfahren, dass Veras Baby nicht von dir ist?«, will Jule eine ganze Weile später wissen.

»Nicht halb so schmerzhaft wie ohne dich zu sein.«

Und dann beginne ich ganz von vorne zu erzählen, an dem Tag, an dem ich merkte, dass ich mich in sie verliebt hatte. Es ist mir ein Bedürfnis, dass Jule versteht, was mit mir und in mir in den vergangenen Jahren geschehen ist. Sie soll wissen, was Stefans Tod mit mir angerichtet hat, was mich mit ihrer Tante Emmi verbunden hat und wie ich tatsächlich zu Vera stehe. Nicht zuletzt soll sie begreifen, warum es mir nicht möglich war, mein Herz für ihre Liebe zu öffnen. Und ich wünsche mir nichts mehr, als dass sie sich mir ebenfalls anvertraut.

Mir ist klar, dass es dauern wird, bis wir mit allem durch sind. Aber erstens haben wir Zeit. Und zweitens sind wir uns das beide schuldig.

Jule

Marcs Vertrauen und seine Aufrichtigkeit rühren mich zutiefst. Ich kann mir vorstellen, was es ihm abverlangt, so viel von sich preiszugeben. Die Vergangenheit wühlt uns beide auf, und doch ist es unverzichtbar für unsere Zukunft, die Ereignisse endlich ehrlich auszusprechen, um sie aufzuarbeiten und uns gegenseitig zu verzeihen.

Wir beide haben völlig das Zeitgefühl verloren, als fast gleichzeitig unsere Handys piepsen und Nachrichten ankündigen.

»Habt ihr nicht langsam Hunger? Ich meine damit das Bedürfnis nach Nahrungsaufnahme«, gibt Marc die Worte auf dem Display wieder und grinst. »Wenn ja, gibt es um 19 Uhr Abendessen. Ansonsten lasst euch nicht aufhalten!«

Wie erwartet habe ich dieselbe Nachricht erhalten, und auch mir entlockt sie ein Lachen, weil Elas Worte von unzähligen Herzchen- und Kussemojis begleitet werden.

»Und«, raunt Marc mir ins Ohr und knabbert an meinem Ohrläppchen, »hast du ein Bedürfnis nach Nahrungsaufnahme?«

»Wie spät ist es denn?« Meine Worte kommen atemlos, weil seine Hände schon wieder überall gleichzeitig zu sein scheinen und mein Körper entsprechend darauf reagiert. »Vielleicht könnten wir vorher noch den anderen Hunger stillen ...«

Er sieht nicht auf die Uhr, und seine Antwort besteht aus feurigen und berauschenden Küssen, die meine Lust in ungeahnte Sphären treiben.

Wir schaffen es sogar – fast – pünktlich zum Abendessen, und obwohl der Zwiebelrostbraten mit Spätzle und Rotkraut fabelhaft schmeckt, sind Marc und ich viel zu sehr damit beschäftigt, unseren Gefühlstaumel unter Kontrolle zu halten und nicht bei Tisch übereinander herzufallen. Ela und Matze sind wunderbare Gastgeber und noch tollere Freunde. Sie teilen zwar ein paar verbale Seitenhiebe aus, aber man merkt, wie sehr sie sich für uns freuen. Nach dem Nachtisch, Vanilleeis mit heißen Himbeeren, ist es aber Zeit, auch ihnen zu erzählen, wie es zu dem Unglück am Berg kam. Erneut wird mir bewusst, wie viele Schutzengel wir hatten, dass alles so glimpflich ausgehen konnte.

»Entschuldigt ihr mich kurz, ich möchte endlich Luca anrufen«, erkläre ich, nachdem wir das Geschirr weggeräumt und es uns auf dem Sofa bequem gemacht haben, und gehe in die Küche.

Ich versuche eine gefühlte Ewigkeit, ihn zu erreichen, doch Luca nimmt nicht ab. Mit sorgenvoller Miene setze ich mich zu den anderen ins Wohnzimmer.

Marc schlingt sofort seinen Arm um mich, was meine Sorge allerdings nur minimal mindert.

»Was ist, wenn er doch zu stark unterkühlt war?«, spreche ich meine Ängste aus. »Während wir beide den ganzen Tag ... es könnte wer weiß was sein mit ihm ...«

»Nein, Juli«, beruhigt Marc mich, »die hätten Bescheid gesagt, wenn irgendwas wäre. Wir hatten beide die Handys an. Du wirst sehen, Luca geht es gut.«

Die Furchen auf seiner Stirn verraten mir jedoch, wie sehr auch er sich sorgt.

Grade als Marc die Nummer von Paul Weber aus seiner Telefonliste heraussucht, ertönt mein Handy mit dem erlösenden Anruf.

Luca klingt fröhlicher, als ich erwartet habe, und mir rauscht ein Stein der Erleichterung vom Herzen.

»Bella Juliana, wie schön, dich zu hören!«

»Luca! Wie geht's dir? Wie fühlst du dich? Hast du alles gut überstanden? Und warum gehst du, verdammt noch mal, nicht an dein Telefon?«

»Alles gut. Mir geht es wunderbar, und ich gehe nicht an mein Telefon, weil ich sauer auf dich bin, weil du dich den ganzen Tag nicht gemeldet hast«, erklärt er gut gelaunt.

»Oh Luca, es tut mir so leid, ich wollte ...«

»Das war ein Scherz, Jule. Ich war nach der OP total erledigt, und als ich aus einem gefühlt hundertjährigen Schlaf erwachte, saß die schönste Frau meines Universums an meinem Krankenhausbett.«

»Sophia?«, frage ich ungläubig.

»Yep. Wahnsinn, oder? Sie hat sich sofort ins Auto gesetzt und ist hergekommen, als sie es erfahren hat.«

»Ich freue mich so, dass du okay bist. Hast du Schmerzen?«

»Ich habe die beste Ablenkung, die man sich wünschen kann, und morgen lassen sie mich vielleicht auch schon wieder nach Hause.« Zweifellos wird Sophia sich dann noch viel besser um Luca kümmern können, denke ich mit einem Schmunzeln, behalte es aber für mich. »Was ist mit dir, Jule? Hast du alles gut verdaut? Und bist du wieder aufgewärmt?«

»Ja, habe ich. Und ich habe auch eine ganz respektable Wärmflasche gefunden«, antworte ich mit einem grinsenden Blick zu Marc, der mich gespielt empört in die Seite knufft.

»Hätte ich gewusst, dass der Kerl erst durch so eine Aktion rafft, wie sehr du ihn brauchst, hätten wir das schon viel früher einrichten können«, bemerkt Luca großspurig.

»Hauptsache, er hat es endlich gerafft«, antworte ich leise, aber überglücklich.

Wir beenden das Gespräch mit dem Versprechen, uns in den nächsten Tagen zu treffen, natürlich auch mit Tina, um sie auf den neuesten Stand zu bringen.

Weil Marc und ich jede gemeinsame Minute auskosten wollen, beschließe ich, erst morgen früh nach Innsbruck zurückzukehren. Es wäre zu schön, um wahr zu sein, könnten wir noch ein paar Tage in Elas kuscheligem Gästebett dranhängen. Aber die Arbeit ruft. Es ist kurz vor

Weihnachten, und sowohl in unserem Blumenladen als auch in Marcs Firma stapeln sich die Aufträge.

Doch dieses Mal fahre ich in dem Wissen, nur wenige Stunden von Marc getrennt zu sein. Er besteht darauf, Tina kennenzulernen und unsere Wohnung zu sehen. Und natürlich mein Bett auszuprobieren.

Kapitel 41

Marc

Als ich am Montagmorgen in die Firma komme, staune ich nicht schlecht, als Bernd dabei ist, seine Sachen zu packen. Ich war am Wochenende so abgelenkt, dass ich keinen Gedanken daran verschwendet habe, wie es in der Kunstschmiede weitergeht. Bernd sieht gehetzt und blass aus und wagt es nicht aufzublicken, als ich an seinen Schreibtisch trete, während er den Inhalt der Schubladen sorgfältig in einem Pappkarton verstaut.

»Guten Morgen«, beginne ich das Gespräch ein wenig überrascht, »was soll das werden?«

»Ich gehe«, erklärt er knapp und weicht immer noch meinem Blick aus. »Ich weiß zwar noch nicht, wie wir das am besten regeln sollen ... keine Angst, ich erwarte nicht, dass du mich auszahlst ... zumindest nicht sofort ...«

»Moment mal«, lege ich mein Veto ein, »du kannst mich nicht einfach hängen lassen!«

»Glaub mir, es ist besser so.« Er nickt heftig, und ich spüre seine Hilflosigkeit.

»Verdammt, Bernd, wir haben die Firma gemeinsam aufgebaut. Du *kannst* nicht einfach so gehen.«

»Ich habe dich hintergangen.« Zum ersten Mal sieht er mich an. »Wie sollen wir da noch Partner bleiben?«

»Aber du liebst deinen Job. Genau wie ich.«

Ich weiß nicht, ob dieses Argument im Augenblick wirkt, ich weiß nur, dass es den Ruin für die Firma bedeutet, sollte er tatsächlich gehen. Will er wirklich seine persönlichen Befindlichkeiten vor das Wohl unseres Lebenswerks stellen?

Wieder nickt er. »Ja, ich liebe meinen Job. Trotzdem!«

»Bleib, Bernd. Bitte«, flehe ich. »Du wirst sehen, wir kriegen das irgendwie auf die Reihe. Mit ein bisschen gutem Willen ...«

»Ich weiß nicht, ob ich das kann. Im selben Dorf zu leben ... wie sie.«

Endlich fällt bei mir der Groschen.

»Es geht gar nicht um die Firma«, stelle ich nüchtern fest. »Es geht um Vera.«

»Wenn ich hierbleibe, werde ich ihr ständig über den Weg laufen«, antwortet er verzweifelt.

»Aber du kannst nicht alles hinschmeißen, bloß weil du dich in die falsche Frau verliebt hast«, wende ich ein.

Plötzlich hält er in seiner Tätigkeit inne und starrt ins Leere, zumindest sieht es für mich so aus. In Wahrheit wird sein Blick verklärt, so als würde er etwas Wunderschönes vor seinem inneren Auge wahrnehmen. »Das Problem ist ... sie ist nicht die falsche Frau. Sie wäre schon die richtige, wenn sie das nur endlich einsehen würde.«

»Du liebst sie wirklich«, erkenne ich erstaunt. Kaum merklich senkt er bestätigend seinen Kopf. »Dann kämpf um sie!«

Just in dem Moment klopft es von außen gegen die noch verschlossene Glastür. Ich trete als Erster aus dem Büro und erblicke Vera – die wieder einmal perfektes Timing beweist –, deren Gesichtsausdruck sich sofort erhärtet.

»Dein Typ wird verlangt«, sage ich zu Bernd und bremse mitten im Schritt ab. Mit verschränkten Armen lehne ich mich gegen die Bürotür und beobachte abwechselnd Bernds und Veras Gefühlsregungen in ihren Gesichtern.

»Ich will nicht mit ihr reden.« Bernds Züge sind von Kummer gezeichnet, als er Vera sieht, und sofort macht er wieder kehrt, um mit seiner Arbeit fortzufahren.

»Ihr müsst das klären.«

»Sie ist in dich verliebt. Mittlerweile habe sogar ich Idiot das begriffen«, murmelt er verbittert.

»Also, erstens ist zwischen Vera und mir alles gesagt. Und zweitens ist das mit der Liebe so eine Sache.« Nachdenklich trete ich an seine Seite und stupse seinen Bürostuhl an, während ich jedes meiner Worte genau abwäge. »Ich habe ewig gebraucht, um zu begreifen, wohin mein Herz gehört. Vielleicht ist Vera ja genauso schwer von Begriff.«

Ein Schweigen tritt zwischen uns, und ich sehe ihm an, wie es in seinem Gehirn arbeitet.

»Glaubst du wirklich?«

»Wenn du sie liebst, kommt es auf einen Versuch an. Und außerdem«, füge ich noch hinzu, »bist du der Vater ihres Kindes!«

Er fährt sich mit beiden Händen durch sein schwarzes Haar und seufzt tief. Dann strafft er sich und wendet sich der Tür zu, hinter der Vera noch immer ungeduldig wartet, einen niedergeschlagenen Ausdruck im Gesicht.

»Du hast recht. Ich liebe sie. Und das werde ich ihr verklickern.«

Ein entschlossenes und ermutigtes Lächeln auf den Lippen, lässt er mich in seinem Büro zurück, doch bevor er über die Türschwelle tritt, wendet er sich noch einmal zu mir um.

»Marc«, sagt er aufrichtig, »es tut mir wirklich leid, was wir dir angetan haben.«

Es stimmt, was Vera und Bernd abgezogen haben, war wirklich ein ziemlich starkes Stück. Doch durch die Wahrheit wurde ich noch viel reicher beschenkt, als ihnen beiden bewusst sein dürfte. Mir fällt es nicht schwer, ihnen zu verzeihen, und wenn endlich alle Fronten geklärt sind, wird es Bernd und mir auch wieder möglich sein, eine neue Vertrauensbasis aufzubauen. Dessen bin ich mir ganz sicher. Es wäre nicht nur für die Firma ein Verlust, Bernd zu verlieren. Ich muss zugeben, ich würde es auch persönlich sehr schade finden, wenn er alles hinschmeißen würde.

Als ich mich wenig später in die Werkstatt zurückziehe, muss ich zwangsläufig an der Eingangstür vorbei, wo Vera und Bernd sich fetzen, dass sich die Balken biegen. Ich hoffe wirklich für die beiden, dass sie sich wieder einkriegen und eine Lösung für ihr Dilemma finden. Und noch mehr, dass sie uns nicht die Kunden vergraulen. Ich bin verdammt froh, nicht in Bernds Haut zu stecken.

In der Schmiede versuche ich mich voll und ganz auf meinen Auftrag zu konzentrieren. Die Gedanken an Jule muss ich nicht mehr verdrängen, denn heute beflügeln sie mich.

Das Klingeln des Telefons beordert mich kurz darauf in den Empfangsbereich. Während ich einer älteren Kundin geduldig ihre Fragen beantworte, sehe ich, wie sich Vera und Bernd inzwischen in den Armen liegen, oder besser gesagt, gegenseitig beinahe auffressen – auf gute Art. Nachdem ich mich von der Dame verabschiedet habe, wähle ich Bernds Nummer.

Nur ungern löst er seine Lippen von Veras, um ans Handy zu gehen.

»Ich wollte dir nur sagen, dass du dir liebend gern freinehmen kannst«, kommentiere ich belustigt von meinem Beobachtungsposten aus. Bernd sucht mich durch die Glasscheibe hindurch, während Vera kaum von ihm ablässt. »Hauptsache, du überlegst dir das mit dem Ausscheiden aus der Firma noch mal.«

»Das habe ich schon«, antwortet er atemlos. »Wenn du mich noch dahaben willst.«

»Ich *brauche* dich, Mann. Du gehörst zum Inventar«, theatralisch schlage ich mir die Hand vor die Brust, in dem Wissen, dass er mich sieht. »Aber bitte, tut mir den Gefallen und nehmt euch ein Zimmer.«

Ich höre sein glückliches Lachen, als ich auflege, und auch Vera sieht in diesem Moment ziemlich zufrieden aus. Als ich wieder zurück in die Werkstatt gehe, kann ich es kaum erwarten, heute Abend Jule von alldem zu erzählen.

Kapitel 42

Jule

Hand in Hand spazieren Marc und ich durch die tief verschneite Winterlandschaft in St. Philomena. Es ist immer noch kaum zu glauben, aber endlich sind wir beide ein richtiges Paar. Ohne dass wir uns verstecken müssen.

»Vielleicht hat Tante Emmi auch längst gewusst, dass wir beide zusammengehören«, überlege ich laut, als wir vor Emmis, oder mittlerweile meinem Haus stehen bleiben.

»Da bin ich ganz sicher«, erwidert Marc und zieht mich noch näher an sich, um mich von hinten in die Arme zu schließen. Sanft küsst er mich am Hals unterhalb des Haaransatzes, weil das eine der wenigen Stellen an meinem Körper ist, die nicht dick und warm eingepackt ist. Grundsätzlich macht mir die Kälte nichts aus, aber im Moment empfinde ich jede Kleidungsschicht, die zwischen uns ist, als zu viel.

»Habt ihr mal darüber geredet?«, frage ich und betrachte das Haus und die etwa einen Meter hohen Schneetürme auf dem Dach, der Garage und drumherum.

»Nein«, gibt er bedauernd zu, »ich habe jedes Gespräch abgeblockt, das in diese Richtung ging.«

»Schade, dass sie das nicht mehr miterleben kann.«

»Ja, irgendwie schon.« Ich spüre sein Nicken an meinem Hinterkopf und drehe mich zu ihm um.

»Irgendwie?«

»Natürlich ist es in jedem Fall sehr schade. Aber erstens bin ich zu hundert Prozent sicher, dass sie uns auch von da oben sieht und sich mindestens genauso freut, als wäre sie hier.«

Ich lächle und versinke in seinen wunderschönen Augen.

»Und zweitens?«, flüstere ich.

»Zweitens wärst du nicht zurückgekommen, wenn Emmi nicht gestorben wäre.«

»Da könntest du recht haben«, stimme ich ihm reumütig zu und stelle mich auf die Zehenspitzen, damit meine Lippen seine besser erreichen.

Marc

»Wenn du willst, werde ich mich morgen mal um die Schneeräumung rund um das Haus kümmern«, biete ich Jule an, während wir noch immer eng umschlungen im Tiefschnee auf dem Parkplatz stehen und dicke Flocken ohne Unterlass sanft auf unseren Köpfen landen. Seit etwa November steht ein »Zu Verkaufen«-Schild vor dem Haus, das mittlerweile nur noch wenige Zentimeter aus der weißen Pracht herausragt. Jule muss diese Entscheidung getroffen haben, als sie von Veras Schwangerschaft erfahren hat, so vermute ich. Trotzdem bin ich nicht ganz sicher, ob das eine Kurzschlussreaktion war, oder ob sie das Haus wirklich verkaufen will.

»Hast du denn Zeit?«, fragt sie überrascht.

»Natürlich. Die nehme ich mir schon.«

»Das ist lieb. Danke.« Lächelnd klimpert sie mit den Wimpern. »Ich werde mich gerne erkenntlich zeigen«, flötet sie, und ich luchse ihr einen Kuss ab.

»Das hoffe ich.«

»Vielleicht sollte ich ein paar Winterfotos machen«, überlegt sie. »Oder denkst du, der viele Schnee ist abschreckend für potenzielle Käufer? Aber vielleicht finden manche grade das romantisch.«

»Was ist, wenn du dir das mit dem Verkauf noch mal überlegst?«, wage ich einen Vorstoß.

Jule sieht perplex zu mir auf.

»Ich meine ... du könntest es auch behalten.«

Sie scheint darüber nachzudenken, bringt aber auch gleichzeitig etwas Abstand zwischen uns, was mir weniger gefällt.

»Damit ich wieder einziehen kann?« Das Lächeln, das grade noch da war, ist ihr aus dem Gesicht gerutscht. »Ja, kann ich mir überlegen«, sagt sie und wendet sich dem Gehweg zu, während sie sich alle Mühe gibt, dass ich ihre Enttäuschung nicht bemerke.

»Nein, das meinte ich eigentlich nicht damit.« Mit einiger Verzögerung komme ich ihr nach und schnappe ihre Hand. »Ich wünsche mir, dass du bei mir einziehst.«

Abrupt bleibt sie stehen und sieht mich an. »Bist du sicher?«

»Ja. Ganz sicher«, bestätige ich inbrünstig. Wenn es nach mir ginge, würde ich ihr jetzt auf der Stelle einen Heiratsantrag machen. Aber mir ist klar, dass es seine Zeit braucht, bis sie mir wieder voll und ganz vertraut. Da werde ich mich wohl gedulden müssen. »Wenn du willst, dann können wir auch hier wohnen.«

»Was machst du dann mit deinem Haus? Du hast es selbst gebaut.«

»Jule, es ist mir gleichgültig, wo wir wohnen. Ob in deinem oder meinem Haus, meinetwegen auch in Innsbruck oder Timbuktu. Hauptsache, wir sind zusammen.«

Sekunden vergehen, und ich fürchte schon, sie irgendwie gekränkt zu haben. Doch dann blinzelt sie ein paar Mal und fällt mir mit Schwung um den Hals.

»Das werte ich jetzt mal als ein Ja«, murmle ich lachend an ihrer Schulter, als ich sie anhebe und im Kreis herumwirble.

»Wir brauchen aber keine zwei Häuser, wenn ich zu dir ziehe«, gibt sie später zu bedenken, als wir unseren Spaziergang fortsetzen. Ich freue mich unglaublich, dass sie sich entschieden hat, dass wir in meinem Haus wohnen werden. Es wäre seltsam für mich, in Emmis Haus zu ziehen. Ganz so einfach ist es für mich noch nicht, mich mit der Vergangenheit und den vielen Erinnerungen auseinanderzusetzen. Auch wenn ich es für Jule in Kauf genommen hätte.

»Aber du hängst an deinem Elternhaus. Wir könnten es inzwischen vermieten.«

»Inzwischen? Bis wir unseren ersten großen Krach haben?«, neckt sie mich.

»Bis eines unserer Kinder alt genug ist, einzuziehen«, antworte ich ernst. Ihr Blick ist erstaunt, aber sehr glücklich. Meine Aussagen überrumpeln mich selbst, auf eine gute Art und Weise. Vor wenigen Wochen wusste ich nicht, wie ich Ordnung in mein Leben bringen sollte. Der Gedanke, Vater zu werden, erschreckte mich zutiefst. Aber mit Jule ist plötzlich alles ganz einfach, und unsere Zukunft ist ein tief verborgen geglaubter Traum, der endlich wahr wird.

»Würdest du mir einen Gefallen tun?«, bittet sie mich. »Könntest du bitte beim Schneeschaufeln das »Zu Verkaufen«-Schild entfernen?«

»Mit dem größten Vergnügen.«

»Ach, und ... bevor ich es vergesse«, scheint ihr auf einmal einzufallen, »hast du schon das Neueste gehört?«

»Keine Ahnung«, erwidere ich gespannt, »was ist denn das Neueste?«

»Ela hat mir erzählt, dass Vera einen gesunden Jungen zur Welt gebracht hat.« Perplex kneife ich die Augen zusammen.

»Du meinst ein Mädchen«, berichtige ich sie.

»Nope. Einen Jungen. Bernd und sie sind natürlich aus allen Wolken gefallen, dass sich die Ärztin geirrt hat. Aber sie scheinen beide ziemlich glücklich zu sein.«

»Das freut mich«, antworte ich nachdenklich. »Ganz ehrlich. Ich bin echt froh, dass sich alles zum Guten wendet.«

»Und ich erst«, entgegnet Jule selig lächeln und schmiegt sich noch näher an mich.

»Aber jetzt sollten wir uns beeilen, denn die Männer von der Bergrettung werden gleich da sein«, erinnere ich sie und beschleunige meinen Schritt.

Jule hat sich in den Kopf gesetzt, alle Helfer, die bei der Suche nach ihr und Luca und bei der anschließenden Bergung beteiligt waren, als Dank auf Kaffee und Kuchen einzuladen. Wir sputen uns, um die restlichen Vorbereitungen zu treffen. Auch Luca und Sophia werden kommen und eine Torte mitbringen.

Wir sitzen bis in die Abendstunden, später auch bei Bier, Wein und Brotzeit, und lauschen einigen heiteren Anekdoten, die unsere Gäste zum Besten geben. Ja, sie liefern sich geradezu einen Schlagabtausch an Geschichten, die hin und wieder sicher schon fast an Jägerlatein grenzen. Dem folgen auch ein paar ernstere Töne, denn jeder von den Männern hat leider auch schon schicksalhafte Stunden am Berg verbringen oder schlimme Verluste erleiden müssen.

Während Peter, Richard, Hermann und Luca sich über die momentane Schneesituation und die damit einhergehende Lawinensituation unterhalten, sind Paul und Max in ein anderes heikles Thema vertieft. »Wenn wir nicht bald neue Räumlichkeiten für unseren Stützpunkt finden, sehe ich sowieso schwarz für unsere Ortsstelle«, sinniert Paul, und Max brummt sorgenvoll.

»Aber ich dachte, der Platz in der Volksschule ist euch sicher?«, horche ich auf. »Der Bürgermeister prahlt doch immer damit, wie stolz er auf die Bergrettung ist.«

»Ja, das liegt auch nicht am Bürgermeister«, klinkt sich Richard in die Unterhaltung ein.

»Ausnahmsweise kann die Gemeinde nichts dafür«, stimmt Peter zu.

»Die Schule braucht die Räume selbst«, erklärt Max, und inzwischen sind auch die anderen verstummt. »Die Geburtenrate scheint in den letzten Jahren in St. Philomena gestiegen zu sein. Hinzu kommt, dass viele junge Familien zuziehen, seit es die neuen Siedlungen gibt.«

»Da kommen ein paar starke Jahrgänge«, bekräftigt Hermann.

»Kein Wunder, bei diesen Schneemassen«, meldet sich Richard zu

Wort, »was sollen die Leute denn anderes tun als Schnee schaufeln und Kinder machen!« Alle am Tisch grölen vor Lachen.

»Wie auch immer«, seufzt Paul, als sich das Gelächter wieder gelegt hat, »wir müssen aus der Schule raus und wissen nicht wohin. Die Ortstelle mit einer Nachbargemeinde zusammenlegen wäre eine Möglichkeit. Zwar nicht optimal, aber …«

»Was ist mit meinem Haus?«, ruft Jule plötzlich ganz überraschend aus und jeder Einzelne der Männer verstummt. Alle Blicke ruhen auf ihr, während ihre Augen zu leuchten beginnen. Wahrscheinlich war das grade ein sehr spontaner Einfall, ein Impuls, dem sie nachgab, ohne groß darüber nachzudenken. Doch ich muss zugeben, die Idee ist gar nicht so schlecht.

»Es steht leer, und ich überlege sowieso, es zu vermieten«, erläutert Jule.

»Meinst du das wirklich ernst?«, fragt Paul etwas skeptisch.

»Ja«, bestätigt sie und sucht meinen Blick. »Natürlich nur, wenn du nichts dagegen hast«, fragt sie mich, und mir wird ganz warm ums Herz, weil sie mich in diese Entscheidung miteinbezieht.

»Auf jeden Fall«, bestätige ich nickend. »Es ist dein Haus, also …«

»Emmi wäre sicher damit einverstanden, und ich bin froh, wenn es sinnvoll genutzt wird«, freut sich Jule.

»Es könnte sein, dass wir einiges verändern müssten«, wendet Paul ein, »aus praktischen Gründen.«

»Das ist okay«, erklärt sich Jule einverstanden.

Paul, der über dieses Angebot hocherfreut ist, vereinbart mit seinen Kollegen, dass sie sich das Haus erst einmal anschauen und dann eine endgültige Entscheidung treffen.

Jule strahlt übers ganze Gesicht, und ich bin unendlich stolz auf sie.

Epilog

Jule

Sommer

Zusammen mit meinen Freunden Raffaela, Matze und Jimmy mache ich mich an einem strahlend sonnigen Tag auf den Weg aufs Gamshorn. Marc ist schon mit der Morgendämmerung vorausgegangen, um Vorkehrungen für unser Vorhaben zu treffen. Ela brachte Johannes zu ihren Schwiegereltern, und Jimmy hielt die Frühmesse in der Pfarrkirche, weshalb wir nicht eher loskonnten. Aber wie ich Marc kenne, ist er ganz froh, die Stille am Berg ein bisschen genießen zu können. In den letzten Tagen fertigte er in liebevoller Präzisionsarbeit eine Gedenktafel an, in die er die beiden Hälften von Stefans Militärmarke einarbeitete. Daneben erinnern folgende Worte an das tragische Bergunglück, das mir meinen Bruder nahm:

Stefan Ebner
Im Juli 2008 hat dich der Berg für immer bei sich behalten. Ruhe in Frieden.

Gemeinsam wollen wir die Gedenktafel heute an dem Felsen anbringen, der Stefan sein Leben kostete. Es ist kein leichter Gang, doch uns an jene dramatischen Stunden zu erinnern und zu versuchen, sie zu akzeptieren, hilft uns vielleicht, heil zu werden. Ich weiß, dass wir das alle – ohne Ausnahme – dringend brauchen.

Auf etwa halber Höhe finden wir Enzian und Almrosen und nehmen ein paar Blüten und Zweige mit.

Je weiter wir uns der Absturzstelle nähern, umso stiller werden wir vier. Doch als ich Marc in seinem leuchtend blauen T-Shirt auf dem Felsen sitzend erblicke, schnellt mein Puls in die Höhe, und mein Herz beginnt postwendend Salti zu schlagen.

Er steht auf und winkt uns zu, und ich beschleunige meinen Schritt. Zum Glück gehe ich an unserer Karawane ganz vorne, denn sonst müsste ich Jimmy, Matze und Ela über den Haufen rennen, so sehr zieht es mich zu Marc.

Die Begrüßung erfolgt kurz und atemlos, aber nicht weniger zärtlich. Matze kann es nicht lassen, ein anzügliches Schmatzgeräusch von sich zu geben, als er uns erreicht. Ela lächelt verträumt vor sich hin, und Jimmy scheint völlig in Gedanken versunken zu sein, was sein in sich gekehrter Blick verrät.

»Na, alles gut gelaufen bei euch?«, fragt Marc in die Runde, und wir erzählen kurz von unserem Aufstieg.

An einer geschützten Stelle hat Marc bereits mit dem mitgebrachten Werkzeug Löcher für die Befestigung der Gedenktafel gebohrt. Es ist alles vorbereitet, und nachdem wir unseren brennenden Durst gelöscht haben, stellen wir uns – so gut der schmale Felsvorsprung es zulässt – nebeneinander auf. Marc füllt frisch angerührten Zement in die Ausbohrungen und steckt die Halterung hinein. Seine Kiefermuskeln mahlen, und ich spüre, wie angespannt er ist. Es war ihm schon lange ein Anliegen, Stefan auf diese Art die letzte Ehre zu erweisen. Mit geschickten Handgriffen bringt er die Gedenktafel an und befestigt sie mit verchromten Linsenkopfschrauben. In mir steigen Tränen auf, als ich zum wiederholten Male die Worte lese. Nachdem er den Schraubenzieher beiseitegelegt hat, greift Marc wie selbstverständlich nach meiner Hand und drückt sie.

»Das war lang schon überfällig, mein Freund«, sagt er und muss heftig blinzeln, um nicht die Fassung zu verlieren. Ela und ich stecken vorsichtig die Bergblumen seitlich hinter die Verankerung.

Jimmy zieht ein kleines Fläschchen mit Weihwasser aus seinem Rucksack, besprenkelt die Tafel und spricht ein kurzes Segensgebet.

Eine Weile stehen wir schweigend da, jeder in seine Gedanken versunken. Doch Matzes vernehmliches Magenknurren beendet unser Ritual, und wir setzen uns für eine ordentliche Brotzeit auf die von der Sonne gewärmten Felsen.

Wenig später machen Marc und ich uns zu zweit auf zum Gipfel. Ich war noch nie dort oben, und ich freue mich unbändig darauf, diesen – wie Marc es nennt – magischen Ausblick mit ihm erleben zu dürfen. Ela und Matze müssen leider zurück, weil Matzes Eltern am Nachmittag schon wieder Termine haben und nicht länger babysitten können. Jimmy schließt sich den beiden an, wahrscheinlich um Marc und mir ein bisschen Zeit zu zweit zu gönnen.

Der Aufstieg ist schwieriger als gedacht, zumindest für mich als mittelmäßige Kletterin. Doch Marc erweist sich als sehr geduldiger und achtsamer Bergführer.

»Willst du lieber umkehren?«, fragt er, als ich wieder einmal anhalte und nach Atem ringe.

»Nein. Gib mir eine Sekunde, ich bin gleich wieder so weit«, wehre ich entschlossen ab.

»Ich habe mir geschworen, dass ich nie wieder jemanden zu irgendetwas drängen werde. Also bitte, sei ehrlich, ja?«

»Bin ich. Es ist alles gut, Marc.« Ich weiß, dass er sich noch immer Vorwürfe macht, dass er Stefan damals zu dieser Tour überreden wollte. Doch keinem Menschen würde ich lieber mein Leben anvertrauen als Marc. Es waren tragische Umstände, die in jenem Sommer eine Kette aus Unglücksfällen auslösten. Aber es lag nicht in unserer Macht, daran etwas zu ändern. Vielleicht würden wir heute vernünftiger damit umgehen, doch damals konnten wir nicht anders. Da waren so viel Trauer, Schmerz, Verzweiflung und vor allem Schuldgefühle, die uns jegliche Hoffnung raubten und uns unfähig machten, klar zu denken. Jetzt ist es anders. Wir sind nicht zerbrochen. Wir haben es überstanden und sind daran gewachsen.

Schließlich bezwingen wir gemeinsam auch die letzten Meter zum Gipfel. Atemlos und überglücklich fallen Marc und ich uns in die Arme.

»Ich bin so stolz auf dich«, raunt er mir ins Ohr.

»Und ich auf dich«, erwidere ich ebenfalls mit gesenkter Stimme, »aber warum flüstern wir? Hier ist doch niemand.«

»Ja, du hast recht«, stimmt er mir zu, formt mit seinen Händen einen Trichter vor dem Mund und ruft, so laut er kann, in die Welt hinaus: »Ich bin so stolz auf dich!«

Ich muss lachen, während leise das Echo erschallt.

»Und ich liiiieeeebe dich!«, setzt er noch einen drauf. Meine Güte, ist das süß. Und wieder erklingt das Echo.

»Und ich liebe dich«, antworte ich und drehe ihn schwungvoll zu mir, um ihn mit meinen Armen zu umschlingen.

Plötzlich erblicke ich überrascht unsere Erinnerungsschatulle, die unter dem Gipfelkreuz in der Sonne schimmert.

»Was …?«, will ich fragen, doch da dämmert es mir. »Du warst heute Morgen schon hier oben?«

»Ich brauchte ein bisschen Zeit für mich«, erklärt er mir, als mein fragender Blick seinem begegnet. »Ich hoffe, du bist nicht sauer.«

»Das verstehe ich«, antworte ich mitfühlend.

»Ich habe mich von Stefan verabschiedet«, sagt er offen und breitet auf dem Felsen seine Jacke aus, damit wir beide Platz nehmen können. Dann holt er die Kiste und stellt sie dahinter auf eine flache Stelle, bevor er sich zu mir setzt. »In einem Brief. Ich glaube, dass mir all das helfen wird … die alten Wunden heilen zu lassen.«

Ich schließe die kurze Distanz zwischen uns und küsse ihn sanft auf den Mund.

»Wenn du willst, kannst du ihn lesen«, sagt er zögerlich.

»Möchtest du, dass ich ihn lese?«, frage ich behutsam. Er soll nicht glauben, dass er alle Gedanken und Gefühle mit mir teilen muss, bloß weil wir uns versprochen haben, ehrlich miteinander zu sein.

»Ja«, erwidert er fest. »Ja, ich möchte, dass du ihn liest, weil es uns beide betrifft.«

Er öffnet vorsichtig die Schatulle und zieht zwei zusammengefaltete Zettel heraus. Und ich beginne zu lesen.

Lieber Stefan,

ich weiß gar nicht, wo ich anfangen soll, so viele Gedanken schießen mir gleichzeitig durch den Kopf. Fast nicht zu glauben, so gedankenlos, wie ich früher war. Doch so unbeschwert, wie ich mir heute oft einzureden versuche, waren wir gar nicht. Zusammen sind wir durch dick und dünn gegangen, wie Brüder. Unfassbar, wie sich manchmal etwas von einer Sekunde zur nächsten verändern kann. Ich bin nicht mehr derselbe Mensch wie früher. Und doch vermisse ich dich jeden Tag so sehr, dass es wehtut. Wir beide hatten wenige miese Zeiten, dafür umso mehr gute. Einer von den schlechten war jener Tag, an dem ich dachte, die Welt würde über mir einstürzen, dabei ahnte ich noch nicht, dass alles noch viel, viel schlimmer kommen würde. Ich war nicht fähig, mich dir oder irgendjemandem sonst anzuvertrauen, als mein Vater meine Mutter betrog. War überfordert mit all meinen Gefühlen. Es war nur ein mieser Tag, doch weil es der letzte war, an dem wir uns begegnen sollten, lastete er so verdammt schwer auf mir. Lange Zeit war ich überzeugt, an deinem Tod schuld zu sein, und gestattete mir selbst nicht mehr, Freude oder Glück zu empfinden. Ich habe mir so sehr gewünscht, an deiner Stelle tot zu sein, dass ich völlig vergessen hatte, selbst weiterzuleben. Es hat lange gebraucht, zu erkennen, wie sehr ich mich in diesem Irrtum verrannte, dass ich dadurch beinahe alles verloren hätte. Aber wir sind nicht Menschen, um alles richtig zu machen. Leben bedeutet nicht, perfekt zu sein. Das habe ich jetzt verstanden. Dein Tod hat ein riesiges Loch in unser Leben gerissen, doch ich habe ihn nicht herbeigeführt. Es ist verflucht schwer, das zu begreifen, aber ich schätze, ich bin auf einem guten Weg. Ich und all die anderen, die du zurückgelassen hast. Eine davon ist Jule. Sie ist so verdammt tapfer, und es tut mir in der Seele weh, dass ich in den letzten Jahren nicht für sie da war. Weil ich dachte, sie nicht zu verdienen. Und weil ich Angst hatte, dich und unsere Freundschaft zu verraten, wenn ich zu meinen Gefühlen stehe. Dabei wusstest du längst, bevor du uns verlassen hast, wie sehr ich damals schon in sie verliebt war. Heute frage ich mich, wie ich ohne sie überhaupt atmen konnte. Und wärst du heute hier und hättest irgendwas gegen unsere Liebe einzuwenden, es wäre mir egal, was du mit mir anstellen würdest. Ich würde mich nie wieder von Juli fernhalten lassen. Denn ja, ich liebe sie. Alles an ihr und alles, was sie in mir auslöst. Das Leuchten ihrer Augen, ihr Lachen, ihre Sanftheit und ihren Sturkopf. Ihre unbändige Freude, ihren Tatendrang und dass sie niemals aufgibt. Ich liebe ihren Glauben an das Gute, ihre Hoffnung, ihre Stärke und ihre Schwäche. Doch vor allem liebe ich, dass ich mich ihr so zeigen darf, wie ich bin. Mit meiner Wut und meiner Trauer, meiner Verzweiflung und Hilflosigkeit. Ich verspreche dir, mein Freund, ich werde sie auf Händen tragen, solange ich lebe.

Ich bin überzeugt, dass wir uns irgendwann wiedersehen. Bis dahin trage ich dich im Herzen. Auf jedem Gipfel wirst du dabei sein und auch in jedem Abgrund. Denn Brüder kann auch der Tod nicht trennen.

In der Gewissheit, dass alles so ist, wie es sein muss,

Marc

Als ich ende, spüre ich, dass meine Wangen mit heißen Tränen benetzt sind. Die milde Bergluft streichelt mein Gesicht, als müsse sie mich trösten.

»Ich habe noch nie etwas so Schönes, so Berührendes gelesen«, flüstere ich ehrfürchtig mit belegter Stimme. Marc rückt ganz nahe zu mir und legt seine Stirn an meine.

»Das ist es, was ich fühle.«

»Ich liebe dich über alles, Marc. Für immer und ewig.«

Nach einem unendlich zärtlichen und intensiven Kuss zieht Marc ein Feuerzeug aus der Hosentasche und entzündet den Abschiedsbrief. Wir beide beobachten gebannt, wie das Papier sich schwärzt, während die Flammen sanft daran entlang züngeln und der Wind die Asche verweht.

In der Gewissheit, dass alles so ist, wie es sein muss, übergeben wir all die bisher ungesagten, verdrängten und endlich ehrlich niedergeschriebenen Worte den Bergen.

Denn sie haben uns auseinandergerissen und wieder zusammengeführt.

Danke

Die Zeit, die hinter uns liegt, war alles andere als einfach. Umso dankbarer bin ich, dass ich diese Geschichte schreiben durfte und konnte. In ihr stecken all meine ungeweinten Tränen der letzten zwei Jahre. Mich in die Geschichte hineinzuleben und mich dadurch zu öffnen, hat gutgetan.

Alex, Magdalena und Anna, ihr seid die größten Geschenke, die Gott mir in meinem Leben anvertraut hat. Ich danke euch, dass ihr mir den Freiraum gebt, in meine Welt einzutauchen.

Danke, liebe Juliana, von ganzem Herzen. Du weißt nicht, wie wertvoll deine Freundschaft für mich ist. Ich hoffe, ich konnte dir eine kleine Freude machen.

Danke meinen Schwiegereltern für eure Hilfe. Peda, besonders dir für deine geduldigen Erklärungen bezüglich der Bergung von Jule und Luca. Christl, was würden wir nur ohne dich machen? Vielen Dank für alles.

Danke, liebe Karina, fürs Probelesen, für deine Genauigkeit, deine ehrliche Meinung und deine wertvollen Tipps, denn genau das ist es, was ich brauche.

Danke auch meiner restlichen Familie, besonders meiner Mama, für die Motivation, den Zuspruch und nicht zuletzt die Werbung, die ihr für mich macht.

Danke natürlich auch dem ganzen Forever-Team. Ohne euch wäre das Buch nicht das, was es ist.

Danke dir, lieber Leser/liebe Leserin, dass du den Weg ein Stück mit Jule und Marc gegangen bist. Wie immer würde ich mich über dein Feedback freuen.

Ganz liebe Grüße
Melanie Horngacher